난 사랑이란 걸 믿어

I BELIEVE In a Thing Called love

난 사랑이란 걸 믿어

머린구 장편소설 ∘ 이민경 옮김

Called love

문학동네

K드라마로 인해 사랑이란 감정과
사랑에 빠진 모든 이에게

차례

프롤로그

일곱 살의 나는 생각만으로 연필을 움직였다고 믿었다.

나는 어떤 남자가 카드 게임에서 속임수를 쓰기 위해 물체를 꿰뚫어보는 법을 독학했다는 이야기를 들었다. 완벽한 집중과 몰두의 경지에 이르면 생각만으로 보통 사람들이 할 수 없는 것을 할 수 있다는 발상이었다. 이를테면 공중부양, 빨갛게 타오르는 장작 위를 걷기, 물건 움직이기 같은 것들. 그는 이 모든 것을 깨우쳤다. 하지만 그가 가장 처음 시도했던 건 물건을 움직이기 위해 그것을 몇 시간 동안 뚫어지게 쳐다보는 일이었다.

그래서 어느 늦은 오후, 나는 책상을 싹 치우고 토끼 무늬가 그려진 분홍색 샤프를 아주 깨끗하고 매끈해진 책상 위에 올려놓았다.

문을 닫고 커튼을 쳐서 방을 어둠으로 덮었다. 해가 지기 시작할 무렵이었다. 나는 책상에 앉아 연필을 뚫어지게 쳐다보았다. 그게 움직이길 바라면서.

쳐다보고 또 쳐다보았다. 몇 시간이 지난 것 같았다. 아빠가 방문을 두드렸을 때 나는 날카롭게 소리쳤다. "나 좀 내버려둬!" 그리고 계속 시선을 샤프에서 떼지 않았다. 아빠는 문밖에서 툴툴거리다 결국 터벅터벅 자리를 떴다.

저녁시간이 되자 아빠는 문을 쿵쿵 두드리고 뭐라도 먹어야 한다고 말했다. "내버려두기 일시정지!" 그가 소리쳤다.

나는 입안이 바싹 마르고 배가 무척 고팠지만, 샤프에 있는 토끼 무늬에서 눈을 떼지 않았다. 그리고 아빠에게 음식을 문밖에 놔두라고 말했다.

그러나 아빠는 문을 열고 머리를 불쑥 내밀었다. "데시?" 그가 외쳤다.

"아빠, 나 지금 아주 중요한 일을 하려는 중이야." 내가 말했다.

보통의 아빠라면 일곱 살 난 딸에게 설명을 해달라고 했을 것이다. 방안에 숨어 몇 시간째 샤프만 보고 있는 이유에 대해 가벼운 호기심이라도 내비쳤을 것이다.

그러나 이 사람은 우리 아빠였다. 그의 딸은 공교롭게도 나였고. 아빠는 어깨를 으쓱하고 나가더니 생선, 밥, 그리고 소고기

뭇국을 쟁반에 담아 내 책상으로 가져왔다. 샤프를 건드리지 않게 조심조심하면서.

음식냄새를 맡자 정신이 혼미해졌다. 그래도 샤프에서 눈을 떼지 않지 않으려 노력했다.

"음, 아빠……?"

아빠는 아무 말 없이 숟가락에 밥을 조금 떠서 국에 담갔다가 내 입에 가져다주었다. 나는 입을 커다랗게 벌리고 한입에 받아먹었다. 그다음 그는 젓가락으로 생선을 발라 조금 먹여주었다. 나는 오물오물 먹었다. 아빠는 내 입술에 물잔을 갖다대주었고 나는 기꺼이 꿀꺽 삼켰다.

내가 식사를 마치자 아빠는 내 등을 토닥여준 뒤 쟁반을 가지고 나갔다. 문을 닫고 나가기 전에 그가 말했다. "너무 늦게까지 그러고 있진 마."

충전이 되자 내 두뇌에서는 어느 때보다도 힘이 솟았고 나는 계속 샤프를 쳐다보았다.

그래서 그다음 무슨 일이 있었느냐고? 음, 지금까지 내 인생을 걸고 맹세하건대, 그 일이 정말 일어났다. 샤프가 움직였던 것이다! 아주 작은 움직임—아마 나 말고는 누구도 알아보기 힘들 정도였지만, 그 순간 분홍색 샤프가 나를 향해 **아주 정말 살짝** 구른 다음 멈췄다. 나는 꺅하고 소리쳤다. 자리에서 벌떡 일어선 채 그 사실을 믿을 수 없어서 머리카락을 잡아당겼다. 방안을 빙글빙글 돌며 춤도 약간 췄다. 그러고는 침대에 얼굴을 풀썩 묻고 잠이 들었다.

나는 다른 물건 몇 가지로도 그 묘기를 시도해봤다—딸기 비스무리한 향이 나는 지우개, 케이크용 발레리나 장식, 잣 한 알. 하지만 허탕이었다. 그럼에도 불구하고 수년이 지나도록 나는 내가 생각만으로 물건들을 움직일 수 있다고 믿었다. 남몰래 확신하고 있었다. 내가 사는 이 아주 작고 특별한 별에서는 마법 같은 일이 일어난다고. 보통 사람들한테는 일어나지 않지만 예외적으로 선택받은 사람들에게만 일어나는 일들이 있다고.

시간이 지나면서 나의 비상한 두뇌에 대한 어린 시절의 믿음은 희미해져갔다. 그 믿음이 흔들리거나, 마법과 동떨어진 실제 인생에 대한 차갑고 딱딱한 진실에 무뎌져서만은 아니었다. 그저 인생에서 그 단계가 잊혀버렸다.

하지만 나는 무언가를 몹시 **바라며** 끝까지 포기하지 않는다면, 흔들리지 않는다면, 해낼 수 있다는 믿음을 잃은 적이 없다. 그 결실에서 눈을 떼지 않는다면 말이다. 그렇게 하면 인생에서 통제 불가능한 것은 없으리라 믿었다.

막 엄마를 잃은 일곱 살짜리 아이에게 이것은 그야말로 언제든 써먹을 수 있는 강력한 무기였다. 엄마의 죽음 직후의 기억들은 가물가물해졌지만, 몇 달 동안만 존재했던 아빠의 모습은 언제나 그 안에 담겨 있다. 아빠의 그림자 같은 모습—나를 재워주고 저녁밥을 차려주고 한결같은 관심을 쏟아주던 사람. 하지만 내가 안 보는 줄 알 때면 몇 시간이고 어둠 속에 앉아 있던 사람. 새벽 세시에 엄마의 제라늄에 물을 주던 사람. 한 시간 더 늦게 일어나도 되는데도 새벽 여섯시에 엄마의 알람을 맞춰두던 사람. 매일 아침 오 분 동안 빈 그릇을 쳐다보고 있던 사람—엄마의 주특기인 시리얼과 우유 동시에 부어주기를 기다리면서. 엄마는 항상 콘플레이크와 우유가 동시에 채워지는 타이밍을 정확히 맞췄다.

그러던 어느 날 주방에서 이모가 삼촌에게 나직하게 말하는 걸 듣게 됐다. "시간이 모든 상처를 치유해줄 거야."

그래서 나는 그 과정에 속도를 높여야겠다고 결심했다.

나는 아빠의 알람시계를 망가뜨리고 부서진 조각들을 보여주며 울먹였다. 시계를 고치기까지는 몇 주가 걸렸고, 수리가 끝난 뒤에는 아침 일곱시 알람만 맞춰놓게 되었다. 매일 아침 아빠가 그저 멍하니 앉아서 빈 그릇만 바라보기 전에 무조건 시리얼을 준비해두었다. 아빠가 시리얼을 먹는 동안에는 제라늄에 물을 주었다.

그러자 예전의 아빠가 다시 돌아왔다. 엄마의 결혼반지를 작은 사기그릇에 담아두고 집안의 모든 엄마 사진에 쌓인 먼지를 다정스레 털어냈다―그리고 우리는 앞으로 나아갔다. 아빠의 눈 아래 그늘도 옅어졌고 제라늄도 무성하게 자라 차고 문을 타고 올라갔다.

시간은 개뿔, 데시 리가 모든 상처를 치유하지.

행동을 하려면 그저 계획만 있으면 된다. 그런 식으로 나는 아빠를 설득해 우리집 뒤뜰에서 거위를 키웠고, 자금 부족으로 폐쇄 직전이었던 중학교 도서관을 살려냈으며, 열여섯 살 생일에는 번지점프로 고소공포증을 극복했고(오줌이 찔끔 새어나오긴 했지만), 반에서 일등을 놓치지 않았다. 나는 꿈을 차곡차곡 쌓아나갈 수 있다고 믿었고 지금도 믿는다. 인내하면 무엇이든 이룰 수 있다고.

심지어 사랑에 빠지는 일도.

1장

인생을 향수를 불러일으키는 이미지들을 배열해 만든 슬로모션 합성화라고 생각한다면 수없이 많은 사소한 일들을 놓치게 된다. 생일 촛불을 불던 일과 첫 키스의 흐릿한 이미지들 사이에는 소파에 앉아 TV를 보던 이미지들이 셀 수도 없을 만큼 많을 것이다. 혹은 숙제를 하거나 헤어스타일링용 아이론으로 완벽한 물결 웨이브를 만드는 법을 배운 일들이.

내 경우에는 연달아 학교 행사를 주관했던 일들이 그랬다. 가을 축제 같은 것 말이다.

거기에 하나 곁들이면, 토사물도 조금.

앤디 메이슨이 재활용품 수거함 안에 토하고 있을 때 나는 그의 등을 조심스레 툭툭 두드려주었다. 이건 분명히 내 인생 합성화에 들어가지 않을 끔찍한 장면 중 하나였다.

"괜찮아?" 나는 몸을 펴고 일어서서 키가 195센티미터나 되는 이 테니스팀 주장에게 물었다. 그는 조심스럽게 입을 닦아내고는 끄덕였다.

"고마워, 데스." 그가 소심하게 말했다.

"고맙기는, 근데 너 브레인 멜터*는 세 번 연속으로 타진 말아야겠다?"

11월 말 토요일 밤이었고 몬테비스타고등학교 교정에서는 가을 축제가 한창 무르익어가고 있었다—오렌지 카운티 해안 절벽에 세워진 이 교정은 불규칙하게 뻗은 멋들어진 현대식 건축물이었다.

앤디는 비틀거리며 나의 베프, 피오나 멘도자 옆을 지나갔다. 그녀는 코를 찡그리며 비켜섰다. "쟤 토했어?" 그녀는 헐렁한 운동복 바지, 빳빳한 남성용 셔츠, 등산용 샌들과 번개 무늬 스카프 차림이었다. 진하게 아이라인을 그린 호박색 눈이 천천히 신중하게 깜빡이며 나를 쳐다보고 있었다. 싸구려 화장품 컬렉션과 부랑자 같은 옷차림만 아니었다면 멕시코계 미국인 디즈니 공주처럼 보였을 것이다.

---

* 놀이기구의 일종.

"덩치 큰 애들이 꼭 위가 예민하고 작더라." 내가 말했다.

"좋았겠네." 피오나가 윙크했다.

나는 코웃음을 쳤다. "맞다, 너 덩치 큰 녀석들 **사랑하지**." 사실 피오나는 조그마한 여자애들을 사랑했다.

나의 코웃음은 마른기침으로 변했고 어쩔 수 없이 허리가 반으로 접혔다. 허리를 펴자 피오나가 보온병을 들고 있는 게 보였다. "너희 아빠가 이거 가져다주래." 그녀가 말했다.

뚜껑에는 몸살감기 약 두 알이 테이프로 붙여져 있었고 나는 그 아래 메모지를 보고 미소 지었다. 아빠가 손으로 휘갈겨쓴 메모에는 기분이 엉망진창이어도 많이 먹어라!라고 쓰여 있었다. 메모지에는 온통 까만 얼룩이 묻어 있었다. 자동차 정비공 아니랄까봐.

보온병을 여니 미역국냄새가 퍼졌다. "음. 고마워, 파이."

"별말씀을. 근데 너 왜 여기 있는 거야? 진폐증 같은 거 앓고 있는 거 아니었어?" 함께 벤치 쪽으로 걸어가 앉자 그녀가 물었다.

"왜냐하면, 이보세요, 난 축제를 책임지고 있거든. 또, 진폐증을 요새는 흔히 폐렴이라고 한단다. 그러니까 아니야. 진폐증은 아니라고."

"넌 **모든 걸** 책임지잖아. 데시, 기분 나쁘라고 하는 말이 아니라, 이건 그냥 한심한 학교 축제일 뿐이야." 피오나는 벤치에 느슨하게 몸을 기댔다. "학생회에 있는 부하한테 맡길 순 없었어?"

"누구? 쓸모없는 부회장, 조던 말이야?" 조던은 헤어스타일이 당선의 가장 큰 이유인 부회장이다. "걔는 내일 나타날 거야. 절대 안 돼. 누군가 비스타 축제의 명성을 망치라고 내가 이걸 몇 주 동안 계획한 게 아냐."

피오나는 내 말의 어리석음이 우리 사이에 내려앉도록 내버려둔 채 나를 빤히 바라보았다. 그렇게 나를 적당히 벌주고 나서 입을 열었다. "데스, 넌 좀 쉬어야 해. 졸업 학년이잖아. 이제 좀 느긋해지라고." 피오나는 온몸으로 그 말에 방점을 찍었다—벤치에 다리를 꼬고 앉아 한 팔은 팔걸이에 걸치고 그 위에 턱을 괴고서.

나는 미역국을 한 모금 들이켜고 응답했다. "내가 벌써 스탠퍼드에 합격하기라도 했냐?"

그러자 피오나는 몸을 펴고 기다랗고 반짝이는 손톱으로 나를 가리켰다. "싫다! 싫어. 네가 지원서를 넣고 나면, 남은 올해 동안 다시는 그 말을 듣고 싶지 않아." 그녀는 극적으로 잠깐 말을 멈췄다. "실은, 평생 안 듣고 싶어."

"음, 유감이다!" 나는 알약들을 입안에 툭 털어넣고 물을 조금 삼켰다.

피오나는 나를 다시 쳐다보았다. 그 시선이 부담스럽고 조금 무섭기까지 했다. "테스, 너는 확정이나 마찬가지야. 너 같은 너드nerd-마더-테레사-소녀-미스-아메리카가 그 학교에 안 가면 누가 가?"

나는 곧 또다시 죽을 것처럼 가래가 들끓는 기침을 쏟아냈다. 피오나가 눈에 띄게 내게서 멀어지며 몸을 움츠렸다.

나는 가슴을 탁탁 치고 나서 말했다. "서류상으로 딱 나처럼 보이는 애들이 얼마나 많은지 알아? GPA 4.25, 학생회장, 학교 대표 스포츠팀, SAT 만점, 봉사활동 수십억 시간이?"

피오나는 이 익숙한 반복 구문에 표정이 누그러들었다. "음, 그게 네가 면접에 지원한 이유 아니었어?" 목소리에 지루한 기색이 돌면서 그녀는 곁을 지나가는 여자애들 무리를 보았다. 2학년 때부터 베프였던 피오나는 내가 열 살 때부터 크게 노래하기 시작했던 '데시 리의 꿈, 스탠퍼드' 발라드를 외우고 있었다.

"그래, 면접은 지원서 넣고 한 달 뒤인 2월이야. 그런데 막상 수시 모집 지원이 끝나고 나니 긴장돼." 내가 중얼거렸다.

"테스, 우린 이 얘길 백만 번이나 했어. 너는 정시로 갈 **바랐잖아**. 확률이 더 높다나 뭐 그렇다며?"

나는 국을 뒤적거렸다. "그래, 나도 알아."

"그러니까 조마조마해하지 마, 알았지?" 피오나가 내 팔을 토닥거렸다.

내가 국을 다 마시자 피오나는 우리의 친구 웨스 만수르를 찾으러 급히 떠났다. 나는 또다시 축제 행사장을 이리저리 돌아다녔다―저학년 남자 야구 대표팀이 귀여운 여자애들한테 봉제인형 상을 죄다 나눠주고 있진 않은지 확인하고, 소프트아이스크림 트럭 앞에 끝없이 이어진 줄에서 사람들이 난동 부리는 걸 막기 위해. 화장실로 향하다가 알고 지내는 저학년 학생 몇몇과 마주쳤다―흠잡을 데 없는 티셔츠와 비싼 신발 차림의 매력적이고 말쑥한 소년 무리였다.

"이봐, 회장님. 잘되고 있어요?" 그중 한 명이 내게 물었다. 반짝이는 두 눈에 매력이 넘쳤다. 머리에 경쾌하게 놓인 페도라가 정말 잘 어울리는 부류의 남자애였다.

나를 바라보는 그들의 시선이 느껴지자 볼이 붉어졌다. "음, 그럼. 재밌게들 보내!" 나는 손바닥을 들어 보이고 어색하게 흔들고는 걸어갔다. 맙소사. 재밌게들 보내라니! 내가 무슨―저애들 엄마야? 속으로 스스로에게 발길질을 하고 있는데 누가 뒤에서 나를 붙잡았다.

"어, 안녕? 회장님?" 장난스러운 목소리가 귓전에서 들렸다. 웨스였다. 무성한 흑발 머리는 요즘 스타일로 완벽하게 흐트러진 채 뒤로 넘겨져 있고, 티 하나 없는 매끈한 갈색 피부, 졸린 듯처진 눈의 속눈썹은 언제나 충격적일 만큼 풍성했다. 여자애들은 그를 사랑했다. 그렇다, 내 베프 두 명은 매일매일 나 자신이 섹시하지 않다는 걸 떠올리게 만드는 섹시한 사람들이었다.

나는 빙그르 돌아 그의 팔을 툭 쳤다.

웨스는 팔을 움켜쥐고 움찔했다. "말로 해!" 그가 소리쳤다. 뒤에 있던 피오나는 분홍색 솜사탕으로 가득한 커다란 비닐봉지를 들고 있었다. 나는 두 사람을 노려보며 대답하려 했지만 다시 기침이 몰아쳤다.

"우웩. 데스." 웨스가 티셔츠 칼라로 코를 가리며 말했다. "다음주에 큰 경기가 있어. 나 아프면 넌 내 손에 죽는다." 나처럼 웨스도 스포츠를 좋아하는 너드nerd였다. 그가 선택한 종목은 농구, 과학 선택 과목은 물리, 남다르게 선택한 취미는 만화책과 카탄의 개척자*였다. 한때 석 달 동안 온라인 랭킹 1위 자리를 지키다가 여덟 살짜리 브라질 여자아이한테 패배했다.

"세균에 노출되는 건 좋은 거야, 알잖아." 내가 말했다. 그러고 나서 거칠게 목청을 가다듬었다. 웨스와 피오나가 얼굴을 찌푸렸다.

"우린 빼주시죠. 닥터 데시." 웨스가 툴툴거렸다.

"어라, 이제 시작인데. 대변 이식의 미래에 대한 강의를 시작

---

* 인기 보드게임. 온라인게임으로도 출시되었다.

해볼까?"

웨스가 극적으로 두 눈을 감았다. "저 빌어먹을 장내 박테리아의 장점 이야기를 일주일만 안 듣고 지내봤으면 좋겠다."

나는 으쓱했다. "좋아. 근데 너희 내가 나중에 대변 이식으로 계절성 알레르기를 고치는 의사가 되면 엄청 고마워할걸."

"세상에!" 피오나는 남은 솜사탕을 쓰레기통에 던져버렸다.

나는 더 많은 불평이 나오길 기다렸지만 그 자리를 침묵이 대신했다. 그다음에는 이상한 표정. 피오나와 웨스가 내 뒤를 쳐다보고 있었다. 돌아보니 아주 드넓은 가슴팍이 눈앞에 있었다.

"대변 이식이 뭐예요?" 낮은 목소리가 물었다.

나는 위를 쳐다보았다. 아, 맙소사.

맥스 페랄타. 키는 189센티미터에 핫하고 또 핫한…… 신입생이었다. 곧이어 뒤에서 낄낄대는 웃음소리가 들렸다. 개학 첫 주에 내가 반한 애가 신입생이라는 걸 파이와 웨스가 알았을 때—음, 그날은 정말 최고로 끝내주는 하루가 됐지.

"아, 아니야. 응, 안녕!" 내 목소리는 이미 개만 들을 수 있는 수준의 기이한 고음까지 올라가 있었다. 데시, 빌어먹을 목소리를 조절할 수 있을 때까지 말하지 마.

그가 미소 지었다. 멋진 구릿빛 피부에 하얀 이. 신이시여, 얘가 어찌 신입생이란 말입니까?

"저기, 축제 준비를 정말 잘했네요, 데시."

나는 얼굴이 달아올랐다, 새빨갛게. "고마워, 맥스." 괜찮아, 잘할 수 있어. 그냥 표정은 쿨하게, 어깨는 풀고, 일벌레 본능은 자제해!

그는 잠깐 자기 발을 내려다보더니 미소 지으며 고개를 살짝 기울였다. 대박.

"음, 궁금한 게 있었는데…… 축제 끝나고 바빠요?" 그가 물었다.

목소리가 목에 갇혀버렸다. 나는 목을 가다듬었다. 새된 목소리는 금물! "축제…… 끝나고?"

"네, 잘 모르겠지만, 청소나 뭐 그런 거 해야 되나요?"

귀가 뜨거워졌다. 그의 눈이 나를 향하고 있는 게 느껴졌다. "아냐, 청소 안 해. 나 한가해." 잠깐, 내가 애를 부추기는 건가? 맥스는 귀여웠다, 의심할 여지 없이…… 하지만 신입생이었다.

내 마음을 읽은 것처럼, 내게 눈을 떼지 않고 맥스가 물었다. "선배는 아마 신입생이랑은 데이트하지 않는 모양이죠……?"

하-하-하. "데이트라."

맞는 말이었다. 그는 신입생이었다. 나는 졸업반이고. 그래서 나는 친절하게 거절하려 애썼다. 그런데 거절의 말 대신 기침이 나올 것 같았다. 나는 가슴에 손을 얹고 입을 꽉 다물었다─안돼, 지금은 때가 아니야.

하지만 그 기침에는 자체적으로 힘을 발휘하는 무언가가 있었다.

그래서 나는 기침을 했다. 정말 격렬하게.

그리고 하루종일 가슴속에서 들끓고 있던 가래가?

그의 빳빳한 줄무늬 셔츠에 곧장 착륙했다.

2장

죽고 싶다는 건 너무나 약한 표현이었다.

익숙하게도 몸이 굳어왔고, 나는 두 손으로 입을 가리면서 짙은 파란색과 빨간색 줄무늬셔츠에 묻은 덩어리를 응시했다. 그 줄무늬는 영원히 내 기억에 각인될 터였다. 굵은 파란색 줄 사이사이에 가느다란 빨간색 줄. 꽤나 좋은 셔츠다, 정말로.

"어…… 이거?" 나는 맥스의 목소리를 들었지만 차마 고개를 들어 그의 얼굴을 쳐다볼 수 없었다. 그가 셔츠를 쭉 펼치며 역겹다는 소리를 내는 것만 알 수 있었다.

마침내 나는 힘없는 목소리로 말했다. "미안, 내가 몸이 안 좋아서."

"괘…… 괜찮아요. 아, 할일이 있어서……" 그는 이내 군중

속으로 허둥지둥 사라졌다.

나는 재킷에 달린 후드를 머리에 덮어쓰고 피오나에게로 몸을 돌려 그녀의 어깨에 얼굴을 파묻으며 비명을 질렀다.

피오나가 내 머리를 어색하게 쓰다듬었다. "우와, 엄청난 썸패였어, 심지어 너한테도. 내 말은 그러니까…… 우와." 피오나가 말했다. 웨스는 웃다 울다 하느라 바빠 아무 말도 하지 못했다.

썸패. 이 기발한 표현은 썸에 실패한 나를 보고 웨스가 만들어 낸 말이다. 이해되는가? 썸 + 실패 = 썸패. 이 말이 처음 만들어 진 건 고등학교 신입생 시절, 내가 사랑에 빠져 일 년간 죽어라 영어 과외를 해주던, 부끄럼 많고 상냥한 해리 첸이 고백했을 때였다. 자기는 영어 선생님한테 반했다고. 남자 영어 선생님한테 말이다.

그 사건 전에도 나는 항상 썸패를 거듭했다. 남자애한테 말을 걸려고 시도할 때마다. 남자애가 나한테 말을 걸거나 어떤 관심의 낌새를 보여줄 때마다. 일은 항상 어그러졌다. 인생의 다른 모든 부분에서 나는 '완벽하게 준비된, 스탠퍼드에 갈 여자애'였기에 이해할 수 없었다. 연애는 심지어 내가 손댈 수도 없을 것 같은 영역이었다.

어찌나 진부한지—인생의 모든 부분에서 뛰어나지만 사랑에서만은 예외라니. 와-와.

나는 어리어리한 눈으로 고개를 들어 피오나를 보았다. "고마워. 한결같은 위로의 등불. 절친한 단짝. 단짝인 오랜 친구. 여자친구. 여자…… 친구."

피오나는 단호하게 고개를 저었다. 누군가 친구한테 위로나 아늑한 포옹을 구한다면, 피오나 멘도자는 절대 그걸 해줄 사람이 아니었다. 오히려 친구를 철썩 후려치고 현실을 깨치라고 말할 타입에 가까웠다.

그녀는 어깨를 으쓱였다. "그래도 걔는 신입생이잖아." 신입생이라는 말에 나는 그녀의 어깨에 더욱 파고들며 통곡했다. 나는 맥스가 신입생인 걸 알고 나서 그에게 끌리는 마음을 재빨리 접었지만, 그래도 그는 여전히 핫했다. 내게 데이트 신청을 하려고 했던 핫한 남자애.

나의 두 베프는 그들의 선한 의도에도 불구하고, 남자친구 사귀기가 내게는 왜 신화처럼 불가능한 일인지 결코 이해할 수 없을 것이다. 이 둘은 엄마 뱃속에서 나올 때부터 팬클럽을 달고 나왔으니까.

웨스가 휴대폰을 들고 내 사진을 찍었다.

"그거 내놔!" 나는 빽 소리치고 그의 손에서 휴대폰을 낚아채 재빨리 사진을 지웠다.

그가 칭얼거렸다. "자자, 난 그냥 '유명한 데시 썸패' 순간들에

이 장면을 추가하려던 것뿐이라고."

"너 죽고 싶냐?" 나는 매일매일 웨스를 죽이겠다며 위협했다.

나의 썸패는 너무도 예상되는 바고 너무도 확실해서, 심지어 스탠퍼드대학교 입학 지원용 에세이에 그 얘기를 농담삼아 써넣기까지 했다. 그러니까 실재하는 인간적인 결점을 보여주기 위해 말이다. 결점도 긍정적인 무언가로 나아갈 수 있는 거니까. 나는 겸손과 굴욕의 조합이 나를 성공적으로 스탠퍼드에 데려다주길 바랐다. 그게 아니라면, SAT 점수가.

그리고 거의 대부분은 그냥 웃으며 넘길 수 있었다. 할일이 너무 많았기 때문에 다른 일들에 더해 남자애들까지 내 시간을 잡아먹지 않았던 게 다행이었을지도 모른다. 집중해야 할 일들이 너무 많았다.

또하나, 나의 모공을 다른 인간이 그렇게 가까이에서 보게 내버려둬야 한다는 생각이 끔찍했다.

그다음주 학교, 나는 이스트리지아카데미 팀과 축구장에서 결투를 벌이고 있었다.

나는 축구를 사랑했다. 그건 체스와 100미터 달리기를 하나로 섞어놓은 것과 같았다. 잘 풀리는 날엔 마치 미래를 간파하고 있는 듯한 기분이 들었다. 철저히 계획에 따른 패스 하나하나마다 공이 골대 안쪽으로 들어갔다.

그리고 오늘이 그렇게 잘 풀리는 날 중 하나였다.

연장 경기가 한창이었고 1:1 동점 상황이었다. 지금이 아니면 기회는 없어, 데스. 팀 동료 리아 힐과 나는 순식간에 눈빛을 교환했고 그녀가 내게 공을 패스했다. 나는 적수 이스트리지의 번뜩이는 방어 전선을 훌쩍 뛰어넘고 공을 골대 모퉁이로 힘껏 차 넣었다.

호루라기가 울리고 나는 빙글빙글 뛰어다니며 승리를 자축했다. 이스트리지 선수들은 눈물과 곧장 퍼부어진 비난 세례 속에서 무너졌다.

한 바퀴 하이파이브를 한 후 나는 동료들과 작별인사를 하고 주차장으로 향했다.

"푹 쉬거라, 리!" 싱 코치가 아빠 차에 다다른 내게 소리쳤다. 나는 아직 그 멍청한 감기와 전투중이었기에 그녀의 목소리가 들리는 방향으로 맥없이 손을 흔들었다. 경기중에 분출된 아드레날린이 가라앉고 나자 진이 다 빠진 상태였다.

느릿느릿 움직이는 연파란색 미국산 명작 자동차가 나를 기다리고 있었다. 아빠는 그 어떤 중고차도 완벽하게 고치는 정비공이었지만, 주거용 보트 크기의 볼품없는 1980년형 뷰익 르세이

버를 몰았다. 맹세컨대 아빠의 별난 행동은 해마다 기하급수적으로 늘어났다.

맞다, 아빠는 나를 데리러 온다. 작년에 나는 아빠에게서 받은 생일선물—끽해야 이십 분 몰았던, 황록색 중고 사브 컨버터블—을 집에서 3미터 떨어진 가로등에 처박았다. 토끼가 내 앞으로 튀어나왔는데 브레이크를 밟기는커녕 순간적으로 핸들을 거칠게 꺾어버린 것이다.

그 이후로 아빠는 내가 차를 몰고 다니는 건 무리라고 판단했다. 그는 내가 절대 부서지지 않을 그의 보트를 짧은 거리만 몰 수 있게 허락해주었고 나는 다른 차를 사달라고 요구하지 않았다. 내 인생 목표의 제1순위는 아빠에게 절대로 걱정을 끼치지 않는 것이니까.

내가 걸어가 차문을 당겨 열었을 때 아빠는 운전석에서 신문을 읽고 있었다.

"아! 왔구나!" 커다란 미소와 함께 아빠가 황급히 신문을 접어 대시보드에 툭 내던졌다. 넓적하고 둥그런 얼굴에 미소가 환히 떠올랐다. 아빠가 웃으면 눈꼬리와 햇볕에 그은 피부에 주름이 잡혔다. 아직 그에게는 그의 유일한 자부심, 까맣고 무성한 머리카락이 있었다. 아빠는 매일 아침 그 숱 많은 머리를 정성껏 빗질하고 부풀렸다. 고작 기름때 묻은 윗옷과 카고 반바지를 입으려고.

"안녕, 아빠?" 나는 백팩과 더플백을 뒷좌석에 툭 던지고는 안도의 신음소리와 함께 조수석에 주저앉았다. 몸 구석구석이 욱신거렸다.

아빠는 즉시 거친 손바닥을 내 이마에 얹고는 못마땅하다는 듯 혀를 찼다. "오메 세상에, 열이 있네!" 오메 세상에는 들을 때마다 너무 웃겼다.

나는 몸을 뒤로 기대고 눈을 감았다. "괜찮아. 그냥 죽 먹고 엄청 뜨거운 물로 샤워하면 돼." 죽은 한국식 포리지*다. 그리고 아빠는 죽을 기가 막히게 끓인다. 그 죽에는 버섯과 잘게 썬 미역이 들어간다.

"치, 누굴 속이려고? 넌 내일 학교 가면 안 돼. 오늘밤엔 숙제하지 마. 그냥 재밌는 것만 해." 집으로 가는 길에 아빠가 말했다.

"안 돼, 재밌는 건 안 돼!" 나는 웃으며 말했다. 반은 농담이었다. 나는 졸업반에서 기증한 통조림 일부를 동네 교회에 전달해주고 AP** 영문학 과제를 끝내야 했다.

"야! 아빠가 재밌는 거 하라고 하면, 재밌는 것만 해!"

---

* 귀리에 우유나 물을 섞어 걸쭉하게 죽처럼 끓인 음식.
** 대학 과목 선이수제. 고등학교에서 대학교 1학년 수준의 수업을 미리 수강하는 것. 일부 대학교에서 학점으로 인정해주기도 한다.

아빠는 항상 자신을 삼인칭으로 지칭했고 그건 항상 '대드 Dad'에 해당하는 한국어 '아빠'였다. 그 말은, 알다시피, 사랑스럽게 들리거나 거북하게 들리거나 둘 중 하나였다. 어느 정도 서투른 아빠의 영어는 너무도 코믹해서 가끔은 그가 나를 웃기려고 꾸며내는 건가 의아하기도 했다. 우리는 집에서 한국어와 영어를 모두 사용했는데, 나의 서툰 한국어와 아빠의 서툰 영어가 섞인 그 대화는 터무니없는 퓨전에 가까웠다.

집에 도착한 뒤 나는 얼른 샤워를 하고 나의 황갈색 피부(아빠는 나처럼 시골 사람 피부야!라며 자랑스러워했다)에 로션을 듬뿍 바른 후 아래층 팬트리로 뛰어갔다. 내가 통조림을 세는 동안 거실에서 익숙한 한국 사람들 목소리가 들렸다.

"아빠! 성스러운 모든 것의 이름으로 말하는데 제발, 볼륨 좀 낮춰줘!" 내가 소리쳤다. 볼륨은 아주 살짝 낮아졌고 나는 거실로 통조림 상자를 끌고 나왔다. 거실에서 아빠는 아끼는 리클라이너에 앉아 좋아하는 한국 드라마를 보고 있었다. 다 해진 짙은 황록색 천 위로 그의 정수리만 보였다.

그는 한국 드라마의 전형적인 장면에서 멈췄다. 제법 성깔 있는 훈남이 몹시 취한 평범한 여자애를 업고 있었다.

"이거 이미 본 거 아니야?" 나는 놀렸다. 그 말이 나오길 기다리면서……

아빠는 몸을 쭉 펴고 큰 소리로 말했다. "다른 거야. 한국드라마들이 다 똑같진 않아!"

나는 키득거렸다. 한국 드라마에 집착하는 아빠를 놀리는 게 정말 좋았다. 그는 비가 오나 해가 뜨나 하루도 빠지지 않고 저녁마다 드라마를 봤다. (그의 또다른 인생 드라마는 〈왈가닥 루시〉*다. 그렇다, 내 이름은 데시 아나즈에서 따왔다. 더이상 묻지 마시라.) 아빠와 드라마 사이에는 그 무엇도 비집고 들어갈 수 없었다.

한번은 그걸 한국식 숍오페라**라고 했다가 아빠의 분개에 얼굴이 녹아버리는 줄 알았다―"그 허섭스레기들이랑은 다르지!" 그 말을 인정할 수밖에 없었다. 우선 한 가지 이유는, 한국 드라마는 미니시리즈 형식이기 때문에 회차 수가 미리 정해져 있어서 똑같은 커플이 악랄한 쌍둥이들과 싸우는 등등의 이야기로 수십 년을 질질 끌며 진행되지 않는다. 또한 숍오페라와 달리, 영화처럼 장르가 폭넓고 다양하다―로맨틱코미디, 판타지, 서스펜스, 혹은 전형적인 로맨틱멜로. 아빠는 그 모든 걸 사랑했다. 가끔은 나도 조금씩 함께 보긴 했지만 정말 내 취향은 아니

---

* 1951년부터 1957년까지 방영된 미국 시트콤. 배우 데시 아나즈가 남자 주인공 역할을 맡았다.
** 극적인 소재로 가정사나 애정사를 다루는 통속극.

었다.

나는 화면을 가리켰다. "내가 맞춰볼게. 저 술 취한 여자애는 고아야."

아빠는 TV를 정지해놓고 뻐기듯 코웃음을 쳤다. "고아 아닌데. 아주 가난하긴 해."

"그리고 저 남자애는 백화점 CEO 아들이야."

"야!"

"야는 무슨. 그럼 재밌게 보셔. 이 통조림들 갖다주러 가려는데 차 좀 빌려줄 수 있어?"

그는 걱정스러운 듯 나를 쳐다보았다. "아빠가 안 데려다줘도 되는 거 확실해? 너 아프잖아."

"괜찮아. 교회까지는 오 분 거리밖에 안 되는걸. 그래도 고마워."

아빠는 문 앞에서 나를 배웅하며 차 열쇠를 건네주었다.

"바로 돌아와야 한다. 죽을 끓여둘 거니까. 넌 좀 쉬어야 돼."

"알았어, 아빠. 금방 올게."

신발을 신고 통조림 상자를 차에 싣는데 아빠가 문가에서 소리치는 게 들렸다. "야! 데시! 양말 신어야지! 양말을 안 신으니까 항상 아프잖아!"

세상에, 아빠와 양말이라니. 이건 아니지. 나는 소리치며 대꾸했다. "춥게 다니면 몸이 아프다는 건 흔히들 하는 오해야! 다시 드라마나 보셔!"

말은 그렇게 했지만 나는 안으로 뛰어들어가 양말을 신고는 다시 집을 나섰다.

3장

"제프리 초서의 『캔터베리 이야기』가 그 시대에 사회적으로 비판받은 이유에 대해 토론해보렴. 방귀에 대한 농담은 자제하고! 초서가 얼마나 음란한 놈이었는지는 모르는 사람이 없으니까."

아, 이분은 리먼 선생님이다. 캘리포니아 망나니 무리에게 꾸역꾸역 초서를 가르치게 된 진짜 영국인 영어 선생님. 금요일이었고 AP 영어 수업 중이었으며 학생들이 토론 그룹으로 모이려고 책상을 이동하던 참이었다. 내 그룹은 언제나처럼 비상한 두뇌의 소유자들로 구성되었다―셸리 왕, 마이클 디아스, 그리고 웨스.

"좋아, 그럼 초서 시대에는 어떤 문제로 사회가 병들었는지부터 시작해볼까?" 마이클이 이미 노트에 맹렬하게 필기하며 말했다. 언제나 자기가 일등이여야 하는 애다.

이에 질세라 셸리가 갑자기 말을 꺼냈다. "음, 우선 억압적인 가톨릭교회부터 얘기해볼까?"

웨스는 동의하며 고개를 끄덕였다. "응, 초서는 그런 관찰력으로 당대를 앞서나갔지."

나는 눈살을 찌푸리며 14세기 영국의 또다른 사회적 병폐에 대해 생각하려 머리를 굴렸다. 깊은 생각에 잠겨 나도 모르게 노트 여백에 낙서를 했다. 지난 몇 주 동안 인터넷을 뒤적이며 찾아보던 드레스를 스케치한 것이다—하트 모양 네크라인에 밑에는 꽃무늬 자수가 들어갔으며 길이는 짧고 어깨끈이 없는, 보랏빛이 도는 회색 드레스였다. 어쩌면 졸업파티 때 입을 옷. 졸업파티는 백만 년 뒤의 일처럼 느껴졌다.

"젠장."

나는 아연실색하며 고개를 들어 셸리를 보았다. 카디건을 입고 반짝이 펜을 쓰는 이 미스 모범생은 결코 욕을 하는 일이 없었다. 나는 그녀의 시선을 따라갔다. 사실상 교실 안의 학생들 절반 가량의 시선이 그곳에 가 있었다.

문가에 어떤 남자애가 서 있었다. 다시 말하면—말도 안 되게 완벽한 남자애의 표본이었다.

키가 크지만 멀대 같진 않고, 회색 비니 아래로 헝클어진 흑발이 보였다. 어두운색 청바지에 긴소매 상의, 도톰한 감청색 조끼 차림이었다. 그리고 맙소사, 그 얼굴. 구릿빛 피부, 유리도 잘라낼 듯 날카로운 턱선, 진지한 눈썹 한쌍 아래의 짙은 색 두 눈, 그리고 교실을 살펴보며 머뭇머뭇 미소 짓는 큼직한 입.

연필이 내 손에서 떨어져 바닥에서 달가닥거렸다.

"네 이름은?" 리먼 선생님이 물었다.

"루카 드래코스입니다. 전학왔어요."

루카. 대체 어떻게 이름이 진짜 루카*일 수 있지? 그의 낮고 조용한 음성에 교실 안 여학생들이 들떠 떠드는 소리가 들렸다.

"음, 루카, 우리는 『캔터베리 이야기』에 대해서 소그룹 토론을 하던 중이었어. 저쪽 그룹으로 합류하는 게 어떻겠니." 선생님이 우리를 가리키며 말했다. "애들아? 루카를 끼워주렴."

버둥대며 연필을 바닥에서 주우려다 고개를 들어보니 루카가 우리를 향해 오고 있었다. 모든 것이 슬로모션으로 움직였다. 맹세컨대, 교실에 실바람이 휙 불더니 눈을 가리던 풍성한 머리카락이 들춰지며 그의 시선이 곧장 나에게로 향했다. 이러언 미이-친.

"안녕." 마침내 우리에게 다다른 그가 말했다.

---

* 영미권에서는 영화나 드라마에서나 나올 법한 흔치 않고 이국적인 이름.

셸리가 내 옆에서 몸을 떠는 게 느껴졌다. 그녀가 새된 목소리로 말했다. "안녕!" 그러고는 얼른 일어나 빈 책상을 끌어왔다. "여기 앉아!"

그가 셸리에게 미소 지었다. "고마워." 루카는 나에게서 1미터도 안 되는 곳에 앉았다. 다른 모두가 정중하게 자신을 소개하는 동안 나는 말하는 능력을 잃고 말았다. 드디어 그가 기대하듯 나를 쳐다보았다.

"난 데시야." 낮고 쉰 목소리가 나왔다. 나는 목을 가다듬었다. "데시." 바보처럼 되풀이했다. 나는 왜, 왜 허구한 날 중에 하필 오늘 '패션' 추리닝 바지를 입고 온 걸까.

"응." 그가 말했다. 완전 잘생긴 목소리였다. 그는 목소리도 잘생겼다.

"어디서 왔어?" 셸리가 그에게 물었다.

"오하이." 그가 대답했다. "산타바바라에서 동쪽으로 한 시간쯤 가면 나와."

셸리는 힘차게 고개를 끄덕였다. "아, 그래, 나 거기 어딘지 알아. 엄마가 요가 수련하러 가거든. 자, 음, 우린 『캔터베리 이야기』 속의 사회 비판에 대해 토론하고 있었는데," 셸리가 책을 들고 말했다. "읽어봤어?"

루카는 고개를 저었다. "아니." 무관심한 기색이 뚜렷했다.

나는 얼굴을 찌푸렸다. 새로 전학온 애가, 인상 한번 진하게 남기는군. 하지만 셸리는 단념하지 않은 듯했다. 속눈썹을 깜빡이면서 대놓고 그를 응시했다. 나는 눈을 굴렸다. 잘해보셔, 셸스. 나는 이렇게 말도 안 되게 잘생긴 애하고는 멀리멀리 거리를 두는 게 좋다는 사실을 알고 있었기에 계속 노트에 끄적거리기만 했다. 가래 사건을 반복할 기분이 아니었다. 그 고통이 아직 생생했다.

그럼에도 몰래 그를 흘끗 쳐다보았다.

누군가 내 의자를 발로 차서 고개를 드니 웨스가 고개를 절래절래 흔드는 게 보였다. 나는 그를 노려보고는 입 모양으로 말했다. 죽는다. 그는 웃으며 루카가 있는 쪽으로 눈썹을 씰룩였다. 내가 웨스의 의자를 발로 걷어차니 그는 고개를 숙이며 웃음소리를 숨겼다.

그런데 갑자기, 다른 애들이 제프리 초서가 경시한 기사도 정신에 대해 토론에 푹 빠져 있을 때, 루카가 자기 책상을 내 쪽으로 끌고 왔다. 나는 얼어붙었다. 왜 다가오는 거지?! 안 돼애애애.

머릿속에선 나에 대해 역겨워 보일 수 있는 모든 항목이 톰 크루즈 영화 속 홀로그램처럼 하나씩 튀어나왔다. 말라서 갈라진 입술. 체크. 다듬는 걸 계속 잊어버린 이상할 만치 기다란 눈썹한 가닥. 체크. 오늘 아침부터 있었을지 모르는 눈곱. 체크. 인중에 즐겁게 새로 돋아난 털. 체크. 이마에 여기저기 돋은 조그맣지만 보기 싫은 여드름. 체크. **추리닝 바지**는 말할 것도 없고. 안 된다. 오늘은 귀여운 전학생 남자애와 대화하기에는 정말 날이 아니었다.

공포감에 휩싸인 채 웨스를 바라보니 그는 내가 썸패 마을로 향하고 있다는 걸 알아채고서 안타깝다는 듯 입술을 꾹 다물고 있었다.

불과 몇 센티미터도 안 되는 거리에서 루카가 내 노트를 슬쩍 보았다. "잘 그렸네." 시선은 계속 앞을 향하고 있고 목소리는 너무 낮아서, 정말로 그애가 한 말인지 아리송해졌다.

내 시선은 서툰 솜씨로 끄적거린 드레스로 흘러내렸다. "음, 고마워. 그냥…… 대충 끄적인 건데." 나는 자연스럽게 팔로 그림을 가렸다.

"AP 미술 수업 들어?"

코웃음이 새어나왔고 곧바로 얼굴이 빨개졌다. **차분해지자.** "음, 아니." 마침내 나는 겨우 대답했다. "넌 들어?"

그는 고개를 끄덕이고는 속삭였다. "근데, 야. 솔직히 말해줘. 어쩌다보니 내가 너드 중에서도 너희 같은 슈퍼 너드들 사이에 끼게 된 거 같은데. 맞지?"

나는 또 코웃음이 터져나오는 것을 참았다. 대신 미소로 화답했다. "어떻게 알았어? 중세 영어에 대한 열정 때문에?"

그러자 그가 웃었다. 이야, 내가 방금 귀여운 남자애를 웃게 했잖아. 그래, 잘하고 있을 때 멈춰야 했다. 그렇지만……

"우리는, 이를테면, 14세기 방구 농담을 완전 즐기거든." 멈추기 전에 그 말이 튀어나와버렸다. 아-이런-세상에 왜애애애.

그런데 또다시, 루카가 웃었다. 그래서 나도 웃었다―코웃음은 빼고.

웨스가 눈을 동그랗게 뜨고 나를 보는 걸 느낄 수 있었다. 그는 지금 내게 대화를 멈추라고 필사적으로 텔레파시를 보내는 중이었다.

살짝 몸을 기울여 우유를 짜는 활기찬 여자들에 대한 초서의 취향에 대해 농담을 던져보려던 차에, 루카가 태연스럽게 내 책상 너머로 손을 뻗었다. 조금씩 내 손 가까이로. 뭐지―?

몸안의 모든 신호가 날뛰었다―빨간 불빛, 빵빵대는 경적, 삐오삐오 사이렌. 심장이 가슴 밖으로 튀어나와서 이대로 죽는 건가 싶었다. 마침내 대단한 승리를 거두고 아디오스 무차초스!*

하지만 죽지 않았다. 그 대신 루카가 내 손에서 연필을 부드럽게 빼내는 걸 보았다. 나는 너무 놀라 연필을 쥐고 있던 모양 그

---

* 스페인어로 '잘 있어, 얘들아!'.

대로 어색하게 가만히 있었다. 아무것도 쥐지 않은 빈손으로. 그러고 나서 아주 정말 살짝, 루카가 내 노트를 자기 쪽으로 기울이더니 자기 손에 닿을 때까지 내 책상 아래쪽으로 스윽 당겼다.

그는 나를 한 번도 쳐다보지 않고 내 그림 위에 선을 덧입히기 시작했다. 재빠르고 자신감에 찬 터치로. 그의 선이 내 그림 위로, 가로질러서, 주변에 쓱쓱 그려졌다. 유치해 보이던 드레스가 어두운 레이스가 층층이 겹쳐진 드레스로 바뀌었다. 날씬하지만 굴곡 있는 몸에 편안하게 잘 맞게. 드레스 앞은 짧았지만 뒤는 깃털로 장식된 풍성한 치마가 폭포수처럼 떨어져 바닥에 끌리고 있었다. 그런 다음 그는 끈이 많고 굽이 높은, 진정한 킬힐을 신은 어떤 상상 속의 여자애를 만들어냈다. 그녀는 팔목까지 올라오는 검은색 레이스 장갑을 끼고 길게 헝클어진 머리카락을 한쪽으로 그러모아 늘어뜨리고 있었다. 다른 한쪽에 드러난 귀에는 기하학 모양의 단추형 귀걸이, 긴 체인과 보석 귀걸이들이 어깨 아래로 늘어져 있었다.

주변에서 들려오는 초서 토론은 백색소음으로 바뀌어갔고 나는 그 그림이 점차 생생해지는 걸 지켜보았다. 루카가 잠깐 멈추자 나는 다음에 무엇이 그려질지 보고 싶어 안달이 나서 그를 흘끗 쳐다보았다. 그가 종이 가까이로 얼굴을 기울이더니 집중하며 눈을 찌푸렸다. 하지만 맹세컨대 그는 웃고 있었다.

그는 그림에 얼굴을 채워넣었다. 두꺼운 일자 눈썹. 미간이 넓은, 긴 속눈썹이 달린 짙은 두 눈. 넓은 광대뼈 그리고 아랫입술보다 윗입술이 큰 작은 입. 살짝 튀어나온 앞니.

나였다.

나는 그림을 빤히 쳐다보았다. 몸을 움직여 루카를 볼 수 없었다. 뺨은 뜨거웠고 심장이 두근거리는 소리가 귀까지 들려왔다—소리가 너무 커서 지구상에 있는 모든 사람이 듣지 못한다는 걸 믿을 수 없을 정도였다. 나는 마침내 고개를 들고 그의 두 눈을 똑바로 응시했고, 우리 사이에서 전기가 찌릿 일었다.

내가 어떤 반응을 하기 전에, 한마디 꺼내기도 전에, 벨이 먼저 울려버렸다.

모든 학생이 책상을 원래 자리로 옮기느라 금속이 바닥을 긁고 지나갔다. 루카도 내 노트와 연필을 책상에 내려두고 자신의 책상으로 돌아갔고 말 한마디 없이 자기 물건들을 챙겼다.

나는 입을 열었다가 다시 닫았다. 그리고 연필을 조심스레 들었다. 맹세컨대 연필은 그의 손길 때문에 여전히 따뜻했다.

"네가 교실이나 뭐 다른 거 찾을 때 도움이 필요하면 같이 가줄게." 셸리가 루카에게 알랑거리는 소리가 들렸다.

작은 미소가 루카의 입술에 머물렀다. "아, 고맙지만 혼자 할 수 있어." 그는 백팩을 가슴에 휙 둘쳐메고는 무언가를 꺼내는 척하는 듯했다.

웨스는 자기 가방으로 내 팔을 툭 쳤다. "어이, 준비됐어?"

나는 눈을 깜빡였다. "어, 그래, 어어." 같이 교실을 나서면서 마지막으로 뒤쪽의 루카를 흘끗 보았다. 무슨 말을 하려고 했던 걸까? 아닌 것 같았다. 그는 가방을 뒤적이는 황홀감에 몹시 심취해 있었다.

"너 저기서 존 스타모스*랑 뭐 때문에 킥킥대고 있었냐?" 우리가 교실 밖으로 나오자 웨스가 물었다.

"하-하. 킥킥대지 않는데." 나는 이렇게 말하면서 킥킥대기 시작했다.

웨스는 나를 보고 눈썹을 치켜떴다. "망하아아알."

"닥쳐라." 또다시 나도 모르게 킥킥대며 말했다. 돌아보니 루카가 나를 향해 걸어오고 있었다. 이제 백팩은 제대로 멘 채였다. 나는 얼어붙었다. 확실히, 루카가 나를 향해 걸어올 때마다 세상이 슬로모션으로 움직였다. 그가 비니를 눈 위쪽으로 밀어냈다. 빙하가 움직이는 속도처럼 아주 천천히. 그가 마침내 내게 도달했을 무렵 우리는 이미 데이트를 하고, 결혼을 하고, 눈물을 흘리며 두 딸을 대학에 보냈다. 킥킥거리던 웃음이 즉시 사라졌다.

---

*1980년대 미국의 대표적인 미남 배우.

"아, 네가 AP 미술 수업 안 듣는다고 말했던 건 아는데 혹시 미술 동아리는 안 해?" 그가 물었다. 조금 전의 미묘한 분위기는 사라졌고, 나는 그게 웨스가 함께 있어서 그런 건지 헷갈렸다. 그래도 그는 충분히 다정했기에……

나는 차분하려고 노력했다. "하, 절대 안 하지."

그가 웃었다―통쾌한 웃음이라 나도 크게 활짝 웃고 말았다. 저런 핫가이의 표본에게서 저렇게 품위 없는 웃음이 나오다니. 세상에나, 그만 흥분해. 흥분하면 어떻게 되는지 알잖아. 데시. 멈춰! 하지만 나는 한 번도 남자애들을 웃겨본 적이 없었다. 남자애들과 어떤 교류를 하건 이쯤이면 내가 이미 볼만한 바보짓을 저질렀을 터였다. 난생처음 희망이 깜빡이는게 느껴졌다.

웨스가 은근슬쩍 우리 사이로 걸어갔다.

"유감이네." 루카가 뜻 모를 표정을 하고서 말했다. 내 심장이 쿵쾅거렸다.

그런 다음, 나는 느꼈다―모든 기능이 초조한 불안감에 사로잡혀 통제가 안 되는 익숙한 느낌. 안 돼, 안 돼, 안 돼. "내가 미술 동아리에 들지 않아서 유감이라고?" 나는 물었다. 내 목소리는 이미 기이한 높이에 다다라 있었다.

"응."

나는 고개를 저었다. "나는 보통 수준밖에 못하는 일을 좇느라 시간을 허비하진 않으니까." 맙소사. 나는 모든 걸 안다는 듯, 식민지시대의 기묘한 말투로 말하고 있었다. 그만, 이제 그만하고 그냥 초연하고 쿨하게 있어. **초연하고 쿨하게.** 자세 확인하고.

그의 미소가 사라졌다. 반짝거리던 눈이 흐려졌다. 알았어, 초연하고 쿨한 순간은 공식적으로 끝나버렸다. 이제 그만둬야 한다는 걸 알았지만 그래도 구제할 수 있을지 몰랐다. 대담한 기분이 안에서 훅 치밀어올랐다. 너 자신을 그냥 설명해. 소통이 열쇠야. "그냥 내가 너무 바빠서." 그의 얼굴이 굳어졌다―그러니까, 마비됐다고나 할까. 나는 끝까지 밀어붙였다. "어깨에 짊어진 게 많거든. 학생회장, 학교 축구랑 테니스 대표팀, 동아리 다섯 개를 하고, 졸업생 대표로 거의 예정돼 있어."

정중함-역겨움-고통이라는 너무도 익숙한 표정이 루카의 얼굴에 확실히 드러났다. "우와. 부지런하네. 알았어. 그럼 다음에 보자."

나는 눈을 깜빡이면서 고개를 흔들었고 그가 걸어가자 나의 재치가 다시 돌아오는 듯했다.

"기다려, 루카!"

그가 돌아보았다, 주저하면서. 주저함을 판단하는 기준이 말 그대로 발을 끄는 것이라면.

이제 어떡하지? 대체 왜 그랬던 거지?!

나는 추리닝 바지의 허리끈을 초조하게 잡아당겼다. "음, 미술 동아리는 언제 모여?" 모든 걸 잃은 건 아니다. 그냥 추파를 던져봐. 귀엽게. **귀엽게 굴라고.** 나는 효과를 더하기 위해 아랫입술을 깨물었다.

루카는 주변을 둘러보았다. 이 상황을 모면할 길을 찾는 것처럼. "음, 아직 확실하지 않은데, 내 생각에 홈페이지에 나와 있을 것 같아……" 그의 목소리 끝이 흐려졌다.

그러고 나서.

나의 패션 추리닝 바지가 내려가 벗겨졌다. 그리고 발치에 웅덩이처럼 고였다.

나는 아래를 쳐다보았다. 루카도 아래를 쳐다보았다. 나는 고개를 들었다. 루카는 여전히 아래를 보고 있었다.

웨스가 꺄악 비명을 지르는 소리가 들렸다. "너 지금 **장난해?**"

나는 바지를 추켜올리고 달렸다. 바람처럼.

4장

그날 저녁 내내 휴대폰에서 진동이 울렸다―웨스와 피오나는 추리닝 바지 사건에 대해 격려해주려 했지만 나는 무시했다. 그들에게 보낸 마지막 문자메시지는 이랬다. **나는 죽었다고 생각해라. 안녕.**

퇴근하고 집에 온 아빠는 엄청난 신세한탄에 빠져 있는 나를 발견했다. 나는 잠옷 차림으로 젊은 여자들이 컵케이크 가게를 운영하며 경쟁하는 리얼리티 쇼를 보고 있었고, 폭식 메뉴로 선택한 기다란 오이 피클을 흡입중이었다. 현관에서 아빠가 혀를 찼다. "그렇게 피클을 많이 먹어?! 이 시간에? 그럼 아빠가 저녁밥 안 차려줄 거야."

그는 툴툴거리며 주방으로 들어가 식료품을 정리했다. 보통 그건 내 일이었지만 오늘은 이 끔찍한 기분을 충분히 누릴 필요가 있었다. 누가 나의 썸패의 기나긴 역사를 짚어본다면 최근 건 그저 모래사장의 모래 한 알에 불과하다고 생각할 것이다. 그리고 과거에는, 두 시간만 지나도, 불가피하게 당장 처리해야 할 데시 리의 할일들에 정신이 팔리곤 했다—과학경진대회, 축구시합 등등. 하지만 오늘 일은 그냥 떨쳐버릴 수 없었다. 그리고 루카 썸패에 대한 무언가가 나를 몹시도 부끄러웠던 과거 속 장면의 소용돌이로 몰아갔다.

제퍼슨 머호니. 초등학교 1학년. 태권도 수업중에 발로 차버린 나의 첫번째 짝사랑남, 나한테 거시기를 걷어차이는 바람에 응급실로 실려갔다.

피클을 하나 더 집으려고 유리병 안으로 손을 쑥 집어넣었다. 아빠가 거실로 걸어나와 나를 보며 고개를 내저었다. "좋아, 몬 일이야?"

대개, 몬 일이야는 나를 킥킥거리게 만들었다. 나는 뜨뜻미지근하게 미소 지었다. "아무것도 아냐."

디에고 밸디즈. 초등학교 4학년. 자기한테 '특별한' 책들이 있는데 보고 싶은지 물어봤고 나는 그에게 포르노물은 보면 안 된다고 말했다. 알고 보니 그건 만화책이었고 그는 그때까지 아기가 어떻게 생기는지조차 몰랐더랬다. 나는 4학년 변태가 됐다.

"그거 내가 페르시아 마트에서 사 온 특별한 피클이야. 내놔. 아빠가 좋아하는 거란 말이야."

나는 유리병을 품에 꼭 안고 아빠에게서 등을 돌렸다. "안 돼!"

올리버 스프레이그. 중학교 2학년. 핼러윈 댄스파티에서 내게 몸을 기울여 첫 키스를 하려고 했지만 나는 눈물이 나올 때까지 웃음을 터뜨리고 말았다.

아빠는 입술을 비죽였다. "알았어. 그만해. 이젠 재미없어. 아빠 TV 봐야 돼. 너 정말 성가시게 군다."

"나빴어."

아빠가 옆에 풀썩 주저앉는 바람에 내 몸이 튀어오르며 피클 국물이 조금 튀었다. 그는 힘을 써서 억지로 유리병을 빼앗아갔다. "그럼, 오늘 저녁밥은 없는 거다." 아빠가 피클을 한입 베어물고 리모컨을 집어들었다.

"다른 거 보자." 나는 한 번도 K드라마 한 회차를 끝까지 앉아서 본 적이 없었고 그 순간에는 훨씬 더 사악하고 비참한 것을 보고 싶었다.

아빠는 나를 무시하고 인터넷과 연결된 스마트TV 항목들을 능란하게 조작한 다음 K드라마 스트리밍 사이트를 열었다. 이메일도 간신히 쓰는 사람이지만 그 사이트는 자면서도 열 수 있었다. 리모컨을 잡아채려고 시도했지만 아빠가 리모컨으로 내 머리를 툭 쳤다.

"너 왜 그래? 난 하루종일 일했어. 넌 뭐했는데, 이 피클 괴물아? 안 돼, 아빠가 보는 거 같이 봐."

나는 머리를 문지르며 아빠를 노려보았다. "그러고 싶지 않아."

니마 아미리. 고등학교 2학년. 몇 주 동안 실명을 밝히지 않고 애정 어린 쪽지를 보냈는데, 나중에 알고 보니 그는 처음부터 그게 나인 걸 알고 있었다. 내가 처음 보낸 쪽지에 실수로 사인을 해두었던 것이다.

툭, 한 대 더 맞았다. "야, 불평 그만해. 그리고, 우린 볼 거야. 이건 이 드라마 마지막 회고 아빠는 이걸 보는 게 너어어어무 신나거든."

일주일 내내 배경음악으로 들었던 주제곡과 함께 오프닝크레디트가 올라가자 나는 갑자기 참을 수 없어졌다. "이게 어떻게 재밌을 수가 있어? 결말이 다 똑같잖아. 이 사람들." —나는 화면을, 요정처럼 큰 눈의 여자와 저스틴 비버 헤어스타일의 나쁜 남자를 가리키며— "쟤네들은 절대로 함께할 수 없어. 근데 기적 중의 기적이 일어나서 결국엔 행복하게 끝나잖아. 완전 헛소리지."

맥스 페랄타: 가래 로켓.

루카 드래코스: 저절로 벗겨진 바지.

아빠는 내 머리를 옆으로 밀쳤다. "말조심해, 미스 USA 불평쟁이야. 진정한 사랑이라면 시작이 안 좋아도 끝이 행복하다는 거 몰라?"

진정한 사랑. 나는 코웃음을 치고 싶었지만, 루카의 그림을 봤을 때의 그 설렘은 그때까지 느껴보지 못한 감정이었다. 그의 주변에 있을 때 느껴지는, 약하게 윙윙거리는 현기증도 처음이었다. 과거에도 누군가에게 첫눈에 반한 적이 있었지만 이건 뭔가 다르다는 느낌이 계속 들었다.

순전히 더 실랑이하고 싶지 않은 마음에 그냥 편히 앉아 그 회차를 처음부터 시청했다. 아빠가 친절하게도 영어 자막을 틀어줘서 내 초급 한국어 실력으로도 충분히 따라갈 수 있었다.

첫 장면은 바쁜 도시의 교차로였다―빗속에서 주인공들이 길 건너편에서 서로를 응시하며 서 있었다. 그들 주변으로 자동차가 내달리고 음악소리가 점점 커져갔다.

아빠는 유쾌하게 손뼉을 쳤다. "아, 드디어!" 그가 말했다. "그렇게 나쁜 일들 끝에 드디어 서로를 보네! 이제 저 둘이 키스할 거야!" 그가 나를 흘끗 봤다. "이거 청불일지도 모르겠다."

나는 비웃었다. "아빠, 진심이야? 우리 〈브로크백 마운틴〉도 같이 봤어."

이제 막 신호등이 녹색불로 바뀌고 두 연인이 만나려는 순간 회상 장면이 나왔다. 여자는 근무중에 비품 창고에 앉아 치마를 걷고 투명 매니큐어로 찢어진 스타킹을 수선하고 있다. 남자는 우연히 그녀를 향해 걸어오고 그녀는 깜짝 놀라 두 팔을 공중으로 번쩍 들었다—매니큐어 병을 그의 눈에 내던지면서 말이다. 그가 울부짖고 여자는 황급히 다가가 그를 도우려 한다. 그는 소리치며 그녀를 밀쳐낸다. 순간 기분이 나빠진 여자는 그를 발로 걷어차버리고 그의 얼굴이 양동이 속에 박힌다.

나는 콧방귀를 뀌었다. "그러게, 이렇게 만난 두 사람이 빗속에서 열렬한 키스까지 나누게 되다니 아주 대단히 그럴싸하네."

아빠는 또다시 나를 밀쳤다. "조용히 해, 데시. 그냥 봐. 그전 회차에서 일어났던 일들이 전부 나올 거야."

다음 회상에서 여자는 눈보라를 헤치고 비틀거리며 오두막으로 들어온다. 남자는 소리를 치며 그녀에게 서둘러 달려간다. 그는 왜 위험한 짓을 하느냐며 몹시 화를 낸다. 그러다가 절뚝거리는 그녀를 보고 다쳤다는 걸 알아차린다. 그는 그녀를 스툴에 앉히고 발목에 조심스럽게 붕대를 감아준다. 그리고 그의 시선이 그녀의 맨발목에서 얼굴로 미끄러지듯 올라가고 둘의 눈이 어색하게 마주친다. 그가 그녀를 밀어내고 그녀는 스툴에서 넘어진다.

나는 웃었다. 그래, 살짝 폭력적인 요소가 있긴 하지만 꽤 귀여운 건 인정하겠다.

다음 회상 장면은 이랬다. 여자가 어떤 밋밋하게 생긴 녀석과 고급 레스토랑에서 저녁식사를 하고 있는데 남자가 화난 채로 난입해 성큼성큼 걸어오더니 그녀의 손목을 잡아채고 끌어낸다. 그녀는 그에게 소리치고 화가 나서 그의 가슴을 작은 주먹으로 마구 치지만, 그는 그녀에게 거칠게 키스하고 그녀는 그의 품에서 녹아내린다.

흐음…… 저건 조금…… 핫하네. 나는 허리를 펴고 앞으로 몸을 기울였다. 마지막 회상 장면은 이랬다. 둘은 근무중이고 상사가 여자에게 소리치고 있다. 서류철도 던져서 종이가 사방으로 날아간다. 그 광경을 바라보는 남자의 얼굴이 감정으로 뒤틀린다. 그녀는 남자와 의미심장한 눈빛을 나눈 뒤 고개를 높이 들고 사무실을 걸어나간다.

아빠가 나를 팔꿈치로 쿡 찔렀다. "저건 저 녀석이 잘못한 걸 여자가 대신 뒤집어쓸 때였어."

다시 현재 시점으로 돌아왔고, 그 많은 오해와 괴로움 뒤에 두 사람은 서로를 갈망하며 마주하고 있다. 신호등이 녹색으로 바뀌고 둘은 슬로모션으로 서로를 향해 걸어온다. 그들이 길 한복판에서 만나려던 그 순간, 나는 리모컨을 잡아채고 일시정지 버튼을 눌렀다.

"데시!" 아빠가 소리쳤다.

나는 아빠를 바라보았다. 우리는 대개 자신의 눈이 반짝이는 걸 느끼지 못하지만, 그때 나는 내 눈이 반짝이는 걸 느꼈다. 나는 항상 관계가 악화되면 그걸로 끝이라고 생각해왔다. 하지만 K드라마의 대전제는 그들은 언제나 행복한 결말을 맞는다였다. 거기에다, 자세히 들여다보면 남자가 사랑에 빠지는 공식이 있었다. 그 공식은 종종 여자가 엄청난 굴욕감을 느끼는 것에서부터 시작했다. 그렇다면 나의 모든 썸패 사건들, 나의 굴욕감은 왜 죄다 허사로 돌아갔지? 그건 계획이 없어서였다. 하나씩 밟아나갈 단계가 전혀 없었던 것이다.

그러나 그 단계는 언제나 내 눈앞에 있었다. 그저 아빠의 커다란 머리에 살짝 가려진 채로. 나는 소파에서 벌떡 일어섰다. "빌어먹을 공식! 내가 왜 이걸 안 본 거지?" 나는 비명을 질렀다. "우리 첫 회부터 보자!"

입이 떡 벌어진 아빠가 무력하게 양팔을 들어올렸다. 마침 화면 속에선 두 사람이 키스를 하려고 눈을 감고 몸을 기울이고 있었다. 앞으로 가슴 졸이는 약 삼십 초 동안 그들은 눈을 가늘게 뜨고 키스를 위해 일 초에 1밀리미터씩 움직이며 서로에게 다가갈 것이다.

다른 모든 일처럼, 고전적이고 괜찮은 계획을 세우면 루카도 얻을 수 있을 것이다. 새롭게 세워진 이 질서 감각을 가지고 나는 위층으로 뛰어가 노트를 움켜쥐었다. 나는 사랑에 있어서는 썸 패였을지 몰라도 공부는 X라 잘하는 녀석이었으니까. 그리고 루카 이전에 공부와 계획의 동기가 굴욕감을 벗어나기 위해서였던 적은 한 번도 없었다.

이틀 뒤 월요일 아침, 이제 끝났다.

나는 TV를 끄고 쪼글쪼글한 가죽소파에 등을 기댔다. 입이 말라 있었다. 콘택트렌즈는 스티커처럼 안구에 달라붙어 있었다. 나는 아빠를 슬쩍 건너보았다. 아빠는 주말 동안 일하지 않는 시간이면 간간히 내 드라마 마라톤에 합류했다. 그러다 어젯밤엔 옆 소파에서 잠이 들었고 나는 밤을 꼴딱 새웠다. 아빠는 입을 벌린 채 자고 있었고 하얀 양말이 신겨진 두 발은 내가 덮어준 도톰한 격자무늬 담요 속에서 뒤엉켜 있었다.

노트를 내려다보았다. 나는 해냈다—주말 동안 금요일 밤에 본 걸 포함해 세 편의 K드라마 시리즈를 전부 정주행했다. 아빠가 나보고 왜 이렇게 느닷없이 K드라마의 재미에 빠진 거냐고 물었을 때 나는 학교 과제 때문이라고 말했다. 모조리 거짓말은 아니었다.

내가 본 드라마는 모두 각양각색의 로맨틱코미디물이었다. 그게 나의 현재 인생 시나리오에 가장 잘 맞는 장르임이 분명했으니까. 외출도, 샤워도 하지 않고, 아빠 외의 다른 인간을 만나지도 않았다. 피오나와 웨스의 문자메시지도 무시했다.

신기했다. 내 인생에서 K드라마는 백색소음이었다. 설거지를 하고, 숙제를 하고, 위층 내 방에서 친구들과 어울리며 노는 동안 항상 배경음악처럼 깔려 있었다. 하지만 아빠와 함께 이곳에 앉아 K드라마라는 치료제에 나 자신을 온전히 맡겨본 적은 한 번도 없었다.

주말 동안 나는 달라졌다. K드라마 로맨틱코미디 학교를 졸업한 것이다.

나는 웃고 울며 K드라마 속 모든 감정의 스펙트럼을 느꼈다. 첫 회를 보기 시작한 뒤 드라마의 전체적인 미감을 진지하게 받아들이기까지는 조금 시간이 걸렸다. 제일 먼저, 남자 배우의 헤어스타일이—세상에나, 너무 충격적이라 몹시 집중하기 어려웠다. 그러다 왠지 모르지만 그들의 우스꽝스러운 모습이 귀엽고 감미롭게 느껴지기 시작했다! 그리고 내가 눈을 정신없이 굴리게 만든 '부자들'의 화려한 주변 환경은 서울의 포근하고 로맨틱한 풍경들로 상쇄되었다—한밤중 **포장마차**(간이식당)에서의 술과 뜨끈한 야식, 미국의 톱 40위 음악을 틀어놓은 사랑스러운 커피숍들, 만개한 벚꽃나무가 늘어선 시내 거리, 특색 있는 한강의 야경으로 말이다. 서울은 그저 무척 즐겁고 활기차 보였다.

그리고 내가 한국계이긴 해도 약간의 문화 충격이 있었다. 이를테면 포옹이 관계에 있어서 중대한 지표가 된다는 게 그랬다(미국 드라마 주인공이라면 눈 두 번 깜빡이기가 무섭게 침대로 점프했을 것이었다). 혹은 계급 차이가 엄청난 장애가 된다는 것, 그리고 가난한 여자가 감히 자기 아들과 사귄다는 이유로 부자 엄마가 성인 여자를 때리는 게 어느 정도 받아들여진다는 것. 그리고 그 성인 여자는 부자 엄마가 자기보다 나이가 많다는 이유로 가만히 맞고 앉아 있는 것!

그리고 또다른 문화 충격은 감정이었다. 세상에, 나는 인간에게서, 영화에서나 현실에서나, 이런 수준의 감정을 목격한 적이 없었다. 정말. 많은. 눈물. 정말 많은 고성. 나는 이제서야 아빠가 왜 항상 강조하는 투로 말하는지, 왜 모든 것에 의아함이 가미되어 있었는지 이해하게 됐다. 방을 훌쩍 가로질러 여자를 와락 붙잡는 격렬한 포옹 하나하나, 클로즈업되는 떨리는 입과 굳은 턱. 안녕하세요, 스타성 있는 아시아 배우가 한 명도 없다고 생각하는 할리우드 캐스팅 감독님들? 한국으로 가셔야 합니다.

그렇다, 스토리는 이따금 완전히 틀에 박혀 뻔할지라도, 강한 캐릭터가 다 말이 되게 만들어준다. 우리가 응원하는 캐릭터, 태양 천 개의 열기로 증오하는 캐릭터, 우리가 홀딱 반한 강경한 캐릭터, 부러움을 사는 캐릭터, 마음이 가는 캐릭터들이. 그들은 오스카 시상식이 차려내는 어떠한 캐릭터들보다 현실적이었다.

K드라마는 매혹적이고 진실된 사랑을 열 시간 내지 스무 시간짜리의 중독성 있는 포장 속에 꾹 눌러담아놨다. 나는 순수한 첫키스에 심장마비를 일으킬 정도로 반응했다. 커플들이 헤어질 때, 그들 중 하나가 고통스러워하고 있을 때면 목놓아 울었다. 캐릭터들이 마침내 해피엔딩을 맞으면 멍한 눈으로 행복하게 한숨을 쉬었다.

그리고 이제 따분한 학교에 가야 했다. 미국의 학교로. 하지만 나는 진심으로 효과가 있으리라는 믿음으로 무장한 상태였다.

"아빠…… 아빠! 일어나!" 내가 쿡쿡 찌르자 아빠가 드디어 몸을 뒤척였다. 거대한 네 살짜리 아이를 깨우는 것 같았지만 간신히 아빠가 위층에서 샤워를 하도록 만들었다. 욕실 문이 닫히자 나는 휴대폰을 내려다보았다. 피오나가 나타나기 전까지 이십 분은 족히 남아 있었다.

도장단계:
그와 가까워지게 해줄
비밀스러운 꿈을 품어라

피오나는 늦었고 날은 추웠다. 나는 커피가 담긴 서모스 보온병을 안은 채 집 앞 진입로에서 피오나를 기다렸다. 커피가 한숨도 못 잔 나를 가까스로 살려내고 있었다. 일기예보 앱을 얼른 확인해보니 영상 11도였다. 12월이긴 했지만 오렌지 카운티치고는 빌어먹을 만큼 추운 날씨였다. 피오나에게 분노의 문자메시지를 보내려던 차에, 페니라는 사랑스러운 이름의 구리색 똥차가 모퉁이를 돌기 직전 큰 소리로 덜커덩거리는 것이 들렸다. 예민한 동네 사람들이 전부 베니션블라인드를 젖히고 무뢰한 같은 시끄러운 자동차를 쳐다보는 것만 같았다.

피오나의 차에서는 음악도 쾅쾅 울려퍼지고 있었지만 덜컹거리는 소음에 묻혀서 음악소리는 내 바로 앞에 차가 멈추고 나서야 들렸다. 나는 차 안으로 훌쩍 뛰어들어가 즉시 스웨덴풍 레게음악의 볼륨을 줄였다. "세상에, 너 귀먹겠다. 이 끔찍한 음악에 쓰레기 차 때문에 말이야. 페니의 배기관이 새는 건 알고 있어?" 정비공의 딸로서 나는 자면서 배기관소리만 듣고도 차종을 분간할 수 있었다.

"얼마 전에 동네 사람 스케이트보드를 치고 지나간 적 있는데, 그래서 그런가보다." 피오나는 잠깐 생각하더니 나를 쏘아보았다. "너 그 추리닝 바지 썸패 때문에 잠수 탄 거야?"

"어느 정도는."

그녀는 기다란 라벤더색 손톱으로 운전대를 톡톡 쳤다. "음, 네가 안 죽은 걸 보니까 기쁘네. 어젯밤에 인스타그램에 올린 아리송한 글만 아니었어도 경찰을 보냈을 거야."

"알아, 미안. 주말 동안 뭔가에 엄청나게 빠져 있었거든."

피오나가 나를 다시 슬쩍 바라보았다. "이거 보게나. 쫙 빼입었네."

나는 까만 플랫슈즈를 신고 짙은 색 청바지와 하트 무늬 스웨터 위에 짧은 회색 코트 차림이었다. "파이. 그냥 평소처럼 입은 거야."

한편 피오나는 멜빵 반바지, 타이츠, 두꺼운 긴팔 티셔츠에 몸 전체를 덮는 큼직한 남성용 트위드 코트 차림이었다. 입술은 짙은 빨간색이었고, 빨간 염색 머리는 높이 묶어 헐렁하게 말아올렸으며 헤어 리본은 아래를 향하고 있었다.

나는 자동차 햇빛 가리개에 달린 거울로 내 모습을 흘끗 확인했다. 내가 좋아하는 헤어스타일로 그럭저럭 손질해냈다―부드러운 웨이브가 얼굴을 감싸게. 루카가 긴 머리를 한쪽으로 넘긴 모습으로 나를 그렸던 것이 문득 떠올랐다.

"말할 게 있어."

순간 정적이 흘렀다. "으으으응, 듣고 있어."

"음, 내가 그렇게나 많은 일을 잘해도 썸패 때문에 남자친구 하나 못 만드는 게 늘 한심했잖아, 맞지? 확실히 나한테는 마법 같은 무언가가 없더라. 연애에 있어서는 과하게 발달한 너네는 가지고 있는 그런 게."

"고마워."

"별말씀을. 그래서…… 우리 아빠가 항상 한국드라마 보는 거 알지?"

"응, 귀여우시지." 아빠는 지상 최고 냉혈한의 마음마저 녹였다.

나는 말을 이었다. "음, 그래서 금요일에 어느 핫가이가 내 녹색 줄무늬 팬티를 본 이후로 사실 K드라마 한 무더기를 봤어. 이를테면, 세 편."

"삼 회?"

"아니, 드라마 세 편. 그러니까 시리즈 전체!"

피오나는 간선도로로 차를 꺾은 뒤 의심스러운 듯 나를 바라보았다. "주말 동안 드라마 시리즈를 세 개 봤다고?! 그거, 거 뭐야, 한 시리즈에 백 회 정도 되는 거 아니야?"

"아니! 드라마마다 달라, 음, 십 회에서 이십 회 정도야."

"뭐야! 너 스피드* 했어?"

"엄청난 썸패로 추진력을 얻은 거지, 파이. 그리고 내가 미쳤는지도 모르지만 루카랑 나 사이엔 진지한 순간이 있었다고 생각해."

"네 바지가 벗겨지기 전을 말하는 거야?"

"파이!"

우리는 학교에 도착했고 피오나는 시동을 끄고 나를 빤히 쳐다보았다. "좋아, 정말 진지하게 묻는데, 순간이 있었다고? 네가 걔를 알아온 시간은 다 합쳐도 삼십 분밖에 안 돼…… 너도 알지?"

머릿속에서 루카가 내 발에 걸린 채 회색 웅덩이처럼 고여 있는 추리닝 바지를 내려다보는 장면이 스쳐지나갔다. 나는 어린이용 자석 그림판처럼 그 장면을 지워내려 머리를 흔들었다. "응, 근데……

---

* 마약의 일종.

뭐라 설명해야 할지 모르겠다."

"내가 설명해줄게. 걔는 핫하잖아." 피오나가 고개를 저었다.

"단지 그것 때문만은 아니야! 내 말은, 그래, 맞아, 세상에, 걔는 핫하지. 게다가 또……" 나는 시선을 돌려 내 무릎을 쳐다봤다. 무릎 위에는 초조하게 움켜쥔 두 손이 있었다.

"걔가 이랬어―내 연필을 가져가서는, 빌어먹을, **나를 그림으로 그렸어**. 그건…… 정말, **로맨틱했어**. 다른 남자애들이 날 위해 해준 그 어떤 것보다도 특별했어."

피오나는 잠깐 말이 없었다. "멍청하긴."

나는 피오나의 팔을 찰싹 때렸다 "놀리지 마, 나 진지하다고! 남자가 하이힐에 담긴 샴페인을 마시게 하는 경험 많은 매력녀가 아니라서 미안하다."

"뭐라고! 그거 하나만 봐도, 테스, 널 걱정하게 된다니까. 네가 로맨스라고 알고 있는 건, 그 뭐냐, 이상하고 판에 박힌 쓰레기야. 1980년대 샴페인 광고에 나오는."

우리는 차 안에 앉아 있었다. 히터가 꺼져 있어 공기가 점점 차가워졌다. "음, 그게 핵심이네, 맞지? **나한테는** 분명 어떤 문제가 있다는 거. 관계 문제에 있어서 덜떨어졌거나 아니면 그냥…… 뭔가가 부족하다는 거지. 자연스럽지 않다는 거. 하지만, 내가 일을 끝내주게 잘할 때가 언제더라?"

피오나는 두 손을 내던지듯 쳐들었다. "몰라. 넌 대부분의 일에 뛰어나지."

"그래! 그 이유를 알아? 대부분의 일에는 그 일을 더 잘할 수 있게 해주는 규칙, 단계 그리고 방법이 있어."

피오나는 나를 뚫어지게 보았다. "무슨 말을 하고 싶은 거야?"

나는 활짝 미소 지으며 노트를 꺼내 들었다. "썸패를 정복하게 해줄 공식을 발견했어." 나는 노트를 피오나에게 건넸다. 그걸 읽는 내내 피오나의 얼굴은 무덤덤했다.

K드라마 속 진정한 사랑 공식

1. 너는 순수하고 착한 모든 것의 화신이다

2. 불운한 가정환경 스토리가 있을 것

3. 세상에서 가장 얻기 힘든 남자를 만나라

4. 그 남자가 너에게 오게 하라 —— 짜증 때문이든 집착 때문이든

5. 그와 가까워지게 해줄 비밀스러운 꿈을 품어라

6. 삶의 질을 희생해서라도 끈질기게 꿈을 좇아라

7. 미스터리에 싸인 그의 정보를 더 알아내라

8. 명백히 한쪽으로 쏠린 삼각관계에 빠져라

9. 뜻밖의 곤경이 두 사람의 거리를 좁혀줄 것이다

10. 고통스럽게 반복되는 회상 속에 숨겨진 그의 엄청난 비밀을 알아내라

11. 네가 세상의 그 어떤 여자와도 다르다는 걸 증명해 보여라

12. 생명을 위협하는 사건이 둘의 사랑이 얼마나 진실한지 깨닫게 할

    것이다

13. 너의 약점을 가슴 아픈 방식으로 드러내라

14. 키스로 그를 확실히 잡아라! 드디어

15. 오글거릴 정도로 <u>감상적인 사랑에</u> 푹 빠져라

16. 자신만의 사랑 노래를 골라 크게 틀어놓고 무한 반복 재생해라!

17. 서로의 세계가 뒤엉켜야 웃음과 안정이 찾아든다 😄

18. 그의 가족을 만나 마음을 얻어라 🏆

19. 사랑을 증명하려면 <u>최고의 희생이 필요하다</u>

20. 최후의 순간까지 행복해서는 안 된다

21. 배반의 시간 ─ 두 사람 중 하나가 배반 아닌 배반을 하게 되리라

22. 인생이 바닥을 찍으면 행복했던 시간들만 회상하게 되는 법

23. 해피엔딩을 위해서는 <u>극단적인 조치가</u> 필요하다

24. 해피엔딩을 맞아라 ♥ ♥

피오나의 눈이 마침내 멈추었고 나는 반응을 기대하며 기다렸다.

강렬한 파란색 아이라인이 칠해진 눈이 내게로 옮겨왔다.

"너…… 젠장, 정신 나갔어?"

나는 고통스러운 숨을 내쉬었다. "내 말 끝까지 들어봐—"

"절대 안 돼, 데스. 이건 내가 본 것 중에서 제일 정신 나간 짓이야. 아무리 너여도 그렇다고. 이중에 어떤 건…… 아니…… 누가 대체……"

"파이, 이걸 전부 문자 그대로 실행하려는 건 아냐. 터무니없는 항목 몇 개는 이 공식에 부합하더라도 꼭 실행할 필요는 없는 것들이야. 이건 그러니까…… 영감을 주는 청사진이라고나 할까. 하지만 기본적으로는, 한 단계 한 단계 곤경에 이르는 방법들을 설계해서, 내가 루카에게 사랑받고 결국엔 서로를 더 가깝게 해주는 거지."

"세상에, 너 지금 그 골치 아픈 표정 짓는다."

나는 끄덕였다. "응, 일을 끝까지 이뤄낼 때 항상 짓는 표정이지." 나는 리스트 뒤에 있는 빈 페이지로 넘겼다. "여기다 진행 경과랑 실제 전략을 짧게 적어둘 거야."

피오나의 표정은 아직 미심쩍었지만 이마의 깊은 주름이 살짝 펴졌다. "알았어, 1단계가 뭐라고?" 피오나는 노트를 가져가 리스트가 있는 페이지로 넘겼다. "너는 순수하고 착한 모든 것의 화신이다." 그러더니 나를 쳐다보곤 마구 웃기 시작했다.

나는 팔짱을 꼈다. "이건…… 음, 어느 정도 얼버무리고 넘어가야겠다."

"왜 그러셔. 데시. 가난한 사람들을 위해 통조림도 모으고, 나무도 아끼고, 멍청한 애들 과외도 해주잖아. 넌 충분히 도덕군자야."

때로 칭찬과 모욕은 정말 한끗 차이다. "고맙다, 친구. 계속 이어서…… 보면, 2단계. 불운한 가정환경 스토리가 있을 것? 체크."

피오나는 재빨리 조심스러운 시선을 던졌다. "음, 내 생각엔, 이건 어느 정도 적용되는데?"

나는 어깨를 으쓱했다. "불운한 사람은 분명 아닌데. 그렇지만 잘 모르는 사람이 보기엔, 돌아가신 엄마 일은 항상 뭐랄까, 최악 같긴 해. 동화 속 공주 수준의 비극."

피오나는 고개를 끄덕였다. "알았어, 좋아. 그리고 3단계. 세상에서 가장 얻기 힘든 남자를 만나라. 흠. 걔가 세상에서 가장 얻기 힘든지는 모르겠지만, 어쨌든 좋아, 이미 만났으니까 넘어가고. 4단계, 그 남자가 너에게 오게 하라—짜증 때문이든 집착 때문이든."

우리 둘은 잠깐 조용해졌고 이내 피오나가 노트로 내 머리를 탁 쳤다. "넌 집착을 넘어섰지."

"아야!" 나는 머리를 문질렀다. "어쨌든, 그래, 꽤나 집착 수준에 다다르긴 했어. 그럼 이제 어디더라? 5단계."

피오나는 노트를 내려다보았다. "그와 가까워지게 해줄 비밀스러운 꿈을 품어라. 네 비밀스러운 꿈은 뭔데? 있어?"

"음, 내 진짜 꿈은 사실 비밀이 아니긴 하지. 스탠퍼드, 그리고 의대에 가는 것. 하지만 그 꿈을 성공시키려면, 루카와 가까워지게 해줄 비밀스러운 꿈이 있어야 해."

피오나는 수동식 레버를 돌려 차창을 내려서 차가운 공기가 들어오게 하고는 숨을 깊게 들이쉬었다. "이 계획은 내 안의 페미니스트적인 기질을 남김없이 자극하는걸."

"하여간, 파이. 페미니즘에 한 가지 길만 있는 건 아니잖아. 내 삶의 연애를 통제하는 것도 완전한 페미니스트라고."

"네가 그렇게 말한다면야. 그러면 비밀스러운 꿈은 생각해뒀어?"

나는 코트 깃을 바짝 세워 그 안으로 얼굴을 묻으며 찬 공기를 막았다. "응." 나는 한층 낮아진 목소리로 말했다.

"듣기 무섭네."

"미술."

피오나가 켁켁거렸다. 나는 그녀의 등을 툭툭 쳐주었다.

6단계:
삶의 질을 희생해서라도
끈질기게 꿈을 좇아라

그날 내 복장은 전혀 쓸모없었다. 루카를 코빼기도 못 봤으니까. AP 영어 수업 시작종이 울리자마자 셸리가 불쑥 물었다. "루카는 어딨지?"

리먼 선생님이 책상에서 고개를 들고 눈을 굴렸다. "행정 오류야. 미안, 아가씨들. 그 학생은 AP 영어 수업을 듣지 않아."

사실이기에는 너무 좋은 일이었다는 걸 안다. 나는 수업 사이사이에 복도에서 루카를 찾았지만 그는 어디에도 없었다. 조금 실망스럽긴 했지만 약간 안심되기도 했다. 이제 그 추리닝 바지 사건 뒤 다시 그를 맞닥뜨릴 때 내 자존심을 지킬 수 있는 방법에 대해 좀더 시간을 갖고 고민할 수 있게 됐다.

그날 저녁, 나는 식사 때까지 깨어 있으려고 커피 두 잔을 벌컥벌컥 들이켰다. 또한 앞으로 일어날 K드라마 속 괴상한 일들에 대비해 스스로를 고취할 필요가 있었다. 요리를 하며 아빠와 또다른 드라마를 보기 시작했다.

"아빠, 이 드라마들에 나오는 캐릭터는 정말 부끄러운 일을 저지른 다음에 어떻게 체면을 지켜?" 나는 요리중이던 엄청난 양의 스파게티소스를 휘저으며 물었다. 우리집 주방과 거실은 일부가 트인 구조여서 나는 요리하는 중에도 수고스럽지 않게 〈꽃미남 라면 가게〉를 볼 수 있었다. 나는 요리라는 말을 후하게 쓰는 편이다—스파게티는 아빠가 정중하게 한국식 반찬을 곁들이지 않아도 되는, 내가 자신 있게 요리할 수 있는 세 가지 요리 중 하나였다.

리클라이너에 앉은 자세 그대로 아빠는 생각에 잠긴 듯 맥주한 모금을 마신 다음 대답했다. "글쎄, 보통은 그냥 대범하게 굴고 그다지 부끄러워하지 않아. 드라마에 나오는 여자애들 대다수는 아주 강하고 그게 남자애들이 걔들을 좋아하는 이유야. 제일 예쁘지 않아도 말이지."

음, 안심이 되었다. 나는 보글보글 끓고 있는 마리나라소스에 마늘 가루를 조금 넣었다. "그럼 그냥 견뎌내는 건가?"

"어, 견뎌내는 거지."

한참 뒤 카페인 때문에 여전히 멍한 상태로 나는 예전에 봤던

K드라마들을 구글에 검색하고 등장인물에 대한 흥미로운 정보를 모조리 읽었다. 그러다가 재밌는 K드라마 블로그들과 텀블러* 움짤이라는 멋진 세상을 발견했다. 이런 드라마의 팬층은 어마어마했다.

나는 얼굴에서 몇 센티미터 거리에 휴대폰으로 〈꽃미남 라면 가게〉를 틀어놓고 잠이 들었다.

다음날 방과후, 꿈을 끈질기게 좇으라는 6단계에 돌입하며 나는 첫 미술 동아리 모임으로 향했다. 어제 미술 동아리 지도교사인 로소 선생님에게 문의해봤는데 오늘 모임은 동물원 현장 학습이기 때문에 스케치북과 연필만 가져오면 된다고 했다. 1학년 스타일로 말이다. K드라마 사랑 공식 노트는 새 미술용품과 함께 가방 안에 자리하고 있었다. 결심을 굳게 다지기 위해서였다.

하지만 학교 버스에 올라탄 순간 갑자기 나는 로드러너처럼 홱 돌아서 즉시 자리를 박차고 도망치고 싶었다. 삡-삡! 용감한 K드라마 여주인공이고 나발이고 젠장. 나는 전교생 대부분과 알고 지냈지만 여긴 '아티스트인 체하는' 무리였다―테일러 스위

---

* 2차 창작물 등의 팬덤 문화가 주를 이루는 소셜 네트워크 서비스.

프트 노래를 빵빵 틀어놓고 『트와일라잇』 읽는 걸 유치하게 느끼게 하는 힙스터 타입들. 내가 꼭 그랬다는 건 아니지만. 적어도 그 두 가지를 동시에 한 적은 없다.

루카는 내가 미술 동아리에 들지 않았다는 걸 알고 있고 내가 자기 때문에 가입한 걸로 의심할 테니 이런 행보가 다소 허접하다는 건 아주 잘 안다.

"테시?" 금발로 탈색한 픽시컷* 스타일의 여자애가 반신반의하며 나를 불렀다. 축구팀에 있는 캐시디였다. 나는 낯익은 얼굴을 보고 다행이다 싶어 허둥지둥 달려갔다.

"안녕." 내가 말했다. 이 모든 게 완전히 일상적인 일이라는 듯이 그녀 옆에 앉으면서 미소를 지으려고 했다.

캐시디가 어리둥절하게 미소 지었다. "여기서 뭐해?"

눈으로 버스를 훑으며 루카를 찾았지만 아직 그의 흔적은 보이지 않았다. "음, 저기, 나 미술 동아리에 들어보려고?"

"우와, 정말? 진짜 뜻밖이다……" 캐시디의 말끝이 흐려졌다. 나의 출현을 뒷받침해줄 만한 어떤 얄팍한 변명으로 응수하려는데 창문 밖으로 루카가 버스 쪽으로 걸어오는 게 보였다. 어떤 여자애와 함께였다―팔다리가 몹시 길고 군화를 신은 여자

---

* 뒷머리는 매우 짧고 앞과 옆은 그보다 길게 자른 헤어스타일.

애였다. 레이밴 미러 선글라스가 햇빛을 받아 반짝이고 끝을 라벤더색으로 물들인 새까만 머리를 어깨 너머로 훌쩍 넘겼다. 둘은 버스로 걸어오면서 함께 고개를 숙이며 웃었다.

이건 대체 어떤 젠장할 상황인지. **벌써 여자친구가 생겼다고? 전학온 지 삼 일 만에?**

그들이 버스에 올라탔고 루카는 앞에 앉은 누군가에게 인사하려고 멈춰 섰다. 나는 그의 눈을 피해 등을 통로 쪽으로 돌렸다. 이건 정말 내 인생 최악의 계획이야. 대체 무슨 생각을 했던—

"데시 리? 우와, 과외활동 중독자인 줄 알았는데 이리 몸을 낮추고 **미술 동아리**에 납셔주시다니?"

그 질문이 등뒤로 날아왔기에 내가 볼 수 있는 거라곤 캐시디의 반응뿐이었다. 그녀의 입이 떡 벌어지고 녹색 두 눈이 휘둥그레졌다. "바이올렛!" 캐시디가 외쳤다.

나는 몸을 돌려 바이올렛이라는 애를 보았다. 허리께까지 내려온 머리, 찢어진 검은색 청바지와 해진 흰색 브이넥 티셔츠. 드레스코드와는 어울리지 않는 벨트백까지.

나는 그녀를 쳐다보았다. "미안한데, 우리가 아는 사이던가?"

"어머나, 날 모른다니 충격인데. 나는, 네가 전교회장으로 있는 이 학교 백성이잖아. 바이올렛. 바이올렛 초이." 그녀는 음절을 길게 늘이면서 말했다.

초이. 한국계. 흠, 나는 그녀가 기억나지 않았고 이렇게 갑작스럽고도 공개적인 적대심에 전혀 준비되지 않은 상태였다.

"그래서 뭐가 문제인데?" 나는 쏘아붙였다.

"나의 문제는," —바이올렛의 목소리는 나를 따라 하듯 고음이었다— "몬테비스타에서 가장 짜증나는 과잉성취자인 네가 어디에나 있다는 거야. 내가 너한테 벗어날 수 있는 곳은 미술 동아리뿐이거든. 너는 아티스트가 아니니까."

너무 충격을 받은 나머지 루카가 이 모든 걸 목격하고 있으리라는 건 인식조차 되지 않았다. 지금껏 내게 그렇게 말하는 사람은 아무도 없었다. 내가 고등학교 유명인사의 교과서적 정의일지는 몰라도 그것 때문에 적이 생기는 타입은 아니었다. 내가 친절하니까 쉽게 호감을 얻는 거라고 생각하는 게 좋았다. 이 학교는 사악한 여왕벌과 오랜 괴롭힘에 고통스러워하는 아이들이 득실대는 판에 박힌 고등학교가 아니었다. 적어도 나는 그렇게 생각했다. 어떻게 대응해야 할지 알 수 없었다.

K드라마 여주인공은 싸가지 없는 계집애의 노골적인 악행에 어떻게 맞서더라? 갑자기 〈보스를 지켜라〉에서 싸가지 없는 계집애가 은솔의 엉덩이에 아이스크림콘을 처박은 장면이 떠올랐다. 은솔은 노골적인 적대감 앞에서도 차분하고 상냥했다.

루카는 지금 통로 중앙 바이올렛 옆에 서 있었다. 그래서 나는 눈이 따끔거리긴 했지만—눈물이 차오를 것 같다는 굴욕적인 기분이 들었다—입을 꽉 다물고 있었다. 일순간 나와 눈이 마주쳤을 때 루카는 눈살을 찌푸리고 있었다.

그 작은 걱정의 기색이 내 마음에는 얼굴에 펀치를 맞은 듯한 황홀감을 남겼다. 그 즉시 나는 지금이 그 추리닝 바지 참사 이후 그가 처음으로 내게 말을 걸어주고 있다는 사실을 잊었다.

그가 바이올렛을 흘끗 보더니 물었다. "너희 아는 사이야?"

우리 둘을 쳐다보는 그의 시선은 차분했다. 나는 조용히 있었다. 분노, 치욕감, 그리고 내 안을 훑고 가는 호르몬의 떨림이라는 미친 조합과 계속 옥신각신하면서.

캐시디는 자신에게 물어본 게 아닌데도 나서서 말했다. "응, 데시랑 나는 같은 축구팀이야. 너네는 서로 알아?" 그녀가 눈을 동그랗게 뜨며 물었다.

나는 루카를 슬쩍 보았다. 그가 어깨를 으쓱하며 대답했다. "조금. 쟤가 끈팬티보다는 삼각팬티를 더 좋아한다는 건 알아." 그는 비열한 미소로 나를 똑바로 쳐다보았다.

이런. 세에에에에상에.

캐시디는 입이 아주 약간 벌어졌고 바이올렛은 초고속으로 나를 향해 고개를 돌렸다. 내가 반응을 보이기도 전에 로소 선생님이 버스에 올라타 소리쳤다. "자자, 나의 꼬마 르누아르*들, 자리에 앉자!" 그가 즐겁게 배를 쓰다듬자 하와이안 셔츠 아랫단이 조금 올라갔다. "다들 동물원에 갈 준비 됐나?" 그에게 돌아온 것은 아주 의도적인 침묵이었다.

로소 선생님은 그 침묵의 순간에 우리를 바라보며 말했다. "아, 그래, 우선 해야 할 일부터 먼저. 새로운 회원 두 명이 있다─모두 데시 리와 루카 드래코스를 따뜻하게 반겨주렴." 누군가 뒤쪽에서 의도적으로 느릿느릿 박수를 쳤고 아이들에게서 웃음소리가 터져나왔다.

로소 선생님은 박수를 친 학생을 노려보았다. "아무튼, 데시와 루카, 우린 지난 이 주 동안 자선 미술 전시회를 준비하고 있었어. 모든 수익금은 캘리포니아주립공원에 기부될 거야. 하지만 오늘은 약간의 휴식을 취하기 위해 동물원에서 그림을 그리기로 했단다."

나는 고개를 끄덕였다─겉으로는 웃고 있지만 속으로는 울면서. "정말 좋아요." 나는 빠르고 쾌활하게 말했다.

더 큰 웃음소리가 터져나왔고 바이올렛이 새된 소리로 말하는 게 들렸다. "네, 정말 좋아요!" 로소 선생님은 마지막으로 한번 더 뒤를 훑어보곤 자리에 앉았다. "너희─얌전하게 있어, 이십 분

---

* 프랑스 화가 피에르 오귀스트 르누아르.

뒤면 도착할 거야."

바이올렛은 캐시디와 내가 앉은 자리에서 두 줄 앞, 루카 옆에 앉았다. 흠.

캐시디는 내게 의문스러운 시선을 던졌다. "그럼…… 루카가 네 속옷이 뭔지 안다는—"

나는 손사래를 치며 그녀의 말을 막았다. "네가 생각하는 그런 거 아냐. 농담하는 거야."

캐시디는 계속 캐묻고 싶은 듯 보였지만 대신 입술을 꼭 다물었다. 몇 초 뒤에 그녀가 말했다. "바이올렛에 대해선 유감이야. 쟤 보통은 안 저래, 이 정도로……" 속삭이는 목소리가 흐려졌다.

"따뜻하게 환영하진 않는다고?" 나는 건조하게 말을 끝냈다.

그녀가 피식 웃었다. "응, 맞아. 나도 모르겠다. 쟤는 미술에 있어서는 엄청 열정적이야. 그리고 어떤 사람들한테는 좀 강한 의견을 드러내기도 하는데, 자기가 보기에…… 가식적인 사람한테 그래." 캐시디의 목소리에 약간의 멋쩍음이 더해졌다.

엄밀히 따지면 가식을 떤 게 맞긴 했지만 나는 분개하며 코를 벌름거렸다. 그리고 바이올렛과 루카를 흘깃 바라보았다. "그럼, 음, 쟤네 둘은 같이 다니는 사이 뭐 그런 건가?" 머리를 쓸어넘기며 이 몸짓이 그 질문을 쉽고 가볍게 들리게 해주기를 바랐다.

캐시디가 눈살을 찌푸렸다. "에? 루카랑 바이올렛?" **목소리가**

그보다 더 클 수 있었을까?!

나는 이를 갈며 웃었다. "응?"

"아니, 말도 안 돼. 루카는 여기 온 지 일주일도 안 됐잖아. 여자애가 잽싸게 움직였다면 모를까." 그녀가 짓궂게 웃었다. "뭐 바이올렛은 그러고도 남지만. 쟤는 금요일 미술 수업부터 루카한테 시선 고정이었지."

내 눈에 흙이 들어가기 전에 절대 안 돼. "흠." 나는 차분하게 대꾸했다.

캐시디는 몸을 더 가까이 기울였다. "하지만 나는 가망 없다고 봐." 순간 해리 첸에 대한 회상이 떠올랐다. 루카가…… 여자를 안 좋아하나?! 그러나 캐시디가 말을 이었다. "어떤 여자애가 전학 첫날 데이트를 신청했는데, 쟤가 여자친구 사귀고 싶지 않다고 대답하는 걸 우연히 내가 똑똑히 들었거든."

이젠 내 눈살이 찌푸려질 차례였다. "왜 안 사귀고 싶다는데?"

그녀는 어깨를 으쓱했다. "누가 알겠어. 엄청 진지한 아티스트인가보지. 그리고 RISD 학비에 보태려고 고액 장학금을 노리고 있대." 그녀는 나를 쳐다보았다. "로드아일랜드—"

"스쿨오브디자인. 그래, 나 북미권에 있는 대학교들 이름은 다 알아." 이 말을 마치자 곧바로 후회가 찾아들었다. 나는 변명하듯 미소 지었다. "미안, 내가 별나잖아."

캐시디가 웃었다. "유명하지."

나는 그녀를 신기한 듯이 쳐다보았다. "넌 어떻게 쟤에 대해서 벌써 그만큼이나 알아?"

캐시디의 볼이 붉어졌다. "쟤가 수업 시간에 RISD와 장학금에 대해서 말했거든, 그리고…… 음, 너도 알겠지만, 그냥 들리는 말들이 있잖아." 몇 초가 흐른 뒤 그녀의 어깨가 푹 꺼졌다. "온라인으로 찾아보기도 했고."

이 여자애를 비난할 순 없었다.

나는 좌석에 몸을 기댄 채 비니를 쓴 루카의 뒤통수를 쳐다보았다. 그가 저 끔찍한 인간이랑 같이 다니는 사이가 아니라는 건 안심되었지만, 여자친구가 필요 없다는 미스터리한 사실 자체는 내가 예상하지 못한 크나큰 장애물이었다.

다행스러운 건, 아무것도 할 수 없다는 소리를 듣는 일보다 내게 동기를 부여해주는 일은 없었다는 사실이다.

자, 판결이 내려졌다. 나는 그림에는 영 소질이 없다. 나는 의도와는 다르게 입체파처럼 그려진 기린을 북북 지워버렸다.

캐시디는 내 스케치북을 흘끗 보더니 웃음을 참으려 애썼다. "솔직히, 네가 이것까지 잘했으면 가만두지 않았을 거야."

기분좋으라고 하는 말이긴 했지만 듣는 나는 미칠 것 같았다.

나는 엉망진창인 기린을 반항적으로 쳐다보았다.

우리는 기린 우리 건너편 벤치에 앉아 있었다. 동물원에 도착하자마자 모두가 짝을 이루었다. 그리고 내가 루카한테 말을 걸려고 시도하기도 전에 바이올렛이 그에게 팔짱을 끼더니 휙 끌고 가버렸다. 흠, 부끄러움을 모르는 자는 나뿐만이 아니었다.

그리하여 여기서, 캐시디와 함께 있게 됐다. 동물을 그리려고 노력하면서 말이다. 이건 계획에 없던 일이었다.

"안녕, 너 루카 봤어?"

고개를 들었더니 성난 바이올렛이 캐시디에게 성큼성큼 걸어오는 게 보였다.

"아니, 걔가 너 버리고 갔냐?" 캐시디가 놀리듯 말했다.

바이올렛이 앙상한 허리께에 양손을 올려놓고 쏘아보았다. "재미없거든?" 맙소사, 참 대단한 물건이야. "이십 분 동안 찾아다녔어. 화장실에 간다고 말해놓고는, 뭐야, 완전히 사라졌어."

"분실물 센터에 전화해야 되는 거 아닌가." 내가 웅얼거렸다.

그녀가 윗입술을 한쪽으로 치켜올린 채 나를 흘끗 쳐다보았다. "미안한데, 내가 너한테 물었니?"

그거 아는가? 〈보스를 지켜라〉에서 은솔은 결국 아이스크림콘을 그 싸가지 없는 계집애의 엉덩이에 처박았다. 가끔은 본때를 보여라.

나는 턱을 들고 바이올렛을 마주보며 말했다. "미안한데, 내가 너한테 이 멋진 동물들과 나 사이를 가로막아달라고 부탁했던가?"

레이밴 선글라스를 쓰지 않은 바이올렛의 강철 같은 두 눈이 내 눈에 똑바로 박혔다. "그리는 척 그만하시지."

캐시디가 양손을 내던지듯 들어올렸다. "이제 그만해, 바이올렛! 어휴, 루카 찾으러 가자." 그녀는 미안하다는듯 나를 쳐다보았다. "미안해, 데시, 괜찮겠어?"

괜찮았다. 완전히. 나는 미소를 지으며 그들에게 손을 흔들었다. "괜찮아. 가서 찾아봐, 행운을 빈다!" 바이올렛은 인상을 쓰곤 캐시디를 거칠게 붙잡아 일으켜세웠다.

그들이 시야에서 사라지자 나는 벌떡 일어나 물건을 챙겼다. 이건 기회였다. 루카가 어딘가에 혼자 있다.

미술 동아리 아이들은 동물원 여기저기서 그림을 그리고 있었다. 바다사자 수영장. 곰 굴. 파충류 우리 등등. 하지만 회색 비니는 어디서도 보이지 않았다. 동물원 입구로 이어지는 길에도 가봤지만 역시 안 보였다. 기린 우리 쪽으로 다시 돌아가려던 참에 입구 근처에서 무언가 내 눈을 사로잡았다. 유칼립투스 나뭇가지들에 가려진, 출입문에 붙은 옛날식 놋쇠 명판이 보였다. 말끔하게 리모델링된 동물원과는 몹시 동떨어져 보였기에 나는 그쪽으로 건너가 명판에 쓰인 글을 읽어보았다.

사우스오렌지카운티동물원의 본래 부지. 1932년에 세워진 이 아름다운 공원은 미국 최초의 현대식 동물원으로 전국적인 관심을 받았다. 1994년에 화재가 발생하여 2001년에 전면 재건축 및 리모델링되었다. 유일하게 남은 기존 건물과 동물 우리는 거대한 무지개색 유칼립투스나무 옆을 지나는 오솔길 아래, 남쪽 출구 근처에 위치한다. 낡은 구조물 혹은 식물의 주변 환경이 망가지지 않도록 주의해주길 당부드린다.

흠. 내가 아티스트 타입이라면 다른 애들이 그리고 있는, 따분하게 앉아만 있는 동물들보다 더 재밌는 걸 찾으러 어디로 갈까?

나는 동물원 지도를 유심히 내려다보다 남쪽 출구로 향했다. 휴대폰을 보니 버스가 출발하기까지 한 시간밖에 안 남은 상황이었다. 만약을 위해 휴대폰 알람을 맞추었다. 넌 거기 있어야 해, 아티스트 소년.

유칼립투스나무는 쉽게 찾을 수 있었다—나무껍질에 너무나 멋진 무지개색 줄무늬가 있었고 높이는 18미터 정도 되는 것 같았다. 북반구에서 자연적으로 발견된 유일한 유칼립투스종이기도 했다. (그렇다. 나는 수목협회 몬테비스타 지부의 회계 담당자다.) 그 나무 밑동 근처에서 오솔길을 발견했다.

살아 있는 참나무와 플라타너스나무로 이루어진 울창한 숲 사이 오솔길을 따라 내려갔다. 발밑에서 낙엽들이 사각거렸다. 이곳은 아름다웠지만 핫가이는 보이지 않았다. 그러다 저멀리 버려진 건물처럼 보이는 것을 발견하고 걸음을 재촉했다.

"우와." 나는 나직이 감탄했다.

드넓은 공터에서 바위 동굴들과 실 같은 이끼가 무성하게 뒤 덮인 녹슨 동물 우리들이 나를 둘러싸고 있었다. 주변을 감싼 식 물들은 너무 크게 자라 마치 정글 같은 분위기를 자아냈다. 아주 약간의 햇빛만 그 사이로 비춰들었다. 그 광경 속에 구불구불한 포장길 하나가 보였다.

나는 나뭇가지들을 밀쳐내며 개방된 동물 우리 중 하나로 들 어갔다. 안쪽 벽은 다른 것들처럼 녹슬고 이끼로 덮여 있고, 그 라피티 또한 그것들을 덮고 있었다. 나는 코를 찡긋거렸다. 동굴 중 하나로 향하는데 쉬익 하는 소리가 들려왔다. 나는 얼어붙었 다. 이럴 수가, 뱀인가? 종말 후 세상처럼 보이는 이 동물원에 이 제 야생동물이 돌아다니기라도 하는 건가? 쉬익 소리는 잠깐 멈 췄다가 이내 다시 시작됐다. 나는 고개를 갸우뚱했다―아니다, 동물 같지는 않았다.

"저기요?" 나는 머뭇거리며 외쳤다.

쉬익 소리가 즉시 멈췄다. 그리고 나서―잎사귀가 바스락거렸다. 누군가…… 무언가 나무 사이로 움직이고 있었다. 세상에나, 왜, 아, 왜 나는 이런 결심을 했을까? 그놈의 멍청한 K드라마 사랑 공식!

"데시?"

익숙하고 아주 낮은, 아주 남자다운 목소리였다.

스페인 양식의 황폐한 두 건물 사이에서 루카가 걸어나왔다. "너 여기서 뭐해?" 그가 물었다.

나는 가슴을 움켜잡고 심장이 진정되길 기다렸다. "옛날 동물원 부지 표지를 보고 궁금해졌거든." 흠, 더 부풀려봐, 데스. "또…… 다른 애들이랑 같이 그리기가 조금 부끄러워서. 동물 대신 건물을 시도해봐야겠다고 생각했어." 루카의 얼굴에 진정한 연민의 기색이 지나가는 게 보였다. 좋았어, 그가 믿었다. 그다음엔. "넌 여기서 뭐하는 거야?"

그는 백팩을 고쳐 멨다. "지루해서, 주변을 둘러보고 싶었어." 우리는 잠깐 서로를 쳐다보았다.

"음—" 내가 입을 뗐다.

"근데 그럼 그림 그리기가 왜 부끄러워? 너 그렇게 못 그리는 편은 아닌데."

"풋. 그래. 유치원생 기준이라면 못 그리는 건 아니겠지."

그는 내게로 걸어오더니 손을 내밀었다. "좀 보자."

"뭘 보자는 거야?"

"네 그림."

나의 본능은 빌어먹을 절대 안 되지, 라고 커다랗게 외쳤지만 그러면 지금의 상승기류가 꺾이고 말 터였다. 그래서 마지못해 스케치북을 백팩에서 꺼내 그에게 건네주었다.

그가 스케치북을 넘기는 몇 초가 몇 년처럼 느껴졌다. 더이상은 참을 수 없을 것만 같은 순간에, 루카가 마침내 나의 징글맞은 기린 그림 중 하나에서 멈췄다. "좋아, 이거, 그렇게 나쁘지 않아. 근데 요령 하나 가르쳐줄까?"

참을성 있고 사려 깊은 그의 어조는 나의 자의식을 몽땅 녹여 발 근처에 웅덩이처럼 고이게 만들었다. (음, 마치 추리닝 바지처럼 말이다.)

"음-흠, 물론이지." 내가 새된 소리로 말했다.

루카는 백팩을 툭 내려놓고 꽃이 핀 세이지 덤불과 키 큰 풀들이 무성하게 자란 곳에 책상다리를 하고 앉아, 옆자리를 톡톡 쳤다. 나는 앉아서, 내가 앉을 수 있는 거리라고 느껴지는 곳에 다다를 때까지 그를 향해 조심스레 엉덩이를 조금씩 옮겨갔다.

"너는 세밀한 부분에 사로잡혀 있는데, 그러면 그리기 어려워, 이해돼?" 그는 내가 고통스럽게 스케치하다가 결국엔 포기해버려 알아볼 수 없을 만큼 엉망이 된 부분들을 가리켰다.

"무언가를 볼 때는 먼저 물체를 이루는 여러 모양들을 봐야 해." 그는 양손으로 손짓을 하며 말했다. 그는 손이 예뻤다. 기다란 손가락, 짧고 깨끗한 손톱. 그리고 핏줄과 뼈가 적당히 드러나 있었다.

그가 나의 응답을 기대하듯이 쳐다보았다. "이해돼?" 그가 물었다. 음…… 뭐라고?

내가 혼란스러운 기색이 역력하자 그는 스케치북을 새 장으로 넘기더니 자신의 귀 뒤에 꽂혀 있던 연필을 내게 건넸다. "좋아, 저기 있는 소나무를 봐." 그가 손으로 가리키며 말했다.

"음, 사실 저건 개잎갈나무야. 소나무라고 자주 오해받지."

루카가 눈을 깜빡였다. "그런 걸 어떻게 알아?"

제기랄, 너드 기질이 새어나왔다. 나는, 아주 태연하게, 어깨를 으쓱했다. "아, 그냥…… 수목협회 회원이거든." 회계 담당자라고 말할 필요는 없어. 나는 조소나 놀림을 받을 걸 대비해 마음의 준비를 했다.

하지만 그는 그러는 대신 내 눈을 필요 이상으로 조금 더 오래 쳐다보았다. "물론 그렇겠지." 심장이 두근거렸다. 저건 좋은 뜻일까 나쁜 뜻일까?! 그가 고개를 살짝 흔들며 미소 지었다. 좋은 뜻이다.

그는 나무를 다시 흘끗 보았다. "좋아, 저 개잎갈나무를 잘 관찰하고 저걸 구성하는 기본 모양들을 그려봐."

나는 이 연필이 저 소중한 피부 위에 놓여져 있었다는 단순한 사실에 너무 흥분하지 않으려 애쓰며 눈을 가늘게 뜨고 나무를 바라보았다. 흠, 좋아. 나무 윗부분부터 스케치를 시작했다. 작고 세밀한 선들로 솔잎을 표현했다. 완성하고 나니 털 뭉치처럼 보였다.

"아, 이렇게 해보자." 그는 손을 뻗어 내 손에 올려놓았다. 그 접촉에 금세 손에 땀이 차기 시작했다. 그는 손을 계속 겹친 채 큰 삼각형을 대강 그리고 그 아래 작은 직사각형을 그렸다.

"음, 만화 속에 나오는 나무처럼 보이는데." 내가 말했다.

얼굴이 너무 가까워서 그가 숨을 내쉴 때마다 내 뺨에 따뜻한 숨이 느껴졌다. "미스 곧이곧대로. 바로 결론으로 건너뛰지 말고 잠깐 기다려볼래?" 나는 그를 미스터 추상이라고 부르고 싶은 걸 참았다.

"적당히 느슨한 모양만 잡아서 그리는 느낌이 어땠어? 손이 풀리지warm up, 그치?" 그래, 내 손은 따뜻하다고 할 수 있지. 정말로 따뜻하지.

그는 내 손을 잡고 나무 안에 더 작은 삼각형을 계속 그려나갔다. "그다음엔 각각의 부분에 집중하면서 세밀하게 다듬어가는 거야." 작업을 완성한 뒤 그는 내 손을 놓아주었고, 나의 스케치북에는 나무 한 그루가 서 있었다. 전부 느슨한 모양으로만 이루어져 있었지만 백 퍼센트 나무로 보였다. 죄다 솔잎으로만 그려 놓은 내 그림보다 훨씬 더.

"멋있다!" 나는 활짝 웃으며 루카를 올려다보았다. 그도 나를 보며 활짝 웃었다.

찌릿. 내 속에서 다시 한번 어떤 번개가 내리쳤다.

날카롭고 거슬리는 휴대폰 알람 소리가 들려왔다. "이럴 수가, 십 분 뒤면 버스가 떠나!"

우리는 재빨리 물건을 챙기고 오솔길을 따라 쏜살같이 뛰었다. 가파르지 않은 비탈면을 지나 공식적인 동물원 부지로 이어지는 콘크리트 길에 도달했다. 유칼립투스나무에 이르렀을 때 돌아보니 루카가 힘겹게 쫓아오고 있었다. "기다려…… 나…… 일 초만."

나는 그를 재밌다는 듯이 쳐다보았다. "겨우 18미터쯤 달린 것 같은데."

그가 숨을 고르며 내게 손을 흔들었다. "거리는 어떻게 알아낸 건지 도무지 모르겠네. 무슨 운동선수 같아."

나는 웃었다. "음, 삼십 초 가볍게 뛰고 심장마비가 안 온 사람이라면 운동선수가 분명하겠지."

그는 드디어 숨을 가다듬고 몸을 쭉 폈다―놀랄 만큼 가까이에서 말이다. 그는 고개를 옆으로 기울이고 나를 세심하게 살펴보았다. "그래서 너 같은 운동선수가 미술 동아리에서 뭘 하는 거야? 관심 없어하는 줄 알았더니?"

그 목소리에는 약간의 장난기가 깃들어 있었다―솔직히 자기 때문에 들어왔다고 말하라고 부추기는 거나 마찬가지였다. 나는 입술을 깨물었다. 이제 오스카상 수준의 연기력을 발휘해야 할 때다. 나는 동경하는 듯한 목소리를 내려고 애썼다. "글쎄, 음, 내가 끄적거린 그림을 네가 봤던 그때, 그냥…… 내가 언제나 끄적이고만 있다는 걸 깨달았어." 누군 안 그렇겠냐, 바보야? "그래서 말이지, 음, 줄곧 하고 싶었거든. 그림 그리기." 뻔뻔하긴, 새빨간 거짓말.

그가 나를 너무 오래 쳐다보는 바람에 나는 그가 거짓말을 눈치챘음을 확신했다. 완전 멍청한 짓이야! 하지만 곧 그의 표정에 어떤 변화가 일었다. 입꼬리가 서서히 올라가더니 커다란, 아주 멋진 미소가 좋아할 수밖에 없는 얼굴로 퍼져나갔다. "멋지네, 여기서 널 만나서 기뻤어. 무슨 일이든 도움이 필요하면 말해."

그 기분을 아는가, 형편없이 구름 낀 날이었다가 문득 햇살이 곧장 우리 얼굴을 향해 살짝 드리워질 때의 기분을? 루카의 미소가 딱 그랬다. 우주로부터 햇빛이 내 얼굴에만 똑바로 비치는 것 같았다.

내 얼굴이 붉어지는 걸 루카가 보지 못하도록 나는 고개를 돌렸다. "고마워." 얼굴이 식었다 싶을 때 다시 그를 쳐다보았다. 그는 자신의 몸에 대해 자신만만하고 거리낌없어 보였다. (정말로, 누군들 그를 탓할 수 있겠는가?) "야, 근데 너 왜 AP 영어 수업 안 들어?"

"아, 그거. 내 점수로는 그 수업 절대 못 들어."

나는 눈살을 찌푸렸다. "그땐 왜 아무 말도 안 했어?"

그리고 또다시, 그 미소다. 찌릿. "너 같은 너드들은 뭘 하는지 보니까 재밌던데."

자신감이 벅차오른 나는 진짜로 썸을 시도해보기로 결심했다. 신이시여, 이제 시작합니다. 나는 엉덩이로 그를 부드럽게 툭 쳤다. 그는 놀라며 곧장 나를 쳐다보았다. 나는 미소 지었다. "내가 너드이긴 해도 너보다 빠른 너드야. 버스까지 갈 수 있겠어? 내가 업어줄까?"

그가 눈썹을 치켜올렸고 나는 얼굴이 붉어졌다—너무 과했나? 내가 그의 남성성을 해쳤나? 하지만 이내 그는 머리를 뒤로 젖히며 웃었다—이번에는 특유의 통쾌함이 담긴 진짜 웃음이었다. 그는 활짝 웃으며 대답했다. "응, 진짜 업을 수 있어?" 나는 활짝 웃어 보였다. 이에 음식물이 끼여 있진 않은지, 얼굴이 너무 부어 보이지 않고 좀더 돋보이는 각도를 만들었는지는 생각조차

하지 않고서.

버스에 도착하고 나서야 나는 버려진 동물원에서 그가 뭘 그리고 있었는지 물어보지 않았다는 걸 깨달았다. 하지만 바로 그때 바이올렛과 캐시디가 우리를 발견했다.

"너희 어디에 있었어?" 바이올렛은 불안한 듯 손으로 머리카락을 깊게 쓸어넘기며 따지듯 물었다. 하, 언제나처럼 절묘하네.

그때 루카가 나를 흘끗 쳐다보았다. 친밀한 표정이 스쳐지나갔다.

"그냥 우연히 마주쳤어, 진정해." 내가 그녀 옆을 쓱 걸어가며 말했다. 바이올렛에게 알려주고 싶지 않았다. 우리의 특별한 장소, 비밀스러운 옛 동물원을.

그 앞을 지나 버스에 올라타는데 바이올렛의 시선 공격에 등이 타들어갈 지경이었다.

바이올렛은 K드라마에 나오는 전형적인 싸가지 없는 계집애다. 그 드라마들에서 한 가지 확실한 게 있다면, 결국에는 항상 착한 여자가 승리한다는 것이었다.

7단계:
미스터리에 싸인
그의 정보를 더 알아내라

다음날, 비좁은 페니에 옹기종기 탄 웨스, 피오나 그리고 나는 미적분 시험공부를 위해 피오나의 집으로 향했다. 웨스는 두 가족 전체를 태울 수 있을 만한 SUV를 몰고 다녔지만, 우리가 선호하는 이동 수단은 언제나 페니였다. 그걸 탈 때마다 거의 죽을 뻔했던 경험에서 오는 은밀한 짜릿함 때문이 아닌가 싶다.

뒷좌석의 웨스는 조수석에 앉은 내 5센티미터 옆으로 몸을 내밀었다. "네가 노력했으면 좋겠어, 데스. 나 역시 대학에 가기 전에는 관계를 가져야 된다고 생각해."

"세상에!" 나는 피오나와 함께 소리쳤다. 우리 둘은 그에게 주먹을 날렸다. 피오나는 오른팔을 뒤로 뻗어 웨스의 뺨을 때렸다.

"야, 난 그냥 완전히 현실적일 뿐이라고." 그는 다시 뒷좌석에 기대앉았다. "또하나, 너는 들킬까봐 걱정 안 돼? 네가 남자친구 실험 같은 걸로 이용하는 걸 걔가 알게 되면—"

"이런 젠장, 웨스? 난 이걸 실험삼아 하는 게 아니야!" 나는 소리쳤다. 그리고 두 친구를 쳐다봤다. 특히 피오나를 뚫어져라 노려봤다. 그녀는 갑자기 평소답지 않게 운전에 집중했다. "음, 파이, 내가 이걸 왜 하려는지 쟤한테 제대로 말 안 했어?"

"으으으응, 안 했어…… 우리 이야기가 어디까지 비공개인지 몰라서?"

"하, 웨스한테 그 계획을 말하지 않을 정도로 비공개이진 않았 나보네?"

피오나는 그저 어깨를 으쓱했다.

"그럼 잠깐. 너 이거 왜 하는 건데?" 웨스가 물었다.

나는 좌석에 푹 기대앉았다. "무슨 말이야?! 걔를 **좋아하니까** 하는 거지!" 나는 잠깐 말을 멈췄다. "내 말은, 왠지 잠깐 반한 수준이 아닌 것 같아. 예술에 대한 그애의 차분하고 자신감 있는 태도에는 특별한 게 있다고—얼마 전에 동물원에서 날 도와줄 때 보여준 인내심 있고 친절한 모습이……"

웨스가 코웃음을 쳤다. "그래, 여자애 앞이라고 엄청 열심히 으스댔겠지."

"아니야! 걔는 진심으로 나를 돕고 싶어했어. 진짜 좋았다고."

나는 웨스와 피오나를 초조하게 쳐다보았다. "사실, 걔가 내 첫 번째 남자친구가 된다면 좋겠어."

피오나가 목청을 가다듬었다. "테스, 첫눈에 반한 상대에서 남자친구로 한번에 점프하다니…… 속도를 좀 늦춰야 하지 않을까—"

웨스가 불쑥 피오나의 말에 끼어들었다. "세상에, 썸패자가 가슴앓이하는 건 보고 싶지 않은데. 난 그냥 네가 적당히 전통적인 방식으로 첫 경험을 한 뒤에 고등학교 생활을 마무리하길 바랐던 거야."

"역겨워. 게다가 어휴, 내가 무슨 감정 없는 로봇이냐?" 역력한 침묵이 페니에 깃들었다. 나는 씩씩거렸다. "너희, 이 일에는 정말 흥미로운 게 있어. 이거야말로 내가 썸패에서 벗어나는 길이야. 내가 청사진을 갖고 있다는 사실을 의식하면, 평소의 데시처럼 굴 수 있거든. 어제는 아무 사건도 없이 걔랑 돌아다녔다니까! 사실, 난 우리가 **썸을 탔다**고 생각해."

피오나는 조수석에 있는 나를 건너보았다. "썸패 순간이 없었다고?"

"없었어! 내가 말한 대로, 계획이 있으면—난 다 잘해낼 수 있어." 나는 고개를 저었다. 과거의 썸패들을 피해갈 수 있었다는 사실에 다시 한번 놀라면서.

웨스는 내 좌석 뒤를 발로 찼다. "음, 걔가 모르게만 해. 네가 하려는 일은 조금 섬뜩해."

"네가 더 섬뜩하다!" 내가 소리쳤다.

피오나가 웃었다. "미적분 공부 한다고 피닉스 콘서트 안 가기로 한 거 정말 잘한 일 아니냐?"

"그래, 그렇게 결정해서 완전 기쁘구나!" 나는 몸을 돌려 웨스의 머리 위로 주먹을 위협적으로 들어 보였다.

우리는 막다른 골목에 있는 피오나네 집에 차를 세웠다. 기본적으로 우리집과 똑같이 생긴 집이었다. 사실 이 동네 집들은 다 똑같은 도면으로 지어졌다. 몬테비스타의 건축 양식은 몹시 최첨단이었다.

"리타! 우리 왔어요." 피오나가 선언하듯 말했고 우리는 쿵쾅거리며 집안으로 들어갔다. 나는 쿵쿵 냄새를 맡았다. 좋아아, 시작되고 있었다. 피오나 가족과 함께 사는 할머니가 돼지고기 칠리 타코를 만들고 있었다. 공부에 대한 상으로 우릴 위해 준비하는 것이었다. 타코는 초콜릿처럼 진한 소스를 곁들여, 신선한 옥수수 토르티야 위에 올린 절인 양파와 함께 나왔다. 콘서트 대신 피오나의 집에 가서 공부하기로 한 건 그다지 저울질할 필요가 없는 문제였다.

주방에서 우아한 노인이 모습을 드러냈다—모직 바지, 장밋

빛 실크 블라우스, 매끄러운 백발의 단발머리, 그리고 티 하나 없는 진주목걸이. 레이스 숄은 두르지 않았다. 피오나의 리타(아부엘리타*를 축약한 것)는 글로벌 화장품회사 사장처럼 보였다.

아이스티 잔들이 놓인 쟁반의 균형을 유지하며 그녀는 뺨을 들어올려 피오나의 키스를 받은 다음 한 발짝 뒤로 물러나더니 바닥에 끌리는 코바늘 스웨터, 트로피컬 무늬 바지와 셔츠 차림의 피오나를 훑어보았다. 피오나는 꼭 〈골든 걸스〉** 속 인물처럼 보였다. 리타는 피오나에게 쟁반을 건네주며 섬세한 눈썹을 치켜올렸다. 그러고는 돌아서서 웨스와 나를 보며 미소 지었다. "안녕, 애들아, 그 자그마한 머리로 공부할 준비 됐니?" 그녀는 손을 뻗어 웨스의 머리를 헝클듯이 쓰다듬었다. 이 세상의 다른 어느 누구에게도 허용되지 않는 행동이었다.

"네." 우리는 고분고분하게 대답했다. 리타는 존재감만으로도 모든 이가 허리를 펴고 또박또박 말하도록 했다.

"좋아, 타코는 세 시간 뒤에 완성될 거야. 그때까지 열심히 공부하렴." 공중에 키스를 날리며 그녀는 다시 주방으로 향했다.

우리는 피오나네 집 거실에 음료를 내려놓고 장난감 트럭과

---

* 스페인어로 '할머니'를 부르는 애칭.
** 노년 여성 네 명을 주인공으로 한 미국 시트콤. 1985년부터 1992년까지 방영되었다.

그림책 더미를 옆으로 밀어내며 몸을 쭉 뻗었다. 피오나의 쌍둥이 남동생들, 테디와 니키가 말 그대로 이 집을 장악하고 있었다. 다행히 그들은 놀러 나간 터라, 우리는 어벤저스 중에서 어떤 캐릭터를 제일 좋아하느냐는 질문을 듣지 않고 할일을 할 수 있었다. 웨스는 소파에 풀썩 주저앉았고 피오나는 소파에 등을 기댄 채 그의 발치에 앉았다. 나는 거실 양탄자에 미적분 교과서를 펼친 채로 배를 깔고 엎드려 있었다. 그리고 똑같은 등식을 몇 분 동안 뚫어져라 바라보다가 책을 탁 덮었다.

"알아, 웨스? 그건 성차별주의적인 헛소리야. 남자애가 여자애를 얻으려고 고난을 헤쳐나가면 '로맨틱'하다고들 하잖아. 남자애가 말도 없이 여자애 방 창문으로 기어올라가서 자는 모습을 훔쳐본다고 생각해봐. 그런데 여자애가 남자애한테 드라마틱한 행동을 취하면, 섬뜩하다니. 이중 잣대 개소리야!"

소파에서 웨스가 웃었다. "아직도 루카 생각하냐? 젠장, 미쳤구나."

피오나는 인상을 썼고 자기 아이스티 잔에 있던 얼음을 그에게 던졌다. "닥쳐, 웨스. 그럼 넌 여자애들이랑 왜 어울려다니는데, 이 무식한 무뢰한아?"

웨스가 피오나에게 얼음을 되던졌고 그녀는 솜씨 좋게 쳐냈다. "비이성적인 여성들한테 둘러싸인 유일한 이성의 목소리가 되는 게 좋더라고." 그가 답했다.

사람들은 종종 내가 왜 웨스와 사귀지 않는지 궁금해했다. 그렇다, 그는 귀엽고 재밌으며 더럽게 매력적이기까지 하지만 내 인생 최고로 성가신 형제이기도 했다. 또한 그의 바람둥이 기질을 중학교 때부터 모조리 목격해오다보니 이성적 호감 따위는 남지 않았다.

피오나는 한 손으로는 웨스에게 가운뎃손가락을 날리고, 다른 한 손으로는 아이패드 화면을 맹렬하게 넘기면서 선언했다. "야, 공부 시작하기 전에 더 재밌는 거나 하자." 진한 핑크색 입꼬리가 미소로 말려올라가면서 피오나가 우리를 향해 아이패드 화면을 들어 보였다.

루카의 사진을 확대해놓은 것이었다. 나는 휘청거리며 다가가 낚아채려고 했지만 피오나는 반항하듯 치워버리며 말했다. "그건 안 되지! 우리 루카 스토킹하자. 네 리스트에도 그런 거 있지 않아?"

흠, 나는 K드라마 공식 리스트를 적어둔 노트를 꺼냈다. 나는 지금 7단계, 미스터리에 싸인 그의 정보를 더 알아내라에 있었다. "음, 이건 혼자 있을 때 하려고 했는데, 지금이라고 안 될 건 없지. 근데 그다음엔 공부해야 해, 알지?" 나는 단호하게 말했다.

피오나는 눈을 굴렸다. "알겠다고요, 엄마. 먼저, 걔한테 어떤 먼지가 있는지 좀 털어볼까, 과연 K드라마식 미친 짓을 벌일 만한 가치가 있는지 확인해보자고."

"이야, 애 온라인에서 활동 많이 하네." 피오나가 구글 검색 결과를 훑는 동안 웨스가 말했다.

무언가 내 눈에 띄었다. "루카 드래코스 공식 팬페이지? 저건 뭐야? 클릭해봐!"

"너의 루카는 아닐 거야, 그치?" 피오나는 회의적으로 물으며 링크에 접속했다.

그러자 아름답고 묘한 스케치와 그림들로 가득한 웹사이트가 나왔다. 어둡고 정교하게 표현된 형체들이 밧줄 모양 넝쿨에 감긴 채 악몽에나 나올 법한 생물체에 의해 위로 당겨지거나 아래로 끌어내려지고 있었다. 공들여 세세하게 그린 요정 같은 얼굴들 위로 우유같이 희뿌연 물감이 여러 겹 덧발라져 있었고 작은 곤충들이 여기저기 점처럼 흩어져 있었다. 주제는 완전히 달랐지만 영어 수업 시간에 끼적인 그림과 스타일이 매우 흡사해 보였다.

"이거 루카가 그린 것 같아." 나는 웅얼거렸다.

우리는 잇따라 나오는 초현실적인 그림들에 빠져들며 입을 다물었다. 이게 다 루카의 작품이었다고? 무슨 십대가 이렇게 다작을 해? 왜 재능 있는 별종을 위한 예술학교가 아니라 우리 학교에 온 거고?

피오나가 휘파람을 불었다. "젠장. 야, 너 대단한 애를 골랐구나."

"아니, 어려운 애를 고른 거지. 데스, 너한테 아직 자존감이 남아 있을 때 끝내렴." 웨스가 소파에 몸을 깊게 묻으며 말했다. 그의 스키니 청바지가 가죽소파와 마찰하면서 끼익 소리가 났다.

나는 식식대며 말했다. "너 뭐라고 했냐."

나는 피오나의 아이패드를 가져와 루카의 팬페이지에 있는 '인물 소개'를 터치했다. "루카 드래코스는 1999년 8월 16일 캘리포니아주 산타바바라에서 태어났다. 어린 시절부터 예술을 사랑했고―어머니의 말에 따르면 그가 처음 말한 단어는 **인상주의**였다."

우리는 웃었다.

나는 이어서 읽었다. "서던캘리포니아의 영혼의 땅 오하이에서 자란 그는 어린 나이에 여러 미술 수업을 수강했으며 모든 수업에서 최우수 학생이었다."

"다들 그애를 **사랑했을** 거야." 피오나가 끼어들었다.

나는 쉿 하며 조용히 시켰다. "산타바바라예술학교에 입학했을 무렵 루카는 이미 악명 높았다―획기적인 신초현실주의 그림뿐 아니라 규칙 파괴자의 명성으로도."

피오나는 내게서 아이패드를 낚아채 루카의 프로필을 계속 읽어나갔다. "그는 전미젊은예술가상과 유망주상 등 수많은 상을 수상했다. 명성을 치솟게 한 그의 텀블러 페이지는 백만 명 이상의 팔로워를 보유하고 있다."

"뭐?" 웨스는 놀라운 정보에 귀가 솔깃했다. "그 정도면……거의 텀블러 유명인사네."

나는 리스트를 극적으로 들어올리며 3단계를 가리켰다. "걔는 세상에서 가장 얻기 힘든 남자애가 **분명해**. 일단 유명하니까." 심장이 빠르게 뛰기 시작했다. 내 마법 깃털로 K드라마 사랑 공식 리스트를 가지고 있긴 했지만, 손에 쥔 이 일의 엄청난 본질을 이제야 온전히 이해했기 때문이었다.

나는 고개를 들어 친구들을 절망스러운 눈빛으로 바라보았다. "평범한 수준의 귀여운 남자애들한테도 겨우 말 거는 정도인데. 어떻게 이 남자애를 차지하지? 이—이 얻기 힘든 **아티스트**를 말야. 그러니까, 사람들이 보통 매력적이라고 말하는 게 어느 수준인지 너네도 알지—그런 매력에 이런 미친 능력까지 덧붙이면 정말 내 수준 밖이야. 내 수준은 여기, 빌어먹을 오렌지 카운티에 단단히 박혀 있고. 루카의 수준은 머나먼 행성 주위를 섹시하게 유유히 돌면서 우주 어딘가를 떠다니고 있지."

한 박자 침묵이 흐르고 웨스가 웃음을 터뜨렸다. "아이고, 데시! 내적 독백 잘 들었다."

피오나가 눈을 굴렸다. "걔가 네 수준 너머에 있는 게 **아니라**, 네가 걔 수준 너머에 있는 거야. 어떤 남자애든 널 잡으면 운이 좋은 거지." 피오나는 베프의 자존심을 세워주려 빈말을 한 것이 아니라 친구를 맹렬히 보호하려 한 것이었지만, 그래도 듣기엔 좋았다. 그녀는 말을 이어갔다. "그래, 걔는 핫해. 하지만 어쨌든, 너도 핫해. 내가 꼭 '데시의 완벽한 풍선 엉덩이 송가' 랩을 시작해야겠니?"

"세상에, 제발 하지 마." 웨스가 탄식했다. "그리고 데스, 어쨌든 자존심이 아직 남아 있을 때 끝내라고 한 건 그냥 농담이었어. 그러니까 진정해. 낮은 자존감이 너처럼 그렇게 **선별적으로** 올라오는 사람은 못 봤다니까. 예를 들면, 축구? 넌 현존하는 선수들 중에 최고잖아. 누구도 제칠 수 없는. 근데 남자애들 앞에선? 자신이 최약체라는 왜곡된 관점을 가지고 있지."

나는 볼이 빨개졌다―친구들이 친절한 편이긴 하지만, 갑자기 내가 칭찬을 유도하고 있는 듯한 기분이 들었다. "음, 난 살아 있는 선수들 중 **최고지**." 나는 기운차게 말했다. "메시 빼고."

"그럼 이거 정말 할 거야?" 웨스가 장난기어린 함박웃음을 지으며 물었다.

나는 천천히 고개를 끄덕였다. 그 오래되고 친근한, 데시 리는 할 수 있다, 라는 투지가 전력질주로 돌아오며 불안감이 차츰 사그라지는 게 느껴졌다. "그래. 그 공식들이 길을 안내해줄 거야." 나는 말을 잠시 멈췄다. "하지만 작은 난관이 하나 있어."

피오나는 유리잔에서 얼음 한 알을 건져내 입안으로 톡 넣었다. "뭔데?"

"캐시디가 말해줬는데, 루카는 여자친구를 사귀고 싶어하지 않는대. 걔가 실제로 그렇게 **말했대**."

"에이, 그건 쉬워, 네가 걔 마음을 바꿔놔야지." 피오나가 한쪽 눈썹을 악당 본드 걸처럼 치켜올리면서 말했다.

나는 입술을 꼭 다물었다. "맞아. 일단. 그렇게 눈썹 움직이는 법부터 알려줄래?"

그날 저녁 나는 집에 도착해, K드라마 사랑 공식 노트를 펼쳐 단계가 적혀 있는 페이지를 조심히 뜯어냈다. 그리고 접어서 지갑에 넣었다. 바보 같다는 건 알지만, 리스트가 가까이 있으면 안심이 됐다. 그 마법의 힘이 내 신분증과 현찰 근처에서 시시때때로, 항상 가까이에서, 언제나 주시하며 고동치고 있다면 말이다. 나는 도움이란 도움은 모조리 필요했다.

이틀 뒤, 나는 미술 동아리 외에 루카와 함께 시간을 보낼 방법을 찾으려고 여전히 고심하는 중이었다. 미술 동아리는 일주일에 한 번밖에 모이지 않았기 때문이다. 지금까지의 K드라마식 정찰에 따르면, 그의 친구 무리는 바이올렛, 캐시디 그리고 다른 미술 애호가 아이들 몇 명이었다. 그들은 학교 잔디밭에서 시간을 보내거나 미술실에서 함께 점심을 먹었다. 내가 알아낸 바에 따르면 그는 다른 과외활동이나 스포츠에는 참여하지 않았다(놀랍고, 또 놀라웠다). 또한 미술을 뺀 나머지 과목에서는 보충수업을 들었다.

추가 정보: 그는 매일매일 점심으로 냉동 부리토를 먹는다. 느끼해.

물리 시간에 휴대폰이 진동했지만 쪽지시험을 치르던 중이라 무시했다. 그뒤에 진동이 두 번 더 울렸다. 고개를 살짝 들어보니 클라크 선생님은 컴퓨터 모니터를 보느라 정신 없었다. 나는 재빨리 청재킷 주머니에서 휴대폰을 꺼내 슬쩍 내려다보았다. 피오나였다. 몇 줄 앞에 앉아 있으면서, 뭐지? 나는 휴대폰 잠금을 해제하고 문자메시지를 읽었다.

루카 얘기 들었어?

???

걔가 어떻게 체포됐는지??!!

나는 재빨리 답장을 보냈다. **아니??!! 수업 끝나고 얘기해.**

나는 쪽지시험을 후다닥 풀고 답안을 두 번 확인한 다음 시계를 봤다. 종이 울릴 때까지 안절부절못하며 기다렸다. 드디어 종이 울리자 피오나를 거의 밖으로 끌고 나가다시피 했다. 그와 동시에 밖에 있던 애들이 모조리 교실로 뛰어들어갔다.

"응?!" 나는 재촉했다.

피오나는 나를 보며 눈썹을 치켜올렸다. "그러니까, 다들 그 얘기를 하더라고."

"다들 누구? 루카는 이 학교에 온 지 일주일밖에 안 됐는데!" 나는 소리쳤다. "걔는 괜찮은 거야?" 잘 알지도 못하는 그 남자애가 걱정됐다.

"음, 스펜서 뭐시기라는 애가 어젯밤 동물원 주변에서 스케이트보드를 타다가 걔가 체포되는 걸 봤대."

"잠깐, 스펜서 뭐시기가 누구야?"

피오나는 어깨를 으쓱했다. "나도 몰라. 스케이트보드 타는 남자애들 중 하나." 그녀는 백팩을 고쳐 멨다. "어쨌든, 나 빨리 가야 돼. 오늘 코딩 수업에 특별 외부 강사가 와. 근데,"—그녀가 나를 의미심장하게 쳐다보았다—"분명히 이번이 처음은 아닌 것 같았어." 말을 마친 그녀는 관능적인 남성용 향수의 자욱한 향과 여러 개의 뱅글 팔찌가 쨍그랑거리는 소리를 남기곤 사라졌다.

처음이 아니라고?! 나는 은밀한 구글 검색으로 알아낸 **규칙 파**

괴자에 대한 정보가 떠올랐지만 불법 얘기는 없었다…… 또, 동물원? 버려진 동물원에서 나와 마주쳤을 때 그는 뭘 하고 있었던 걸까? 나는 더 알아보고 싶었지만 안타깝게도 미술 동아리 모임은 다음주 화요일에나 있었다. 그때까지 루카는 미스터리로 남아 있을 터였다.

다음주 화요일, 나는 학교를 마치고 미술실로 머뭇머뭇 걸어 들어갔다. 넓고 천장이 낮았으며 한쪽 벽 전체를 차지한 창문들에서 빛이 쏟아졌다. 다른 벽들에는 학생들의 그림들과 다양한 박물관에서 가져온 빈티지 포스터들이 빼곡했다. 미술 도구를 보관하는 뒤쪽에는 암녹색 캔버스 커튼이 반쯤 쳐져 있었다.

주위를 둘러보고 있자니 내가 더욱 사기꾼처럼 느껴졌다. 동물원에서 동물을 그리는 척하는 것과 실제로 작품을 창작하려고 노력하며 시간을 보내는 것은 완전히 다른 일이었다.

모두가 이미 자선 전시회 프로젝트에 열중하고 있었다—일부는 유화였고 일부는 다양한 다른 화구를 쓴 그림이었으며 조각품도 있었다. 루카는 보이지 않았다. 바이올렛이 앞쪽 중앙에 서 있었다. 캔버스를 이젤에 놓고, 허세 가득한 커다란 투명테 안경을 낀 채 기다란 다리를 쭉 펴고서 스툴에 앉아 자신의 걸작에 집중하고 있었다.

우웩.

나는 캐시디가 녹색 커튼 너머 도구 보관실로 들어가는 걸 보고 따라갔다. "안녕, 캐시디."

캐시디는 목탄 세트를 잡으면서 나를 보았다. "안녕, 데시!"

"귀찮게 해서 미안한데, 자선 전시회 프로젝트에 쓸 도구 고르는 것 좀 도와줄 수 있어?" 나는 부끄러워하며 물었다.

"물론이지! 어떤 걸 생각하고 있었어? 아크릴물감, 수채화물감……?"

"음, 그게 바로 도움이 필요한 부분이야. 도무지 모르겠어." 나는 미술 도구 선반을 훑어보았다―도서관 책꽂이처럼 줄줄이 배열되어 있었다. 붓으로 가득한 커피 깡통, 물감 튜브와 병, 팔레트로 추측되는 플라스틱 트레이, 파스텔과 목탄 묶음, 캔버스와 이젤 등등. 인상적이었다―캘리포니아의 공립학교치곤 대단한 미술 동아리였다.

캐시디는 뒤로 물러서서 눈을 가늘게 뜨고 미술 도구들을 요리조리 살펴보았다. "좋아, 음, 내 생각에 유화는 초보자에게 다소 진지한 것 같고 수채화도 까다로울 것 같네. 실수해도 괜찮은 걸로 가보자―아크릴화!" 그리고 원색 물감 병 몇 개를 집어들었다. "이 색들을 혼합하면 무슨 색이든 만들 수 있잖아, 알지?"

흠. 어느 정도는. "물론이지!" 나는 밝게 대답했다. 몇 분 뒤 나는 가로 16인치에 세로 20인치 크기의 캔버스, 다양한 크기의 붓 몇 개, 플라스틱 트레이, 물감 병으로 무장되어 있었다.

도구 보관실에서 나오자마자 곧바로 루카가 보였다. 내 몸의 모든 말초신경이 그의 존재에 맞춰져 있는 것 같았다.

그는 바이올렛 옆에 앉아 있었다. 책상에 두 발을 걸쳐놓고 그녀의 말에 웃고 있었다. 우웩, 정말? 바이올렛이 어떻게 재미있을 수 있지? 개처럼 재미없고 아메리칸 어패럴* 광고 모델인 양 걸어다니는 애는 처음 봤다. 그리고 곧바로 루카가 그녀와 함께 편안하게 있는 것처럼 보여 짜증이 솟구쳤다.

나는 K드라마 사랑 공식, 미스터리에 싸인 그의 정보를 더 알아내라를 떠올렸다. 대담한 잭 해머**처럼 그 미스터리한 벽을 부숴버리자.

제일 먼저 알아내야 할 것은 정말로 루카가 체포됐었는가였다. 그리고 만약 그랬다면, 무엇 때문인지.

"저쪽으로 가서 애들이랑 같이 앉자." 나는 명랑하게 말하며 캐시디를 루카와 바이올렛 쪽으로 몰고 갔다.

---

* 미국 의류 브랜드.
** 소형 착암기의 일종.

그녀는 눈썹을 치켜올리며 나를 바라보았다. "진짜?"

"응, 안 될 거 뭐 있어?"

기민한 표정이 빠르게 캐시디의 얼굴을 스쳐갔다. 하지만 그녀는 아무 말도 하지 않았다. 지금쯤 내가 루카에게 반했다는 걸 짐작했을지도 모른다. 그래, 할 수 없지.

"안녕, 얘들아." 나는 책상에 도구들을 내려놓으며 말했다. 차분한 목소리로 해, 데스. 오버하지 말고.

루카가 고개를 들었고 나와 눈이 마주쳤다. "아, 안녕, 데시."

뺨부터 시작해 몸 전체가 달아올랐다. 이 숨길 수 없이 붉어진 모습을 그가 알아채지 못하게 고개를 떨구고 백팩에서 뭔가를 찾는 척했다.

"네가 왜 여기 있어? 동물원으로는 충분치 않았나보네?"

나는 고개를 들어 바이올렛을 똑바로 쳐다보았다. "너랑 같은 이유에서지, 앤디 워홀."

루카가 크게 미소를 지었고 캐시디는 갑자기 기침을 했다.

"그렇지 않을걸." 바이올렛이 웅얼거렸다. 하지만 그녀는 이미 나 때문에 흥미를 잃어버린 듯했고, 그림에 집중하며 몸을 캔버스로 기울였다.

그래, 아티스트라 이거지.

나는 물감들을 늘어놓으면서 루카를 흘끗 건너보지 않을 수 없었다. 그는 아직도 몸을 뒤로 젖힌 자세로 휴대폰을 보고 있었다. 어렵겠네. 어떻게 하면 다른 애들 앞에서 그를 당황스럽게 하지 않고 체포 이야기를 꺼낼 수 있을까? 내게 솔직하게 답해주기나 할까? 아니다. 더 태연하고 자연스러운 길을 택할 필요가 있다. 그리고 세상에서 나를 정의하는 단어가 둘 있다면? 음, **태연함**과 **자연스러움**이야말로 문자 그대로 나와 가장 상관없는 두 단어겠지.

"음, 넌 무슨 작업 해?" 내가 물었다. 내 경쾌한 질문은 갑작스러운 방귀 소리에 묻히고 말았다. 내가 아크릴물감이 든 병을 비틀면서 난 소리였다. 나는 얼어붙었고 순간 정적이 흘렀다. "아, 물감 여는 소리였어."

루카는 피식 웃었다. "물론 그렇겠지."

"닥쳐." 하지만 나도 이미 킥킥거리기 시작했다. 그리고 멈출 수 없었다.

바이올렛의 눈에서 발사된 독기어린 칼날이 내 얼굴에 날아와 꽂혔다. 나는 입술을 꼭 다물고 킥킥거림을 멈추려고 애썼다.

"내 작품은 비밀이야. 네 건 뭐야?" 루카가 물었다.

웃음이 곧장 멈췄다. 나는 머뭇거렸다. 내가 좋아하는 나무, 캘리포니아 플라타너스나무를 그리기로 결정했었다. 어젯밤에 떠올릴 때는 멋져 보였지만 바이올렛과 다른 미술 동아리 아이들 앞에서 말하려니 눈치가 보였다. 나는 말을 더듬었다. "음—글쎄—내가 생각하고 있는 건 아마⋯⋯"

그러다 평소에는 남자애들 앞에서 멋지게 굴라고 말하던 내 안의 목소리가 이제 다른 말을 하고 있었다. **진정성 있게.** K드라마의 여주인공은 언제나 미칠 만큼 진정성 있으니까. 그들의 사랑스러운 매력 첫번째가 어설픈 성격, 두번째가 진정성이었다.

그리고 솔직히 말하면, 플라타너스나무들은 **멋**있었다.

"캘리포니아 플라타너스나무를 그리고 있어." 예상한 대로 루카의 멍한 얼굴이 돌아왔다. 나는 힘을 내어 말했다. "빠르게 성장하는 낙엽수로 습한 조건에서뿐 아니라 더위, 스모그, 가뭄에서도 잘 견뎌. 무지막지한 녀석이지."

캐시디의 입이 아주 살짝 벌어졌고 루카는 여전히 나를 빤히 쳐다보고 있었다. 나는 얼굴이 붉어졌지만 물러서지 않았다. "그 래서 응, 나무를 그리는 중이야."

바이올렛이 키득거렸다. "**진심이야?**"

내가 스스로를 변호하기도 전에 루카가 책상에 팔꿈치를 괴고 곧바르게 앉더니 나를 뚫어져라 쳐다보았다. "놀라운데."

좋아. 이젠 그가 나를 놀리고 있었다. "**짓궂게** 굴 필요는 없잖아." 나는 콧방귀 뀌며 말했다.

그가 고개를 저었다. "아냐! 진심이야! 도시 조경에서 플라타너스 같은 가뭄에 강한 나무의 필요성과 기후변화에 대해 표현하려는 거야?"

찌릿. 또. 보통 내 가슴을 철렁하게 만들던 건 그의 가벼운 손길이나 사랑스러운 입 모양이었다. 하지만 이번에는 나의 너드 기질에 대한 그의 너드 같은 반응이었다.

"응?" 스크램블드에그가 된 뇌와 빠르게 뛰는 심장으로 끌어낼 수 있었던 유일한 말이었다. "근데 네 작품은 왜 비밀이야?"

그가 대답하기 전에 휴대폰이 진동했다. 그는 문자메시지인지 뭔지를 흘끗 보더니, 일어서서 휴대폰을 뒷주머니에 스윽 넣었다. 그리고 혜성만큼 눈부시고 유유하게 나를 바라보며 미소 지었다. "왜냐하면 비밀이라서." 문을 향해 걸어가며 그가 말했다. "나중에 봐, 얘들아." 그러고는 사라졌다.

젠장, 뭐지?

바이올렛은 가늘어진 눈으로 나를 흘겨보았다. "네가 다 망치는구나."

나는 그녀를 무시한 채 텅 빈 캔버스에 관심을 쏟는 척하려 애썼다. 7단계에서 할 수 있는 걸 다 했음을 알았기에 가슴이 답답했다. 루카는 미스터리한 남자의 행동양식을 너무도 잘 따르고 있었다.

8단계:
명백히 한쪽으로 쏠린
삼각관계에 빠져라

나는 웨스를 빤히 쳐다보았다. 그애도 나를 빤히 쳐다보았다. 그러고는 윙크했다. 나는 몸서리쳤다.

이건 안 될 거야. "느끼하게 굴지 마라."

그는 오른손을 운전대에서 떼고 내 손을 꽉 움켜잡았다. 나는 그의 손을 뿌리치고 찰싹 때렸다. "소름 끼쳐, 후회하게 하지 마. 날 곤란하게 만들면, 난 네가 사랑하는 모든 사람을 망쳐버릴 준비가 돼 있어."

그는 머리를 매만지며 계속 활짝 미소를 지었다. 몬테비스타 고등학교 학생 천 명의 마음을 죽여놓은 미소였다. "야, 내가 지금 네 부탁을 들어주고 있는 중이잖아. K드라마식 사랑의 이름으로 말야."

사실이었다. 우리는 파티에 가는 중이었다. 같이, 데이트 상대로. 전날 나는 쉬는 시간에 우연히 루카와 마주쳤고, 그에게 파티에 갈 건지 물었으며, 그는 이렇게 말했다. "응, 나 그 섹스 파티 구경해보려고."

그래서 웨스는 8단계, 명백히 한쪽으로 쏠린 삼각관계에 빠져라의 '또다른' 남자애(소위 서브 남주)로 채택됐다. 아직 여자친구가 필요 없다는 루카의 발언에 대해선 아무것도 알아낸 게 없었다. 극심한 질투심이 그가 모든 걸 다시 생각해보도록 만들어주길 희망하고 있었다.

웨스는 서브 남주로 출중한 후보였다. 썸을 타면 루카라는 매력덩어리에게도 실질적으로 위협이 될 만큼 충분히 귀여웠고, 훌륭한 연기자이기도 했다. 그래야만 했다―우리는 단지 루카만이 아니라 파티에 있는 모두에게 우리가 썸을 타고 있다는 확신을 심어줘야 했으니까.

"좋아, 그럼 오늘밤의 규칙을 말하자면―" 나는 운을 뗐다.

"진정해, 데스. 이미 그 멍청한 규칙은 말해줬어."

"으으으으음, 넌 이미 하나를 어겼으니까 한번 더 말할게." 나는 그의 손을 노려보며 말했다. "좋아, 그러니까 우리는 공개적으로 사귀는 사이가 아니고, 사람들이 그렇게 백 퍼센트 확신하게끔 해선 안 돼. 원빈이 긴장할 만큼 적당히 분위기만 풍겨줬으면

해. 그가 질투하는지 볼 수 있는 정도로만." 원빈은 루카를 지칭하는 우리만의 암호였다. 또 현존하는 한국 배우 중 가장 매력적인 사람이기도 했다.

나는 그를 쿡 찔렀다. "그러니까 이건 그냥 진한 썸타기야. 섹시한 스킨십이 아니야. 전체관람가 수준을 유지하라고, 친구."

그는 몸을 기울여 내 머리카락으로 손을 뻗었다. "알았다고, 알겠어, 친구야. 사귀지 않고 썸만 타는 건 내 전문이지." 웨스는 강조를 위해 내 머리까지 슬쩍 잡아당겼다.

그것으로 그는 K드라마식 꿀밤을 맞게 됐다. "우리는 필요하다면 15세 이상 관람가 수준까지만 유지할 거야." 그다음 내가 작성하고 프린트해서 가져온 사랑의 삼각관계 규칙 리스트를 건냈다.

그는 눈을 가늘게 뜨고 리스트를 내려다보았다. "이 색깔들은 다 뭐야?"

"중요도를 표시하려고 몇몇 규칙에 하이라이트를 표시했어. 맨 위에는 범례가—"

웨스는 종이를 구기더니 뒷좌석으로 툭 던졌다. 나는 입이 떡 벌어졌다. "야! 저거 쓰느라 시간이 얼마나 들었는데!"

"너 자신으로부터 널 구해주는 거야. 네가 이 K드라마 사랑 공식이니 뭐니 하는 걸 따르는 중이고 그걸 어떤 과학처럼 여긴다는 건 알겠는데. 그래도 날 믿어—웨스 만수르한테 리스트는 필요 없다."

나는 반박하고 싶었지만 그건 사실이었다.

우리는 그웬 파커의 집에 도착했다. 보트가 가득한 정박지와 부두를 따라 불빛이 반짝이는 아름다운 경관의 해변에 위치한 으리으리한 저택이었다. 그웬은 댄스 동아리 회장이었고 그녀의 아버지는 영화 제작자였다. 매년 그녀는 전교생이 참석하는 광란의 휴일 파티를 열었다—주제는 '로맨스'였다. 일명 '꼬셔라, 거둘 것이다' 파티. 루카가 섹스 파티라고 한 이유도 그것이었다. 여기에는 고등학생 스타일의 건전한 휴일 활동—병을 돌려 걸린 사람끼리 키스하는 방과 천국에서의 칠 분 방이 있었다. 그리고 휴일의 들뜬 기분을 위해서건, 알다시피 방탕함을 상징하는 악마를 나타내기 위해서건 모두가 붉은색 옷을 입어야 했다. 그렇다고 모두가 진한 밤을 보내려 그곳에 가는 건 아니었다. 술과 막춤도 넘쳐났다. 나는 가본 적이 없었지만 웨스와 피오나로부터 시시콜콜한 선정적인 이야기들을 죄다 들은 터였다.

빨간 색종이로 덮인 현관 앞 계단을 올려다보면서 나는 깊게 숨을 들이쉬었다. 할 수 있어. 오늘밤 넌 썸패녀가 **아니야**. 운명적인 사랑을 만날 K드라마 여주인공이야.

현관문에 다다르기 전에 나는 웨스를 멈춰 세웠다. "야, 잠깐 있어봐." 그런 다음 산타 모자를 꺼내들었다.

"그건 왜?"

나는 그걸 웨스의 머리에 씌우고 매무새를 가다듬었다. 그런 뒤에 또다른 모자를 꺼내들고 눈썹을 치켜든 채 뒤집어썼다. "자, 이제 우리가 함께 온 게 분명해졌어." 내가 말했다.

웨스가 툴툴거렸다. "이건 정말 스타일 구기는데."

안으로 들어선 우리는 재킷을 걸어놓은 뒤 마시고 춤추는 사람들 무리를 헤치며 지나갔다. 나는 초조해져서 무의식적으로 웨스에게 바짝 붙었다. 이곳의 호르몬 농도는 말도 안 될 정도였다. 나 빼고 다들 경험이 있다는 건가? 세상에.

그런 다음 든 생각은 루카가 여기 왔다면 진한 밤을 보낼 생각인 걸까 하는 것. 그리고 우웩, 그가 바이올렛이랑 같이 왔다면? 그건 여자친구를 사귀지 않겠다는 규칙을 깬 거잖아? 흠, 하루 뜨겁게 보낸다고 꼭 사귀게 되는 건 아니니까……

나는 고개를 저었다. 루카가 누군가와 진한 스킨십을 나누는 것에 대해 깊이 생각하고 싶지 않았다. 음, 상대가 내가 아니라면 말이다. 그 생각만으로도 속이 메슥거렸다.

"안녕, 연인들." 한 여자의 목소리가 내 뒤에서 그르렁거렸다. 돌아보니 피오나와 요즘 인기 최고인 그녀의 여자친구 레슬리 콜버트였다. 해마다 피오나에게는 여자애들이 줄을 섰다. 때로는 전형적인 나쁜 여자를 만나고, 학교 복도에서 여봐란듯이 진한 스킨십을 나누곤 했다. 한번은 음악 밴드에서 활동하는 핫한 힙스터를 만났는데, 그녀가 무대 위에서 기타 솔로 연주를 펼치며 피오나에게 세레나데를 바치기도 했다. 올해는 응원단장, 레슬리였다. 얼핏 어울리지 않는 한쌍 같지만 둘이 같이 서 있는 걸 보면 하느님의 피조물이 내뿜는 아름다움에 눈이 멀 듯했다.

피오나는 등 부분이 트인 딱 달라붙는 검은색 상의와 찰랑찰랑한 검은색 하이웨이스트 바지 차림이었고, 머리는 매끈한 포니테일로 높게 묶여 있었다. 머리와 루비색 입술에는 붉은색 터치가 더해져 있었다. 레슬리는 새빨간 비키니 상의 차림이었다. 좋군.

"정신을 못 차리겠네. 사람들이 진짜로 여기서 **그걸 할까**?" 나는 그녀에게 속삭였다.

피오나는 부정의 의미로 손사래를 쳤다. "우리한테는 더 중요한 일이 있잖아. 내가 방금 누구 봤는지 맞춰볼래?"

나는 숨을 훅 들이마셨다. "원빈?"

"응."

나는 주위를 둘러봤지만 흐릿한 조명 때문에 잘 보이지 않았다. 피오나는 내 팔을 부여잡았다. "너무 티 내지 마, 데스! 걔 지금 미술 동아리 애들이랑 어슬렁대고 있어. 그 멍청한 보라색 머리도." 피오나는 절대 말을 돌려서 하는 애가 아니었다.

나는 얼굴을 찡그렸다. "그 둘이 같이 온 건지 궁금하네."

나는 가능한 한 슬며시 주위를 살펴려고 애쓰다가 루카를 발견했다. 빨간색 비니 아래로 나온 머리카락이 완벽하게 헝클어져 있었다. **젠장, 핫하다.** 이 남자애를 볼 때면 내가 항상 느끼는 기분이었다.

나는 웨스를 가까이 끌어당겼다. "원빈이 여기 있어." 나는 목소리를 낮춰 말했다. 웨스가 고개를 홱 돌렸다. "그만! 보지 마. 아무튼 이게 무슨 뜻인지 알겠지."

그가 눈썹을 치켜올렸다.

나는 주먹을 들어올리며 말했다. "화이-팅!" 웨스가 나를 멍하게 처다보았다.

"파이팅의 콩글리시야." 웨스의 얼굴이 계속 멍했다. 나는 눈을 굴렸다. "한국말로 **잘해보자**라는 뜻이야!"

그는 활짝 웃더니 자신의 주먹을 내 주먹에 딱 부딪쳤다. "이해했어. 화이-팅!"

나의 시선은 다시 루카에게로 미끄러져 바이올렛, 캐시디와 함께 위층으로 향하는 그를 따라갔다.

"원빈이 위층으로 가고 있어, 따라가자." 나는 웨스의 팔을 부여잡고 그를 이층으로 끌고 갔다. 루카 일행은 천사 날개로 둘러싸인, **천국에서의 칠 분**이라고 쓰인 방으로 스윽 들어갔다. 세상에 뭐지?! 쟤네들 거기에 왜 들어가는 거야? 세 명이 함께?

나는 문을 뚫어져라 쳐다보았다. 음, 지금이 아니면 앞으로 기회는 없다. "천국에서의 칠 분, 준비됐어?" 내가 웨스에게 물었다.

웨스의 눈썹이 머리카락 사이로 사라졌다. "뭐어어—너 진심이야?"

"응. 가자."

나는 그의 손을 잡고 문 쪽으로 잡아당겼다. 그가 저항했다. "데시, 나는 그러고 싶지 않아. 그 뭐야, 너의 명예를 더럽히는 건." 나는 대답하지 않았다. 그 대신 아주 잠깐 멈췄다가 문을 열어젖혔다.

그곳은 커다란 침실(아마도 집주인의 방?)이었다. 사람들이 가득했고 바닥에 깔린 장미 꽃잎이 **천국**이라는 표지가 붙은 두 개의 문으로 이어졌다. 한 커플이 스윽 나오고 나서 다른 커플이 스윽 들어갔다. 모두가 태연스럽게 주변을 이리저리 돌아다니고 있었다. 마치 그렇게 가까이에서 다른 애들이 거사를 치르는 게 평범한 상황인 것처럼.

그리고 거기 루카, 바이올렛, 캐시디가 있었다. 아무렇지도 않게 어슬렁거리면서 말이다. 그들이 왜 거기 있는지 알아내야 했지만, 나의 장엄한 입장의 순간이 먼저였다. 〈힐러〉의 영신이 기자회견에서 코트를 홱 벗어던지고 미칠 만큼 핫한 빨간색 드레스를 자랑했던 때를 생각해보라. 〈힐러〉의 매력적인 남자 주인공은 자신의 눈을 믿지 못했다.

그래서 루카가 돌아서서 우리를 보았을 때, 나의 새빨간 레이스 드레스와 까만 부츠를 볼 수 있도록 잠깐 그대로 서 있었다. 볼이 붉어지기 시작했지만 결의가 무너지기 전에 그들 쪽으로 나아갔다.

"안녕, 너희 여기서 뭐해?" 나는 물었다. 그 캐묻는 듯한 질문을 던진 즉시 나는 매력 포인트를 잃고 말았다. 뒤에서 웨스의 한숨 소리가 들렸다.

캐시디는 불편한 듯 대답했다. "보고 싶어서…… 음……"

"여기에 오는 필사적인 성도착자들이 어떤 애들인지 보고 싶었어." 바이올렛이 활짝 웃으며 말을 마쳤다.

웨스가 내 어깨에 팔을 걸쳤다. "음, 잘 구경해, 자매들." 그 말과 함께 그는 나를 천국의 문 쪽으로 끌어당겼다. 몸이 너무 빨리 돌아가는 바람에 루카의 반응을 가늠해볼 수도 없었다.

"젠장, 웨스!" 내가 속삭였다.

그는 내 팔뚝을 꽉 잡았다. "자, 내가 널 구출해준 거야, 데스."

우리가 문에 다다르자 먼저 들어가 있던 커플이 깔깔 웃으며 나왔다. "즐거운 시간 보내!" 여자애가 지나가면서 나를 보며 키득거렸다.

나는 웨스를 가까이 당기며 속삭였다. "걔가 보고 있어?"

웨스는 속삭이며 답했다. "몰라. 난 지금 너 보고 있는데."

"맞다." 나는 다시 속삭였다. 너무 초조해서 뒤를 볼 수 없었다. 그래서 그냥 문을 열어버렸고 웨스와 함께 방안으로 발을 옮겼다. 배경음악으로 샤데이의 노래가 조용히 흘러나오고 촛불이 밝혀진, 커다란 드레스룸이었다.

웨스는 웃기 시작했지만 나는 그의 입을 손으로 꽉 막았다. "그럴듯하게 해야 해!" 나는 크게 속삭였다.

"그럼 우리 뭐하지? 여기 그냥 앉아 있어?" 웨스가 드레스룸에 널려 있는 베개들 위에 자리잡으며 물었다.

나는 정장 몇 벌을 옆으로 밀어놓고 그 옆에 앉았다. "응, 그냥 앉아서 쉬자."

앞에 일렬로 놓인 여자 신발들을 보고 있자니 이상한 기분이 들었다. 고개를 돌려보니 웨스가 나를 빤히 쳐다보고 있었다. "뭐?" 내가 물었다.

그는 내 쪽으로 가까이 자리를 옮겼다. "음, 이번 기회에 우리의 우정을 한 걸음 더 진전시켜야 하지 않을까⋯⋯"

나는 손바닥으로 그의 이마를 밀어버렸다. 그는 빠르게 고개를 끄덕였다. "알았어, 그냥 그래볼까 생각했다고." 우리는 휴대폰을 꺼내 각자의 화면을 보았다.

몇 분이 흐르고 누군가 문을 두드리기 시작했다. "야, 잉꼬 커플, 거기서 나와! 너희 칠 분 지났어!" 놀라서 자리에서 일어선 내가 문을 열려는데 웨스가 가로막았다. 그는 내 어깨에 두 손을 올려놓고 나를 자세히 살폈다. 그러고는 내 머리를 헝클어뜨리기 시작했다.

"야!" 나는 손을 뻗어 머리를 정리하려 했지만 그가 내 손을 탁 쳐냈다.

"너, 거사를 치른 것처럼 보이고 싶은 거 맞아?"

아, 맞다. 나는 립글로스도 지워버렸다. 웨스는 동의의 뜻으로 고개를 끄덕였다. 나는 숨을 깊게 들이쉬고 문을 열었다.

"이야, 너희가?"

유진 애덤스라는 키 작고 풍채 좋은 2학년생 학생회 총무가 우리를 멍하니 바라보고 있었다. 나는 그를 무시하고 주위를 둘러보며 루카를 찾았다. 루카는 흔적도 없었다. 젠장!

"여기서 나가자." 내가 중얼거렸다.

웨스는 나를 위로해주려고 애쓰며 따라왔다. "야, 걔가 우리를 봤다가 질투심이 확 치밀어서 방에서 나간 걸 거야."

"응, 그래." 나는 이미 패배한 기분으로 시무룩하게 말했다. 그냥 집에 가고 싶었다. 하지만 계단 층계에 서 있는데 루카가 아래쪽 현관에 있는 게 보였다. 육체의 바다 속에서 빨간 비니가…… 그러다가 그가 얼굴을 들어올렸고 나와 눈이 마주쳤다.

심장이 철렁였다. 그때 웨스가 나를 바짝 끌어당기더니 내 귓가로 입술을 가져왔다. "걔 보여. 지금이야, 데스."

나는 깜짝 놀랐다. "너 뭐하는—" 하지만 말을 끝내기도 전에 내가 서 있던 층계 끄트머리로 뒤꿈치가 밀려나는 게 느껴졌다. 나는 웨스 쪽으로 휘청거렸고 우리의 머리가 꽝 부딪혔다. 웨스는 균형을 잃었고 내 몸이 그 쪽으로 급격히 기우는 바람에 그가 뒤쪽 계단 아래로 넘어갔다—내 손을 잡은 채.

우리는 함께 굴러떨어졌다. 꼭 나 자신이 몸 밖으로 유유히 빠져나와 멀찍이서 기차가 충돌하는 것을 실시간으로 바라보는 느낌이었다. 팝콘을 먹고 머리를 내저으면서. 하지만 우리가 저 아래 바닥으로 완전히 떨어지기 전에 웨스가 간신히 난간을 잡아채 가속도를 붙들었다. 그의 다른 손은 여전히 나를 잡은 채였다. 나는 양손으로 웨스의 손을 잡고 완전히 멈출 수 있게 부츠로 벽을 짚었다. 아주 짧은 순간, 나는 우리의 겹쳐진 상체와 하체가 이루는 힘에 경이감을 느끼며 용케 멈춘 것에 감탄했다.

그러다 현실세계가 눈에 또렷이 들어왔고 먼저 헉하는 숨소리, 뒤이어 웃음소리가 들려왔다. 나는 움찔하며 웨스를 쳐다봤다.

"세상에." 그가 식식거리며 내 손을 놓고 산타 모자를 벗었다.

"대체 넌 어떻게 빌어먹을 가짜 데이트도 망치냐?" 그가 속삭였다.

"빌어먹을 재능이지." 내가 속삭이며 되받아쳤다.

웨스는 나를 일으켜주려고 손을 뻗었지만 내가 그의 손을 잡기 전에 누군가 나의 다른 쪽 손을 움켜잡았다. 돌아서니 루카가 보였다. 웃고 있는 루카였다.

"고마워. 너희 덕분에 이 소름 끼치는 파티가 완전히 와볼 만한 게 됐어." 그의 목소리에서 망할 웃음이 배어나왔고, 그는 내 몸을 당겨 일으켜세우곤 계단 아래까지 데려다주었다.

나는 얼굴에서 머리카락 한 가닥을 떼어내며 어색하게 대답했다. "별말씀을." 이 사고에 대해 뚜렷이 기쁨을 드러내는 것은 그가 어떤 것에도, 절대 질투하지 않는다는 증거였다. 계획은 실패했다.

"매무새를…… 좀 가다듬어야겠어." 나는 웨스에게 말했다. 웨스는 여자애 두 명이 자길 두고 법석을 떠는 중에 고개를 끄덕였다. 나는 루카를 무시하고 씩씩거리며 복도를 성큼성큼 걸어갔다. 이보다 창피할 수는 없었다. 이날 저녁이 통째로 몹시 짜증스러웠다.

나는 욕실에서 머리를 다시 매만지고(산타 모자는 쓰레기통에 던져버렸다) 얼굴에 찬물을 끼얹고 난 뒤에, 잠시 마음을 차분히 가라앉히기로 결정하고 복도에 있는 벤치에 앉았다. 옆에 놓인 화분의 커다란 야자나무가 자꾸 얼굴을 찔러왔다. 나는 야자나무 이파리를 쳐내고 황금 테두리를 두른 건너편 거울을 멍하니 바라보았다. 거울 속 나는 불안해 보였다. 처음 K드라마 사랑 공식에 대해 말했던 때 너무 소름 끼치는 짓 아니냐고 했던 웨스의 말이 계속 떠올랐다. 패배를 인정해야 할 때일까, 내가 미쳐가는 걸까? 틀렸음이 입증된 나의 첫 가설이 되는 걸까? 그 생각에 몸서리쳐졌다.

"뭐 보고 있어?"

그 목소리를 들으니 내 척추가 젤리로 변해버리는 듯했다.

루카가 복도에 서 있었다. 비니가 약간 뒤로 젖혀져 풍성한 머리카락이 완벽하게 헝클어진 채 나풀거렸다. 마치 프랑스 어린아이처럼. 어휴, 아이 때의 루카라. 어휴.

"취했어?" 그의 목소리에 진심어린 호기심이 묻어나왔다.

나는 정신을 차렸다. "아니! 세상에, 파티라고 다들 장가janga를 하진 않아."

루카는 입을 살짝 벌리고 나를 잠깐 보았다. "뭐어어어……방금 뭐라고 했어?"

나는 그의 부담스러운 시선을 마주하지 않으려고 일어서서 거울 쪽으로 걸어가 머리를 매만졌다. 거울에 비친 루카의 표정을 계속 볼 수 있었다.

"내가 맞혀볼게. 루카, 너 장가 사랑하지. 엄청 예술적이고 자유우우로우니까." 내가 말했다.

"너 방금—너 방금—" 루카의 말 중간중간에 웃음이 새어나왔다.

여자애 두 명이 살며시 걸어와 루카를 쳐다보곤 이내 나를 쳐다보았다. 나는 머리를 뒤로 넘기고 그를 따라 웃었다. 그리고 그들에게 미소를 지어 보이며 손을 흔들었다. 그들이 욕실로 들어가자 나는 속삭였다. "내가 뭐?" 그는 나를 놀리고 있었다.

루카가 대답하기 전에 나는 두 손이 허리에 살포시 얹히는 걸 느꼈다.

"무슨 일이야, 데스?" 귓전에서 목소리가 들렸다. 으악! 웨스!

루카가 나를 가리켰다. "얘가…… 얘가 방금 대마초를 장가라고 했어." 그가 또 한번 폭소를 터뜨렸다.

나는 당황해서 웨스를 향해 돌아섰지만, 일단 그 얼굴을 보니 두려움이 몰려왔다. 익숙한 두려움이었다.

웨스가 히죽 웃었다. "아, 그래. 그거."

나는 웨스의 팔을 주먹으로 쳤다. "무슨 뜻이냐, 그거라니?"

그가 아랫입술을 깨물었다. 팔을 한 대 더 때리자 움찔했다.

"아야! 알았어. 데스, 이걸 어떻게 말해야 하지? 피오나와 난 오랫동안 네가 장가라고 하는 걸 그냥 내버려뒀어. 사실 네가 말하려고 하는 그 단어는, 약은 입에도 대지 않은 너의 순결을 걸고 말하자면…… 강자$_{ganja}$야."

잠깐 나의 정신이 우주로 날아갔다가 되돌아왔다. "뭐라고! 그럼 내가 계속 그렇게 말하게 내버려둔 거야?!"

그가 웃었다. "응."

"빌어먹을 장가?!" 나도 모르게 코웃음이 나왔다.

웨스가 두 손을 모으고 여자아이 같은 목소리로 말했다. "너네 다시 장가 피우는 거야? 으, 재미없어, 너네 장가 피우고 난 다음에 보자!"

이 시점에서 우리는 너무 격렬하게 웃다가 어느새 서로를 부둥켜안고 있었다. 그때 나는 루카가 우리를 기묘한 표정으로 바라보고 있다는 걸 알아차렸다.

나보다 웨스가 먼저 그 순간을 알아차렸고, 놓치지 않았다. 그는 내 머리카락 한 가닥을 잡고 의미심장한 눈으로 나를 강렬하게 바라보았다. "빌어먹을. 너무 귀여워서 못 견디겠어."

웨스가 내게 그런 말을 하니 너무 느끼했지만 그럼에도 내 볼은 붉어졌다. 웨스에게 한 번이라도 반했던 불쌍한 여자애들 모두에게 순간 동정심이 일었다. 웨스는 괜찮은 애였다. 내 말은, 이게 다 가짜라는 걸 알면서도 여전히 와, 난 특별하구나!라는 기분이 들었다는 것이다. 한심하긴.

내가 루카 쪽을 보았을 때 그는 이미 뒤돌아서서 파티장으로 돌아가고 있었다. "난 이만 가볼게. 둘이 잘해봐. 나중에 보자고." 그가 소리쳤다.

세상에나. 효과가 있었다. 질투를 하잖아!

"뭘 기다리는 거야?" 웨스는 멀어져가는 루카의 모습을 뚫어 져라 쳐다보면서 내게 물었다. "내가 이 모든 터무니없는 짓을 하고,"―자기 자신을 가리키며―"전교생 앞에서 빌어먹을 계단 맨 위부터 맨 아래까지 굴러떨어진 건 아무 이유 없이 한 행동이 아니야. 리스트 다음 단계가 뭐지?"

"어?"

"K드라마 사랑 공식 말이야! 기회를 잡아야지!"

나는 클러치백을 딸깍 열고 리스트를 꺼냈다. "음, 9단계야. 뜻 밖의 곤경이 두 사람의 거리를 좁혀줄 것이다."

"완벽해! 가!" 웨스는 루카가 걸어나간 쪽을 가리켰다.

나는 리스트를 클러치백에 다시 쑤셔넣고 소리쳤다. "잠깐, 지금? 이걸 준비하려면 적어도 며칠은 필요한데."

"알아내게 될 거야! 완벽한 기회야, 가서 해, 지금!" 웨스는 나를 파티장 쪽으로 밀었다. 사람들이 줄어든 상태였다. 위층이 더 붐비는 게 뻔했다. 그래서 저 빨간색 비니가 뒷문으로 스윽 빠져나가는 걸 발견할 수 있었다. 나는 루카를 쫓아 밖으로 나갔고 그는 빠른 걸음으로 뒤뜰과 이어진 작은 숲속으로 사라졌다. 나는 마음이 초조해져 속도를 높였다. 어디로 가는 거지? 그를 따라잡은 다음에는 젠장, 뭐라고 말하지?

나는 나무들 사이로 들어가 어둠 속에서 눈을 가늘게 뜨고 그를 찾아보았다. 추위에 떨며 팔을 문지르다 얼른 파티장으로 돌아갈까 고민하기도 했다. 그러다 정박지 주변에서 어떤 움직임을 감지했다.

그뒤에 익숙한 쉬익 소리가 들렸다. 동물원에서 듣고 뱀이라고 생각했던 바로 그 소리였다.

나는 앞으로 곧장 걸어가 숲 밖으로 나왔고, 문 닫은 낚시용품점에 딸린 오래된 창고와 마주쳤다. 루카가 거기에 서서 스프레이 페인트로 벽에 그라피티를 그리고 있었다.

9단계:
뜻밖의 곤경이 두 사람의 거리를 좁혀줄 것이다

내 반응이 멋있고 침착했다고 생각하고 싶다.

"너 뭐하는 거야?!" 나는 빽 소리쳤다.

흠칫 놀란 루카는 스프레이 페인트로 벽에 커다란 얼룩을 만들고 말았다. "젠장!" 그가 욕을 내뱉으며 몸을 돌려 나를 쳐다봤다.

나는 계속 소리치려 했지만 그가 두 걸음 만에 빠르게 다가오더니 수술용 장갑을 낀 손으로 내 입을 막았다.

그가 마스크를 쓴 얼굴을 내 귀에 갖다대며 말했다. "제발 잠깐만 닥쳐줄래?"

나는 그의 장갑 낀 손을 물어버리는 것으로 응답했다. 고무 맛이 났다.

그는 비명을 지르더니 나를 놔주고 마스크를 홱 벗었다. "너 뭐가 문제야?!" 그는 아랫입술을 불룩 내밀며 장갑을 벗고 손을 살폈다.

가슴이 들썩인 나는 그의 반응에 상처를 받은 채 뒤로 물러섰다. "내가 뭐가 문제냐고? 바로 지금 빌어먹을 공공기물을 훼손하고 있는 사람이 나야? 동네 낚시용품점에서?" 질문들이 날렵하게 잽을 날리며 튀어나왔고 나는 두 주먹을 쥔 채 계속 소리쳤다. "넌 뭐가 문젠데? 이게 네가 즐기는 방식이니?"

그는 고개를 가로저었다. "잠시만 조용히 해주면, 글쎄, 일 분 정도, 그럼 알게 될 거야."

나는 입을 뗐다. 그런데 그가 경고의 눈빛을 보내며 굵은 눈썹을 헤어라인까지 치켜올린 채 입을 꾹 다물고 있었다. 나는 입을 다물고 빠르게 뛰는 가슴을 진정시키려고 했다. 루카는 그라피티 아트를 통해 반항심을 드러내는 따분한 교외의 아이였던 것이다. 체포 이야기는 더이상 그리 미스터리하게 느껴지지 않았고 실망감에 마음이 무거워졌다.

그는 다시 벽으로 걸어갔다. 벽에는 이미 오래된 그라피티가 있었다. 가까이 다가가 직접 살펴보니 몹시 정교했다—아주 매끄러운 그라데이션으로 이루어진 무지개색의 일그러진 필기체가 가득했지만, 그 위에 검은색 샤피* 유성마커 같은 것으로 정교한 넝쿨과 가시들이 그려져 있어서 글자들이 어떤 단어를 이루고 있는지 읽을 수 없었다.

"이걸 다 파티에 가져왔던 거야?" 나는 스프레이 페인트 중 하나를 살짝 발로 차면서 물었다. 루카는 웅크리고 앉아 장갑을 다시 착용하고 페인트를 집어들었다. 그리고 손가락을 입술로 가져가며 쉿 조용히 하라고 속삭였다. "여기에 미리 숨겨뒀었어, 알았니, 낸시 드루**?"

"왜? 파티에서 그라피티 그리는 시간이 무척 그리울 것 같았나보지?" 나는 크게 속삭였다.

그가 스프레이 페인트 통을 흔들자 그 안의 작은 금속 공이 딸깍딸깍 소리를 냈다. "전에 이 정박지에 와본 적이 있어. 그리고 얼마 전에 이 그라피티를 발견했어." 그러고 나서 그는 그라피티 위에 곧장 페인트를 뿌리기 시작했다—원래의 그라피티 주변을 꼼꼼하게 칠하면서, 그걸 훼손하지 않고 **확장해나갔다**. 먼저 짙은 파란색 선들이 공기처럼 가볍게 층층이 글자들을 감았다. 그런 다음 그가 벽에 가까이 서자 선들은 더 어두워지고 짙어졌으며 가장자리가 캘리그래피처럼 깔끔해졌다.

---

* 미국의 필기구 브랜드.
** 미국의 미스터리 소설 시리즈의 주인공인 소녀 탐정.

그가 나를 향해 돌아섰고 나는 훌쩍 뒤로 물러섰다. 그는 눈썹을 치켜올리며 다른 스프레이 페인트 통을 집어들었다. 통을 흔든 뒤 짙은 파란색 선의 일부를 따라 아주 작은 금색 점들을 뿌렸다. 나는 넝쿨에 가려 알아볼 수 없던 글자들이 벽화의 일부가 되어가는 걸 조용히 지켜보았다. 생생하고 훌륭한 예술작품이었다.

마치 몇 년 같은 시간이 흐르고 그가 작업을 마무리했다. 그것은 아름다웠다. 은은하게 빛나는 겹겹의 칠로 이루어진 모든 부분이 강렬하면서도 환하게 빛났다.

루카는 뒤로 물러서서 휴대폰으로 사진을 찍었다. 그런 다음 페인트 통과 장갑, 마스크를 모아 쓰레기봉투에 담더니 흙길 건너편에 있는 작은 카페 옆 커다란 쓰레기통에 한꺼번에 던져넣었다. 그러고는 카페 외벽에 기대어 나를 쳐다보았다. 그의 도전적인 시선에 나는 불안해졌다. 무슨 생각을 하는 걸까?

"나는…… 모르겠어, 넌 내가 어떻게 반응하길 원하는데?" 나는 목소리를 차분하게 유지하며 방어하듯 팔짱을 낀 채 물었다.

그가 어깨를 으쓱했다. "아무것도 기대 안 해. 특히 뭐가 예술이고 뭐가 아닌지에 대한 관점이 몹시 편협한 사람한테는." 머리가 지끈거렸다. 이 남자애가 왜 또 좋아지는 거지?

"음, 유감이야. 왜냐면 나는 방금 네가 한 게 꽤나 멋지다고 생각했거든." 멈칫거리는 말투가 맘에 들지 않았지만 나는 말을 이어나갔다. "그러니까 내 말은, 꽤 아름답다고."

그는 고개를 기울이고 나를 계속 쳐다보았다―이번에는 도전적이지는 않았지만 내가 완전히 읽어낼 수 없는 그 익숙한 표정, 스스로도 거의 이해하지 못했던 감정을 읽어내려 노력하는 듯한 표정이었다. 그리고 그때의 설렘이 다시 찾아왔고, 나는 내가 왜 그를 좋아했는지 아주 쉽게 기억해냈다.

그의 눈빛 아래에서 내가 가만히 서서 타들어가며 죽어가고 있을 때, 루카의 시선이 갑자기 내 뒤 어딘가에 꽂히더니 그가 몸을 바로 세우고 욕을 퍼부었다.

내가 몸을 돌리자 보안 경비원 두 명이 숲에서 나오는 게 보였다. 이런 부유한 동네를 순찰하다가 심심풀이로 뭐든 구실을 찾아 우릴 괴롭히고 싶어하는 유형이었다. 경비원 한 명이 아슬아슬하게 그라피티로 다가갔고 나는 피가 얼어붙었다. 페인트가 아직 마르지 않은 상태였다. 내가 어떤 반응을 하기도 전에, 루카가 내 손을 움켜잡고 속삭였다. "뛰어!"

나는 잠깐 머뭇거렸다가 그와 함께 번개같이 내달렸다.

"말도 안 돼."

나는 루카가 내게 타라고 설득하고 있는 작은 요트를 쳐다보왔다.

"서두르지 않으면, 나 혼자 탄다—경비원들은 그렇게 멀리 있지 않아." 루카는 내 손을 갑자기 놓더니 다소 서투르게 보트로 올라탔다.

나는 너무 기진맥진했던 터라 경비원들에게서 도망치면서 우리가 손을 잡고 있었다는 사실조차 제대로 인식하지 못했다.

"거기 숨으면 안 돼! 만약 주인이 나타나기라도 하면—"

"우리 아빠 보트야. 그냥 타."

왜 놀랍지도 않을까. 나는 보트 측면에 쓰인 이름을 흘끗 보았다. **카르페 디엠**. 진짜냐고.

루카는 다리 한쪽을 보트 가장자리에 고정한 채 한 손으로 난간을 잡고 다른 한 손을 내밀어 내가 타는 걸 도우려고 했다.

따뜻하고 강한 그의 손을 잡고 나는 걸음을 옮겼다. 보트가 약간 흔들렸고 그 즉시 나는 균형을 잃고 그에게로 엎어지고 말았다. 넘어지지 않도록 그가 팔로 감싸서 얼굴이 그의 어깨에 폭 파묻혔다.

우리는 그렇게 잠깐 서 있었다. 그가 나를 안은 채 머리카락이 실바람에 휘날리자 소름이 돋았다. 짧지만 완벽한 이 순간을 망칠까봐 그를 올려다보기가 겁났다.

"음, 경비원들이 못 보게 안으로 들어가야겠어." 그는 목청을 가다듬고 나를 조심스레 풀어주면서 보트 중앙의 문으로 향했다. "오래 있진 않을 거야. 그 아저씨들이 지나갈 때까지만." 잠깐. 이 상황을 최대한 활용해야 했다. 하지만 어떻게?

몇 초 뒤 나는 답을 찾았다. 루카가 갑판 아래로 향할 때 나는 곁눈으로 무언가를 발견했다—보트 측면에 달린 밧줄 두 개가 부두에 단단히 매여 있었다. 그 밧줄들이 보트를 고정하는 듯 보이는 유일한 것이었고, 보트는 물 위에서 부드럽게 깐닥거렸다. 빈약한 밧줄 두 개뿐이라니.

나는 내가 미치광이의 영역으로 들어가고 있음을 알았다. 〈내일도 칸타빌레〉의 내일이 떠올랐다. 내일이 그 남자를 얻겠다고 굳은 결심을 한 뒤 자기 물건을 무작위로 그의 집에, 시간을 두고 천천히 가져다놓으면서 결국엔 거기서 살게 되었던 것. 별종이었지만 '거리를 좁히는' 작업을 성공적으로 마쳤다……

나는 밧줄들을 다시 보았다. 보트는 쉬이 정박지에서 벗어나 떠내려갈 테고 루카가 뭐가 잘못됐는지 알아차리고 배를 돌리기 전까지 시간을 벌 수 있을 것이었다. 나는 최대한 빨리 난간 쪽으로 발걸음을 옮겨 밧줄의 매듭 두 개를 풀고(고마워, 걸스카우트!) 보트 밖으로 밧줄을 떨어뜨렸다.

이런. 내가 방금 저지른 행동이 얼마나 미친 짓인지 인식하기도 전에 루카가 문간으로 머리를 불쑥 내밀었다. "데시?" 그가 불렀다.

나는 쏜살같이 자리를 옮겼다. "나 여기 있어! 미안." 그리고
계단으로 내려가면서 보트가 살짝 떠내려가는 걸 느꼈다. 심장
이 쿵쾅거리는 소리가 귀에 들리는 것 같았다.

그는 전등 몇 개를 켜고는 객실을 간신히 밝히는 정도로 조절
한 다음, 커튼을 꼭 닫았다. "이러면 경비원들이 우리를 찾아다
니더라도 불빛을 볼 수 없을 거야." 그가 설명했다.

눈이 적응되자 나는 주변을 둘러보았다. 모든 것이 하얀 가죽
과 어두운색의 매끈한 나무로 이루어져 있었다—소파, 식사 공
간, 바, 그리고 다른 공간들로 이어지는 문 두 개. 부자가 나오는
TV 쇼에서 볼 법한 전형적인 고급 보트 내부였다.

루카는 닫힌 커튼 사이로 빼꼼히 밖을 내다보았다. "저들이 사
라지기까지 오래 걸리진 않을 거야."

"으-흠." 나는 약간 새된 목소리로 말했다. 바로 그때 발이 고
동치는 게 느껴졌다. 나는 소파에 앉아 부츠를 벗어던지고 물집
이 잡힌 발가락들을 보았다. "으악." 나는 호기심으로 물집 하나
를 찔러보았다.

루카가 나를 흘깃 보았다. "무슨 일이야?"

"그냥 징그러운 물집이야—굽 있는 신발에 익숙하지가 않아
서. 신고 달리는 건 더 그렇고."

그는 표정이 바뀌지 않았고 대답도 없었지만 욕실 문을 열더니 주변을 뒤적거렸다. 몇 초 후 일회용 반창고 몇 개를 들고 나왔다.

"여기." 나에게 내밀면서 성가셔하는 건지 죄책감을 느끼는 건지 분간할 수 없었다.

"고마워." 나는 반창고 포장을 뜯으며 웅얼거렸다. 그가 발목에 붕대를 감아주거나 한 것은 아니었지만 이 정도도 괜찮았다.

루카가 눈을 가늘게 뜨고 나를 내려다보았다. "계단에서 떨어질 때도 다쳤어?"

나는 고개를 저었다. "아니, 다행히 웨스가 잡아줘서." 흠. "걔는, 뭐랄까, 운동신경이 진짜 좋거든. 하느님께 감사하게도 말이야. 안 그랬으면 큰일날 뻔했어." 나는 웨스의 운동신경을 언급하는 게 루카의 부족한 운동신경을 무례하게 강조하는 짓이라는 걸 깨닫고 애써 아무렇지 않은 척했다.

루카의 표정이 이상했다. "그럼 오늘밤 웨스가 네 데이트 상대 뭐 그런 거야?"

나는 고개를 숙이고 일회용 반창고에 정신이 쏠린 척하며 흘러내린 머릿카락에 얼굴을 숨긴 채로 웃었다. 헤-헤-헤. "그렇지."

"네가 지금 어디 있는지 걔가 궁금해하지 않겠어?" 그 말에서 짜증이 묻어났다.

나는 온 힘을 다해 미소를 숨겼다. 이미 바로 써먹을 수 있는 변명거리도 만들어놨다. "아, 정박지 근처에서 산책하며 바람 좀 쐬겠다고 말해놨어." 나는 훤히 드러나 보이는 질투심을 즐기는 중이었다. 일회용 반창고를 마저 붙이고 다시 보트를 둘러보았다. "그러면 이게 너희 아버지 보트야? 카르페 디엠?"

루카는 바 위로 깡충 뛰어올랐다. "응, '오 캡틴! 나의 캡틴!'*" 그는 코웃음을 치며 말했다. "내가 여기에 숨어 있는 걸 알면 아버지가 참 좋아라 할 거야. 내가 경비원들한테 붙잡히면, 어, 청렴결백한 몬테 얼간이 지역사회에서의 명성이 더 손상될 테니까." 그때 보트가 갑자기 움직였고 루카는 바의 가장자리를 붙잡으며 경계심어린 눈빛으로 주위를 둘러보았다.

안 돼, 바다로 떠내려가고 있다는 걸 그가 아직 알아선 안 돼.

"몬테 얼간이. 하-하. 명문장가네." 나는 그의 주의를 돌리려고 쾌활하게 웃으며 말했다. "너희 아버지는 왜 그렇게 명성을 걱정하시는 거야? 무슨 일을 하시길래?"

먹혀들어간 모양이다. 루카는 앞으로 몸을 기울이더니 팔꿈치를 무릎 위에 괴었다. "구급차에서 뭔가를 보조하는 기계를 발명

---

* 영화 〈죽은 시인의 사회〉의 명대사.

했어. 아직도 전국의 모든 구급차에서 쓰이고 있고."

"뭐? 진짜? 진짜 멋지다!" 나는 구급대원들이 쓰는 응급 절차를 머릿속으로 빠르게 훑었다. "잠깐, 그거 혹시 자동인공호흡기야? 아니면 CPR 기계? 아, 우와, 설마 그거―"

나는 루카의 입이 떡 벌어지는 걸 알아챘고 얼른 멈췄다. 그는 테리어 강아지처럼 고개를 빠르게 저었다. "어떻게 그런 것까지……"

"난 의사가 되고 싶거든." 나는 있는 그대로 말했다.

그의 표정이 곤혹스러워졌다. "많은 사람이 의사가 되고 싶어 해. 그렇다고 모두가 의료장비의 이름을 다 아는 건 아니지."

나는 얼굴이 붉어졌다. 왜 다 안다는 식으로 말하기를 멈추지 못하는 거지?

루카가 고개를 저었다. "아무튼. 나는 그게 뭐라고 불리는지도 몰라. 내 인생의 목표는 아버지랑 관련된 건 뭐든 간에 관심을 끄는 거야. 이 쓰레기 같은 곳에서 그 사람이랑 같이 살아야 한다는 것만으로도 충분히 끔찍해." 그는 나를 빠르게 훑어보았다. "기분 나쁘게 듣지는 말고."

나는 눈을 굴렸다. 그가 말을 이었다. "게다가 그 사람은 그걸, 뭐랄까, 선량한 마음이나 사람들의 생명을 구하겠다는 바람으로 만든 게 아니야." 그는 바의 아랫부분을 발로 찼다. "많은 돈을 벌 수 있다고 확신해서였지. 그리고 실제로는 끔찍한 인간임에도 불구하고 무슨 천재 성자인 척하며 남은 인생을 살 수 있으니까. 그것도 대단한 부자로 말이야."

이야. 아빠 문제라. 나는 조심스럽게 입을 뗐다. "그러니까…… 아버지는 너의, 음, 전복적인 예술작품의 열혈 팬이 아니라는 거지?"

"응. 그렇게 말할 수도 있겠네." 그가 말했다. 목소리의 날이 마침내 무뎌졌고 유머러스한 기운이 슬슬 돌아왔다. 나는 그 목소리를 다시 듣게 된 것에, 내가 좋아하는 루카를 다시 찾게 된 것에 스스로 안심하는 걸 느끼고 놀랐다. 설사 루카가 되고 싶어하는 게 똑똑한 밉상이라 해도 말이다.

그리고 미술 동아리에서의 그날이 기억났다. 그때 그는 자선 전시회를 위해 비밀 작품을 준비한다고 얘기했었다. "잠깐, 이게 네 전시회 작품이야?"

"응. 원치 않은 공동 작업이라는 발상에 푹 빠졌거든." 그의 목소리에 점점 활기가 넘쳤다. "먼저 다른 사람이 그린 그라피티를 찾아. 흥미로워 보이는 걸로. 낚시용품점에 있던 것처럼 말이야. 그리고 그들이 내가 끝마치기로 되어 있는 어떤 것을 먼저 시작했다고 상상하지. 물론 그 아티스트들이 의도한 건 아니야. 원작자가 원하지 않았던 행위이기 때문에, 이건 일종의 침해인

셈이고, 알겠지? 그들은 건물을 침해하고 나는 그들의 예술을 침해하는 거지."

그의 입에서 말이 정말 빠른 속도로 쏟아졌다. 전에 없이 열의에 찬 모습이었다. 그 모습은 나…… 나를 다시금 떠올리게 했다. 학교 집중 모드였던 내가 학급회장 선거에 나갔을 때, 그리고 자동차 검사중인 아빠를 도와주려 몹시 이해하기 어려운 화학 반응에 대해 설명할 때를 말이다. "근데 어떻게? 그러니까, 네가 그걸 실제로 미술관에서 **보여줄** 순 없잖아……" 목소리가 설득력 없이 흐려졌다. 또 시작이다. 창의성이라고는 전혀 없는 고리타분한 사람처럼 기계적으로 생각하고 있었다.

그는 휴대폰을 들어올렸다. "사진으로. 아무튼 지난주에는 동물원 우리에 그려진 기이한 표식에 작업을 하고 있었어. 그날 밤 몰래 다시 가서 작업을 끝내려고 했지. 근데 이 동네가 워낙 특별히 눈에 띄는 일이 안 일어나는 곳이다보니 경비원한테 걸려버린 거야. 하지만 모두가 생각하는 것처럼 체포되진 않았어. 경비원은 그냥 우리 아버지에게 전화했고, 아버지는 엄청난 인맥을 활용해서 날 **빼내줬지.**"

"걸린 건 이번이 처음이야?" 나는 **처음은 아닌 것 같았어,** 라는 피오나의 말을 떠올리며 물었다.

그는 깜짝 놀라 잠깐 말을 멈췄다. "아니, 오하이에서 한 번 체포된 적 있어." 그는 숨을 깊게 내쉬었다. "그래서 여기 와서 아버지와 같이 살게 된 거야. 내가 문제를 일으키지 않게 하려고. 아버지 말에 따르면 히피 엄마는 '거친 아티스트 아들'을 훈육하는 데 무능하니까. 마치 내가 자기 아들이 아닌 것처럼 말하더라고."

"그땐 뭘 했는데 체포된 거야? 더 많은 그라피―어, 예술 실험을 했던 거야?"

"그렇다고 할 수 있지."

나는 고개를 갸우뚱했다. "흠, 아버지가 너에 대해서 그렇게 걱정하는데 파티에는 어떻게 온 거야?"

그가 나를 보며 미소 지었다. 찌릿. "일주일 외출 금지령이 내려졌는데, 이제 끝났어."

"일주일? 그게 다라고?!"

그가 어깨를 으쓱했다. "아버지와 함께 집에 박혀 있는 건 재미없었거든. 걱정 마. 제대로 처벌받았으니까."

그 말에 저절로 미소가 떠올랐다. "나 그 사진들 봐도 돼?"

그가 바에서 훌쩍 뛰어내려 내게 사진을 보여주려고 걸어오는데 보트가 다시 휘청거려서―내 위로 넘어지고 말았다.

으으음, 그래. 나는 다시 소파에 기대앉은 채 루카 아래에 깔렸고, 그의 몸에 완전히 덮였다. 그는 팔꿈치를 짚고 몸을 일으키며 나를 내려다보았다. "후, 미안해." 균형을 잡으려던 루카의 한쪽 다리가 내 다리 사이로 미끄러졌다.

나는 입이 옴짝거렸지만 아무 말도 나오지 않았다. 그 순간이 왔다…… 키스 타임이 다가온다는 예감이 들었다. K드라마 일정표보다 일렀지만 무슨 상관이람?! 그의 눈이 내 눈을 살폈고, 미간에 옅은 주름이 잡혔다. 그때 보트가 다시 움직였고 루카는 내게서 몸을 간신히 떨어뜨리며 커튼을 열었다. "이럴 수가…… 여기가 어디지?"

엄마야! 나는 일어나 앉으며 창문을 내다보았다—저멀리 정박지 불빛이 보였다.

"젠장, 어떻게 된 거지?" 그가 계단을 빠르게 올라가며 소리쳤다. 위에서 루카의 무거운 발소리가 들렸다. "이럴 수가!"

나는 바닥에 놓인 신발을 집어들고 갑판으로 걸어갔다. 루카가 계단 꼭대기에서 꼼짝도 하지 않고 서 있는 게 보였다. 그리고 아니나다를까, 우리는 바다에 있었다……

뭐 어느 정도는. 사실 정박지가 그리 멀지는 않았다.

정면에는 별이 흩뿌려진 짙푸른 하늘과 맞닿아 있는 새까만 바다가, 뒤로는 저멀리서 반짝이는 부두 불빛들과 그웬 파커의 번쩍거리는 저택이 보였다.

다시는 찾아오지 않을 완벽하게 로맨틱한 순간이 마련된 것이었다.

"믿을 수 없어." 루카가 나직이 말했다.

"보트 운전하는 법 알지, 그치?" 내가 물었다.

루카는 비니를 눈 아래까지 끌어내리며 고개를 내저었다. "아아아아니, 이런. 난 이 멍청한 보트 싫어해."

세상에. 그래, 당황하지 말자. "일단 가보자, 우리가 운전해볼 수도 있잖아?" 나는 희망을 갖고 물었다.

눈을 가리고 몇 초 후에 루카는 비니를 밀어올렸다. "아니," 그가 휴대폰을 꺼내며 말했다. "구조 요청할 거야."

젠장. 그가 누군가에게 전화를 거는 동안 나는 그대로 선 채 겁먹기 시작했다. 설마 우리 아빠는 아니겠지.

루카가 전화를 끊자 나는 더듬으며 물었다. "방금 누구한테 전화했어?" 나의 날카로운 목소리에 그가 걱정스럽게 쳐다보았다.

"해안경비대에." 그가 대답했다.

구급차와 지역 뉴스 방송용 승합차가 떠오르면서 나는 움츠러들었다. "정말? 꼭 그럴 필요가 있을까?"

그가 못 믿겠다는 듯 나를 쳐다봤다. "농담해? 우린 빌어먹을 바다에서 길을 잃었다고!"

"바다에서 길을 잃었다니?! 그냥, 뭐랄까, 문명에서 60센티미터 정도 벗어난 거야!" 나는 정박지 쪽을 가리켰다. "그 사람들이 부모님들한테 전화를 걸려나?" 나는 팔짱을 꽉 꼈다.

"아마도?" 내가 양손을 비벼대기 시작하자 그가 나를 유심히 살폈다. "괜찮아? 부모님이 엄청나게 엄격하셔?"

나는 한 손으로 머리카락을 깊숙이 빗어내렸다. "아니, 그 냥…… 아빠가 오밤중에 전화를 받고 걱정할까봐."

루카는 자신의 손목시계를 흘끗 보았다. "하지만 열시 삼십분밖에 안 됐는데."

그의 말이 거의 들리지 않았다. 그 대신, 별안간 일곱 살 어린 아이로 돌아가 있었다. 아빠가 나보고 먹으라고 강요하던 양념 잔멸치 볶음을 먹지 않겠다고 버티던 아이로 말이다. "나 그 바삭한 거 싫어!" 그렇게 소리쳤더랬다.

아빠는 우리집 식당 식탁에서 의자를 뒤로 빼더니 일어섰다. "데시, 적어도 시도는 해봐. 그래도 싫으면 안 먹어도 돼. 아빠가 물을 가져다줄게. 근데 아빠는 네가 안 먹은 거 금세 알 수 있어. 그릇에 얼마 만큼 있는지 기억해뒀거든."

내가 아빠의 그런 능력에 놀라워하면서 작은 생선 수십 마리가 담긴 그릇을 쳐다보던 때 전화가 울렸다. 우리집 유선전화였다. 텔레마케터 외에는 아무도 걸지 않는 전화. 아빠는 발신번호를 슬쩍 보고 말했다. "엄마 병원인가?"

그는 수화기를 들고 쾌활하게 말했다. "여보세요?" 나는 민트색 나무젓가락으로 달고 바삭한 멸치가 담긴 작은 그릇을 뒤적이다가 아빠의 숨죽인 울음소리를 들었다. 나는 젓가락을 떨어뜨리고 돌아보았다. 아빠는 주방 조리대를 움켜잡은 채였고 수화기는 아직 귀 옆에 있었다.

"데시?"

내가 있는 곳은 더이상 우리집 식당이 아니었다. 루카와 함께 보트에 있었다.

"걱정 마. 사람들이 너희 아버지에게 전화 못하게 할게, 알았지?" 그가 말했다. 손을 내 어깨에 올리고 고개를 숙인 채 눈을 쳐다보고 있었다.

나는 눈을 깜빡이며 미소를 지으려 애썼다. "알았어, 고마워. 근데, 괜찮아. 내가 할게."

갑자기 확, 아주 부자연스러운 움직임으로, 그가 손을 내 어깨에서 떼어내더니 주머니로 푹 찔러넣었다. "음. 알았어." 그가 말했다.

내가 대답하기도 전에 불빛이 번쩍였고 요란한 사이렌소리가 점점 가까워졌다.

루카와 나는 담요를 두른 채 아무 말 없이 나란히 보트에 앉아 있었다. 우리는 바다 냄새와 철썩거리는 파도 소리에 둘러싸인 채 부두로 견인되는 중이었다. 그리고, 물론 응급 해안경비대가 있었다. 나는 직접 아빠한테 전화하겠다고 그들을 설득했다. 그래서 무음 모드인 휴대폰으로 전화를 거는 척하며 엄격한 한국인 아버지한테 꾸지람을 받는, 아주 그럴듯한 연기를 펼쳤다. 그에 만족한 경비대는 돌아가는 동안 우리를 내버려두었다.

루카가 목청을 가다듬으며 정적을 깼다. "그럼…… 어, 웨스하고는 어떤 사이야?"

또? 얘는 그 생각 중이었던 거야? 모든 긴장이 사그라들고 웃음이 나왔다.

"뭐지?" 그가 방어적으로 물었다.

믿을 수 없었다—이 모든 미친 짓이, 그래, 사랑의 삼각관계 공식이 정말로 효과가 있었다. 나는 숨을 들이쉬고 대답했다. "아직 뭐라고 해야 할지 모르겠어. 우린 오랫동안 친구였어. 왜?"

루카의 어깨가 눈에 띄게 굳었다. "넌 보통 친구랑 섹스 파티에 가냐?"

헤-헤.

나는 어깨에 두른 얇은 담요를 쭉 잡아당겼다. "어휴, 그건 섹스 파티가 아니었어. 그래, 걔가 오늘밤 내 데이트 상대긴 했지만…… 몰라. 우린 그냥 친구야, 현재로서는." 현재로서는. 그 말

뒤에 잠시 여운을 남겼다. "넌 어때? 여자친구 있어?"

그는 바로 대답하지 않았고 나는 갑자기 이 대화 전체가 얼마나 우스운지 깨달았다―모든 게 얼마나, 더럽게 많은 숨은 맥락에 싸여 있는지. 우리는 왜 느끼는 그대로 말하지 못할까?

대답을 기다리는 일 초 일 초마다 나는 물속으로 뛰어들고 싶은 심정으로 꼼지락거렸다.

"아니, 더이상은 없어." 그는 어두운 물속으로 시선을 떨구며 말했다.

"아, 그래." 더이상은 없다고?

루카는 시선을 내리깔았다. "여자친구 같은 거엔 전혀 관심 없어."

마음에서 서서히 바람이 빠져나갔다. 나는 농담을 지어내보려 애썼다. "아, 결혼으로 너 자신을 구제하려고?"

그는 고개를 뒤로 젖히더니 얼간이 같은 웃음을 터뜨렸다. 나는 미소 짓지 않을 수 없었다. 웃음이 잦아들고 그가 나를 바라보았다. 우리 사이의 거리는 몇 센티미터에 불과했다. 벤치 가장자리에서 두 손이 스칠 듯 말 듯 했다.

"너네 아버지가 이 일로 널 혼내실까?" 내가 물었다. 해안경비대가 도착한 이후부터 슬슬 몰려오는 죄책감을 덮기 위해 목소리를 태연하게 유지하려 노력했다.

그가 어깨를 으쓱했다. "아마도. 난 신경 안 써."

어색해진 순간에 다행히 강한 바람이 불어와 끼어들었고, 나는 온기를 지키기 위해 팔을 문질렀다.

"추워?" 그가 물었다. 나는 내가 얇은 담요 아래로, 말 그대로 스스로를 부둥켜안고 있음을 깨달았다. 이 추운 저녁에 옷을 제대로 갖춰입지 않다니 너무 멍청하다고 불평하면서. 그가 내게 덮어줄 정장 재킷이 없다는 게 정말 아쉬웠다. K드라마의 완벽한 순간이 날아가버렸다.

"응, 조금. 바닷가에서 짧은 레이스 드레스를 입고 있다니. 그것도 밤에. 아주 천재적이야."

루카가 미소 지었고 눈 한 번 깜박이면 놓칠 정도로 빠르게 나를 훑어보았다. "예뻐."

이런 진심어린 칭찬을 위한 새침한 대사는 마련하지 못했다. 그저 밋밋한 대답뿐. "음, 고마워." 루카는 K드라마 속 핫가이의 복잡한 시그널 작업을 너무도 훌륭하게 해내고 있었다. 나는 정박지 쪽을 초조하게 바라보며 친구들이 이미 와 있는지 궁금해졌다. 해안경비대가 도착하자마자 그들에게 문자메시지를 보내놓은 터였다.

피오나, 웨스와 함께 이 지옥 같은 밤을 해부해볼 필요가 있었다.

갑자기 루카가 내 머리 위에 무언가를 씌우는 게 느껴졌다. "뭐하는 거야?" 그리고 머리 위에 느껴지는 게 그의 비니라는 걸 깨달았다.

"따뜻하라고." 그는 이미 양손을 담요 속에 끼워넣은 채 태연하게 말했다.

나는 눈을 덮지 않도록 비니를 매만졌다. 루카의 체온이 그대로 남아 있었다. "고맙다?"

그는 고개를 저으며 혀를 찼다. "너 과학 너드 아니었어? 머리를 따뜻하게 하면 몸 전체가 따뜻해진다는 건 다들 아는데."

나는 코웃음을 쳤다. "좋아. 그건, 이를테면, 스웨터도 입은 경우라면 그렇지. 열이 머리에서 몸으로 그렇게 빨리 전도되지 않아. 온도가 많이 차이 나는 경우엔 말이야."

그는 고개를 저었다. "진지하게 말하는데, 네 고향 벌칸*은 어떤 곳이니? 그냥 비니나 써, 참 나!"

쳇. 나는 입을 다물고 비니가 마법을 부리도록 내버려두었다. 돌아가는 길 내내 내가 느끼는 온기가 비니 때문인지 루카의 비니를 쓰고 있다는 생각 때문인지 헷갈렸다.

부두에 도착했을 때 나는 웨스가 나를 버리고 다른 여자애랑

---

* 〈스타 트렉〉에서 논리와 이성을 중시하는 외계 종족 벌칸족이 사는 행성.

떠나지 않았기를 바라면서 그를 찾았다. 사실 그런 일은 웨스의 평소 행동에서 그다지 벗어나지 않았다.

"데시!" 피오나가 뒤에 바짝 붙은 레슬리를 달고 걸어오고 있었다.

"무슨 일이 있었던 거야? 웨스가 완전 공황 상태―" 그녀는 루카를 알아보고 바로 말을 멈췄다.

"아, 안녕, 누구―어, 루카, 맞지?" 그녀가 물었다. 참 자연스럽기도 하지.

얼굴에 펀치를 날리는 듯한 멋진 미소가 서서히 그의 얼굴에 번졌다. "응, 그리고 너는……?"

나는 그들 사이로 걸어갔다. "얘는 피오나. 그리고 쟤는 얘 여자친구, 레슬리." 날 자연스러움 씨라고 불러라.

그때 내 재킷을 들고 있는 웨스를 발견했다. "웨스!" 나는 손을 흔들어 그를 불렀다. 그의 표정이 걱정에서 짜증으로 변했지만 내 옆에 루카가 있다는 걸 알아채고는 흡족한 웃음으로 바뀌었다. 웨스가 자기만족적인 목소리로 **좋았어**라고 말하는 게 거의 귀에 들리는 듯했다.

"**엄청** 걱정했겠다." 나는 웨스 목에 팔을 확 두르며 말했다. 그리고 속삭였다. "연기 잘해라, 안 그럼 죽는다."

웨스도 팔로 나를 감았다. 거의 나를 으스러뜨릴 정도로. "**엄청**

걱정했어, 애기야." 목에서 살짝 구역질이 올라왔다.

우리가 몸을 뗴었을 때 루카는 우리를 대놓고 처다보고 있었다. 다음 행보를 계획하기 전에 해안경비대원 몇몇이 루카에게 다가왔다. "학생, 몇 가지 질문이 있어. 아버지가 곧 도착하실 거야."

"뭐 그러시든가요." 그가 중얼거렸다. 너무 시무룩한 그 모습에 나는 얼른 웨스에게서 벗어나 그에게로 걸어갔다.

"야, 같이 있어줄까?"

"데스! 야, 너희 아빠가 자정까지 집에 오라고 하셨어." 웨스가 소리쳤다. 으악.

루카가 웨스를 처다보았다. 입술이 흥미를 잃은 듯 일자로 굳었다. "아, 좋네." 그는 억지로 미소 지었다. "어쨌든 고마워. 그럼, 방학 끝나고 보자."

아, 안 돼. 이제 이 주간 방학이라는 걸 까맣게 잊고 있었다. 그건 루카도 없고, K드라마 사랑 공식을 실행할 시간도 없다는 뜻이었다.

나는 의기소침한 표정을 짓지 않으려고 노력했다. "아, 그치. 음, 너도. 잘 가." 이 밤이 흐지부지 끝나버린 것에 풀이 죽은 채로 말했다. 인사하려고 손을 드니 루카가 내 손을 와락 잡았다.

그가 가까이 다가왔다. 숨이 멈췄다. 루카는 잡은 손을 천천히 내려놓더니 놓아버렸다. "미안, 할말이 있어서." 그가 나직이 말했다.

"응? 비니 돌려줄까?" 나는 비니에 손을 뻗으며 새된 목소리로 간신히 대답했다.

루카는 고개를 젓더니 또다시 눈썹과 속눈썹이 거의 닿을 정도로 눈살을 찌푸렸다. "그냥—조심하라고. 웨스 저 자식 바람둥이 같아, 친구."

핫한데다 통찰력까지. 역시 괜히 원빈이 아니라니까.

10단계:
고통스럽게 반복되는 회상 속에 숨겨진
그의 엄청난 비밀을 알아내라

루카도 못 보고 지나가는 하루하루가 싫었고(보트 사건 때문에 아버지가 정말 그를 죽이진 않았는지 궁금하기도 했거니와) K드라마 사랑 공식의 진행을 보류했음에도 불구하고 방학은 대학 지원, 피오나 및 웨스와 스노우보드 두 번 타러 가기, 아빠와 K드라마 보기로 정신없이 지나갔다.

개학 전날 밤, 나는 거실에서 아빠와 또다른 드라마를 보고 있었다. 기본적으로 〈금발이 너무해〉의 드라마 버전 같은 법정물 〈검사 프린세스〉였다.

"엄마도 드라마 좋아했어?"

아빠는 식당 입구에 설치된 철봉에서 내려왔다. 애너하임 덕스* 운동복은 젖어 있고 나보다 나이가 더 많은 듯한 헤드밴드로 머리카락이 흘러내리지 않게 고정해둔 모습이었다.

"네 엄마?"

나는 소파에서 담요를 뒤집어쓰고 드라마를 잠시 일시정지해 놓은 채 고개를 끄덕였다. "응, 엄마도 아빠만큼 좋아했어?"

아빠는 양손을 허리께에 얹어두고 일어섰다. "아-아-아니, 하-하. 네 엄마는, 엄마는…… 고상한 척하는 사람이라." 그는 **고상한 척**이라는 말을 천천히, 음미하듯 말했다. "응, 고상한 척. 테레비 앞에서 고상한 척했지. 엄마는 뉴스나 동물 채널만 봤어. 항상 아빠를 한국 테레비라고 놀려댔지." 그리운 옛날 테레비. "딱 너처럼. 그런데 이제 너도 아빠처럼 그걸 **사랑하게** 됐네."

나는 콧방귀를 뀌면서도 미소 지을 수밖에 없었다. 그건 사실 이었다. 나는 공식 K드라마 광팬이었다. 올해 아빠가 내게 준 크리스마스 선물은 수입 드라마 DVD와 OST 음반 꾸러미였다.

하지만 아빠가 방금 한 말 때문에 나는 이렇게 물었다. "난 엄마랑 많이 닮았어, 맞지?"

아빠는 다시 뛰어올라 철봉을 잡았다. 그는 끙하며 철봉 위로 턱을 올렸다. 턱을 내리고 숨을 내쉰 다음 이렇게 말했다. "응, 모든 면에서. 엄마처럼, 공부도 열심히 하지." 그는 또다시 턱을

---

* 미국의 프로 아이스하키팀.

철봉 위로 올렸다. 그리고 그 상태에서 말했다. "엄마처럼, 항상 최고가 되어야 하지." 한번 더 턱을 올리고는 이렇게 말했다. "엄마처럼, 조급하지." 아빠는 철봉 아래로 내려와 몸을 숙인 채 숨을 골랐다. "엄마처럼, 로맨틱하지 않지."

"뭐! 무슨 말이야?"

아빠는 물을 벌컥벌컥 들이켜고 내 발치의 카펫에 앉았다. 나는 땀에 흠뻑 젖은 운동복 상의가 소파에 닿지 않게 아빠 등을 발로 밀어냈다. 아빠는 몸무게를 몽땅 실어 내 엄지발가락을 밀어냈고 나는 결국 포기하고 아빠가 소파에 기대게 내버려두었다.

"무슨 말이냐 하면, 공부하느라 바빠서 남자애들을 신경도 안 쓰잖아. 좋은 거야. 근데 아빠는 엄마랑 학교 다니면서 그런 점이 안 좋았어." 우리 부모님은 한국에서 고등학생 커플이었다— 엄마는 반에서 1등, 아빠는 터프하지만 속마음은 착한 망나니. 아빠는 엄마가 스탠퍼드 의과대학에 입학할 때 그녀를 따라 미국에 왔다. 이후 그들은 곧 결혼했고 엄마가 UC어바인에서 레지던트 생활을 시작할 때쯤 오렌지 카운티로 이사왔다.

일생일대의 진정한 로맨스였다. 착한 여자는 나쁜 남자한테 빠지는 법이다. 그들은 모든 역경을 함께 견뎌나갔다. 나는 자라면서 아빠가 엄마에 대해 이야기하는 걸 듣고 나서야 그들에게 진정한 것, K드라마가 늘 꿈꾸는 바로 그것이 있었음을 깨달았다.

그리고 그것은 둘 중 한 명이 죽는다고 그냥 사라지지 않았다.

"아빠, 그건 내가 로맨틱하지 않아서가 아니야. 난 그냥……
다른 것들에 집중하는 거야." 나는 새빨간 거짓말을 했다.

그가 내 발을 쳤다. "야, 미스 집중, 지금 뭐하는 거니? 너 내일
학교 가잖아. 가서 자."

"알았어, 나 빼고 〈검사 프린세스〉 보면 안 돼!" 나는 마지못
해 방에 들어가 주변을 둘러보았다. 침대는 청결하게 정돈되어
있었다―부드러운 회색 리넨 이불에 라벤더색 베개들이 포인트
처럼 놓여 있었다. 침대 발치에는 크림색의 솜털 누비이불이 있
었다. 아빠가 만들어준, 천장에 닿을 듯 높다란 선반들에는 책,
트로피, 사진, 상장이 가득했다. 모든 게 색깔, 크기, 주제에 따라
정렬되어 있었다. 창문 아래 흰색 래커칠을 한 책상은 샤프, 형광
펜, 빨간색 펜이 빼곡히 꽂힌 컵 말고는 깨끗하게 치워져 있었다.

모든 게 정상이었다. 하지만 나는 지갑에서 리스트를 꺼내 10단
계, 고통스럽게 반복되는 회상 속에 숨겨진 그의 엄청난 비밀을 알아내
라를 보았다. 내가 아는 건 그가 아티스트라는 것과 직접 해준 체
포 이야기뿐이었다. 그가 왜 여자친구를 사귀고 싶어하지 않는
지는 알 수 없었다. 나는 침대에 풀썩 앉아 노트에 조심스럽게
그 사실을 적었다.

그리고 나서 노트북을 열어 다소 구닥다리 방식으로 스토킹을

했다. 방학 동안 이미 몇 번 하긴 했지만 이번에는 **루카 드래코스 여자친구**를 검색해봤다. 하지만 여전히 아무것도 나오지 않았다. 나는 그에게 더 많은 사연이 있을 거라고 확신했다.

나는 그의 페이스북 페이지로 갔다. 전에도 십억 번은 들어가본 페이지였다. 이번에는 여자친구에 대한 어떤 흔적이라도 찾아보려고 그가 태그된 사진을 샅샅이 훑었다. 사진이 정말 많았지만 전부 하나씩 클릭했다. 정말 많았다. 내가 이 짓을 하면서 보낸 시간을 생각하면 속이 약간 메슥거릴 정도였다. 이러고 있는 걸 어쩌다 루카가 **알게 되고**, 지금 바로 이 순간에 내 컴퓨터에 사는 작은 스파이가 그에게 모든 걸 보고하면 어쩌지, 하는 상상에 공포감이 들었다는 건 말할 것도 없다.

그리고 바로 그때, 거기 그게 있었다. 그의 앨범 아주 구석진 곳의 어느 틈 깊숙이 숨겨진, 이 년 전에 찍은 사진. 공원 혹은 잔디가 많은 어떤 곳에서 허벅지가 서로 뒤엉킨 채 담요에 앉아 있는 그와 한 여자애의 사진이었다. 루카의 얼굴은 굉장히 **빛났고** 비니는 보이지 않았다.

그리고 그 여자애는…… 음, 그 여자애는 당연히 루카의 여자친구일 법하게 보였다. 남자애라면 누구나 여자친구로 꿈꾸는 여자애. 노력하지 않아도 매력이 넘치는 모습이었다―빛나는 연갈색 피부, 나오미 캠벨을 닮은 몸매, 커다란 미소, 녹색의 큰 눈에 어울리는 아치형 눈썹. 늘씬한 근육이 돋보이는 찢어진 청반바지 차림이었다. 내가 입으면 다리가 코끼리 코처럼 보였을 텐데. 가느다란 어깨끈이 달린 헐렁한 흰색 탱크톱 위, 조각 같으면서도 우아한 어깨에는 햇볕에 그은 자국이 전혀 보이지 않았다. 탈색한 금발에 웨이브를 넣은 불쾌할 정도로 풍성한 머리카락은 한쪽으로 너무도 태연히, 너무도 멋지게 넘겨져 있었고 가르마가 선명했다. 마치 캘리포니아 같았다. 아름다운 모든 것이 다채롭게 섞여 있는 화창한 캘리포니아.

위가 조여왔다. 이런 여자애들이나 남자친구를 사귀는 거였다. 팔뚝에는 각화증이 있고 아침에는 입냄새를 풍기는, 너무 자주 아빠와 K드라마를 보면서 저녁을 보내는 여자애가 아니라, 혹은…… 열일곱 살이 되도록 아직 남자친구 한 번 사귀어보지 못한 여자애가 아니라.

나는 사진에 태그된 이름을 클릭했다. 에밀리 스카우트 페어차일드. 비현실적인 이름이었다. 그녀의 프로필이 열렸다—손끝 스토킹으로 획득한 진정한 보물이었다. 하지만 사진들을 클릭하기에 앞서 그녀의 최근 게시물이 먼저 눈에 띄었다.

해결되지 않은 일을 매듭지으러 남쪽으로 향하기 전

마지막으로 오하이의 공기를 마시며…… 평화 & 사랑.

남쪽으로 내려온다고?! 이를테면, 남쪽의 오렌지 카운티? 내일 학교도 안 가나? 오하이의 학교는 방학이 우리보다 긴가?? 나는 그녀가 드문드문 게시한 그림을 보려고 프로필 페이지를 아래로 스크롤했다—모양과 색으로 이루어진 수많은 추상화들, 그리고 그 위에 휘갈긴 영감을 주거나 아리송한 격언들. 또 한 명의 아티스트가 납시었군. 나는 코웃음을 쳤다. "잘났다, 피카소." 또한 그녀는 '나이들거나 죽은' 백인 남자들의 노래 가사나 책 속 문장을 게시하기도 했다. 네가 부코스키*와 레너드 코언** 을 사랑한다고 장담하지. 그러니까, 그 사람들이랑 **완전히 통할 거라 확신해.**

나는 그녀의 프로필을 빠르게 훑었다. 자기 사진은 별로 없고 친구들과 찍은 사진 몇 장뿐이었다. 아까 그 사진 외에 루카 사진은 없었다. 그러다 화면에 알림이 떴다. **스탠퍼드 지원 한 시간 뒤 마감!!!** 지원서는 이미 수일 전에 온라인으로 제출했지만 그 공식 기한 알림은 지금이 벌써 열한 시고 내일 오전에는 축구 훈련이 있다는 사실을 상기시켰다. 나는 루카와 에밀리의 사진을

---

* 미국의 시인이자 소설가 찰스 부코스키.

** 캐나다의 가수, 시인, 소설가.

손가락으로 탁 튕기고 노트북을 닫았다.

좋아, 스토킹은 내일 다시. 나는 노트를 펼쳐 그 계획을 10단계에 적어넣었다. 그리고 10단계는 자기 전 웨스에게 전화를 거는 것으로 시작됐다.

내 휴대폰은 오전 내내 진동했다. 에밀리의 게시물 업데이트를 놓치지 않으려고 모든 소셜미디어 앱의 업데이트 알림을 켜놓은 상태였다. 지금 나는 익명 계정으로 그녀를 팔로잉하고 있기 때문이다.

그래, 안다. 변명하자면……

나는 10단계를 완수해야 했다.

그날 아침 설탕옷을 입은 시리얼을 입안에 퍼넣으며, 그녀가 인스타그램에 아침식사용 대추 스무디 사진을 올린 걸 보았다. (어휴, 네가 오하이 출신인 게 이보다 더 티 날 수 있겠니?) 2교시 수업중에는 그녀가 차를 몰고 산타바바라를 통과하며 찍은 별 볼 일 없는 바다 사진 한 장. 그다음은 엄지를 아래로 향한 이모티콘과 함께 LA의 교통체증 사진 한 장.

그리고 지금, 내가 프랑스어 수업을 듣는 동안, 또다른 업데이트를 알리는 진동이 느껴졌다.

이번엔 페이스북이었다. **맛있다, 오렌지 카운티에서 고기를 넣지 않은 인앤아웃* 한 끼를 먹게 돼서 너무 기쁘다.** 햄버거를 한입 막 베어 먹는 사진도 같이 올라와 있었다. 어떤 종류의 괴물이기에 인앤아웃에서 고기도 안 들어간 햄버거를 먹지?

게다가 오렌지 카운티라니. 그녀가 여기 와 있다. 그럴 줄 알았어! 어젯밤 아리송한 페이스북 게시물이 그런 뜻일 줄 알았다고. 그녀의 최종 목표는 루카였던 것이다. 나보다 먼저 루카를 봤을지는…… 모르겠다. 그게 걱정스러웠다. 두 사람은 다시 사귀게 되는 걸까? 아니면 방학 동안 이미 다시 사귀기 시작했을까?

그리고 오늘 내가 루카를 볼 수 있을지는 전혀 알 수 없었다. 방학이 끝난 첫날 3교시라 이미 그가 보고 싶어 안절부절못하는 수준을 넘어서고 있었다. 이 주나 지났으니까! 데시 리의 시간으로 따지자면 **몇 년**이나 다름없었다.

프랑스어 수업의 끝과 점심시간의 시작을 알리는 종이 치자, 나는 쏜살같이 교실을 튀어나와 교정 중앙으로 뛰어가며 루카가 보이기를 바랐다. 내가 먼저 그를 본다면, 그러면 보트에서 우리 사이에 일었던 불꽃을 그에게 상기시킬 수 있을 것이다. 그러니까, 그 불꽃이 나 혼자만의 상상이 아니었다면 말이다.

---

* 미국의 패스트푸드 체인.

갑자기 휴대폰에 또 한번 진동이 울렸다. 바이킹 동상을 핥는 척 포즈를 취하고 있는 에밀리의 셀카였다. 나는 코를 찡긋하고 나서 그게 몬테비스타고등학교의 바이킹 동상이라는 걸 깨달았다. 그녀가 여기 와 있다. 젠장, 세상에. 나는 교정 전체를 거의 목이 꺾일 정도로 빠르게 훑었다. 루카는 어디에 있지? 그는 보통 점심시간에 미술 동아리 아이들과 식사를 하는데 그애들은 평소 앉는 자리에 없었다.

잠깐만. 어쩌면 미술실에 있을지도. 많은 미술 동아리 애들이 전시회 작품을 준비하며 점심시간을 보내니까. 나는 피오나에게 문자메시지를 보냈다. **오늘은 점심 생략하려고, 원빈 일이 좀 있어.**

즉각 답장이 왔다. **진도 너무 많이 빼진 마라.**

나는 미술실로 걸어가면서 태연하게 보이려고 애썼다. 사람들이 내게 손을 흔들었고 나도 쾌활하게 손을 흔들어주었다. 여보게들, 여기 볼 거 없어, 그냥 가볍게 스토킹 좀 하고 있는 것뿐이야!

그러다 나는 발길을 멈췄다—그녀를 발견했기 때문이다. 루카와 같이. 비록 꽤 떨어져 걷고 있기는 했지만, 둘이 함께 있는 걸 보니 심장이 요동쳤다.

저들을 그냥 내버려두는 게 바른 행동이겠지, 아니면…… 몰래 끼어들어서 훼방을 놓을까? 머릿속에서는 K드라마의 그 모든 대담한 여주인공의 모습이 빠르게 돌아가다가 〈오 나의 귀신님〉의 봉선의 모습에서 멈췄다. 그녀는 술 취한 대학교 친구에게 이야기중인 핫한 요리사를 몰래 엿본다. **훔쳐보기는 필수.**

그런데 어떻게? 이 거리에서는 저들의 목소리가 들리지 않았다. 나는 풀솜 같은 꽃이 핀 (사랑스러운) 나무들 뒤로 휙 달려가서, 아주 조금씩 그들에게 다가가며, 그들의 대화를 듣기 위해 안간힘을 썼다. 그래도 아무것도 들리지 않았다. 그들은 미술실로 향했다.

나는 그들보다 앞서 쏜살같이 미술실로 달려갔다. 거의 숨이 멎을 듯 도구 보관실로 뛰어들어갔고 누군가와 쾅 부딪쳤다. 심장이 목까지 튀어오르는 것 같았다.

"아, 뭐야." 세상에서 가장 불쾌한 목소리였다.

바이올렛이었다. 그녀는 나를 무시하고 자신의 키를 과시하듯 내 머리보다 한참 위에 있는 붓 단지에 손을 뻗었다. 으악! 왜 하필 쟤야? 빌어먹을 세상 모든 사람 중에……

그녀와 부딪히지 않으려고 나는 옆으로 비켜섰다. "쉿." 내가 속삭였다.

바이올렛은 엄청난 분노의 말을 내뱉으려다가 도구 보관실로 다가오는 발소리에 입을 다물었다.

우리는 어느 선반 주변을 주시하다가 정면에 루카와 에밀리가 보인다는 걸 깨달았다. 그들이 우릴 보지 못하도록 얼른 몸을 숙였다.

에밀리. 인형 같은 외모, 죽여주는 머릿결, 그리고 엉덩이를 간신히 가린 찢어진 청반바지.

그녀는 루카와 끔찍할 만큼 가까이 서 있었다. "왜 나를 이렇게 어둡고 좁은 구석으로 끌고 온 거야?" 에밀리가 놀리듯 말했다. 목소리는 젊은 시절의 로런 버콜*처럼 약간 허스키한 저음이었다.

루카는 뒤에 있는 커튼을 닫았다. "미술실에 누가 들어올지 몰라서. 치부를 드러내고 싶지 않아." 그가 속삭였다. "근데 넌 여기 어쩐 일이지, 몇 달간 조용하다가 그렇게─"

"그렇게 뭐?" 그녀가 고개를 살짝 기울이며 말했다.

그는 징그럽다는 듯 신음했다. "날 더 망칠 게 남아 있다는 듯이 구느냐고! 네 태그 때문에 내가 체포됐잖아."

이럴 수가!

에밀리는 두 팔로 그를 감쌌고 그는 그녀를 내버려두었다. 세상에! 그녀는 뺨을 그의 어깨에 문지르며 몹시 조용한 목소리로 말했다. "어쩔 수 없었어. 난 열여덟이야. 난 체포되면 영원히 기록에 남잖아. 넌 아직 미성년이고. 그러니까 그렇게 큰일이 아니

---

* 미국의 영화배우.

잖아!"

갑자기 루카가 몸을 뒤로 확 빼는 바람에 에밀리는 고꾸라질 뻔했다. "그렇게 큰일이 아니라고?!" 그가 소리쳤다. "내가 무슨 일을 겪었는지 조금이라도 알기나 해? 아직도 뭘 겪고 있는지? 엄마는 아버지에게 변호사 비용을 부탁하려고 자존심을 굽혔어. 그리고 그것 때문에 나는 여기서 그 사람이랑 같이 살아야 하고. 덧붙이자면 여기 온 뒤로 아버지는 내 행동을 사사건건 지켜보고 있지. 최근에는 보트 건으로 큰 곤경에 처했고⋯⋯ 됐다. 아무튼, 그날의 체포 때문에 삼 년 동안 보호관찰을 받아야 한다고."

그녀의 어깨가 약간 내려앉았다. "알아, 루. 그리고 미안해. 내가 얼마나 미안한지, 네가 책임을 떠맡아줘서 얼마나 고마운지에 대해서 충분히 말해준 적이 없지. 너도 알잖아, 우리 부모님이 네가 체포된 일 때문에 우리를 헤어지게 만든 거. 부모님이 내 차도 빼앗겠다며 위협했어. 심지어는 휴대폰도 바꾸고 이메일이랑 소셜미디어도 감시했다고!"

루카는 방어하듯 팔짱을 꼈다. "그게 네가 나한테 말도 걸지 않은 이유야? 심지어 학교에서도?"

"부모님에게 트집 잡히지 않으려면 진짜처럼 행동해야 했어." 에밀리는 그에게로 살며시 다가갔다.

"난 너 안 믿어."

"야아, 내가 상황을 바로잡으려고 오늘 학교도 빠지고, 오하이에서 여기까지 운전해서 왔잖아. 너에 대한 내 감정은 그대로야." 그녀는 그에게서 눈을 떼지 않았다. "RISD에서 조기 입학 허가서도 나온 마당에 이제 긴장 풀어도 되잖아."

나는 바이올렛을 보며 눈썹을 치켜올렸다. 그녀는 동의의 뜻으로 고개를 끄덕였다. 나는 다시 루카를 바라보았다. 그는 당황한 듯 보였다. "내가 합격한 건 어떻게 알아?"

그녀가 눈을 굴렸다. "네가 합격하는 건 당연하지. 제대로 정신이 박힌 예술학교라면 어떻게 널 거절하겠니?"

그가 코웃음을 쳤다. "모르겠다, 음, 솔직하게 체포 이야기를 지원서에 쓸 걸 그랬나봐. 내가 저지른 일 때문에 불합격할 확률이 높아졌거든! 널 위하다가 한 일 때문에 말이야."

에밀리가 웨이브가 들어간 머리카락을 둥글게 말아올리자 흰색 레이스 셔츠 자락이 딸려올라가며 내가 본 것 중에 가장 탄력 있는 복근이 드러났다. "제발. 넌 그라피티 때문에 체포됐고 예술학교에 지원했잖아. 거긴 그런 걸 좋아하고."

루카는 긴장이 조금씩 풀리는 얼굴이었다. "사실, 에세이에 그 이야기를 정치적으로 서술해서 간신히 끼워맞추긴 했어."

에밀리는 웃으며 그에게 팔을 둘렀다. "잘돼서 정말 기뻐, 루! 난 네가 해낼 줄 알았어."

그는 몸을 빼지 않았다. 그 대신 살짝 미소를 지어 보였고 그녀를 바라보는 눈빛도 부드러워졌다. "고마워. 넌 SVA* 발표가 언제야? 거기가 아직 1순위인 거 맞지?"

에밀리가 고개를 끄덕였다. "4월이 돼봐야 알아."

그리고 그때, 맙소사. 그녀는 아까처럼 그를 향해 고개를 살짝 기울였고, 맹세컨대 그녀의 얼굴이 바세린 바른 렌즈 너머처럼 어렴풋하게 보였다. 딱 키스를 애걸하는 모습. 그리고 그가 했다. 그가 그녀에게 키스했다.

세상에. 불현듯 이 장면을 목격하고 있다는 게 얼마나 잘못된 일인지 깨달았다. 표정을 보아하니 바이올렛도 그런 것 같았다. 하지만 우리는 지금 꼼짝도 할 수 없었다. 그저 휘둥그레진 눈으로 서로를 바라볼 뿐이었다.

그들의 몸이 떨어지고 그녀가 활짝 웃었다. "우리가 같이 있는 건 말이 되는데, 루. 네가 빌어먹을 오렌지 카운티에 있는 건? 정말 말이 안 돼."

그가 정말 빠르게, 게다가 통쾌하게 웃었다. 심장이 요동쳤다. "나도 알아, 그치? 이런 곳이라니."

에밀리는 주머니에 손을 찔러넣더니 휴대폰을 꺼냈다. "우리

---

* 스쿨오브비주얼아츠의 약자. 미국을 대표하는 예술대학 중 하나.

가 다시 함께하게 된 걸 축하하는 뜻에서 셀카 찍자!"

루카가 얼굴을 찡그렸다. "뭐, 진짜? 아냐, 됐어."

아니, 옛 남자친구와 재결합한 순간에 전혀 어울리지 않는 이 이상한 행동은 뭐지?

"찍어야 해!" 에밀리는 루카의 팔을 자신의 어깨에 두르며 이미 포즈를 잡고 있었다.

그가 한숨을 내쉬었다. "좋아, 근데 아무데나 올리진 마. 이상하니까."

그녀는 고개를 아까와 **똑같이** 기울인 채 미소 지으면서 복화술로 말했다. "그냥 인스타그램에만 올릴 거야. 부모님이 모르는 새로운 계정이 있어. 다른 사람들도 우리가 다시 만나는 걸 알아야지."

그가 그녀를 쳐다보았다. "왜?"

에밀리는 자동조종장치로 움직이는 듯 화면을 터치하며 이미 사진을 편집하고 있었다. 눈이 화면에서 떠나지 않았다. "왜냐하면 우린 최고로 핫한 커플이니까."

바이올렛은 웃음을 억누르려고 양손으로 입을 막았고 나는 똑같이 하고 싶었지만 꾹 참았다.

"그냥 이 순간을 즐길 순 없어? 모두와 공유하기 전에 말이야." 그가 그녀를 유심히 내려다보며 물었다.

"응?" 에밀리의 손가락이 화면을 맹렬하게 터치했다. "그럴 줄 알았어. '좋아요'를 벌써 일곱 개나 받았어."

루카는 일 분 정도 꼼짝도 않고 가만히 서 있다가 무겁게 한숨을 내쉬었다. "우리끼리만 축하하는 건 어때? 이건 우리 일이잖아?"

"우리끼리만?" 에밀리가 드디어 소셜미디어 공세에서 벗어나 고개를 들었다.

정적이 깨졌고 나는 숨을 죽였다.

"그거 알아? 아, 됐다." 루카가 발걸음을 옮겼다.

에밀리의 미소가 흔들렸다. "무슨 말이야?"

"네가 방금 상기시켜줬어. 너한테 나는 안중에도 없다는 거, 아니, 네가 나에 대해서 어떻게 느끼는지. 넌 네 이미지, 다른 사람들에게 비치는 네 모습을 조작하잖아. 나는 뭐가 **진짜**인지 결코 알 수 없을 거야." **조작**이라. 나는 마음이 조금 좋지 않았다.

에밀리는 미소가 완전히 사라진 얼굴로 눈을 가늘게 뜨며 휴대폰을 내렸다. "**뭐?** 고결한 척하지 마. 그건 언제나 네 이미지이기도 했어. 네가 학교에서 가장 핫한 여자애랑 사귀는 걸 좋아하지 않았다고는 말하지 마."

세상에나.

루카가 다시 웃었다. 하지만 특유의 통쾌한 웃음은 아니었다.

거칠고 쓴 웃음이었다. "이야, 내가 한 말이 들리기는 해? 나는 아무것도 후회하지 않아. 내가 체포된 게 기뻐. 그 일로 너의 진짜 본색이 드러났고, 어쩌면 내가 장학금 받는 데에도 도움이 될 것 같거든."

"무슨 말이야?" 이쯤 되자 에밀리의 못된 본색이 슬슬 드러나기 시작했다. "네가 장학금이 왜 필요해? 너희 아빠가 RISD를 통째로 사줄 수도 있을 텐데."

루카는 그녀가 마치 바보라도 된다는 듯 고개를 저었다. "넌 대체 내가 그 사람에 대해서 말했던 걸 듣기나 했어? 아빠는 내가 미술 말고 다른 걸 공부할 때만 등록금을 내줄 거야. 그리고 너도 알잖아. 우리 엄마는 여력이 안 된다는 거."

바이올렛과 나는 이 모든 시련에 대해 몹시 유감스럽고 끔찍한 기분을 느끼며, 서로를 쳐다보았다.

한편 루카는 시간이 지날수록 점점 평온을 되찾는 듯했다. 그리고 도톰한 조끼 주머니에 손을 찔러넣었다. "아무튼, 입학 허가에 딸려온 장학금으로는 충분치 않았어. 그래서 미국에서 가장 규모가 큰 미술 장학금에 지원했지. 그걸 따려고 벌인 일이긴 해. 너의 그 짧은 뱅크시* 단계도 영감이 됐고, 고맙긴 하네."

---

* 영국의 그라피티 예술가.

그라피티였다.

에밀리가 갑자기 목을 꺾었다. 마치 건달 같았다. "음, 한 번은 노력해보려고 했는데—이런 짓을 할 필요가 없었네. 학교를 빠지고 헛걸음을 하다니." 나는 그녀가 진심으로 싫어졌다. 그녀는 루카의 팔을 거들먹거리듯 툭툭 치더니 그의 옆을 걸어가며 이렇게 말했다. "그 장학금 꼭 받아내길 바라, 루."

그녀는 마침내 커튼을 젖히고 나갔다. 루카는 양손을 허리께에 올린 채 잠시 그대로 서 있었다. 그러고 나서 쌓여 있는 캔버스 무더기를 쾅 쳐서 넘어뜨렸고, 캔버스가 바닥에 콰당 하며 부딪히는 소리가 보관실 전체에 울려퍼졌다.

나는 숨을 죽이고 소리를 내지 않으려고 노력했다. 그가 에밀리에게 보여준 차분한 처신은 그저 연기였음이 분명했다.

그는 무겁게 숨을 내쉬며 자신이 벌여놓은 난장판을 내려다보았다. 그러고 몇 초 후, 무릎을 꿇고 앉아 체념한 듯 느린 움직임으로 그걸 전부 정리했다. 나는 달려가 도와주고 싶은 마음을 온 힘을 다해 억눌렀다.

마침내 그가 보관실을 떠나자 정적만이 가득했다. 지난 오 분 동안 쏟아진 새로운 정보들로 인해 약간 어지러웠다.

"이런. 세상에."

바이올렛이 옆에 서 있다는 걸 잊었던 나는 깜짝 놀랐다. 그녀는 고개를 내젓고 있었다. "젠장, 대체 뭐야? 망할 솝오페라 속에 들어온 줄 알았네!"

나는 생각 없이 대답했다. "맞아, 그치? 정말 **못된** 년이야."

바이올렛이 아연실색한 표정으로 양손을 들어올렸다. "걔는 **죽어**jugeo야 돼." 그녀가 **죽다**die를 한국어로 말하자 웃음이 나왔다.

그녀가 말을 이었다. "내 생각엔 루카가 연애를 원치 않는 이유가 전부 설명되는 것 같은데? 자기가 **뭐 될까봐** 루카가 **체포되게 놔두었다잖아?** 그다음엔 **루카랑 헤어졌고!**"

사실이었다. 바로 그거였다. 그게 루카가 그렇게 종잡을 수 없었던 이유였다. 여자친구를 사귀지 않는 비밀스러운 이유. 루카가 연애에 신물이 났다고 해도 과언이 아닐 것이다.

"망할 계집애." 나는 낮은 소리로 중얼거렸다.

그때 바이올렛이 나를 쳐다봤고 문득 우리가 친구가 아니라는 걸 깨달은 듯 표정이 차가워졌다. "뭐, 너 하고 싶은 대로 하면 되겠네, 어? 이제 네가 **착한** 여자애라는 것만 증명하면 되겠어." 그녀의 말에서 씁쓸함이 묻어났다.

"음, 난……" 나는 말끝을 흐렸다.

바이올렛이 한숨을 쉬었다. "왜인지는 몰라도 루카가 너한테 뭔가 느끼는 건 분명하잖아."

진짜?!

"날 믿어, 나도 너처럼 혼란스럽기는 마찬가지야. 근데 저 막 장드라마를 실제로 보고 나니까 걔가 왜 조금…… 더 단정한 여자애를 원하는지 이해가 되네." 그녀는 못마땅하다는 기색으로 나를 위아래로 훑어보았다.

나는 그녀를 쏘아보았다. "내가 너한테 감사라도 해야 되는 거야 뭐야? 너 그동안 정말—"

"못된 년이었다고? 그래서 뭐? 우리는 같은 남자애를 좋아하고 넌 내 속을 긁으면서 귀찮게 했지. 어쩔 건데." 그녀는 보관실 밖으로 걸어나갔다.

이건 아니지. "야! 바이올렛!"

그녀가 발걸음을 멈춰 몸을 돌리자 머리카락이 짜증스럽게 휙 날렸다. "뭐?"

나는 깊게 숨을 들이쉬었다. "내가 뭘 어떻게 했길래 그렇게 짜증을 내는지 모르겠는데. 정말…… 모르겠다. 이유도 모르고 미움받는 건 정말 기분 더러워, 알아?"

"와, 정말 너밖에 모르는구나. 내가 왜 널 싫어하는지 몰라?"

"몰라."

"좋아, 일단, 우린 어릴 때부터 아는 사이였어."

나는 입이 떡 벌어졌다. "뭐?"

그녀가 자리를 옮겨 내 바로 앞에서 팔짱을 끼고 섰다. "우린 한국인 학교*에서 친구였어. 그때는 서로 한국 이름으로 불렀고. 내 이름은 민지였지." 한국인 학교? 나는 일곱 살 이후로 한국인 학교에 다니지 않았다. 어렴풋이 토요일 오후 내내 교회에서 한글 같은 걸 배웠던 게 떠올랐다.

잠깐. 세상에. **민지.** 갑자기 기억났다. 통통하고 수줍음 많은 아이였다. 그리고 그림 그리기를 몹시 좋아했다. 내가 요청하면 그녀가 디즈니 공주와 산리오** 캐릭터를 그려주곤 했다.

그녀는 내 표정을 보고 내가 자기를 기억해냈음을 알아챘다. "응, 그치? 그때 넌 내 유일한 친구였는데 갑자기 떠났어. 흔적도 없이. 그리고 상상해봐, 내가 이 학교에 입학해서 널 처음 봤을 때 얼마나 놀랐을지. 이렇게, 야호! 빌어먹을, 혜진이잖아. 근데 넌 날 기억하지 못했고 학교 유명인사 활동에만 열중했어, 대마초나 피우는 아티스트 타입의 애들한테는 말도 안 걸더라. 나 사실 네 친구가 되려고 시도한 적도 있었는데, 기억하니?"

나는 입술을 깨물며 지금과 같은 바이올렛의 모습을 떠올려보려 정말 열심히 애썼지만 도무지 떠오르지 않았다. "모르겠어.

---

* 한국인 이민자 자녀를 위해 한글이나 한국문화를 가르쳐주는 주말 학교.
** 일본의 캐릭터 전문 기업. '헬로키티' 등을 만들었다.

정말 기억이 안 나……"

바이올렛이 나를 노려보았다. "그게 더 나쁜 거 알아? 너만의 쓰레기 같은 일에 완전히 빠져서 너와 친구가 되려고 노력하는 사람은 기억조차 못하는 거? 진짜 못됐네. 근데 이제 와서, 갑자기, 남자애 때문에 미술에 관심이 생겼다고? 한심하다."

찔렸다. 사실이었으니까. "미안해, 바이올렛. 재수없게 굴거나 젠체하려던 건 아니었어, 난 그저……" 정말 많은 것들이 마음속을 훑고 지나갔다. 그녀가 한 말이 하나 걸렸다. 그리고 내 소심함은 분노로 바뀌었다. 나는 침착해지려 애쓰며 팔짱을 꼈다. "그런데, 내가 한국인 학교를 갑자기 떠난 건 엄마가 돌아가시고 경제적으로 여유가 없었기 때문이야."

바이올렛은 눈을 몇 번 깜박였고 으스대는 태도가 사라지는 게 보였다. 그리고 양팔이 옆으로 떨어졌다. 그녀는 입술을 깨물었다. "아. 난 몰랐…… 세상에. 미안해." 내가 '엄-폭탄'이라고 부르는 순간이었다―누군가한테 엄마의 죽음에 대해 처음 털어놓을 때마다 찾아오는 순간.

나는 한숨을 내쉬었다. "괜찮아, 오래전 일인걸. 하지만 그래, 아마 그걸로 설명이 될지도 모르겠다. 이제 너도 그 일을 떨쳐낼 수 있을지 모르고." 나는 그녀 옆을 스치듯 지나 미술실에서 나왔다.

햇빛에 눈이 부셨고 나는 조금 전 몇 분 동안의 어색한 상황으로 흐려진 평정심을 되찾기 위해 잠깐 서 있었다. 그리고 고개를 들자, 루카가 보였다. 우리의 눈이 마주쳤다.

11단계:
네가 세상의 그 어떤 여자와도
다르다는 걸 증명해 보여라

좋아. 그가 눈치채거나 못 채거나 둘 중 하나야. 기가 막히게 예리한 가정이구나, 데스. 그 인상적인 두뇌에서 나올 법한 논리야.

나는 심장이 쿵쾅거려 재빨리 시선을 피했다. 뒤에서 미술실 문이 활짝 열리고 바이올렛이 슬그머니 나오는 게 보였다. 그녀는 나를 흘깃 본 다음 루카를 알아보았다. 우리 둘을 본 그의 입이 떡 벌어졌다. 믿을 수 없다는 표정이 번져갔다. 이럴 수가. 당장 나 자신을 변호해야 했다. 내가 다가가기 시작하자 루카는 돌아서서 쏜살같이 자리를 떠났다. 내게서 도망쳤다.

그대로 서서 그를 바라보고 있자니 절망감이 감돌았다. 이제 어쩌지? 내가 일을 영원히 망쳐버린 걸까?

하지만 나는 이미 답을 알았다. K드라마에서는 의사소통의 오류 때문에 실제로 관계가 끝난 적은 한 번도 없었다. 사실, 결국에는 관계를 더욱 단단하게 다지고 새롭게 만드는 촉매제 역할을 했다.

나는 백팩에서 지갑을 꺼내 닳아빠진 리스트를 펼쳤다. 일을 망쳤으니 이제 11단계를 이용해 만회할 완벽한 기회가 생긴 것이다. 11단계는 네가 세상의 그 어떤 여자와도 다르다는 걸 증명해 보여라였다.

나는 어떻게 해내야 할지 정확히 알았다.

며칠 후, 피오나와 나는 잡초가 무성한 주차장에 차를 세웠다. 그녀는 겨우겨우 페니를 주차선에 맞춰 넣었다. "준비됐어?"

나는 깊게 숨을 들이쉬었다. "그런 것 같아. 어쨌든 나흘 동안 원빈을 못 봤어. 걔가 날 피한 거 같아. 미술 동아리에도 안 나왔고 오늘도 나타날지 모르겠다. 음…… 나는 준비된 것 같은데?"

우리는 이웃 동네에 있는 청소년센터에 와 있었다—이 동네는 인종적으로나 사회경제적으로나 다양한 구성의 거주민이 있는, 말 그대로 '빈민촌'이었다. 피오나는 고등학교에 입학한 뒤로 여기서 자원봉사를 했고 나는 동네 가게에서 미술용품까지 기증받아 그녀와 함께 미술 동아리 워크숍을 기획했다. K드라마에서 로체스터*를 닮은, 사랑에 냉소적인 남자 주인공의 마음을 진정으로 깨부순 것은 언제나 여자 주인공의 순수하고 선한 마음씨였다. 아이들과 사랑스럽게 소통하는 내 모습을 보는 것이 이성애자 남성의 생물학적 본성에 매력적인 자극이 되길 바랐다. 내가 사실 참견하길 좋아하는 별종이 아니라 아이들이 좋아하는 천사 같고 엄마 같은 타입이라는 결론에 다다르기를 바랐다. 전형적인 K드라마 여주인공처럼. 그리고 에밀리와는 완전히 정반대인 사람으로.

그래서 그런 여자애가 되어볼 때가 왔다.

몹시 내키지 않아했던 피오나의 도움을 얻어내고 로소 선생님을 겨우겨우 설득해, 미술 동아리 학생들이 청소년센터에서 금요일 오후를 보내며 아이들에게 미술을 가르치도록 한 것이다.

피오나와 나는 레크리에이션실의 큰 놀이방에서 아이들이 함께 그림을 그릴 수 있도록 탁자와 의자를 그룹별로 배치했다. 우리는 다른 사람들보다 일찍 도착했다. 나머지 미술 동아리 애들은 학교에서 버스를 타고 오는 중이었다. 그들이 나타나기 전까지 놀이방은 거의 『파리 대왕』 수준의 아수라장이었고 피오나와 나는 상황을 통제하려 애쓰고 있었다. 나는 바이올렛이 불쑥 들

---

*『제인 에어』의 남자 주인공.

어오는 걸 보았고 그녀는 나를 흘깃 보더니 즉시 캐시디에게 직행했다. 흠. 엄-폭탄이 떨어지고 나서 나에 대한 증오심이 조금 가라앉은 건지 아니면 그 은밀했던 도구 보관실에서의 시련으로 여전히 곤혹스러운 건지 헷갈렸다.

그리고 내 인생 십억번째로 루카를 찾고 있는데 머리에 파나마모자를 멋지게 쓴 로소 선생님이 걸어왔다. "데시, 우리가 여기서 뭘 하기로 했지?"

나는 피오나에게 애원하는 눈빛을 던졌다. 그녀가 말했다. "걱정 마, 나한테 맡겨."

그런 다음 그녀는 커다랗게 휘파람을 불었고 애들 몇몇이 바닥에 무릎을 꿇고 귀를 막았다. "앉아! **지금!**" 으르렁대는 목소리가 그야말로 쩌렁쩌렁 울렸다. 삼십여 명의 아이들 모두가 앞다퉈 탁자 주위에 놓인 밝은 오렌지색 플라스틱 의자로 몰려들었다.

바로 그때, 그가 나타났다.

두근두근. 콩닥콩닥.

그는 문가를 서성이며 차분하게 놀이방을 둘러보았다.

나는 낙담하지 않으려 애쓰며 미술 동아리 학생들을 한 탁자에 두 명씩 배정했다. 스케치부터 가르쳐주고 워크숍이 끝날 때쯤에는 모두 그림을 마무리하기로 되어 있었다. 루카가 참여할 그룹을 고를 차례가 돌아왔을 때 나는 그의 주의를 끌어보려 시도했지만 그는 휴대폰에서 눈을 떼지 않았다.

"그리고, 음, 루카, 너랑 난 이 그룹에서 하면 돼." 그의 고개
가 획 돌아갔고 나와 잠시 눈이 마주쳤다. 그러고 나서 탁자를
향해 성큼성큼 걸어가 의자에 풀썩 앉았다. 좋아. 이런 식으로 나오
겠다 이거지? 친구, 오늘 하루종일 받아주지!

우리 그룹은 미카와 제시라는 남자아이 둘과 크리스틴과 리즈
라는 여자아이 둘로 이루어져 있었다. (리즈는 자기 이름은 리즈
위더스푼의 이름에서 따왔다며 자리를 잡자마자 자랑스럽게 말
했다.) 나이는 여섯 살부터 아홉 살까지로 다들 아주 신나 있었
다. 보통은 그냥 밖에서 놀거나 숙제를 해야 했을 테니 그들에게
오늘은 조금 특별한 날이었다.

루카는 몸을 젖혀 앉은 채로 계속 휴대폰만 바라보았다. 나는
인상을 쓰고 손뼉을 쳤다. "좋아, 얘들아. 자, 재밌는 미술 시간
이야! 스케치부터 조금씩 시작해보자! 스케치가 뭔지 알아?"

아이들 넷이 나를 쳐다보았다. 미카가 트림을 했다.

"흠, 좋아. 스케치란 너희가 진짜로 완성하고 싶은 작품을 시
작하기 전에 준비 작업을 하는 밑그림이야."

루카가 큰 소리로 목청을 가다듬었다. 나는 그를 쏘아보았다.
"할말이 있는 거야, 아님 지금 캔디크러시 게임 스테이지 깬 거
티 내는 거야?"

그는 휴대폰에서 고개를 들지 않았다. "스케치라고 꼭 미완성이라고 할 수는 없어, 그것들도 완성된 작품일 수 있지."

제시가 공중에서 손을 흔들었다. "그럼 스케치도 미술이에요?"

내가 응답하기 전에 루카가 대답했다. "응, 네가 원한다면 무엇이건 미술이 될 수 있어." 그가 나를 올려다보았다. "안목 좁은 사람들이 너의 미술을 정의하게 하지 마."

과장이 심하네, 루카. 나는 그를 정면으로 바라보며 미소 지었다. "설명 고맙다. 태어나서 처음 말한 단어가 인상주의라고 했던 사람이니, 미술에 대해 완벽한 지식을 갖고 있는 게 별로 놀랍진 않네."

루카는 고개를 살짝 기울이고는 웃으며 나를 쳐다보았다. "너 내 팬페이지 스토킹하니?"

리즈가 작은 팔을 떨어뜨렸다. "지루해요!"

나는 다시 아이들에게 집중했다. "그래, 미안. 다들 종이를 잡아보자."

나의 다정한 지도로 어린아이들이 미술을 통해 세상의 아름다움을 보게 되는 어느 평화로운 오후를 상상했다. 시작은 괜찮았다. 아이들은 대체로 조용히 앉아 그림을 그렸다. 나는 주위를 돌아다니며 도움을 주고 아이디어를 제시해주려 노력했다. 루카도 똑바로 앉아서 자신이 그린 스펀지밥 스케치에 대해 제시와 재잘대기 시작했다.

하지만 미카가 마커를 발견하고 자기 몸에 타투를 그리자 상황은 내리막으로 접어들었다.

"봐, 타투야!" 미카가 자기 팔을 들어올리며 자랑스럽게 말했다. 팔에 커다란 고양이가 그려져 있었다.

"바보 같은 타투다." 리즈는 이렇게 비웃더니 곧바로 탁자를 가로질러 손을 뻗더니 터퍼웨어 보관통에서 마커를 한 움큼 꺼냈다. 제시와 크리스틴이 곧바로 따라 했고, 모든 아이가 자기 몸에 낙서를 하기 시작했다.

"너희!" 내가 외쳤다. "이제 그만! 지금 당장! 스케치하기로 했잖아!"

마커는 확실히 고약한 아이디어였고 나는 그것들을 제자리에 두게 하려고 쟁탈전을 벌였지만, 그러기는커녕 결국 리즈와 줄다리기를 하게 됐다.

"리즈, 이제 이거 안 쓸 거야." 나는 단호하게 말했다.

그녀는 내 손을 뿌리쳤다. "불공평해요, 난 쓰고 싶어요!" 이제는 우리 둘 다 일어선 채로 양손으로 마커 뭉텅이를 함께 움켜쥐고 있었다.

"어쩔 수 없어." 나는 마커들을 놓지 않고 이를 갈며 말했다.

그녀의 녹색 눈에서 갑자기 눈물이 차올랐다. 이런.

따뜻하고 단단한 제삼자의 두 손이 내 손을 감쌌다. "좋아, 서로 양보하는 게 어떨까?" 나는 고개를 들어 우리를 내려다보고 있는 루카를 보았다. 그야말로 햇살이 후광처럼 그의 뒤에서 비치는 것 같았다.

"리즈, 네가 마커를 종이에만 쓴다고 약속하면 〈겨울왕국〉 엘사 그려줄게." 그가 살짝 윙크를 하며 말했다.

리즈의 눈물이 눈으로 다시 쏙 들어가는 듯했다. 아이는 코를 훌쩍였다. "알았어요."

그는 나를 보며 눈썹을 치켜올렸다. 나는 눈을 굴리며 마지못해 루카의 손에서 내 손을 빼내 마커를 내주었다.

루카는 리즈 쪽으로 몸을 돌려 하이파이브를 하자며 손을 내밀었다. 그녀는 수줍게 그에게 하이파이브를 한 다음 키득거리며 빠르게 탁자로 돌아갔다. 루카의 매력을 이겨낼 수 있는 사람은 아무도 없었다.

"너희도 마찬가지야, 알았지? 종이에다 그려, 안 그러면 죽은 목숨이야!" 루카는 강조하듯 아이들을 한 명씩 가리켰다. 아이들은 키득거리며 다시 종이에 그림을 그리기 시작했다.

뭐, 나는 마리아 본 트랩*이 아니니까. 나는 루카를 돌아봤다.

---

* 영화 〈사운드 오브 뮤직〉의 여자 주인공.

"애들하고 잘 지내는구나."

그가 어깨를 으쓱했다. "애들 돌보는 일 많이 했었어."

"네가 그런 걸?" 나도 모르게 믿지 못하겠다는 반응이 튀어나왔다.

"응. 왜, 그렇게 믿기 어려워?"

"조금?" 나는 미소 지었다. "미술 천재이기도 하면서 짬짬이 애들 돌보는 일을 하는 게 힘들 것 같아서."

루카는 입술을 지그시 다물었지만 그래도 피식 웃음이 새어나왔다. "그래, 구글에서 나에 대해 철저히 검색했구나."

이제 와서 안 한 척을 한다고 무슨 소용이 있겠어? 이젠 내가 어깨를 으쓱할 차례다. "조금."

그와 눈이 마주쳤고 약간 불편하긴 했지만 우리 사이의 어색함이 어느 정도 녹는 게 느껴졌다.

나는 초조하게 침을 삼켰다. "루카, 난—"

"선생님, 선생님! 저 털보 해파리 어떻게 그리는지 모르겠어요!" 미카가 소리쳤다.

"날 부르는 거야." 루카가 제자리에서 몸을 돌려 미카에게 붙어 앉았다. 미카, 요 꼬맹이—!

몇 시간이 훌쩍 지나갔다. 크리스틴이 뿔이 일곱 개 달린 유니콘을 그리는 걸 도와준 다음, 제시가 아주 세밀하게 그린 스테판

커리* 초상화를 반짝이로 꾸며주느라 루카와 이야기할 시간은 거의 없었다. 하지만 이따금 다른 아이들과 함께 있는 루카를 살짝 엿볼 수 있었는데, 그는 아이들에게 원근법과 여러 색을 섞어 다른 색을 만드는 법을 끈기 있게 보여주었다. 정녕 탁자에 기어올라가 키스하고 싶게 만들었던 모습은 아이들과 편하게 어울리는 모습, 아이들의 창조력에 대한 그의 절대적인 믿음이었다. 그는 물 만난 고기 같았고 아이들은 그를 굉장히 좋아했다.

그러다 어느덧 다섯시가 되어 부모들이 아이들을 데리러 오기 시작했다. 아이들은 자신의 작품을 들고 가서 자랑스러운 듯 부모에게 보여주었다. 그 모습은 무척 귀여웠고 나는 꽤나 감동했다—비록 그 선한 행동이 K드라마 사랑 공식에서 영감을 받은 것이긴 했지만, 함께 오후를 보내는 동안 이 아이들에게 행복을 가져다주었다는 사실에 기분이 좋았다. 미술 동아리 학생들도 똑같이 느끼는 것 같았고 모두가 활짝 미소를 머금은 채 청소를 하고 아이들에게 손을 흔들어주었다.

마지막 아이가 떠나자 나는 작은 의자로 돌아와 주저앉았다. "휴, 애들은 에너지가 넘치나봐." 내가 피오나에게 말했다.

그녀는 바닥에 떨어진 종잇조각들을 주웠다. "맞아, 그치? 오

---

* 미국의 농구 선수.

늘 다른 사람들을 도우니까 좋더라."

"또 필요하면 알려줘. 다들 즐거워했던 것 같아."

피오나가 웃었다. "네 인생에는 과외활동이 하나 더 늘고?"

내가 대답을 하기 전에 루카가 문 쪽으로 걸어오는 게 보였다. 오늘 우리 사이가 살짝 녹긴 했지만 품위와 모성이 넘치는 여자가 되어보려던 시도가 가히 성공적이었다고는 말할 수 없었다. 도구 보관실 사건에 대해 사과하고 싶기도 했지만, 오늘의 일이 조금이라도 효과가 있었는지는 전혀 알 수 없었다.

"루카!" 내가 그의 등뒤에서 외쳤다. 그가 돌아섰고 나는 그에게로 걸어갔다. 그사이 피오나는, 아, 정말 절묘하게도, 다른 탁자를 정리하러 반대편으로 튀어갔다.

그는 말을 기다리듯 나를 쳐다보았다. 그냥 해, 데스. "야…… 그러니까, 음, 더 일찍 말하려고 했는데, 얼마 전 일은 정말 미안해." 나는 한 마디 한 마디 죽어가고 있었다. "그런 대화를 듣게 될 거라고는 생각도 못했어. 바이올렛도 그렇고." 나는 뒤쪽에서 짐을 챙기는 바이올렛을 건너보며 덧붙였다. "우린 거기서 꼼짝도 할 수 없는 상황이었을 뿐이야." 바이올렛 입장에서는 사실이었다. 나에게는 아주아주 작은 선의의 거짓말일 뿐이고.

순간 루카도 몹시 당황한 듯했고 우리는 어색한 한쌍의 동상처럼 그대로 서 있었다. 그가 마침내 침묵을 깼다. "알았어."

"그리고, 네가 보트 사건으로 곤란했다면 미안해."

그는 내게 의문스러운 표정을 지어 보였다. "왜? 네 잘못이 아니었는데."

죄책감이 치밀어올랐다. "아, 그래도…… 또 외출금지 당한 거 아니었어?"

"방학 동안 아빠와 함께 있을 때는 그랬어. 지금은 아빠가 심부름을 시키려고 부르면 당장 달려가야 하고."

나는 미소 지었다. "아! 그다지 나쁘게 들리진 않네!"

"또, 새엄마의 멍청한 개들을 매일 산책시켜야 해." 그가 입을 뿌루퉁 내밀었다.

"그건 끔찍하네. 일주일 치 용돈도 포기해야 하는 거 아니야?" 나는 정색한 얼굴로 물었다. 그가 웃었다. 크고 통쾌한 웃음은 아니었지만 그래도 꽤 웃었다.

그러다 그때 갑자기 떠올랐다. "야! 그리고 RISD 조기 합격 축하해! 굉장하다."

그는 잠시 동안 신발을 내려다보았고 내 심장은 뱃속으로 가라앉기 시작했다. 내가 방금 도구 보관실 사건을 다시 상기시켰나?! 그러다 그가 살짝 웃으며 고개를 들었다. "고마워, 그런데 장학금을 해결해야 갈 수 있어."

나는 고개를 끄덕였다. "맞다. 음, 잘됐으면—"

로소 선생님이 소리쳤다. "좋아, 다들 버스로 돌아가! 이런 행사를 기획해줘서 고맙다, 데시 그리고 피오나. 훌륭했어, 다음에 또 하자꾸나!"

루카는 비니를 내리고 걸어가면서 말했다. "다음에 봐."

그게 끝이었다. 나는 얼굴이 붉어졌고 피오나가 청소를 마무리하는 걸 서둘러 도왔다. 피오나가 나의 실망감을 눈치채지 못하게 간신히 눈물을 참아가면서.

그리고 그때 루카가 그린 그림들을 발견했다.

나는 멈춰 서서 그림들을 살펴보았다. 하나는 정말 잘 그린 스펀지밥이었다. 또다른 하나는, 내가 기억하기로 미카가 신었던 신발 두 짝. 로봇 고양이. 닌자 공주. 나는 다채로우면서도 몹시 재밌는 스케치들을 넘겨보다가 어떤 그림 하나에 완전히 얼어붙었다.

나를 그린 그림이었다. 손에 턱을 괴고 고개를 살짝 기울인 채 탁자에 앉아 있는 내 모습. 그가 그 순간을 언제 포착했는지는 모르겠지만 나를 잠시 멈추게 한 건 단순히 그가 나를 그렸다는 사실 때문만은 아니었다. 그가 나를 그린 방식 때문이었다. 세심하고 감성적인 선들, 포착된 그 조용한 순간 때문이었다.

너무나 친밀하고, 너무나 세심했다. 정말…… 잘 아는 것처럼. 작은 미소가 커다랗게 번져갔다.

나는 K드라마 사랑 공식 리스트를 꺼내 사랑스럽게 내려다보았다. 피오나가 걸어와서 내 어깨 뒤에서 그걸 보았다. "다 잘되는 중인 거야?"

나는 리스트에 입을 맞추었다. "위기는 모면했어. 이 리스트로 다시 살아났어."

12단계:
생명을 위협하는 사건이
둘의 사랑이 얼마나 진실한지 깨닫게 할 것이다

"우리가 이런 짓을 하고 있다니 정말 믿기지가 않는다."

피오나가 땀흘리는 모습을 본 건 아마 내 평생 그때가 처음이었을 것이다. 피오나는 격렬한 신체활동과 맞지 않았다. 우리는 쨍쨍 내리쬐는 햇빛 아래 우리집에서 1.6킬로미터 정도 떨어진 스토니포인트 드라이브 한복판을 걷는 중이었고, 웨스는 반대쪽 끝에서 안전고깔과 노란색 테이프를 설치하고 있었다.

미술 동아리 학생들의 청소년센터 방문 후 바로 다음주였다. 루카가 그린 그림을 보고 나서, 그가 인정하든 안 하든 그가 내게 감정이 있다는 걸 알게 된 이상 어서 행동에 착수하고 싶었다. 첫 키스로 곧장 넘어가고 싶었지만 아직 할일이 남았다는 걸 알고 있었다. 그래서 주말 내내 12단계, 생명을 위협하는 사건이 둘의 사랑이 얼마나 진실한지 깨닫게 할 것이다를 실행할 방법을 생각해내려고 머리를 싸맸다. 나는 아빠와 함께 드라마 몇 편을 보고 나서 드디어 계획 하나를 세웠다.

길거리에 내가 못을 한줌 흩뿌리는 동안 피오나는 겨우 못 하나를 떨어뜨리고는 재빨리 주변을 둘러보았다. 몬테비스타의 으스스하게 텅 빈 동네들 중 한 곳인 이 조용한 골목에는 쥐새끼 한 마리 얼씬거리지 않았다. 일 년 내내 거의 완벽한 날씨를 자랑하는 도시라지만, 지금 사람들은 에어컨이 나오는 집에서 한 발짝도 나오지 않았다.

피오나는 머리카락을 높게 포니테일 스타일로 묶으며 나를 진지하게 쳐다보았다. "데스, 무슨 생각인지 다시 말해줄래?"

나는 인내심을 유지하려 노력하면서 계획을 설명했다. "자동차 타이어가 펑크나서 경계석을 박을 거고, 난 머리를 부딪힌 척할 거야. 그다음에 곤경에 처한 아가씨 모드에 돌입하고 원빈은 내 걱정에 휩싸일 거야. 그는 나에 대한 사랑을 깨닫게 될 거고."

커다란 호박색 눈이 나를 뚫어져라 쳐다보았다. "우와. 그거 좀 기대되네. 그런데, 누구라도 다치면 어떡해? 리스트 중에서 이게 제일 극단적인 것 같아."

최근 들어 점점 자주 찾아든 작은 죄책감이 또다시 마음을 죄어왔다.

"응, 알아. 이번 건 선을 넘긴 해. 근데 이건 그냥 아주 작은 못이고, 일이 터졌을 때 발생할 수 있는 최악의 상황은 타이어가 펑크나는 거잖아. 그건 내가 예상하고 있는 바고. 그러니까 야아, 거의 다 왔어. 느낌이 와. 개가 나를 그린 그림하며…… 이게 결정타가 될 거야. 또한, 스트레스를 극복하다보면 몸에서 특정 엔도르핀이 분출되고, 그 상황을 같이 겪은 상대와 **강한 결속** 감을 느끼게 된다는 거 몰라?"

피오나는 바람이 부는 쪽으로 무심하게 못 몇 개를 던지면서 앞으로 걸어나갔다. "응, 나도 〈스피드〉*는 봤어."

나는 양손을 허리께에 걸친 채 우리의 수작업 결과물을 바라보았다. "진짜 미친 짓이긴 해. 나 어쩌면 진짜로 **남자친구**랑 같이 고등학교를 졸업할 수도 있겠어."

피오나는 몸을 돌려 차분한 시선으로 나를 바라보았다. "데시. 넌 **스탠퍼드**에 가서 **의사**가 될 사람이야. 고등학교 때 남자친구가 없는 건 빌어먹을 별것도 아니라고. 남자친구가 뭐 대단한 거라도 되는 것처럼 구는데 사실 그렇지 않아." 그녀가 잠시 멈췄다. "여자친구도 그렇고, 그런 면에선 말이야."

"너는 그렇게 말하기 쉽지." 나는 휴대폰을 슬쩍 보고 웃으며

---

*폭탄이 설치된 버스를 무대로 한 미국의 액션영화.

말했다. "알았어, 우린 멋져. 이제 돌아가자."

피오나가 마지막으로 조마조마한 눈빛을 등뒤로 던지며 말했다. "알았다아아아아. 그러니까 넌 정말 다른 사람의 자동차가 이걸 밟을 수도 있다는 걱정이 안 든다는 거지?"

"파이! 말했잖아. 몬테비스타 사람들은 안전고깔 표시를 따를 거야."

나는 피오나에게 팔짱을 꼈다. 여자애들이 하는 이런 유의 '베프 티 내기'가 그녀가 질색한다는 걸 알면서도 말이다. "음, 넌 요새 새로운 일 없어?"

그녀가 얼굴을 찌푸렸다. "그건 왜?"

"왜냐니? 어떻게 지내는지 물어보는 거지!"

"나보고 또 이상한 짓 도와달라는 속셈이지?" 그녀가 갑자기 멈춰 서서 나를 쳐다보며 물었다.

마음이 살짝 울적해졌다. 요새 내 인생은 일주일 이십사 시간 내내 K드라마 사랑 공식으로 돌아갔고, 피오나에게 그녀가 어떻게 지내고 있는지 실제로 물어본 게 몇 주 만에 처음이었다는 걸 이제야 깨달았다. 나는 그녀의 팔을 더 꽉 붙들었다. "아냐, 속셈 같은 거 없어. 요즘 맨날 원빈 일에만 붙들려 있어서 미안해."

피오나가 어깨를 으쓱했다. "이해해. 첫 남자친구 일이니까. 용서한다." 그녀는 내 팔을 꽉 붙들었고, 나는 그녀가 나의 사과에 고마워한다는 걸 알 수 있었다.

"레슬리랑은 잘 지내고 있어?" 웨스와 차가 있는 쪽을 향해 텅 빈 거리 한가운데를 걸어내려가면서 내가 물었다.

피오나는 몹시 숙녀답지 않게 방귀 소리를 내며 말했다. "점점 너무 매달려. 이제 **질렸어**."

"파이!" 나는 그녀를 나무랐다. "넌 모든 여자애한테 최고로 끔찍한 악몽이야, 너도 알지?"

"네 말은 모든 여자애의 **꿈**이라는 뜻 같은데." 그녀는 고개를 내 쪽으로 기울임으로써 특유의 섹시함을 드러내며 말했다. 나는 그녀의 관자놀이를 거칠게 밀어내 머리를 떼어냈다.

"나 진짜 진지해! 나한테 최악의 빌어먹을 악몽은 루카가 나를 그런 식으로 생각하는 거야."

피오나의 레이저 같은 시선이 나를 날카롭게 갈랐다. "관계가 실패로 돌아가는 것보다 더 안 좋은 일들이 있어, 너도 알잖아. 그리고 말이 나온 김에…… 내가 그동안 만난 여자친구들한테 배운 게 있다면 언젠가는 게임을 그만둬야 한다는 사실이야. 이걸 얼마나 더 끌고 갈 건데?"

그녀는 이 문제를 왜 저렇게 부정적으로만 보는 걸까? 나는 팔을 풀었다. "일이 다 **끝날** 때."

짜증이 난 나는 그녀를 지나쳐 성큼성큼 걸어갔다. 내가 얼마나 목표에 가까워졌는지 보지 못하는 걸까? 지금 멈출 수는 없었다.

웨스는 뒤에 남아 안전고깔들을 지키고, 피오나는 차로 나를 다시 학교에 데려다주었다. 내가 학교에서 학생회 임원들의 응원대회 준비를 거드는 동안 그녀는 루카를 몰래 지켜보며 잠복하다가, 다섯시 이분에 루카가 미술실을 나와 주차장으로 향하고 있다는 문자메시지를 보냈다. 나는 전율하며 깊게 숨을 들이쉬었다. 전율이 몸속을 파고드는 것 같았다. 하는 데까지 해보자고.

샌들을 신고 주차장을 가로지르며 빠르게 걷는 동안 터벅거리는 발소리가 내 안에서 부글거리는 불안을 잠재웠다.

"루카!"

멋진 남자들 특유의 스트레칭을 하던 그가 얼어붙었다. 두 팔이 머리 위로 뻗쳐 있어서 셔츠가 약간 끌려올라가 구릿빛 복부가 살짝 드러났다. "뭐야?"

2.5센티미터쯤 보이는 그 피부에 순간 정신이 흩어졌다. 변태. "응? 아. 혹시 나 좀 태워줄 수 있어? 피오나가 집에 데려다주기로 했었는데 급히 가버려서. 고양이 때문에." 피오나의 가족은 늘상 죽음의 기로에 있는 통통이라는 스무 살짜리 고양이를 키

웠다. 그러니 **그렇게** 과한 거짓말은 아니었다.

루카는 순간 궁지에 몰린 동물처럼 보였다. **어휴.** 그가 나를 다시 편하게 대하도록 만들기는 쉽지 않을 듯했다.

그는 목청을 가다듬었다. "어, 음, 우리 사는 데가 가까운지 잘 모르겠는데."

"야! 우리 둘 다 **몬테비스타**에 살잖아, 너네 집에서 멀면 얼마나 멀겠어?" 인상을 쓰자 무심한 척하던 연기가 증발해버렸다.

발을 질질 끌고 가는 저 모습을 누가 보면 내가 그에게 대장 내시경 검사 예약이라도 권한 줄 알 것 같았다. "알았어. 맘대로 해. 내 차는 저기 있어."

우리는 중고 혼다 시빅으로 걸어갔다. 빛바랜 파란색이었다. 나는 찌그러진 보닛에 손을 올렸다. "예쁜 차네."

그가 내게 거만한 시선을 던졌다. "오렌지 카운티 사람들은 **새로운** 걸 보면 굉장한 관심을 쏟더라."

아, 미스터 미스터. 그는 자신이 방금 무슨 빗장을 풀었는지 전혀 알지 못했다.

"**사실**, 절대 빈정거리는 게 아니야. Si 모델은 시빅사의 꽃 중의 꽃이지. 미국산 5단 변속기, 더 강력해진 스태빌라이저와 스트럿바로 더 짱짱해진 서스펜션까지." 나는 차 주변을 걸으며 그 작은 걸작을 자세히 살폈다. "편평 타이어에 넓은 휠 구성으로 외관뿐 아니라 승차감까지 훌륭해진 일상용 자가용인데다가, 튜닝하기에도 끝내주는 플랫폼을 갖췄지."

나는 집중한 채 주저리주저리 계속 늘어놓았다. "1999년에 이 정도 성능으로 리터당 약 16킬로미터를 달린 차라니 정말 인상적이야. VTEC 엔진의 멋진 사례인 것 같아, 안 그래?"

그때 나는 루카가 나를 쳐다보고 있는 걸 알아챘다. 아, 이럴 수가. 루카한테 또다른 너드의 면모를 드러내고 말았다. 얼굴이 붉어졌지만 바로 그때 〈괜찮아, 사랑이야〉의 해수가 기억났다. 그리고 그녀가 자신의 의학 지식으로 사람들의 말문을 막히게 할 때마다 얼마나 인상적이었는지도. 좋아하는 사람을 유혹하는 제일 좋은 방법은 의외의 분야에 아주아주 뛰어난 능력이나 지식을 보여줌으로써 끝내주는 방식으로 주변 사람들을 놀라고 감탄하게 만드는 것이다.

나는 자동차 대화에 대단히 자부심을 느끼는 양 미소까지 지어 보였다. 데스, 자신감 있게 행동해. 네가 되고 싶은 사람이 되라고.

"너는 왜 이런 걸 다 아는 거야?" 루카는 나를 위해 조수석 문을 홱 열면서 소리쳤다. 그 작은 제스처는 몹시 인상적이었고 나는 속으로 그를 바르게 키워주신 그의 히피 어머니께 감사했다. 그는 계속 큰 소리로 불평했다. "섬뜩한 지하실에서 로봇을 만들지 않을 땐 〈켈리 블루북〉*도 읽어?!" 불신이 깃든 목소리에는 그의 웃음소리처럼 약간의 통쾌함이 깃들어 있었다.

나는 의자로 미끄러지듯 앉아 그가 차에 타길 기다렸다가 대답했다. "우리 아빠가 정비공이란다, 참 나." 중학교 시절 어느 여름에 호기심으로 〈켈리 블루북〉을 읽은 적이 있긴 했다.

루카는 바로 그 자동차-후진 자세를 취했다. 몸 전체를 오른쪽으로 비틀어 조수석 뒤에 팔을 걸쳤다. 내가 앉은 조수석에 말이다. 그의 손이 내 머리카락을 살짝 스치며 소년의 땀과 박하사탕 냄새가 풍겨왔다. 왠지 역하고 독한 칵테일 향처럼 느껴졌다.

"정비공이라. 그거 좀 멋진데."

"나도 그렇게 생각해."

"이 학교 학부모 중에선 흔하지 않은 직업이네."

나는 어깨를 으쓱했다. "응. 하지만 아무도 관심은 없는 것 같아. 나는 캘리포니아의 여러 결점들을 상쇄하는 가장 큰 요소가 미국의 다른 오래된 지역에서는 볼 수 없는 진짜 실력주의 정신이라고 생각해."

루카가 다시 웃었다. 그의 손은 운전대를 능숙하게 조작했고 시선은 백미러와 사이드미러, 전면 유리 사이를 빠르게 오갔다.

---

* 미국의 자동차 전문 잡지.

하, 그는 아주 세심한 운전자였다. 그게 왜 그렇게 핫한지, 나도 모르겠다. 정비공의 딸이 지닌 기벽.

그는 나를 빠르게 흘깃거렸다. "넌 얘기하는 방식이……"

"응, 응, 벌칸 같지."

그가 웃었다. "정확해."

"여기서 좌회전." 내가 미소 지으며 말했다. 불현듯 우리가 좁은 차 안에 함께 있다는 깨달음이 찾아왔다. 단둘이서. 그리고 정말, 정말 가깝게 느껴졌다. 혹시, 내 입냄새를 맡은건 아닐까? 은근슬쩍 손바닥에 숨을 내쉬어봤다.

이후에 두 차례 방향을 틀고 피오나와 내가 못을 떨어뜨려놓은 도로에 가까워졌다. 세상에나, 일이 터지기 직전이었다.

"아빠한테 우유를 좀 사 오라고 말해야겠어." 나는 경쾌하게 말하며 휴대폰을 꺼내 나의 연락을 기다리는 웨스에게 미친듯이 문자메시지를 보내기 시작했다. **방금 린다 비스타 도로에 접어듦. 일 분 내로 도착.** 통행금지 테이프와 안전고깔을 치우라는 신호였다. 바로 답장이 왔다. **완료.**

그런 다음 루카에게 스토니포인트 드라이브에서 왼쪽으로 꺾으라고 지시했다. 나는 휴대폰을 초조하게 만지작거렸다. 이제 곧 못 위를 지나가게 될 것이었다……

매끄러운 주행이었다.

젠장, 뭐지? 목을 길게 빼고 창밖의 도로를 보았다. 못들이 있었다. 우리가 바로 그 위를 지나가면서 못이 눈에 보이기까지 했다. 저무는 햇빛을 받으며 반짝거리고 있었다. 루카를 슬쩍 봤지만 그는 아무것도 알아채지 못한 듯했다.

흠, 좋아, 그냥 다시 시도하자. "이럴 수가! 학교에 두고 온 게 방금 생각났어." 번개처럼 빠른 생각이었어, 데스. "미적분 교과서. 오늘밤에 숙제하려면 필요한데. 부탁인데, 학교로 다시 가줄 수 있어? 미안."

루카는 당황하지 않은 듯했다. "어? 알았어, 물론이지." 내가 바라던 대로 그는 빠르게 유턴했고 어느 정도 길을 돌아갔을 때쯤, 나는 손바닥으로 이마를 탁 치며 말했다. "아! 나 정말 바보인가봐! 집에 둔 걸 까맣게 잊고 있었네. 돌아가지 않아도 돼."

"확실해?" 루카가 나를 흘끗 보며 말했고, 나에 대한 그의 신뢰가 새어나가고 있다는 게 어렴풋이 느껴졌다.

"응, 확실해! 미안."

그래서 우리는 다시 유턴했다.

나는 숨을 죽였다. 못이 깔린 곳에 도착하기 바로―

그때 펑 하고 뭔가 터지는 소리가 들렸다―틀림없이 타이어가 펑크나는 소리였다. 이럴 수가, 내 생각보다 훨씬 강렬했다! 하지만 실제 상황을 인식하기도 전에 차는 곧장 오른쪽으로 미끄러졌다. 루카는 "젠장!"이라고 소리치며 운전대를 꽉 잡았다. 하지만 그의 차는 빠르게 통제를 벗어나며 경계석을 향해 거칠게 곤두박질쳤다. 차 아래의 무언가가 경계석에 긁히면서 드드득 소리가 크게 울려퍼졌다.

"조심해!" 나는 본능적으로 눈을 가리며 비명을 질렀다. 그러고 나서 육중한 무언가가 내 몸통에 부딪히는 걸 느꼈다—육중하지만 부드러웠다. 눈을 떠보니 루카의 오른팔이 내 위로 뻗어 있었다. 엄마처럼 자기 팔로 자체 안전벨트를 해주면서. 그의 행동이 얼마나 사랑스러운지 알아챌 틈도 없이 자체 안전벨트 때문에 내가 조수석으로 다시 던져졌다는 걸 깨달았다. 그러고 나서 엄청나게 큰 뻥 소리와 함께 눈 깜짝할 사이에 에어백이 이마를 세게 쳤다.

에어백은 즉시 꺼지기 시작했고 몇 초간 정적이 흘렀다. 나는 루카의 팔이 놓여 있던 허벅지에서 움직임을 느꼈다. 내 허벅지를 꽉 잡고 있던 그의 손이 더듬거리다 갑자기 멈췄다. "괜찮아?" 그의 숨죽인 목소리가 들렸다. 나는 무슨 일이난 건지 헤아리려 애쓰며 여전히 정면을 보고 있었다.

나는 고개를 끄덕였다. 정말 놀랐지만 기분은 괜찮았다.

"데시?" 나는 약간 당황스러워하는 그의 목소리에 몸을 돌려 그를 보았다. 그의 머리도 운전석에 기댄 채였지만 내 쪽을 향해 있었다. 어두운 눈은 걱정으로 가득했고 비니는 비뚤어져 있었다.

몇 번 눈을 깜빡이자 진짜 별이 보였다. "응, 괜찮아. 넌 괜찮아?" 내가 물었다.

그도 고개를 끄덕였다. 나만큼이나 몹시 놀란 것처럼 보였다. "응, 근데 나……" 그는 왼쪽 눈 아래가 커다랗게 부어오르는 걸 느꼈다. 나는 그를 보며 움찔했고, 이런 일을 벌인 것에 대해 정말이지 끔찍한 기분이 들었다. 어떤 이유에선지 나의 가벼운 교통사고 계획에 진짜 부상은 포함되어 있지 않았다.

그는 선바이저를 더듬거리다 그걸 툭 내리고는 거울을 들여다보았다. "나 눈에 멍든 거야?!" 그는 자신의 얼굴을 자세히 뜯어보며 소리쳤다. 그 연약한 부위를 만지며 훌쩍였다. 상처가 정말 고통스러워 보이지만 않았어도 그를 놀릴 뻔했다.

우리는 차 밖으로 나와 주위를 빙 돌았다. 타이어가 터진 것 외에도 차가 경계석을 넘어가면서 변속기가 제 위치에서 벗어난 모양이었다. 이럴 수가, 내가 예상했던 것보다 훨씬 피해가 컸다.

기분이 엉망이었다.

"너 괜찮은 거 확실해? 병원에 가야 할까?" 나는 안절부절못하며 루카의 눈을 다시 살펴보았다.

"괜찮은 것 같아…… 근데 견인을 요청해야겠어. 이걸 운전해서 갈 순 없을 것 같아. 네가 저기 집에서 나오는 사람들한테

가서 우린 괜찮다고 말해줄래?" 그는 이미 휴대폰으로 전화를 걸며 물었다. 주변을 둘러보니 사람들이 무슨 일이 일어났는지 보기 위해 걸어오고 있었다. 으악.

내가 도움을 청해두었으니 괜찮다고 사람들을 안심시키고 나자 갑자기 너무도 익숙한 경적소리가 들려왔다. 짧고 날카로운 경적 두 번, 이어서 길고 요란한 경적 한 번.

천천히 돌아보니 차고에 있던 견인차를 타고 있는 아빠가 보였다—귀엽게 별명을 붙인, 토잼을 타고 말이다. 안 돼애애애!

"아, 너 어디다 전화했어?" 내가 높은 목소리로 물었다.

"파파의 자동차 수리점, 왜?"

맙소사. 나는 눈을 감았다. 이 세상에, 몬테비스타에 넘쳐나는 자동차 수리점 중에서 하필 우리 아빠의 수리점을 고른 거야? "음, 그건 딱—"

"데시?!" 아빠가 차창 밖으로 소리쳤다. 아, 안 돼. 나는 아빠가 견인차를 거칠게 주차하는 걸 보면서 약한 현기증을 느꼈다. 망할, 망할, 망할. 나는 손을 흔들며 미소 지었다. 그럼 아빠가 내가 괜찮다는 걸 바로 알 수 있을 테니까. "안녕!" 나는 외쳤다. 루카가 나를, 그리고 아빠를 쳐다보았다. 나는 심장이 미친듯이 뛰었고 땀을 흘리고 있었다.

"괜찮아?" 루카가 물었다. 미간의 작은 주름이 또 나타났다.

나는 고개를 저었다. "안 괜찮아. 저분이 우리 아빠야. 아마 지금 엄청 기절초풍했을걸!"

그는 혼란스러운 듯했다. "그냥 가벼운 교통사고잖아?"

"응, 우리 엄마도 그저 폐색전으로 돌아가셨을 뿐이고." 내가 톡 쏘듯 말했다.

그의 눈이 휘둥그레졌다. 그리고 혼란스러워 보였다. "그게 무슨 상관—"

내가 다른 말을 꺼내기 전에 아빠는 이미 견인차에서 훌쩍 튀어나와 급히 달려오고 있었다. 그의 얼굴이 두려움으로 하얗게 질려 있었다. "데시! 너 사고 났어? 괜찮아? 무슨 일이 있었던 거야?" 미친듯이 줄줄이 이어지는 질문에 심장이 요동쳤지만 나는 계속 미소를 유지했다.

"괜찮아, 아빠. 그냥 가벼운 교통사고야. 우린 괜찮아."

그의 이마에서 걱정이 사그라들었고 나도 살짝 긴장이 풀리는 게 느껴졌다. 아직 루카를 보지 못한 그는 내 머리를 자세히 살피기 시작했다.

"음, 아빠. 얘는 내 친구 루카야."

아빠는 몹시 빠른 속도로 나를 훑어보고는 루카에게 인사를 건넸다. "안녕, 데시 친구. 난 얘 아빠야."

루카가 손을 내밀었다. "만나서 반갑습니다." 그러고는 빠르게 덧붙였다. "사고가 나서 정말 죄송해요."

아빠는 루카의 손을 잡았다. "미안해할 필요 없어. 사고는 일부러 낸 게 아니니까 사고라고 하는 거야, 그렇지?" 그러고는 갑자기 루카를 홱 잡아당겼다. "눈은 어떻게 된 거야? 다쳤니?"

루카는 자신의 눈을 만져보았고 움찔하며 놀라는 듯하더니 다시 차분한 표정을 유지했다. "아, 아녜요. 그냥 좀 멍이 들었어요."

아빠는 순간 눈을 가늘게 뜨더니 루카의 팔을 다정하게 토닥였다. "그래, 씩씩한 친구로구나!" 그런 다음 차로 건너갔다. "그래, 그럼 여기 무슨 일이 있었나 볼까?" 그는 정비공 특유의 쭈그려앉은 자세로, 몸을 숙여 차 주변을 이리저리 둘러보며 아래를 조심히 살폈다. 나는 루카가 점점 안심하는 걸 알아챘고 그의 (불필요한) 양심의 가책에 감동받았다.

"길에 떨어진 못을 밟고 지나간 것 같은데." 아빠는 못 두 개를 집어들며 말했다. 아이고 맙소사. "대체 이런 게 왜 여기 있지? 만화처럼?" 그가 고개를 들어 우리에게 활짝 미소 지으며 말했다. 나는 힘없이 웃었다.

루카는 그의 옆에 쭈그리고 앉아 못을 살펴보았다. "이상하네요." 그가 중얼거렸다. 그러고는 몸을 펴더니 갑자기 떠오른 듯 말했다. "아, 소음기도 긁힌 것 같아요." 진심으로 스스로가 자랑스럽다는 듯이. 아이고.

"변속기야." 내가 정정해주었다. 아빠가 동의한다는 듯 나를 쳐다보았다.

그들이 차를 점검하는 동안(루카는 남자들 간의 예의를 갖추기 위해 그러는 듯했다. 하지만 자기 얼굴을 조심스레 만질 때마다 남성스러움이 조금씩 옅어지긴 했다), 피오나와 웨스가 탄 페니가 길 한쪽 끝에서 덜덜거리며 멈추는 게 보였다. 멀리 있긴 했지만 그들의 혼란스러운 표정이 보였다. 피오나는 창문 밖으로 머리를 내밀고 잘된 건지 묻는 엄지척 제스처를 해 보였다. 내가 고개를 가로저으며 잘 가라고 손을 흔들자 마침내 그들은 차를 몰고 떠났다. 나중에 설명할 게 참 많았다.

아빠가 나지막히 휘파람을 불었다. 내가 태어났을 때부터 아빠가 나를 부를 때 쓰던 소리. 나는 아빠에게 다가갔고 그는 바지 앞주머니에 늘 꽂아두는 수건에 벌써 기름이 묻은 두 손을 닦아냈다. "데시, 내가 이 못들을 쓸어낸 다음에 차를 견인하고 루카를 집에 데려다줄게. 넌 걸어서 집에 가 있어, 알겠지?"

"알았어." 나는 대답했다. 심장이 뜨뜻미지근한 물웅덩이로 가라앉는 것 같았다. 무자비한 악당처럼 루카를 실제로 다치게 했을 뿐 아니라 모든 걸 망쳐버렸다.

하지만 잠깐, 포기할 순 없었다. 곤경에 처한 아가씨 모드는 아직 발동도 걸지 않았다. 나는 루카에게로 다가갔다. 아빠는 내가 하는 말을 들을 수 없는 위치였다. "있잖아, 아빠를 걱정시키고 싶지 않아서 그러는데, 나 머리가 너무 아프고 약간 어지러워. 괜찮으면 우리집까지 바래다줄 수 있어? 아빠가 돌아와서 널 데려다주실 거야." 나는 숨을 죽이며 그가 미끼를 물기를 바랐다.

그는 양손을 도톰한 조끼 주머니에 깊게 찔러넣었다. "응, 그래. 오늘 일은 미안해." 죄책감이 다시 가슴을 쿡쿡 찔러왔다. 나는 아니라는 뜻으로 손사래를 쳤다. "걱정 마, 그냥 누워 있으면 나을 것 같아."

나는 아빠에게 가서 꼭 끌어안았다. "루카가 집에 데려다줄 거야. 이따가 아빠가 루카를 데려다줄 수 있지?" 아빠는 나를 아주 꼭 안았다가 놔주었다. "알았어, 가서 쉬어."

사고 장소에서 멀어지면서, 아빠가 도착한 이후 처음으로 긴장이 풀렸다. 아빠 위기는 모면했고 12단계는 아직 유효했다.

우리는 침묵 속에서 한 블록을 걸었다. 루카가 뒤를 빠르게 흘끗거리는 게 보였다. 뒤편의 아빠는 벌써 못을 쓸고 있었다. 엉망인 상황을 아빠가 정리하게 만든 것에 마음이 좋지 않아 입술을 깨물었다.

루카가 목청을 가다듬었다. "근데 어머니가 돌아가셨다고?"

"음, 응." 나는 사고 이후 엄-폭탄을 투하한 것에 대해 스스로를 저주했다.

그러나, 진정한 K드라마가 되기 위해, 나는 엄-폭탄을 강조할 필요가 있었다. 그건 나의 비극이었고, 이걸로 루카는 나를 다르게 볼 터였다—내 인생에 가해진 가혹한 타격에 연민을 느끼겠지. 비극에 맞서온 나의 용기에 감탄할 것이다.

네, 신사 숙녀 여러분. 저는 남자를 얻겠다고 엄마의 죽음을 이용했어요. 번개가 제 눈알을 내리치겠거니 기다렸어요. 눈알 한쪽에 번개 한 번씩이요.

엄마, 엄마가 나의 이런 행동을 보고 머리에 꿀밤을 먹일 타입인지, 아니면 그저 너무 실망해서 당신이 키운 괴물 같은 아이 때문에 혼자 방에서 울고 있을 타입인지 정말 모르겠어. 그래도 난 해야 해. 미안.

루카는 내 답변을 기다리듯 나를 쳐다보고 있었다. 나는 산들바람이 부는 향기로운 유칼립투스나무 그늘 아래를 걸으며 조심스럽게 말을 골랐다. "그게 우리가 여기 사는 이유야. 엄마는 캘UC어바인에서 신경외과의사로 일했어. 내가 어릴 때 돌아가셨고. 너무 갑자기, 예기치 못하게 일어난 일이라 아빠가 나를 저렇게 걱정하는 거야. 아마 다른 부모들보다 더. 그런 일이 나한테도 일어날까봐."

그가 슬픈 미소로 나를 똑바로 쳐다보았다. "유감이야." 그가 담백하게 말했다. 그 말의 다정함이 내게 엄청난 충격처럼 다가왔다.

"괜찮아. 걱정 마. 그 일이 일어났을 때 난 고작 일곱 살이어서……" 나는 말끝을 흐렸다. 내가 자주 쓰는, 말에 여운을 두는 방식이었다.

그는 얼굴을 찌푸렸다. "일곱 살. 그렇게 어린 나이도 아니네. 그 나이면, 잘은 모르지만, 충분히 트라우마가 생길 법하지."

그것에 대해서는 할말이 아주 많았다. 다들 부모를 여읜 사람은 쇠약하고 하자 있는 줄 안다고. 하지만 나는 절대 그렇지 않았으며, 우리 아빠는 최고의 엄마이자 아빠였다는 것을 말이다.

우리집이 있는 골목에 다다랐고 나는 안도의 한숨을 쉬었다. 필요한 비극이고 뭐고 로맨스를 어서 빨리 진행할 필요가 있었다.

루카는 목청을 가다듬었다. "넌 재앙 자석 같아."

"무슨 뜻이야?" 나는 목소리를 아주 냉정하게 유지하려 애썼다. 거짓말하는 오이처럼.

"지금까지 함께 보낸 몇 번의 시간 동안, 우리는 바다에서 길을 잃었고 그다음에는 교통사고가 났잖아. 네가 가는 곳마다 모험이 따라다니는 것 같아."

나는 초조하게 웃었다. "뭐라고 해야 할까, 난 평범한 폴 버니언이야."

"뭐라고?"

"알잖아, 폴 버니언. 미국 민담에 등장하는 거인 나무꾼. 온갖 종류의 모험을 하잖아, 몰라?"

"응, 폴 버니언이 누군지는 아는데—어휴, 됐다." 그는 졌다는 듯 작게 웃으며 말했다. "아무튼, 너희 아빠 멋있으셔."

"응. 최고지."

루카의 얼굴에 알 수 없는 표정이 떠오르자 나는 소심해졌다. "왜 그래?"

헤아리기 어려운 미소가 다시 떠올랐다. 그가 대답했다. "아무것도 아냐. 참…… 잘해서. 넌 아빠한테 참 잘하네. 아빠를 좋아한다는 게 어떤 건지 전혀 모르겠어." 우리 사이에 불편한 침묵이 내려앉았다. 나는 어떻게 반응해야 할지 몰라 말을 참고 있다가 썸패에 걸맞은 말을 해버렸다.

"여기가 우리집이야." 나는 인도에서 갑작스럽게 몸을 틀어 잔디를 가로질러 걸어갔다.

우리집은 다른 집들과 마찬가지로 하늘색 덧문, 옆쪽의 차고, 그리고 널찍한 진입로가 있는 크림색 이층집이었다. 하지만 같은 골목에 있는 다른 집들과는 달리, 앞뜰은 그다지 무성하지도 푸르르지도 않았다(캘리포니아주 전체가 가뭄을 겪어서 그런 게 아니었다). 앞뜰에는 지면보다 높게 다져놓은 채소 텃밭이 있었고 주변에는 타이어를 비롯한 이런저런 물건들이 널려 있었다. 전반적으로 아내 없는 남자가 이 집을 돌보고 있다는 느낌을 풍졌다.

내가 현관으로 이어지는 길로 걸어가기 시작했을 때 루카는 인도에 엉거주춤 서 있었다. 나는 돌아서서 그를 향해 의문의 눈길을 던졌다.

그가 양손을 주머니에 푹 찔러넣으며 말했다. "나 그냥 택시 타고 갈게."

안 돼!

"어, 정말? 음, 내가 아직 약간 몸이 안 좋은 것 같아서······ 잠깐 들어올래?"

우리 사이의 허공에 던져진 그 질문은 세상에서 가장 빠른 속셈 같았다. 영혼이 으스러질 듯한 침묵의 순간이 지나고 루카가 손을 주머니에서 빼더니 내게로 성큼성큼 걸어왔다.

"그래."

내가 문을 열어주고 그가 나를 스치며 집안으로 들어갔다.

젠장. 루카가 우리집에 있다. 이제 그가 나를 좋아한다는 걸 깨닫게 해주자.

13단계:
너의 약점을 가슴 아픈 방식으로 드러내라

처음 온 손님의 눈으로 보니 집의 부끄러운 부분들이 단번에 눈에 띄었다.

당시에는 멋졌지만 지금은 구식이 된 청록색 페인트를 칠한 거실 벽. 지저분하니 자주 쓴 티가 나는 리클라이너. 적당한 커튼 한번 드리운 적 없이 기이한 종이 스크린으로 가려둔 창문—한국에서 유명한 만화 속 곰 캐릭터가 그려져 있었다.

끝까지 힘내자, 데스. 끝까지 힘내자.

"신발은 벗어주세요." 나는 활기차게 요청하며 가방을 현관 앞 차가운 타일 바닥에 떨어뜨리고 샌들을 벗어던졌다. 루카는 벌써 몸을 구부려 한 손으로 벽을 짚고 균형을 잡으면서, 발목 높이까지 올라오는 검은색 반스 스니커즈 끈을 풀고 있었다. 흠,

어떤 이유에선지 그가 아시아인의 집에 훈련되어 있다는 게 매력적으로 다가왔다.

"거실에 가서 앉아도 돼." 내 목소리가 떨리기 시작했다. "하…… 나…… 어지러운 것 같아……" 나는 휘청거리며 소파로 다가갔다. 그날 아침에 이미 소파에 예쁜 회색과 흰색 줄무늬로 된 얇은 담요와 푹신하고 멋진 베개를 준비해둔 터였다. 손바닥을 이마로 가져가고 싶었지만 참았다. 그랬다면 곤경에 처한 아가씨 짓이 다소 과해질 것이다. 아마도.

나는 루카가 나를 향해 걸어오는 걸 곁눈질로 확인했다. 그러나 걸어오던 중에 〈퍼퓰러 사이언스〉 한 부를 집어드는 걸 보니 다른 것에 정신이 팔린 게 분명했다. "머리 다쳤어?" 루카가 무심히 잡지를 넘기면서 물었다. 짜증이 치솟았다—자기 얼굴을 다쳤을 때는 그렇게도 걱정하더니!

"몰라." 나는 힘없이 대답했다. "차가운 물수건 좀 가져다줄 수 있어?" 나는 깨끗한 수건 하나를 개수대 위 조그만 분홍색 플라스틱 대야(한국인의 집마다 있는 물건) 옆에 찾기 쉽게 놔두었다. "주방은 저쪽이야." 내가 가리켰다.

"그래." 그가 주방에서 뒤적거리는 소리가 들렸다.

나는 그가 내 옆에 앉거나 옆에 무릎을 꿇고 앉을 수 있도록 소파에 다시 자리를 잡았다. 스웨터 밑단을 정리해 볼록한 뱃살을 완전히 가린 후에 루카가 물수건을 이마에 사랑스럽게 살며시 올려놓을 수 있게 이마에 붙은 머리카락을 쓸어넘겼고—

"받아!"

고개를 들었더니 냉동 콩 봉지가 얼굴 정면으로 날아오는 게 보였다. 본능적으로 손이 올라가 봉지를 잡아챘다.

"물수건보다 **훨씬** 나을 거야." 마치 으스대며 **고맙지?**라고 묻듯이.

"어…… 고마워." 나는 그걸 머리에 조심조심 올려놓았다. "흠, 그러면…… 그래, 난 잠깐 쉬어야 할 것 같다."

루카는 벌써 내게서 튕겨나가듯 멀어졌다. 뭐야, 저런 에너지는 어디서 나오는 거지? "근데 이층에는 뭐가 있어?" 그가 계단 아래에서 물었다.

"음, 알다시피 그냥 침실? 보통 집처럼." 그가 아픈 나를 돌봐주지 않는 것에 짜증이 난 채 대답했다.

"네 방?" 그가 눈썹을 치켜올리며 몸을 돌렸다.

"그렇지?"

그는 계단으로 올라가기 시작했다. "좋아. 가서 봐야지."

나는 몸을 일으키고 재빨리 그를 따라갔다. "잠깐, 뭐? 안 돼, 가지 마!" 내 방은 계획에 포함돼 있지 **않았다**. 그가 내 방에 가는 건 절대 있어선 안 될 일이었다—'과잉성취 중독자'의 모든

면모가 들킬 테고, 특히 그걸 보여버리면······

내가 방으로 들어갔을 때 그는 이미 침대에 풀썩 주저앉아 왼편 벽에 붙은 선반을 살펴보고 있었다. "저건 다 뭐야?"

나는 루카가 내 침대에 앉아 있다는 사실에 순간 정신이 팔리고 말았다!!! 꺅. 나는 재치를 끌어모아 대답했다. "음, 손님, 이 네모난 종이상자들은 책이라는 것이랍니다." 나는 바나 화이트*처럼 팔을 쭉 펼쳐 선반을 훑었다. "아무튼, 이제—"

"책이라는 건 알겠는데—내가 무슨 말 하는지 알잖아. 저것들 말이야." 그는 턱을 들어 선반을 가리켰다.

으악. 너무 늦었다. 선반은 상장, 자격증, 옛날 과학경진대회 발명품, 어릴 때 아빠를 위해 만들어준 조각품으로 가득차 있었다—A형 DNA의 살아 있는 증거물이었다. 그리고 나는 대체로 '과잉성취 중독자' 선반을 자랑스러워했다. 하지만 루카 앞에서는 몹시 수치스러웠다. 에밀리에게도 '과잉성취 중독자' 선반이 있을지 궁금해졌다. 비트세대의 시와 물담뱃대로 가득찬 선반이면 모를까. 게다가 오래된 책들 위로는 레이스 속옷이 무심히 던져져 있을 것 같았다.

"별거 아니야. 좋아, 이제 우리—" 루카가 신속하고 거의 댄

---

* 퀴즈 쇼 진행자로 유명한 미국의 배우.

서처럼 우아하게 폴짝 일어나 선반에 다가가자 나는 말을 멈췄다. 그가 보여준 모습 중 가장 운동신경이 돋보인 동작이었다.

그가 휘파람을 불었다. "칠 년 동안 백 퍼센트 출석? 손 글씨 최우수상, 과학경진대회 1등, 과학경진대회 1등, 과학경진대회 1등, 1등—그래, 그래. 걸스카우트 쿠키 판매 왕, 수목협회 주최 나무 심기 대회 우승…… 잠깐, 이건 뭐지?" 그는 하단에 한글이 새겨진 금속판이 달린 금빛 태극기 트로피를 들어올렸다.

나는 트로피를 그에게서 낚아채 선반에 다시 올려두었다. "이건…… 그러니까." 그는 내 말을 끈기 있게 기다렸다. "음, 미국의 한인 신문사에서 SAT 만점을 받은 학생에게 주는 거야." 내가 빠르게 말했다.

루카는 고개를 천천히 끄덕였다. "응, 그래, 아주 많은 걸 보여준 오 분이었어." 정확했다. 너무 많은 걸 보여줬다. 대낮의 적나라한 빛 아래 나의 광기를 목격했음에도 불구하고, 루카는 혐오스러워하기는커녕 즐거워 보였다. 물건 하나하나를 들어올리는 그의 얼굴에 환한 웃음이 떠나지 않았다. 그런 그를 바라보고 있자니 지금껏 시도하지 않은 리스트의 공식을 내가 그럭저럭 실현하고 있는 것 같아 놀라울 따름이었다. 이 당황스러운 순간은 13단계, 너의 약점을 가슴 아픈 방식으로 드러내라에 완전히 부합했다. 나의 별난 성과물들을 약점으로 친다면 그랬다.

"흠." 그가 액자 속 사진을 들여다보면서 중얼거리는 게 들렸다. 그건 나, 피오나, 웨스가 작년 핼러윈 때 분장하고 찍은 사진 중 하나였다. ('가위, 바위, 보' 복장이었다. 우린 이 아이디어를 무척 자랑스러워했다.) 루카는 손가락으로 '가위'였던 웨스를 툭 쳤다. "너희 둘은 추억이 많은 것 같네."

나는 온몸으로 이렇게 소리치고 싶었다. 백만 년이 지나도 절대 그럴 일 없어. 하지만 입을 꾹 다물었다. 사랑의 삼각관계를 오래 끈다고 해가 되진 않을 테니. 대신 나는 루카의 팔을 잡고 끌어당겼다. 다른 한 손으로는 머리에 그 바보스러운 콩 봉지를 계속 갖다댄 채로.

"잠깐, 이건 뭐야?"

나는 울고 싶었다. 젠장, 호기심 많은 별종! 그는 책상 위로 몸을 숙여 다른 액자 속 사진을 보고 있었다.

"이 사진…… 끝내주는데." 그는 몸을 숙이고 사진을 가리키며 말했다. '가족사진'이었다. 그 사진을 찍었던 당시에 대한 희미한 기억이 있다—사진관으로 가는 차 안에서 아빠는 빵모자를 쓰겠다고 고집을 부렸고 엄마는 그 모자를 쓰면 이혼하겠다고 협박했다. 그들의 모든 싸움이 그랬듯이, 그 일도 한 사람이 웃으며 포기하면서 끝이 났다. 그때는 엄마가 포기했다.

가족사진에서 우리는 전형적인 삼각 대형을 이루고 있었다.

아빠는 엄마 뒤에 서 있고, 엄마는 앉아서 나를 자신의 허벅지 위에 앉혀서 안고 있었다. 아빠는 진한 버건디색 스웨터를 입고 회색 빵모자를 쓰고, 숱 많은 머리카락이 모자 밖으로 근사하게 삐져나와 있었다. 양손은 엄마의 어깨에 어색하게 놓여 있고 이를 드러낸 채 찡그린 듯한 미소는 기쁘기보다는 고통스러워 보였다. 네 살이었던 나는 고양이가 그려진 원피스를 입고 곱슬거리는 머리카락을 밝은 노란색 리본으로 한데 묶은 모습이었다. 어느 무성 공포영화에서 비명을 내지르는 사람처럼, 눈은 꽉 감고 입은 벌린 채.

엄마에게로 시선이 넘어가기 전까지는 정말이지 고통의 행렬이나 다름없었다. 그 어색하고 형편없는 모든 것 속에서, 혼란은 엄마의 우아한 형상 부근에서 얼어붙었다. 길고 보드라운 머리카락은 즐겁게 반짝이는 두 눈이 자리잡은 얼굴을 감쌌고, 활짝 웃는 미소는 결코 교정할 필요가 없는 치아를 자랑했다. 지성과 활기가 뿜어져나왔다.

"내가 보기엔 네 매력은 아버지를 닮은 것 같아." 루카가 건조하게 말했다. 나는 그를 한 대 때렸다. 그는 뒤로 물러서더니 사진을 좀더 오래 보았다. 그러고는 나를 슬쩍 보고서 수줍게 미소 지었다. 그렇게 부끄러워하는 모습은 처음이었다. "어머니가 정말 예쁘시다."

엄마는 예뻤다. 나는 가슴이 죄어왔고 오랫동안 나를 갉아먹던 익숙한 괴로움을 느꼈다. 엄마가 그리워서만은 아니었다—그립긴 했지만, 그리움은 크지 않았다. 엄마에 대한 기억들은 정말 흐릿했다. 그 괴로움은 오히려 아빠에 대한, 조촐한 우리 가족이 오래전 힘들게 견뎌낸 상실감 때문이었다.

"응, 예뻤지." 나는 무미건조하게 말했다.

루카가 활짝 웃었다. "너희 아버지는 어머니를 어떻게 꼬셨대?"

나는 그를 팔꿈치로 쿡 찌른 뒤 몸을 바로 펴고 책상에서 멀어졌다. "무슨 말이야! 우리 아빠는 완벽한 신랑감이지."

"오해하진 말고. 너희 아버지는 멋져. 그런데 어머니는 완벽한 매력녀잖아. 닥터 매력녀." 그가 눈썹을 실룩거렸다.

나는 침대 가장자리에 앉았다. "음, 글쎄, 그 당시에는 아빠도 매력남이었지. 엄마 아빠의 사랑 이야기는 황당해."

그가 내 옆에 앉았다. "그래? 말해줘."

우리 사이의 거리는 가까웠고 나는 몸의 모든 털이 쭈뼛 서는 것 같았다. 콩 봉지를 머리에 갖다대고 있느라 오른손이 얼얼했다. "음, 두 사람은 고등학교에서 만났고 엄마는 반에서 가장 인기 많고 똑똑한 여자애였지. 아빠는 엄청난 불량 청소년이었고."

"우와, 고등학생 커플?"

"응. 둘은 사랑에 빠졌어. 물론 엄마는 도도했고 상류층 부모님도 허락하지 않으셨지. 그래서 이 불운한 연인의 고난은 고등학교 내내, 심지어는 엄마가 대학에 다닐 때까지 이어졌어. 엄마의 부모님은 엄마를 미국에 있는 의대로 보내는 것으로 두 사람의 관계가 끝나길 바라셨지."

루카는 완전히 빠져들었다. "우와, 드라마틱한데."

"완전히 드라마 속 부모들이 할 만한 짓이지. 근데 효과는 없었어. 아빠가 일해서 모은 돈으로 곧장 엄마를 따라갔거든. 여기, 캘리포니아로. 엄마의 부모님은 그들이 같이 사는 걸 알고서 엄마와 의절했고 아빠는 엄마의 학비를 내주려고 정비공으로 일했어. 그리고 두 분이 결혼했을 때, 조부모님은 **결국** 포기하고 엄마를 다시 받아들였지." 의절하고 살았던 시절 때문에 나는 항상 조부모님을 원망했다. 그분들을 만난 건 두 번이었지만 나는 그들에게 고통스러운 기억만 상기시킬 뿐이라는 느낌이 선명했다. 그들은 내 생일마다 고급스러운 한국 화장품과 수표를 보내주었고, 내가 그들과 교류한 건 그것이 거의 유일했다.

"딱 영화 같은 사랑 이야기네." 루카가 말했다. "우리 부모님은 소개팅으로 만났던 것 같아."

나는 드디어 머리에서 콩 봉지를 떼어냈다. 팔이 점점 아파왔다. "응. 엄마가 돌아가신 후로 아빠가 연애는 생각도 안 하더라고."

"정말? 우와, 가슴이 너무 아프셨나보다." 루카가 옅은 미소를 지으며 말했다.

나는 움찔했다. "근데 아빠는 아무도 사귈 필요가 없어. 내가 있거든!" 내가 웃었다.

루카가 곁눈으로 나를 진지하게 쳐다보았다.

이내 나는 오래된 썸패의 망령이 나를 떠나지 않았음을 느꼈다. "우린 꼬투리 속 콩 두 알과 같아. 무척이나 행복하지." 음식 비유는 이제 제발 그만둬, 데스. "다른 사람은 필요 없어." 그 말들이 방안에 툭툭 내려앉았다. 여자애에게서 자신에게 필요한 건 아빠뿐이라는 말을 듣는 것보다 더 핫한 게 있지 않을까?

드디어 용기를 끌어모아 루카를 올려다보자, 그의 묘한 표정이 모든 걸 말해주었다. 이윽고 늦은 오후의 햇살이 마이클 베이* 식의 빛의 산란을 만들어냈고 배경음악으로 한국 사랑 노래가 어색하게 쾅쾅 울리는 게 들리는 듯했다. "괜찮아?" 갑자기 그가 물었다. 어두운 두 눈에는 걱정이 깃들어 있고 입술은 굳게 다문 채였다.

아이고, 내가 너무 쳐다보고 있었나보다. 나는 고개를 끄덕였다. "응, 괜찮아, 아주 괜찮고말고." 으악, 왜 이러니.

---

* 〈트랜스포머〉 시리즈 등을 만든 미국의 영화감독.

그는 작게 특유의 통쾌한 웃음소리를 냈고, 얼굴은 미소로 활짝 피었다. "그럼 좋아!" 꽤나 우리 아빠 같은 느낌이 풍겼다. 그 다음 그의 눈이 어두워졌다. "미안, 내가 운전을 좀더 조심했어야 했는데."

죄책감으로 심장이 녹아내렸다. "그 못들을 못 봤잖아. 미안해하지 마." 내가 낮은 목소리로 말했다. 섹시했나? 너무 섹시했나? 아! 사람들은 이런 걸 어떻게 하는 거지?!

우리의 눈이 마주쳤고 갑자기⋯⋯ 갑자기 현실처럼 느껴졌다. 나는 이것을, 내가 느끼는 이 강렬함을 꾸며내고 있는 게 아니었다. 그리고 젠장, 차라리 그가 나와 똑같은 강렬한 눈빛으로 나를 바라보고 있지 않았더라면. 다친 아가씨 연기는—로맨스 증폭제로서 신성한 효과를 발휘했다. 바로 그 순간이 왔다. 키스 타임. 이럴 수가.

우리 사이로 열기가 파도처럼 몰아쳤다—우리 몸의 원자와 분자가 열을 뿜어내면서 생겨난 진동. 그래, **딱 전도를 통한 열전달 같다**, 데시. 아주 로맨틱해.

그는 눈을 깜빡였다. 그리고 그 순간은 빠르게 왔던 것만큼이나 빠르게 지나갔다. 그는 몸을 바로 펴더니 비니를 벗고 양손으로 머리카락을 깊게 쓸어넘겼다. 그가 초조할 때마다 하는 버릇이라는 걸 이제 안다. 그때 아래층에서 문이 쾅 닫혔고 아빠의 목소리가 온 집안에 울렸다. "데시! 아빠 왔다!" 나는 재빨리 침대를 벗어났다.

"아빠가 왔어!" 나는 루카를 방에서 밀어내며 쾌활하게 말했다. "저녁 먹고 갈래?"

그는 내가 부끄러움을 느낄 만큼 한참을 망설였다. 너무 대담했나? 아빠랑 나랑 같이 저녁을 먹자고 물어보는 게 너무 별로였나? 하지만 내가 말을 다시 거두기 전에 그가 고개를 끄덕였다. "물론이지!" 나는 미소를 삼켰고 우리는 아래층으로 내려갔다.

14단계:
키스로 그를 확실히 잡아라!
드디어어쩌면

주방으로 내려가보니 아빠는 개수대에서 손을 씻고 있었다. "자, 루카, 네 차는 변속기를 교체해야 해. 또, 아이고, 이런 말 하긴 미안한데, 다른 문제가 많더라. 꽤 오래된 차라 고장난 곳이 많더라고, 맞지?"

루카가 끄덕였다. "원래 엄마 차였던 걸 제가 몰게 된 거예요. 백 퍼센트 확신하는데 엄마가 차를 제대로 관리했을 리가 없어요." 어떤 이유에선지 그는 우리를 의식하면서 빠르게 흘깃거렸다. "제 말은, 엄마가 무책임하다거나 뭐 그런 게 아니라—자동차 관리 같은 데는 전혀 관심이 없는 분이라서요."

"아버지와는 좀 다르신가보네." 나는 냉장고에서 파, 얇게 저민 차돌박이, 두부, 계란을 꺼내며 말했다.

그는 조리대에 몸을 기대더니 고개를 끄덕였다. "응, 더 다를 수 없을 만큼 다른 사람들이지."

나는 팬트리를 열어 라면 세 봉지를 집어들었다.

"라면?" 루카가 의심이 깃든 목소리로 물었다.

"응, 신들의 음식이지." 나는 아빠에게 냄비를 건넸고 아빠는 곧장 냄비에 물을 채웠다. 물이 다 채워지자 우리는 자리를 바꿨다―나는 가스레인지에 냄비를 올렸고 아빠는 두부와 파를 내게서 받아갔다. 조리대에는 이미 아빠가 쓸 도마가 준비되어 있었다. 그가 냄비에 물을 채우는 동안 내가 잽싸게 올려둔 것이었다. 아빠는 재료를 썰고 나는 스테인리스 믹싱볼에 달걀을 깨 넣었다.

"두 사람 다 굉장히 능숙하네요." 루카가 감탄하며 말했다. 그는 몸을 바로 펴고 주방 중앙에 섰다. 수줍고 뭘 해야 할지 잘 모르겠다는 듯 보였다. "도와줄까?"

고분고분 기꺼이 손을 보태는 루카의 매력은 완전히 또다른 세계였다. 나는 달걀을 휘저으며 주위를 둘러보았다. "흠, 이제 다 된 것 같아." 그러다가 무언가 떠올랐다. 냉장고에 넣어둔 터퍼웨어 용기에서 완숙으로 삶은 달걀 하나를 꺼내 그에게 건넸다. 여전히 맛있어 보이는 차가운 달걀이었다. "나중에 멍든 눈에 쓰라고." 내가 미소 지으며 말했다.

그의 손이 본능적으로 얼굴의 부은 부위에 미쳤고 아빠는 루카에게 다가가 그의 얼굴을 찬찬히 살폈다. 그러고는 정말 크게 웃었다. "아주 조금 멍든 것뿐이야! 괜찮을 거야, 씩씩한 친구."

루카는 순간 자신의 엄살이 부끄럽다는 표정을 짓고는 호기심 어린 눈으로 달걀을 바라보았다. "이걸로 뭘 하죠?"

아빠는 달걀을 집어들고 루카의 눈 아래에 놓은 다음 손을 꼼지락거려 알맞은 위치를 잡았다. 그런 다음 손바닥을 펼친 채 달걀을 다친 부위 위에서 천천히 굴렸다. 루카는 가만히 있었지만 긴장한 표정을 보건대 조금 이상하게 여기는 듯했다. "멍든 눈에 도움이 되는 아시아식 치료법이란다." 아빠가 현자처럼 말했다.

나는 웃지 않으려고 입술을 깨물었다. 이 옛날 옛적 동양식 치료법에 가장 잘 어울리는 말투였다. "알았어, 아빠. 루카가 이해한 것 같아. 이젠 알아서 할 거야."

아빠는 어깨를 으쓱하고는 걸어갔고 남겨진 루카는 그 자리에 선 채로 달걀을 눈 아래에서 어색하게 굴렸다.

"내가 쓸모없다는 건 분명하니, 그럼 이 걸작을 만드는 방법을 배워볼 수 있을까?" 그는 내 옆으로 다가와 조리대에 달걀을 살포시 올려놓으며 물었다. 루카가 근처에 있을 때면 내 안에서는 순전히 화학적인 무언가가 분출되었고, 그래서 나는 아빠가 같이 있는 자리에서 고장난 채 피식대는 멍청이로 변하지 않으려고 살짝 뒤로 물러섰다. 아빠는 이 상황을 전혀 특이하게 여기지 않으리라—우리집에 처음 보는 핫한 남자애가 와 있는 이 상황을.

"스크램블드에그는 왜 만들어?" 그가 물었다.

귀여운 바보. "스크램블드에그를 만드는 게 아니라. 마무리 단계에 국물에 들어갈 거야. 달걀이 익으면서 국물 전체가 맛있고 진해지거든."

"난 달걀을 많이 넣는 걸 좋아하는데 데시는 달걀을 너무 많이 먹으면 배탈이 나더라." 아빠가 거들면서 끓는 물에 잘게 썬 파와 두부를 툭 넣었다. 곧바로 내가 얇게 저민 차돌박이를 넣었다. 장난해, 아빠? 내 장운동 상태에 대해 좀더 얘기해보시죠. 나는 아빠에게 은밀한 눈길을 던졌고 그는 천진난만하게 어깨를 으쓱거렸다.

루카가 미소 지었다. "고난을 통해 배운 거군요?"

아빠는 깔깔 웃으며 고개를 격렬하게 끄덕였다. "정확해!"

두 사람은 웃었고 나는 미친듯이 달걀을 휘저었다. "하하," 내가 말했다. "루카, 라면 봉지 뜯어서 면 좀 꺼내줄래?"

루카는 라면 봉지들을 뜯었고 내게 바짝 건조되어 네모나게 모양이 잡힌 면들을 건네주었다. "난 학교 끝나고 간식으로 이걸 '익히지 않고' 먹곤 했지." 내가 자랑스럽게 말했다.

뒤통수로 꿀밤 한 대가 날아왔다. 아빠가 내게 눈길을 던졌다.

"다시 생각나게 하지 마라." 나는 웃고는 다시 라면에 집중했다. "잘 봐, 백인 청년, 이건 우리만의 특별한 라면 레시피야." 나는 끓는 물에 면을 떨어뜨린 다음 젓가락으로 부드럽게 갈라내기 시작했다. 그 사이에 아빠는 냉장고에서 김치가 담긴 유리병을 꺼냈다.

우리를 골똘히 보고 있던 루카는 이 모든 과정에 정말로 매료된 듯했다.

"이 수프 가루는 조금만 넣어." 나는 분말수프가 든 봉지 하나를 흔든 다음 찢어서 내용물을 냄비에 넣으며 말했다. "남은 하나는 보관했다가 나중에 쓰지." 나는 그것들을 한쪽으로 치우며 말했다. "진짜 핵심은 여기서부터야." 아빠는 냄비 위로 김치가 든 병을 아주 살짝 기울여 김칫국물을 조금씩 부었다. 모든 게 맛있게 끓여지고 있었다.

"달걀을 붓는 영광을 누리고 싶니?" 내가 루카에게 물었다.

그는 고개를 끄덕였고 스테인리스 믹싱볼을 움켜쥐었다. 그리고 믹싱볼을 기울이려다가 머뭇거렸다. "잠깐, 이렇게?" 루카에게 무언가를 하는 방법을 보여준다는 건 몹시 기분좋은 일이었다.

"응, 전부 다 부어." 그가 달걀물을 붓자마자 나는 젓가락으로 섞었다. "이러면 끝난 거나 다름없어. 달걀은 알아서 익을 거야." 아빠는 우리가 주로 식사하는, 타일이 깔린 주방 조리대에 이미 은식기류와 그릇들을 놓기 시작했다.

나는 가스불을 끄고 고양이 모양 삼발이에 끓는 냄비를 올려놨다. "짜-잔! 이게 바로 **호화로운** 한국식 가정식이야."

루카가 손뼉을 쳤다. "끝내주는데. 정말로."

우리의 눈이 마주쳤고 나는 활짝 웃었다. 그냥 나도 모르게 그랬다. 그도 곧바로 활짝 웃어 보였고 순간 나는 5센티미터 거리에 아빠가 있다는 걸 잊어버리고 말았다.

아빠는 조리대 가장자리에 놓인 스툴에 자리잡고 손을 흔들어 루카를 불렀다. "앉아서 식기 전에 먹어!" 나는 마지막 단계로 조리대에 김치가 담긴 작은 접시를 놓았다. 그리고 다함께 앉았다.

"건배." 젓가락을 높이 들며 루카가 말했다. 나도 젓가락을 들어 맞부딪쳤고, 아빠도 팔을 뻗어 합류했다.

"저녁식사 감사했습니다, 아저씨." 루카가 신발끈을 묶고 일어서며 말했다. 그가 손을 내밀었다.

그 손을 잡은 아빠는 즐거워 보였다. "고맙긴. 설거지 잘하던데. 매일 오렴!" 그가 웃었고 나는 초조하게 끼어들었다. 하-하, 아빠. 하-하.

"운전 조심하고." 밖으로 나가면서 아빠가 사뭇 진지하게 말했다.

나는 아빠의 팔을 토닥였다. "그럴게."

아빠는 현관에 서서 우리가 뷰익에 타는 걸 지켜보았다. 차가 후진으로 진입로를 빠져나가자 그가 우리를 보며 손을 흔들었다. 따뜻한 현관 불빛을 배경으로 검고 건장한 실루엣이 보였다.

루카도 손을 흔들었고 나는 작게 경적을 울렸다. 잠시 동안 우리는 아무 말 없이 어두운 길을 운전했고 길에는 간간이 가스등 모양의 가로등 불빛이 밝혀져 있었다.

"그럼 너네 집은 어디야?" 내가 물었다.

"매리솔—만 후미에서 살짝 북쪽이야." 그가 말했다. 팔을 창문 밖으로 내밀고 실바람 결을 따라 손가락을 유유히 흔들면서. "너랑 너희 아빠…… 직접 보니까 정말 대박이더라."

배경음악으로 라디오에서 조용한 연주곡이 흘러나왔다. 조니 캐시의 곡 같았다. "무슨 뜻이야?" 내가 물었다. 내 시선은 넓고 몹시 깨끗한 도로에 머물러 있었다.

"너랑 아빠 사이 말이야. 부모랑 그런 사이인 사람은 한 번도 못 봤어." 칭찬이었지만 그의 말 언저리에는 슬픈 무언가가 걸려 있었다. 좋아 보인다는 무언가가 그의 인생에서 쓰레기 같은 부분을 돋보이게 하기라도 한 것처럼.

"어머니랑은 자주 만나?" 나는 조심스레 용기를 내서 물었다. 음악은 엘튼 존의 피아노곡으로 바뀌어 있었다.

실바람이 차 안에 불어들며 우리의 머리카락, 우리의 목소리를 흩날렸다. 그가 고개를 끄덕였다. "응, 엄마는 한 달에 두 번 이상 나를 못 보면 조금 불안해해. 방학 때 며칠은 엄마와 보냈어." 보통의 십대 소년들이 어머니에 대해 이야기할 때처럼 짜증스러운 투가 아니라 아쉬워하는 목소리였다. 그가 나를 흘끗 보았다. "장담하는데 너한테는 이게 이상해 보이겠지."

나는 어깨를 으쓱했다. "이해해. 나도 외동이잖아, 알지? 우리가 특이한 건 아니야."

그는 집게손가락으로 코와 입 사이를 눌렀다. 입을 열자 한층 가라앉은 음성이 나왔다. "너는 특이해. 스스로 평범하다고 생각한다는 건 알겠는데—넌 특이해."

나는 라디오를 만지작거렸다. "흠."

"다들 특이하지. 조금도 특이한 게 없다면, 그건 네가 **진짜** 특이한 애라는 뜻이야. 나쁜 쪽으로. 좋은 쪽이 아니고."

"음, 내가 모르는 사이에 우리 한잔 걸치기라도 한 거야?"

"나 진지해!" 루카의 목소리는 몹시 쾌활했다. 마음의 빗장을 내리고 완전히 진심을 내보인 자세였다. 그가 자신의 작품에 대해 얘기했던 때가 떠올랐다. 루카가 게으른 쿨 가이의 잠에서 깨어난 듯 보였던 건 그때가 유일했다. "무슨 말인지 알잖아. 자신 안에 특이함이 없는 전혀 사람, 그런 사람들은 정말 따분해. 특이한 사람보다 그런 사람이 더 오싹하지. 뭐랄까, 사실 처음 만났을 때, 난 네가 그런 종류의 사람일 거라 생각했어."

빨간불에서 멈추기 위해 나는 브레이크를 급히 밟았다. "이야, 고맙다."

"너를 처음 만났을 때 얘기야."

나는 그를 바라보았다. "하! 그럼 지금은? 자연스러운 모습을 보고 나니 내가 특별하고도 특별한 눈송이라는 걸 깨달았어?"

그는 거의 신이 난 것처럼 키득거렸다. "그보단—네가 인간이라는 걸 깨달았지. 아주 재밌는 트로피를 잔뜩 가지고 있는."

그가 원래 하려던 말은 나의 트로피에도 **불구하고**였을 거라고 확신했다. 하지만 흘끗 보니, 그는 미소 짓고 있었다. "그냥 네 원래 매력에 그게 추가된 것뿐이야."

맥박이 빨라졌다. "아, 그래?"

"응."

"네가 약간 이상한 애라는 걸 알게 돼서 좋아. 안 그랬으면 넌 정말……"

긴장감이 피어올랐다—그가 어떤 말을 하려는지 알 것 같았다. "맞혀볼게…… 통제적이라고? 자의식이 강하다고? 미쳤다고?"

루카는 오직 그래서 봐줄 수 있는 그 건방진 미소를 지어 보였다. "음, 네가 깨닫고 있으니까 뭐—"

"들어봐. 통제가 가능하면 어떤 걸 할 수 있는지 알아? 일을 완수할 수 있어. 내가 처음부터 축구를 잘했을 거라고 생각해? 아니, 형편없었어. 첫 시즌 내내 공에 걸려 넘어졌지. 하지만 나는 스스로를 밀어붙이면서 연습했어—아침엔 체력 단련을 위해서 달리고, 낮엔 골대에 공을 차고, 밤엔 유튜브 클립을 보며 공부했어. 그러다 보니까 잘하게 되더라. 정말 잘하게 됐지."

그는 항복한다는 듯 양손을 들어올렸다. "네 말 믿어, 데스. 넌 축구만 하면 이기잖아! 그냥, 내 말은, 모든 걸 통제할 수 없다는 건 너도 알지?"

나는 운전대를 꽉 잡았다. "다들 왜 그렇게 말하는 거야? 우린 할 수 있어."

"아냐, 못해. 다른 사람은 몰라도 넌 그걸 알아야 해."

신호등이 초록불로 바뀌고 내가 액셀을 밟자 자동차가 앞으로 급히 나아갔다. "그게 무슨 말이야?" 나는 차분하게 물었다. 그의 말이 무슨 뜻인지 정확히 알면서도 말이다—우리 엄마 이야기였다.

운전석에 앉은 상태로도 그가 불편해하는 기색이 느껴졌다.

그는 거북한 듯 몸을 뒤척였고 목청을 가다듬었다. "내 말은, 봐, 인생에서 힘든 일은 언제든 일어날 수 있어. **모든 걸** 통제하려고 애쓰다간 스스로를 미치게 만들 거야. 그런 에너지를 다른 쪽으로 펼쳐도 되고……"

열린 창문으로 들어오는 실바람이 나를 다소 진정시켰다. "예를 들면 뭐? 최선을 다해 인생 살기?" 나는 비웃었다.

"그런 거지……" 목소리가 어색하게 흐려졌다. 몇 초 뒤 그는 창문 밖을 가리켰다. "여기서 내려줘도 돼."

우리가 도착한 해변 주차장은 텅 비어 있었다. "여기 근처에 살아?" 나는 해변 맞은편에 줄지어 있는 커다란 집들을 둘러보았다.

"응."

기어를 주차 모드에 두고 그를 바라보았다. 그는 고개를 돌린 채 창문 밖을 보고 있었다. 바로 그때, 눈 깜짝할 사이에, 일련의 재빠르고 단호한 동작으로—그가 안전띠를 풀고 우리 사이 공간으로 손을 뻗더니 내 머리를 자기 쪽으로 당겼다.

그의 입술이 내 입술에 닿았다. 부드럽고, 약간 부르튼, 그리고 따뜻한 입술이. 진짜 K드라마 여주인공처럼 눈이 떠졌다. 세상에, 뭐지? 내 머리는 지금 일어나고 있는 일을 접수하고 있었지만, 내 심장은 미친듯이 뛰며 빙글빙글 돌았다. **첫 키스**, 경적이 울리고 있었다. 맙소사, 진짜 첫 키스야! 내가 제대로 하고 있는 걸까? 세상에나, 지금 입을 벌려야 하나? 잠깐, 먼저 눈을 감아, 이 바보야. 좋아, 눈은 감았고. 잠깐, 지금 나 숨쉬고 있지? 아아아아아아.

그러다 온 세상이 멈춘 듯했고 사방의 소리가 잦아들었다— 파도가 고요해졌고 주변에 있던 자동차들도 사라졌다. 혼란에 빠진 내 마음속도 꽁꽁 얼어붙었다. 그리고 루카와 나 단둘이서, 우주에 떠 있었다. 내 입술이 벌려졌고 그의 손가락이 내 목덜미를 쓸어내렸다. 존재하는 거라곤 그의 손과 우리의 뒤섞인 숨결 뿐이었다.

키스가 얼마나 길게 이어졌는지는 알 수 없었지만, 시작만큼이나 끝도 갑작스러웠다. 그의 손이 떠나자 목에 냉기가 감돌았다. 나는 손가락으로 입술을 만졌고 고개를 들었다. 우리의 몽롱한 시선이 뒤엉켰다. 실눈을 뜨고 눈살을 찌푸린 루카는 순간 혼란스러워 보였다.

그는 고개를 여전히 내 쪽으로 돌린 채 미소 지으며 좌석에 등을 기댔다. "가끔은 깜짝 놀라는 일도 좋잖아, 그치?"

나는 미친듯이 날뛰다가 일제히 힘이 빠진 듯 웅웅대고 왕왕거리는 내 몸에 어울리는 말을 찾아내기 위해 고투했다. 말할 내용을 생각하기도 전에 그는 내 손을 자신의 무릎 위로 끌고 가더니 주머니에서 펜을 꺼냈다. 펜 뚜껑을 입에 물고서 내 손목 안쪽 연한 피부에 무언가를 휘갈겨썼다. 그의 전화번호였다.

그러는 내내 나는 아무 말 없이 가만히 있었다. 루카가 내게 생각할 틈을 주지 않고 곧장 행동으로 옮겼기 때문에 말할 기회도 없었다. 그는 차에서 스르륵 내리더니 몸을 숙여 고개를 쑥 밀어넣고는 말했다. "저녁식사 고마웠어."

그러고는 길을 건너 성큼성큼 사라졌다.

그 일이 일어났다. 루카와 내가 키스를 했다.

나는 양손으로 입을 가리고 웃기 시작했고 멈출 수 없었다. 왜냐하면, 루카, 맞혀볼래? 네가 깜짝 놀라든 놀라지 않든, 이건 다 계획에 따라 일어난 일이거든.

15단계:
오글거릴 정도로 감상적인 사랑에 푹 빠져라

다음날 나는 현관 계단에 앉아 휴대폰을 뚫어져라 보았다.

나는 단어 하나를 입력했다. **안녕?**

어쩐지 쿨하거나 자연스러워 보이지 않았다. 아니다, 이건 그저 누군가를 바라보고 있는 것과 다름없는 문자메시지였다. 그래서 지워버렸다.

만날 수 있어?

아이고, 너무 진지하다.

오늘 같이 그라피티 그릴래?

하ー하.

그러니까 그 전시회 작품 말인데……

아, 닥쳐라.

너 나 좋아해?

차라리 그냥 우물에 뛰어내려 서서히 고통스럽게 죽어버리지 그래.

나 너 좋아해.

우물에 몸을 던져 두 다리가 부러진 채 서서히 죽어가는 거지.

K드라마 여주인공은 깜짝 첫 키스 뒤에 뭘 했더라?

마음을 가라앉히고 내가 무언가를 이루었음을 느끼고 싶었지만, 그때 〈별에서 온 그대〉의 송이가 떠올랐다. 상대역인 외계인과 첫 키스를 나눈 뒤, 그가 그녀를 병균 보듯 하며 피해다닌 것이 떠올랐다. (그래, 맞다, 그녀와의 육체적 접촉 이후 그는 거의 죽을 뻔했지만, 그래도 했다.)

토요일이었기에 루카와 우연히 만날 기회가 없었다. 그가 대체 무슨 생각을 하는지 모르는 채 주말을 넘길 자신도 없었다. 날 좋아하는 걸까? 내가 안쓰럽게 느껴졌던 걸까? 그냥 **욕구** 때문이었나? 그 생각을 하니 얼굴이 붉어졌다.

웨스와 피오나의 현명하고 전문가다운 충고를 얻기 위해 그들에게 보낼 문자메시지를 입력하기 시작했다. 그러나 우리의 대화는 그저 저질스러운 농담이나 의견으로 흘러갈 게 뻔했다. 나는 베프들에게 모든 걸 털어놓는 편이었지만 루카와의 키스는 그들과 공유하기에는 아직도 너무나 생생하고 특별했다.

나는 K드라마 사랑 공식 리스트를 흘끗 보았다. 현관 계단에 앉은 내 옆에 놓여 있었다. 아, 경이롭고 경이로운 K드라마 사랑 공식. 내게 첫 키스를 가져다준 너. 흠, 다음 몇 단계는 키스 이후에 대한 것이었고, 모두 황홀하고 아주 감상적이었다.

그러니 그 매우 감상적인 일들이 반드시 일어나도록 해야 했다. 그냥 해, 데스. 나는 허리를 곧게 세우고 루카에게 문자메시지를 보냈다. **야, 지금 뭐해?**

나는 '전송'을 터치했다. 그러곤 바지 주머니에 리스트를 쑤셔 넣고 일어서서 뒤뜰에서 축구공을 드리블했다. 내가 남자애의 문자메시지나 기다리면서 빈둥댈 거라 생각하면 오산이다!

무릎에 놓인 축구공의 균형을 잡는데 주머니에서 진동이 느껴졌다.

공이 잔디에 떨어졌다. 루카에게서 온 문자메시지였다.

전시회 작품 작업중이야. 같이 할래?

갈비뼈 속에 있던 심장이 목구멍으로 솟구치는 듯했다. 조금 기다려야겠―

좋지―오늘은 뭘 훼손할 거야? ☺

나는 아빠가 데이트 장소에 데려다주는 게 완전히 쿨하다고 생각한다. 열일곱 살에도 말이다.

"잘 가!" 나는 아빠가 차를 출발할 수 있도록 문을 쾅 닫고 이가 드러나는 커다란 미소를 지으며 손을 흔들었다. 그러나 차는 참을성 있게 공회전 상태로 서 있었고 아빠는 가만히 나를 지켜보았다.

주변을 둘러보았지만 루카는 보이지 않았다—그저 여행객 무리만 보였다. "음, 루카랑 수도원 안에서 만나기로 했어!" 내가 아빠에게 명랑하게 말했다. 루카와 내가 키스 이후로 어색하게 인사하는 장면을 아빠가 목격하지 않길 바랐다.

"알았어, 재밌게 놀아. 여섯시에 데리러 올게!" 그는 그 말과 함께 차창 밖으로 손을 흔들며 사라졌다. 나는 뷰익 뒤꽁무니를 실눈으로 바라보면서, 아빠의 시원스러운 태도가 그저 연기일 뿐이며 속으로는 소중한 딸이 남자애랑 데이트하는 것에 질겁하고 있는 건 아닌지 궁금해졌다. 어쩌면 남자친구를 사귀지 못하던 나의 평소 모습이 아빠가 나를 부끄러운 수준까지 신뢰하게 만든 것일지도 몰랐다.

나는 산후안 카피스트라노 수도원까지 걸어갔다—1700년대에 지어진 이래 아름다움을 유지중인 스페인풍 건축물로, 버려진 예배당과 무성한 정원을 포함한 광장이 있었다. 나는 수련이 가득 핀 연못에 도착하자마자 휴대폰을 꺼내 루카에게 문자메시지를 보냈다.

"안녕."

나는 그 목소리에 이미 미소를 띤 채 고개를 들었다.

"안녕."

그렇게 가까이 서 있으니 그에게서 디오더런트 향이 났다—
이상하게도 우쭐한 기분이 들었다. 1월이지만 별나게 따뜻한 날
이라서 루카는 도톰한 조끼 없이 그냥 하얀 반팔 티셔츠에 청바
지 차림이었다. 발목까지 오는 검은색 반스 스니커즈와 비니도
여전히 그 제복에 속했다. (스프레이 페인트로 가득한 백팩은
말할 것도 없고.) 아주 가까이에서 보니 흠 하나 없는 얼굴의 턱
선에 여드름 한두 개가 돋아 있었다. 그 여드름에 어쩐지 마음이
놓였다. 마치 이렇게 말하는 것 같았다. "야, 우리도 완벽하지
않아." 어제 생긴 눈의 멍이 벌써 거의 희미해진 것도 마음이 놓
였다.

어색하고 수줍은 순간이 있을 거라는, 혹은 그가 아무 일 없었
던 것처럼 행동해서 다시 친구 사이로 돌아갈지도 모른다는 생
각이 들기도 했지만, 그런 두려움은 그가 내 손을 잡은 즉시 사
라졌다. "준비됐어?" 그가 물었다.

아!

여기서 짚고 넘어갈 게 하나 있다. 키스는 **굉장하**다는 걸, 알게

됐다. K드라마에서는 키스에 이르기까지 십억 개의 에피소드를 거치고, 키스 장면은 오십 가지 각도로 몇 번이고 재생된다. 그리고 그들의 키스는 너무 순수하고 그저 입술만 쪽쪽거리는 수준이어서, 진한 프렌치 키스에 이어 헐떡거리며 서로를 더듬는 장면에 익숙한 보통의 서양 시청자들에겐 거의 코믹하게 느껴질 정도다. (하지만 K드라마는 키스를 나누는 순간의 **달달함**이 얼마나 중요한지 잘 안다. 아, 그 모든 기대감이란. 각 에피소드마다 고통스러울 만큼 팽팽한 긴장감을 계속 쌓아가기 때문에, 그들의 입술이 **마침내** 맞닿을 때는 정말 **죽여준다**. 아무튼.)

지난밤의 키스는 확실히 K드라마의 그것과 비슷했다. 하지만 너무 갑작스러웠다. 그 모든 계획에도 불구하고 나는 그 순간에 그런 일이 일어나리라고는 전혀 예상하지 못했다. 그래서 그 키스의 의미가 무엇인지—루카가 나를 좋아해서인지 아니면 그저 순간의 기분에 따른 건지—하룻밤을 고민하다가 이제 그와 손을 잡고 있으려니, 어제 내 심장을 쿵쾅거리게 했던 아드레날린이 다시 솟구쳤다. 게다가 손을 잡는 건 그 순간의 열기만으로 할 수 있는 행동이 아니었다. 그건 의도적인, **생각에 따른** 행동이었다. 두 사람의 관계를 공개적으로 표명하는 행동이랄까.

사람들 사이를 이리저리 누비며 나아가면서 내가 말했다. "근데, 어, 우리 수도원 건물에 그라피티를 그리려던 거 아닌가?"

그의 침묵에 나는 발걸음을 멈췄다. "루카?!" 내가 소리쳤다.

그가 내 손을 꽉 잡았다. "넌 가끔 너무 단순해. 내가 무슨 괴물이라도 되는 줄 아나?"

"음, 네가 공공기물을 훼손하는 건 맞잖아."

"그럼 가벼운 괴물?"

"그래, 가벼운 괴물이라고 치자." 미소가 내 얼굴에 활짝 피었다. 그는 나를 수도원에서 멀리 떨어진, 고풍스러운 산후안 카페 스트라노 기차역 방향으로 이끌었고 우리는 밝은 푸시아핑크색 부겐베리아로 뒤덮인 어느 문에 이르렀다. 갑자기 살짝 초조해졌다. "루카, 만약 걸리면 어떡해? 너 보호관찰중이잖아?"

"걱정 마, 여긴 아무도 모르는 곳이야." 무슨 신호라도 받은 양 그는 가느다란 걸쇠를 휙 젖혀서 스르륵 빼낸 다음 나를 데리고 안으로 들어갔다.

그다지 멀지 않은 어딘가에서 깊게 우르릉거리는 소리가 들리기도 하고 느껴지기도 했다. 나는 루카의 손을 꽉 움켜잡았다. 그러니까, 그러려고 했다. 솔직히 말해 이 무렵 맞잡은 우리 손은 꽤나 축축해진 상태였다. "기차 소리가 들려!"

루카가 고개를 기울였다. "맞아. 이쪽으로 와." 그가 내 손을 선로 쪽으로 당기며 말했다.

나는 그의 손을 뿌리치고 완전히 멈춰 섰다. "루카!"

그가 나를 돌아보았다. 정말 놀란 채로. "왜?"

"안 돼…… 선로를 넘어가면 안 돼!"

"왜 안 돼?"

이유는 수없이 많았다. 내가 대답을 하기도 전에 루카는 내 손을 놓고 이 초 만에 선로를 훌쩍 넘어갔다. 우르릉 소리가 점점 크게 들렸고 그는 맞은편에 서서 내게 건너오라며 손짓했다.

어떻게든 되라지.

나는 전속력으로 달려서 민첩하게 선로를 뛰어넘어 맞은편에 있던 루카의 품속에 곧장 떨어졌다. 그는 나를 꼭 감싸안았고 나는 그의 가슴에 찰싹 달라붙었다. 그게 세상에서 가장 자연스러운 일인 양.

"안녕?" 그의 목소리는 차분했지만 나는 보지 않고도 그의 미소를 느낄 수 있었다.

나는 고개를 들었다. "안녕? 겁쟁이치곤 험한 일에 뛰어드는데 거리낌이 없구나."

기차가 빠르게 지나갔고 나의 길게 땋은 머리에서 빠져나온 머리카락 몇 가닥이 우리 둘의 얼굴을 때리며 휘날렸다. 발아래 땅이 진동했고 이번에는 내가 까치발을 하고서 살며시 그에게 입술을 갖다댔다. 부드럽게, 약간 주저하면서. 그리고 그가 다시 입을 맞췄다. 똑같이 부드럽게, 맨 마지막에는 살짝 누르듯이.

마침내 기차가 지나가고 나자 우리는 거대한 정적 속에 남겨지고 말았다.

그의 이마와 내 이마가 닿았고 맹세컨대 나는 공중에 붕 뜬 기분이었다. 나한테 발이 있던가?!

"그으으으래. 나 너 좋아해." 그가 속삭였다.

나는 그 말을 듣고도 제대로 접수하지 못했다.

"응?" 내 목소리는 비정상적으로 컸다.

"데시, 귀여운 너드. 네가 좋다고."

나는 웃으며 그를 밀어냈다. "너무 로맨틱해." 하지만 웃음을 멈출 수가 없어서 손으로 입을 가렸다.

그는 조바심을 내며 가방끈을 잡아당겼다. "그게 다야?"

"뭐가 다야?"

그가 나를 뚫어지라 쳐다보았다.

아.

"아무튼, 그럼 우리가 그라피티를 그릴 그라피티는 어디에 있어?" 내가 그라피티를 찾는 데 골몰하는 척하며 앞으로 걸어나가는 동안 그는 계속 아무 말이 없었다. "음, 벽에 있는 거야, 아니면 오래된 철로 장치에……?" 나는 말꼬리를 흐렸다. 이 상황을 최대한 활용해 그를 놀려보기로 했다.

그러다 무언가 내 등을 툭 치는 게 느껴졌다. 뭉툭하고도 약간

무게감이 느껴지는 무언가였다. 나는 몸을 돌려 루카가 아까 그 자리에 서 있는 걸 보았다. 썩은 아보카도를 휘두르면서 말이다. 그의 발치에 아보카도가 널려 있었다―오랫동안 햇빛을 쬐는 바람에 전부 물컹하게 썩어가고 있었다.

나는 무슨 말인가 하려고 입을 뗐다가 재빨리 다물었다. 괴로워하게 내버려둬야지. 내가 몸을 돌리자 곧바로 무언가 날아와 내 엉덩이를 때렸다. 나는 소리쳤다. "더러워! 옷에 얼룩이 생길 거라고!"

그는 또다른 아보카도를 집어들고는 던질 기세로 팔을 뒤로 젖혔다. 나는 꺅하고 소리치며 도망쳤다. 그가 내 뒤를 쫓기 시작했다. 때때로 아보카도가 내 팔이나 등에 날아오기도 했다. 선로에서 안전하게 벗어난 나는 무성하게 자란 나팔꽃 넝쿨과 살아 있는 참나무로 이루어진 우거진 숲으로 뛰어갔다.

나는 숨을 죽인 채 몸을 숨기고 주변의 어둠에 적응하려 애썼다. 그런데 뒤에서 나를 붙잡는 손이 느껴졌다.

"내가 너 좋아한다고 말했잖아." 그는 내 머리에 입술을 맞추며 차분해진 목소리로 말했다.

나는 고개를 저었다. 그가 내 머리에 얼굴을 맞대는 것이 느껴졌다. "나도 너 좋아해."

그리고 그게 다였다. 그렇게 간단한 말로 너무나 복잡했던 몇 주가 끝났다. K드라마 사랑 공식이 **효과를 발휘한** 것이다. 불안이 깃든 안도가 찾아들며 그 모든 계획으로 인한 부담이 사라졌다.

루카의 목소리가 생각에 잠긴 나를 깨웠다. "너도 알겠지만, 난 정말 이렇게 되지 않으려고 무진장 버텼어. 여기로 이사오기로 했을 때 내가 바란 건 그 누구와도 관계를 맺지 않고 몇 달을 버티는 것뿐이었거든. 특히 여자친구는 사귀지 않을 생각이었어." 그가 말했다. 머리카락을 통해 그의 미소가 느껴졌다.

나는 몸을 돌려 그림자에 잠긴 그의 얼굴선을 바라보았다. "여자친구?"

어둠 속에서도 그의 행복한 표정이 순간 흔들리는 게 보였다. "아, 너는―너는 남자친구를 사귈 생각이 없어? 아니면⋯⋯"

속으로 나는 확성기에 대고 정말 크게 소리를 꽥 내질렀고 그 소리는 우주까지, 명왕성까지 퍼져나갔다가 되돌아왔다. 나는 또박또박 대답했다. "나는―아니―내 말은―"

이 핫가이에게 내가 모태 솔로라는 걸 어떻게 밝히지? 그는 아마 세 살 때부터 여자친구를 사귀기 시작했을 텐데. 몬테소리 유치원의 미스터 다아시*.

그리고 〈더킹 투하츠〉의 항아처럼 사랑에 서툰 K드라마 여주

_____

* 『오만과 편견』의 남자 주인공.

인공의 모습이 얼마나 사랑스러운지 떠올렸다. 그 강하고 핫한 여군이 사실은 몹시 순진하다는 걸 발견하고 왕자가 얼마나 미칠듯이 좋아했는지를.

나는 침을 삼켰다. "솔직히, 지금까지 남자친구를 사귄 적이 한 번도 없어."

그렇게 진실은 드러났다. 진실은 굴욕적이고 적나라했다. 나는 그가 입을 살짝 벌리거나, 못 믿겠다는 듯한 표정을 짓거나, 혹은 비웃으며 코웃음 치기를 기다렸다. 하지만 그는 그저 아랫입술을 깨물며 뜻을 헤아릴 수 없는 특유의 눈빛으로 나를 바라보았다.

"내가 네 첫번째 남자친구야?" 그가 물었다.

나는 별수없이 —남자친구? 꿈만 같아!— 단순하게 대답했다. "응."

"웨스는 어쩌고?"

세상에나. 나는 얼굴이 굳었다. "아냐, 중요한 일은 전혀 없었어."

그가 말을 멈췄다. "그럼…… 내가 네 첫번째 남자친구야?"

"응."

그가 내 이마에 입을 맞췄다. "너드 같으니."

16단계:
자신만의 사랑 노래를 골라 크게 틀어놓고
무한 반복 재생해라!

그날 밤, 루카와 나는 잠을 이루지 못했다.

밤새 대화를 나눴기 때문이다. 전화로.

나는 시계를 봤다. 오전 네시 삼십사분이었다. 다리에 차렵이불을 감은 채 침대 깊숙이 몸을 파묻었다. 그리고 머리의 위치를 조정해 휴대폰이 뺨에 완전히 눌리지 않게 했다.

"지금은 뭐해?"

나는 키득거렸다. "음, 네가 마지막으로 그 질문을 했을 때랑 별로 달라진 게 없는데."

휴대폰 너머 그의 목소리는 거칠었다. "모르겠다. 넌 도시 전역에 나무를 심을 계획도 십오 분 만에 세울 수 있을 것 같아."

"맞아. 너는 뭐하는데?"

그의 목소리가 한층 낮아졌다. "나는…… 나는 그냥 바닥에 내려왔어."

"왜?"

"침대가 너무 뜨거워서."

침대에서 달아오른 루카를 상상하는 것만으로도 이불을 완전히 걷어차기엔 충분했다. "아빠도 가끔 바닥에서 자는 거 좋아하셔." 내가 말했다.

"왠지 별로 놀랍지 않은걸."

나는 미소 지었다. "별나서 그런 건 아니고. 아빠는 어릴 때 바닥에서 잤거든. 한국에는 아직도 그렇게 자는 사람이 많아. 침대를 살 돈이 없어서가 아니라 그게 더 편해서."

"우리 엄마가 엄청 좋아할 거야. 엄마가 그라운딩을 하거든. 그라운딩이라고 들어봤어?"

나는 자세를 바꿔 등을 대고 누웠다. "음, 물리학에선 뭘 뜻하는지 알지만, 너희 어머니가 하시는 게 그건지는 잘 모르겠어."

"물리학에서는 무슨 뜻이야?"

"음, 물체의 잉여 전하를 제거한다는 뜻이야. 한 물체와 꽤 큰 크기의 또다른 물체 사이의 전하를 이동시켜서……" 나는 그가 코 고는 소리를, 혹은 그러는 척하는 소리를 들었다. "야! 정신 차려, 친구."

그는 깜짝 놀란 척 연기를 했다. 마치 갑자기 정신이 번쩍 들어 깬 것처럼, "앗, 어, 무슨 얘기 하고 있었지?"

"아무튼. 너희 어머니에 따르면 무슨 뜻인데?"

휴대폰 너머에서 바스락거리는 소리가 났다. "조금 신기한 거야. 물론 넌 그게 웃기다고 생각할 수도 있고. 하루에 몇 번씩 야외에서 맨발로 걸어야 한다는 개념이야. 말 그대로 땅과 접촉하기 위해서. 어떤 사람들은 여기에 여러 이점들이 있다고 믿지."

"제발, 그 이점들을 얘기해줘."

그가 통쾌하게 웃었다. "전화로도 네가 신이 난 게 느껴진다. 아무튼 가장 큰 이점은 땅에 흡수된 식물의 전기에너지가 곧장 우리 몸으로 들어온다는 거야." 그가 잠시 멈추었다. "이해돼? 그러니까 땅의 건강한 자연 에너지를 우리 몸에 전달함으로써 수많은 의학적인 이점이 발생한다는 거지."

나는 목소리를 차분하게 유지하려고 애썼다. "좋아, 이를테면 뭐?"

"하나는 혈액 순환을 도와준다는 거. 피로, 불면, 염증에도 도움을 주고. 음, 당뇨병을 완화해줄 수도 있고."

터져나오는 웃음을 손으로 막고 있자니 온몸이 들썩이기 시작했다. 그는 내가 웃음을 참고 있는 걸 알아챘다. "전화 끊은 거 아니지? 아니면 그라운딩에 대한 글을 써서 모든 주요 의학 저널에 투고할 셈인가?"

"안 끊었어. 우와. 그라운딩이라. 매일 새로운 걸 배우네."

"우리 엄마가 엄청 별종이라고 생각하는 게 분명하네."

그가 나를 볼 수 없을지라도 나는 어깨를 으쓱했다. "모르겠어. 재밌는 분 같아."

아마도 하품인 듯한 소리가 들려왔다. "음, 우리 엄마는 그렇지. 우리는 많은 걸 함께 겪었어. 다른 엄마들에 비하면 좀 괴짜 같긴 해, 하지만 우린 언제나 세상에 맞서며 지내왔어." 그는 잠깐 말을 멈췄다가 이렇게 속삭였다. "가끔은 엄마랑 내가 서로에게 부모 역할을 해주는 공동체처럼 느껴져. 엄마가 나를 돌보는 것만큼이나 나도 엄마를 돌보는 것 같아. 이렇게 말하면 엄마가 나쁜 사람 같을까?"

아빠가 아직 깨어 있을 리는 없겠지만 나는 목소리를 낮췄다. "아니야, 이해해. 내 말은, 우리 아빠는 분명 날 책임지고 날 위해 모든 걸 해왔지만 내가 오랫동안 아빠를 돌봐왔다는 생각도 들어."

"넌 그래. 사실, 네가 하는 일은 대부분 아빠에 관한 거잖아." 이번에는 그가 확실히 하품을 했다.

나도 하품을 했다. 눈이 떨리며 감겼다. "무슨 말이야?"

"그러니까. 넌 작은 헬리콥터처럼 아빠를 살피면서 맴돌잖아.

헬리콥터 딸 같은 것도 있나?"

그가 한 말을 제대로 이해할 수 없어서 나는 웅얼거렸다. "무슨 말을 하는 거야, 이 별종아? 내 생각에 우리 점점…… 의식이 옅어지는 것 같은데."

"넌 그렇지만 난 아니야. 난 깨어 있어."—큰 하품—"커피만큼이나."

"커피만큼 깨어 있다고?"

"응, 내 말 듣고 있네."

마구 웃는데 복도에서 문 열리는 소리가 들렸다. 나는 얼어붙었다. "이럴 수가, 아빠가 일어났어. 이제 진짜 끊어야 할 것 같아."

"안 돼애애애…… 자는 척해."

아빠의 무거운 발걸음이 조용히 내 방 문가로 다가와 멈췄다. 나는 휴대폰을 얼른 베개 밑으로 밀어넣었다. 그리고 눈을 감자마자 문이 열렸다. 눈꺼풀 너머로 후광처럼 번지는 복도의 밝은 불빛이 느껴졌고, 나는 꼼짝도 하지 않았다. 그리고 문이 다시 닫히는 소리가 들렸다. 아빠가 방으로 돌아갔다는 확신이 들었을 때 휴대폰을 꺼냈다. "루카?" 나는 속삭였다.

대답이 없었다.

"루카?"

몇 초간의 정적이 흐르고, 나는 들었다. 부드러운 숨소리. 리드미컬했다. 나는 미소를 지으며 "좋은 꿈 꿔"라고 속삭이고는 루카의 숨소리와 함께 잠에 빠져들었다.

나는 뒤로 물러서서 루카의 수작업에 감탄했다.

다음날 늦은 오후였고 우리는 또다시 수도원 근처에 있는 선로에 와 있었다―두 시간밖에 못 자고도 어떻게든 서 있었다. 어제 아빠가 나를 데리러 오기 전에 루카가 작업을 마치지 못했기 때문에 오늘 다시 만나기로 한 것이었다. 그의 '캔버스'는 허물어져가는 작은 판잣집의 외벽으로, 적당한 그라피티를 찾다가 어찌저찌 발견한 것이었다. 참나무와 유칼립투스나무의 숲 때문에 지나가는 기차에서는 보이지 않았다. 판잣집의 다른 벽은 자연 보호 구역의 일부인 광활한 노지를 바라보고 있었다. 늦은 오후의 태양이 잔디 끄트머리를 금빛으로 물들여놓았고, 기온은 갑자기 뚝 떨어졌으며, 공기에서는 금속냄새가 살짝 묻어났다.

어제 그 벽에 처음 도착했을 때 그 그라피티는 아주 오래된 걸작이었다. 오렌지 카운티에서 그라피티를 그리는 모든 이가 이 판잣집에 한 번쯤 와본 듯했다. 겹겹이 덧입힌 색들로 단어와 작은 동물, 상징물이 그려져 있었다. 그 모든 게 뒤섞이고 겹쳐진 채 작은 공간에 담겨 있었다.

그래서 루카가 벽에 페인트 희석제를 끼얹었을 때 거의 심장이 멎을 지경이었다. 하지만 입을 다물고 뒤로 물러나 그가 작업하는 걸 지켜보았다. 그라피티는 얼룩이 지며 번지다가 뚝뚝 흘러내리기 시작했고 소용돌이처럼 색이 엉기며 엉망이 되었다.

그다음 그는 스프레이 페인트를 움켜쥐고 벽을 검은색으로 채워나가기 시작했다—하지만 중앙에는 부드러운 원 모양을 남겨두었다. 그 원 주변에는 완전히 칠하지 않고 빈곳을 여기저기 남겨서 흐릿한 가장자리에 색이 슬쩍슬쩍 드러났다. 마침내 그는 금색과 은색 페인트를 꺼내 검은색 위에 작은 방울과 날카로운 점들을 흩뿌렸다.

그리고 작업이 모두 끝났다. 나는 우주를 바라보고 있었다.

내가 그렇게 말하자, 그가 정정해주었다. "성운이야."

나는 눈썹을 치켜올렸다. "꽤 구체적이구나, 아티스트 소년."

"내가 너보다 더 너드 같은 분야도 있어, 너드야."

"뭔데?"

"우주."

"음, 우주 전체?"

"응, 이를테면 이 작고 하찮은 행성 밖에 있는 모든 것. 그 전체." 그는 하늘을 가리키며 말했다. 눈은 위를 향하고, 루카의 얼굴에는 우리 아빠가 최근 즐겨 보는 K드라마에 대해 이야기할 때처럼 먼 곳을 바라보는 듯한 표정이 떠올라 있었다. "우주는……"

"최후의 개척지?"

그가 활짝 미소 지으며 나를 보았다. "응. 장수와 번영을*."

"어렸을 때 우주비행사가 되고 싶진 않았어?"

쏜살같이 대답이 돌아왔다. "되고 싶었지."

우주를 바라보는 어린 루카를 상상하니 너무 사랑스러워서 숨이 멎을 듯했다. "왜 포기했어?"

그는 약간 머뭇거리다가 나를 끌어당겨 또 한번 꼭 끌어안았다. "수학을 잘해야 하더라고." 음, 수학. 팔. 루카의 비누.

나는 고개를 들어 그를 보았다. "아, 잠깐—장학금 지원은 언제까지야? 이 그라피티 작업이 장학금 지원에 필요할 것 같은데?"

루카는 계속 백허그를 한 채 고개를 끄덕였다. "음, 지원 마감은 사실 11월이었어. 간신히 지원서에 그라피티에 대한 내용을 넣었지. 에밀리랑 헤어지고 수많은 그라피티들을 완성했거든. 그래서 전에 했던 작업들을 기한에 맞춰서 제출할 수 있었어."

"어떤 장학금이야? 여기에 많은 게 달린 것 같네."

---

* 〈스타 트렉〉 시리즈에서 벌칸족의 인사말.

루카는 나를 풀어주고 뒤로 물러서더니 성운이 그려진 벽을 골똘히 쳐다봤다. "많은 게 달려 있지. 꽤 큰 장학금이야―사실 미국의 미술 장학금 중에서 가장 커. 그걸로 학비의 반을 충당하고―나머지는 대출을 받으려고."

나는 입이 떡 벌어졌다. "잠깐, 뭐! 학비의 반?"

"응. 내가 매년 학점을 잘 유지하면. 어떤 익명의 갑부가 기부해줘."

"정말 대단하다!" 내가 식식거리며 말했다. "물론 과학 분야에도 큰 장학금이 있긴 한데 보통 대형 제약회사나, 뭐랄까, 무기 제조사가 후원하지!"

루카가 웃었다. "음, 알다시피, 미술 분야에도 돈이 있단다." 그가 말했다.

"이야, 그러네!" 루카가 벽 사진을 찍는 동안, 사립 예술학교의 학비가 얼마인지 이미 알고 있던 나는 내내 그 액수를 계산하고 있었다.

"정말 웃긴 건 자선 전시회가 열리는 날에 장학금 수혜자가 발표된다는 거야. 어마어마한 타이밍이야, 그치?" 그가 휴대폰을 내려놓으며 물었다.

나는 그를 도와 물건을 챙겼다. "우와, 정말 그러네. 긴장돼?"

그는 백팩을 들어올려 메고는 활짝 미소 지었다. "어떨 것 같아?"

설렌다. "받을 거야." 내가 확신에 차서 말했다. "날 믿어."

그는 내게 손을 뻗었다. "고마워, 믿음이 지나치게 많은 자여. 이제 기차 타러 가자."

우리는 샌디에이고행 다음 기차를 탔다. 남쪽으로 몇 정거장 가서 콘서트를 볼 예정이었다. 기차가 급히 출발하는 바람에 넘어지지 않으려고 루카의 소매를 붙잡아야 했다.

그가 나를 내려다보았다. "괜찮아?"

남자친구다운 걱정에 나는 볼이 붉어졌고 우리는 손을 잡고 기차 안을 쭉 걸어가며 빈자리를 찾았다.

마침내 빈자리를 찾자 우리 사이에 편안한 침묵이 내려앉았다.

나는 창밖을 응시하며 바다와 키 큰 풀들이 빠르게 지나치는 걸 보았다. 불현듯 우리가 무얼 지나칠지 깨달았다. 나는 팔꿈치로 루카를 찔렀다. "야, 그라피티 게리, 창밖을 봐봐."

"그라피티 게리라니." 그는 작게 웅얼거리면서도 목을 길게 빼고 내 쪽으로 몸을 돌려 밖을 내다보았다. 길게 이어진 콘크리트 벽이 지나갔고 몇 초 후 내가 손가락으로 창문을 쿡 찌르며 활짝 웃었다. "봐, 저기 세 친구!"

일렬로 늘어진 빗물 배수관 덮개에 알록달록하면서 살짝 기괴한 분위기를 풍기는 고양이 세 마리의 얼굴 그림이 있었다. 모두

이빨을 드러내고 활짝 웃고 있었다―한 마리는 선글라스를 멋들어지게 쓰고, 다른 한 마리는 얼굴에 커다란 점이 있고, 또다른 한 마리는 더없이 행복한 듯 두 눈을 감고. 나는 행복한 숨을 내뱉으며 고양이 그림이 저멀리 희미해질 때까지 바라보았다.

마침내 고개를 돌려 루카의 반응을 보았더니 그는 팔꿈치를 양 무릎에 올린 채 나를 비웃듯 쳐다보고 있었다. 내 얼굴에서 미소가 스르륵 사라졌다. "뭐야?" 내가 물었다.

"질문을 해야 할 사람은 바로 나인 것 같은데. 넌 대체 뭐에 흥분한 거야? 저 고양이들?"

"응! 쟤네들은 저 자리에 아주 오래오래 있었어. 가끔 모습이 변하면서 말이야. 굉장하지 않아?"

그는 동정하는 미소를 내보이지 않으려 애썼다. "그래…… 정말 독특하고 훌륭하다!"

나는 좌석에 비스듬히 기대앉아 오만한 표정으로 그의 시선을 피했다. "아무튼, 쟤네는 명물이야. 어린 시절 샌디에이고 5번 고속도로를 타고 내려올 때마다 항상 저 그림을 보기를 기대했었지." 나는 창밖으로 선로 맞은편의 혼잡한 고속도로를 내려다보며 고개를 끄덕였다.

루카는 아직도 나를 보며 미소 짓고 있었다. "귀엽네." 나는 갑자기 주제를 바꿨다. 뭐라고 반응해야 할지 몰랐기 때문이다.

"그럼 에밀리랑은 어떻게 된 거야?"

그는 움찔했고 나는 그 말이 그렇게 무례하게 튀어나온 것을 후회하며 입술을 깨물었다.

그는 엄지손가락으로 내 손바닥을 톡톡 두드리다 이야기를 시작했다.

"나는…… 정말 첫눈에 반했었어. 걔는 나의 진정한 첫번째 여자친구였고 우리는 여러 가지 면에서 괜찮은 팀이었어. 서로의 복잡한 가족관계 때문에 더욱 끈끈해졌지. 썩 좋지 못한 가정환경 속에서 미술이 카타르시스적인 해방감을 가져다주는 것 같았거든." 그가 무미건조하게 말했다.

첫눈에 반한. 첫번째 여자친구. 흥. 예기치 못한 질투심이 솟아 속이 부글거렸지만 나는 그의 손을 꼭 잡아 계속 얘기하도록 이끌었다.

"그렇지만 걔는…… 끔찍한 애이기도 했어. 처음에는 너무 빠져 있어서 전혀 몰랐어, 알아? 근데 여기저기서 조금씩 보이기 시작하더라고. 걔는 사람들을 조종하는 데 정말 능했어. 상처받은 부잣집 여자애처럼 굴거나 그저 눈웃음을 살살 치면서 자기 원하는 걸 얻는 데도 능했지."

조종이라. 너 같은 남자애를 얻으려고 수많은 단계를 밟아나가는 것처럼? 순간 숨이 막혔고 싸늘한 기운이 두피부터 발끝까지

서서히 흘러내렸다. 하지만 **아니야**. 에밀리는 다르지⋯⋯ 걔는 루카에게 상처를 줬잖아. K드라마 사랑 공식은 그저 내가 동등한 선에서 시작하게 해줬을 뿐이야. 그래서 내가 기회를 얻을 수 있었던 거고. 그리고 성공했잖아. 나는 두려움을 슬쩍 밀어놓고 루카의 말에 계속 귀기울였다.

"결국 난 그녀의 연기에 깜빡 속아넘어간 수많은 놈 중 하나에 불과했어. 걔는 그냥 날 이용하고 있었던 거야—그라피티를 그리다가 걸리면 내가 대신 책임을 져주리라는 걸 알았지. 나 때문에 걔가 온라인에서 엄청난 주목을 받게 된 건 말할 것도 없고."

내가 그의 발을 장난스럽게 찼다. "웨스가 그러는데, 네가 텀블러 유명인사라며."

그는 조금도 당황한 기색이 없었다. "응, 어쩌다 그렇게 됐는지 모르겠어. 여하튼, 체포되자마자 모든 걸 깨달았어. 색안경이 벗겨진 거지. 걔는 그냥 앙큼한 거짓말쟁이에 기회주의자에 불과했어. 그래서, 그래, 그때 이후로 연애에 대해 좋게 생각하지 않아."

또다시, 나는 희미한 죄책감을 한쪽으로 제쳐두었다. "그건 너무 가혹하다. 두 얼굴의 멍청이 한 명 때문에 모든 여자애가 그런 비난을 받는 건."

그는 내게로 몸을 기울였다. 그의 입술이 내 입술에서 몇 센티미터 거리에 있었다. "모든 여자애는 아닐걸."

"좋아." 나는 속삭이듯 말하고는 좌석에 깊숙이 몸을 기댔다.

나는 창문 밖을 응시했다―빠르게 지나가는 키 큰 풀들, 그 옆을 따라 기다랗게 펼쳐진 채 언제나 그 자리를 지켜온 푸른빛 바다. 나는 지금이 바로 연인의 어깨에서 잠이 드는 K드라마의 고전적인 장면을 연출하기에 완벽한 순간임을 깨달았다. 이번에는 K드라마의 남주에게 생각을 집중했다. 〈아홉수 소년〉의 진구는 좋아하는 여자와 함께 버스를 타고 집에 가다가 그녀가 잠이 들자 일부러 그녀의 머리를 자기 어깨에 올려두었다. 몇 분 후 나는 얕은 숨을 한 번 쉬고 루카의 어깨에 의도적으로 머리를 떨어트렸다.

잠시 후 나는 자세를 다시 정비하며 그의 어깨에 뺨을 부비고 머리카락이 내 얼굴을 지나 그의 팔로 떨어지게 했다. 그때 머리카락이 내 코를 아주 강하게 간질였다.

좋아, 그냥 손을 얼굴로 가져가자, 누가 업어가도 모를 만큼 잠에 취한 것처럼, 그다음 태연하게 그 멍청한 머리카락을 코에서 떼어내는 거야…… 그리고 손을 조금씩 움직여 허벅지를 가로지르고 코에 이르기까지 길고 험난한 여정을 이어가고 있는데, 누군가의 손이 내 얼굴에 닿았다.

그 손은 내 두 눈과 콧등에 걸쳐진 머리카락을 쓸어모아 얼굴

옆으로 넘겨주었다—짧은 손톱이 내 뺨에 스쳤다.

기차가 바뀐다—서플라이너*에서 서울의 지하철로. 그리고 기차는 서울 한복판의 정거장 하나를 빠르게 통과하고 카메라는 차창 밖에서 두 사람의 모습을 잡아낸다. 여자가 남자의 어깨에 기대 금세 잠이 든다. 여자를 바라보는 남자의 얼굴에 복잡한 감정이 스쳐지나간다. 친절, 짜증, 연민, 그리고 결국엔 항복.

나는 웅얼웅얼 잠꼬대를 하며 그에게 더욱 바싹 다가갔고 오른쪽 다리를 상체 쪽으로 바짝 끌어올렸다. 웅크린 몸 전체가 그의 곁에 딱 달라붙었다. 그리고 기차가 해안을 빠르게 달려가는 동안 나는 우리의 호흡이 서로 맞아들어가는 걸 느꼈다.

---

* 퍼시픽 서플라이너. 캘리포니아주 태평양 연안을 따라 운행하는 기차.

17단계:
서로의 세계가 뒤엉켜야
웃음과 안정이 찾아든다

그다음주는 몽롱하게 지나갔다. 유일하게 또렷했던 시간은 루카와 함께한 때뿐이었다. 여기도 루카, 저기도 루카였다. 나는 벨라 스완*, 내 남자에게 극도로 미쳐 있는 상태였다.

모두 알다시피 그건 너무나 즐거운 상태였다. 한 남자를 중심으로 인생이 돌아갈 수 있다고 생각하느냐고? 아니. **하지만.** 이건 정말이지 엄청난 **하지만**이다. 이 행성에서 거의 십팔 년 동안을 첫 남자친구가 누구일지 궁금해하면서 지내다가, 갑자기 맙소사, 그가 나타났으니, 빌어먹을, 꽤나 놀라울 만했다.

그 놀라운 일들에는 이런 게 있다.

---

* 『트와일라잇』의 여자 주인공.

- 정원에 있는 모든 식물에 골고루 물을 주기 위해 내가 색깔 별로 표시해 만든 스케줄표를 진심으로 흥미롭다고 생각하는 사람이 있다. 그리고 그 사람은 우리 아빠가 아니다.

- 내 여드름을 몹시 가까이에서, 바로 앞에서 보면서도 루카는 여전히 나를 지그시 바라보며 경이로운 듯 이렇게 말한다. 정말 예뻐.

- 무거운 물건을 나를 때 누군가에게 도움을 청할 수 있다. 엄밀히 따지면 그가 나보다 힘이 센 것도 아니지만.

- 노래를 듣다가 갑자기 모든 노래에 담긴 온갖 감정의 의미를 이해하게 된다.

- 좋아하는 모든 것을 새로운 누군가와 공유한다―또한 오랫동안 사랑해온 모든 것이 신선하고 흥미진진하며 새로운 빛을 띠게 된다.

- 모든 것에서 그를 떠올린다: 라면, 연필, 티셔츠, 얼음, 우리 집, 뷰익, 내 침대, 기차, 나팔꽃, 바다, 숨쉬기.

- 내 몸이 누군가의 몸에서 움푹 들어간 부위에 완벽하게 맞아들어간다는 사실을 발견한다.

- 누군가의 인생에서 중심이 된 듯한 기분이 든다. 그는 내가 일어나면 좋은 아침이야, 라는 말과 함께 웃긴 고양이 움짤

을 문자메시지로 보내려고 기다리고 있다.

그리고 이건 그저 빙산의 일각에 불과하다고 확신한다.

토요일 밤 나는 초조하게 문자메시지를 보냈다. **출발했어?**

몇 초 만에 답장이 왔다. **지금 나가. 아직 옷은 벗지 마. 아님 말고.**

피식 웃음이 나왔다. 한마디하자면, 최근 들어 웃음이 어어어 엄청나게 헤퍼졌다. 나는 초조했다. 친구들과 함께 모닥불 축제에 가기로 했기 때문이다. 일주일을 함께 지냈으나 이건 무려 커플로서 첫번째 '공식 출현'이었다. 학교에서 손을 잡고 다니거나 진하게 끌어안는 모습을 보여준 적이 있긴 했지만 이상하게도 나는 이번이 우리 관계의 '정식 발표' 자리처럼 느껴졌다. 그가 처음으로 내 친구들과 어울리는 날이었기 때문이다. 모두 바빴고 나는 점심시간에 틈이 날 때마다 루카와 함께 스르륵 사라졌다.

솔직히 나는 이 대단한 만남이 불안했다. 나의 베프들…… 하느님은 그들을 사랑하시지만, 그들은 매우 불쾌하고 비판적인 이인조가 될 수 있었다. 웨스는 루카를 음울한 아티스트 소년이라고 부르며 나를 끝없이 놀려댔다. 피오나는—음, 그녀는 자신이 싫어하지 않게 되는 순간까지 그냥 모두를 싫어했다. 나의 첫 키스와 뒤이어 펼쳐진 아주 감상적인 순간들에 대해 들었을 때는 둘 다 신나하면서도 조금 신중한 모습을 보이기도 했다—마치 내가 정말로 그 일을 경험했는지 꽤나 믿을 수 없다는 듯. 그들을 비난할 수는 없었다. 게다가 나는 그들에게 루카를 무심코 원빈이라고 부르면 안 된다고 수도 없이 상기시켜야 했다.

나는 주방으로 건너갔다. 아빠는 냉장고 안을 깨끗이 정리하고 있었다. 그는 머리와 상체가 거의 보이지 않는 채로 분홍색 고무장갑을 양손에 끼고 이것저것 옮기면서 투덜거렸다. "넌 남은 음식을 집에 그렇게 많이 싸 오면서 어떻게 한 번도 먹지를 않니?!" 그는 곰팡이 핀 프렌치프라이가 가득한 상자를 내게 던지며 따졌다.

나는 그걸 솜씨 좋게 받아내며 아빠 발치에 놓인 쓰레기봉투 안으로 던졌다. "반려견을 키운다면 반려견한테 주면 되는데."

"개는 안 돼!"

나는 한숨을 쉬고 팬트리에 들어가서 소풍 바구니의 먼지를 털었다. 키우던 사막쥐 세 마리가 연달아 세상을 떠난 뒤 우리집에서는 반려동물이 엄격히 금지됐다. 그러나 나는 지난 몇 달 동안 개 한 마리만 데려오자고 아빠를 졸랐다. 그런 나 때문에 아빠는 분명 몹시 혼란스러웠을 것이다. 하지만 내가 대학교로 떠나고 나면 아빠가 혼자 있게 될 거라는 사실이 싫었다. "개가 세 뇨르를 정말 잘 쫓아낼 거야." 나는 꼬드겼다.

세뇨르는 이웃집 고양이이자 아빠의 강적이었다. 그 고양이는 우리집 텃밭에 거듭 똥을 싸놓고 현관 계단에 죽은 쥐를 남겨두곤 했다. 아빠가 그 장점을 잠깐 저울질하고 있다는 게 표정에서 분명히 드러났다.

그는 몸을 곧게 펴고 팔뚝으로 눈가에 붙은 머리카락을 걷어냈다. "또 어디 가니?"

나는 바구니에 모닥불을 쬐며 즐길 음식을 채워넣기 시작했다―핫도그, 마시멜로, 그레이엄 크래커, 초콜릿, 추가로 피클 조금. "해변, 모닥불 축제에 가려고."

"어느 해변?"

"비스타 듄스." 나는 의무적으로 답했다. "피오나랑 웨스 그리고 다른 친구들도 많이 올 거야. 내가 자정까지 집에 안 오면 경찰 불러."

"그렇게 늦게까지?" 그가 개수대에 덩어리가 생길 정도로 상한 우유를 비우면서 코믹하게 소리쳤다.

"응." 나는 바구니에 냅킨 몇 장을 좀더 챙겨넣으면서 경쾌하게 말했다.

그는 냉장고 야채 칸을 열고 머뭇거리며 내용물을 살펴보았다. "알았어." 그가 온화하게 대답했다. "루카는 아버지 차를 몰고 다니니?"

루카의 차는 아직 아빠가 수리중이었다. 고장난 데가 **많은** 건 분명했지만 아빠가 자신의 관심사를 즐기기 위해 수리를 미루고 있다는 의심이 들기도 했다. 그는 그 시절에 나온 혼다 시빅을 사랑했다.

"응." 바로 그때 휴대폰이 진동했다. "루카야. 서둘러야겠다, 아빠." 나는 아빠에게로 뛰어가 바구니로 엉덩이를 툭 쳤다. "오늘밤에 주방 가전들이랑 너무 진한 파티를 벌이지는 마!"

그는 내가 버르장머리 없다는 식의 말을 중얼거리고는 상한 야채를 거듭 쓰레기봉투에 던져넣었다.

밖으로 달려나간 나는 쌩쌩한 소형 BMW가 우리집 진입로에서 공회전중인 걸 보았다. 운전석 차창이 내려갔고 루카가 머리를 쑥 내밀더니 소리쳤다. "안녕, 베이비, 내 차 탈래애애애?"

"불안하게 왜 이렇게 능숙한 거야." 나는 비좁은 조수석으로 기어들어가듯 탔고 두 발 사이에 바구니를 놓아두었다.

그는 즉시 몸을 기울여 내게 키스했다. 나의 피부에서 생기가 돌으며 몸 구석구석이 기민하게 깨어났다.

"안녕?" 내가 얼굴에서 미소를 거두지 못한 채 말했다.

그가 화답하며 미소 지었다. "안녕?"

역시나 설렌다.

차는 비치 보이스 노래를 쾅쾅 울리며 나아갔고 우리는 이야기를 나눌 필요를 느끼지 못했다. 손은 계속 잡고 있었느냐고? 물론이다.

우리는 해변 주차장에 차를 댔고, 불이 밝게 밝혀진 그곳에는 다른 차들이 가득했다. 칠흑같이 어두운 해변에 모닥불 빛이 여기저기 흩어져 있었다. 몬테비스타고등학교 학생들이 해변을 빈틈없이 채운 듯 보였다.

"몬테비스타고등학교 난장판에 정식으로 입문할 준비 됐어?" 나는 꼭두각시처럼 팔을 구부린 자세의 기이한 춤으로 질문을 마무리했다.

그는 양손을 들고 손가락을 꼼지락거렸다. "빨리 가자, 너드."

주차장 조명 아래에서 피오나와 웨스가 우리를 기다리며 서 있었다. 식료품 봉투, 장작, 담요를 양손 가득 들고서. 레슬리는 피오나와 헤어진 이후로 모습을 보이지 않았다. 피오나는 자신이 한 말을 지켰다. 우리가 그들에게 다가가는데 웨스가 포르노에 나오는 바우치카바우바우* 소리를 냈다. "잘 알다시피, 웨스는 최악이야."

"그래서 재랑 천국에서의 칠 분을 보냈던 거야?" 루카가 장난기어린 목소리로 나직히 물었다.

---

* 성행위를 표현하는 의성어.

나는 웃음을 삼키려고 입술을 깨물었다. 본능적으로 고개를 저으면서, 더러워!라고 말해서 그를 안심시키고 싶었지만 너무 솔직해지면 그날 밤이 통째로 수상해 보일 것 같았다. 그래서 어깨를 으쓱였다. "우리 관계에서 그 이상한 문제는 끝냈잖아. 네가 내 유일한 사람이야."

루카의 입술이 씰룩였다. "비꼬는 거야?"

나는 그의 팔을 안았다. "그렇기도 하고 아니기도 하고."

그사이 우리는 목적지에 다다랐다. 나와 루카는 피오나와 웨스를 마주보았다. 나는 목청을 가다듬었다. "안녕, 얘들아. 음, 여긴 루카야. 어…… 이미 만났겠지만 어……" 나는 그냥 말을 멈추고 어깨를 으쓱해 보였다.

루카가 손을 들어올렸다. "안녕?"

웨스는 답례로 턱을 들어올렸다. "어이, 친구. 그럼 너랑 데시랑 뭐 그렇고 그런?" 나는 루카의 눈이 다시 가늘어지는 걸 보았다.

피오나가 웨스를 팔꿈치로 찔렀다. "시시하게 굴지 마." 그런 뒤 그녀는 루카에게 특유의 무서운 미소를 지어 보였다. "우리 사랑스러운 데시와 뭘 하고 싶어?"

나는 헛기침을 하기 시작했고 루카는 내 손을 아주 태연하게, 아주 멋지게 잡고는 말했다. "인생의 영원한 동반자 되기."

웨스는 소름 끼친다는 표정이었지만 피오나는 웃음을 터뜨렸다. "좋아, 멋져. 모두 거대한 모닥불과 놀아볼 준비 되셨나?"

우리는 함께 해변을 향해 걸었고 모닥불용 화덕을 발견했다. 거기에 장작을 채운 다음 불을 지폈다. 나는 소풍용 바구니를 풀다가 바이올렛과 캐시디를 발견했다. "뭐야, 누가 왔는지 봐!" 나는 루카에게 속삭였다. 그가 건너보고는 흔들었다. "내가 초대했어. 괜찮아?"

뭐! "물론이야…… 근데 내 말은, 네가 하고 싶은 걸 하는 건 괜찮은데. 왜 나한테 말 안 했어?"

그는 멋쩍게 웃으며 나를 보았다. "솔직히 네 친구들한테 수적으로 밀리고 싶지 않았어. 피오나가 좀 무섭잖아." 반박하려고 했지만 그때 피오나가 웨스에게 핫도그를 꼬챙이에 제대로 끼우지 못한다고 맹렬하게 비난하는 걸 보며 루카의 말이 일리 있음을 깨달았다.

바이올렛과 캐시디가 다가왔고 잠시 동안 우리는 그대로 선 채 서로가 아닌 다른 곳을 쳐다보았다. "안녕, 얘들아." 마침내 내가 손을 흔들며 말했다.

캐시디가 열정적으로 "안녕?" 하고 인사했지만 바이올렛은 살짝 머뭇거렸다. 도구 보관실에 숨어들었던 미친 사건 이후로 우리는 실제로 대화를 나눈 적이 없었다. 나는 스모어를 만들겠다고 선언했다. 피오나는 내가 가져온 물건들을 들고 꽤 멀리 떨어진 스모어용 화로를 향해 이미 걸어가기 시작했다. 나는 손에 꼬챙이를 쥔 채 뛰어서 그녀를 따라잡았다.

우리는 마시멜로를 끼운 꼬챙이들을 불 위에 들고 있었다. 피오나는 마시멜로가 잉걸불 위에서 녹아 뚝뚝 떨어지게 내버려둔 채 나를 쿡 찔렀다. "야, 결국 해냈네."

"응?" 나는 피오나가 항상 그랬던 것처럼 마시멜로에 불이 붙지 않도록 계속 살폈다.

"내 말은, 너랑 루카 사이는 진짜 같아. 너한테 남자친구가 생겼구나."

나는 바보처럼 웃지 않을 수 없었다. "그렇지."

"그럼 이제 혼자 힘으로 해나가는 거네, 그치?"

"무슨 말이야?"

"그러니까, K드라마 사랑 공식은 더이상 필요 없잖아, 그렇지? 다 끝났어!" 그녀의 조용한 목소리에서 안도감이 느껴졌다.

젠장. 내 마시멜로에 불이 붙었고 나는 재빨리 불어서 껐다. "몰라. 내 말은, 그래, 남자친구가 생겼지. 하지만 겨우 생긴 거야. 이제 막 사귀기 시작했다고! 그리고 모르겠어. 그 공식들이 언제든 날 위해 준비되어 있다고 생각하면, 어느 정도 자신감이 생겨."

"지금 네가 따라야 할 새로운 공식이 있긴 해? 해피엔딩에 이른 거 아니야?"

나는 피오나에게 꼬챙이를 건네고 뒷주머니에서 지갑을 슬그머니 꺼내 리스트를 펼쳤다. "네 말이 맞겠지. 하지만 아직은 이걸 못 버리겠어." K드라마 사랑 공식을 완전히 떠난다는 생각은 나를 불안하게 만들었고, 나를 지지해주는 무언가가 없으면 하늘에서 갑자기 곤두박질쳐질 것만 같았다.

피오나는 리스트를 가로채 빠르게 훑었다. "데스, 나머지 것들은, 뭐랄까, 끔찍하다. 오해와 배반의 도시. 일이 어그러지는 것까지 계획하는 건 아니지, 그치?"

루카를 비롯한 다른 친구들과 멀리 떨어져 있긴 했지만 나는 목소리를 낮췄다. "아니지, 당연히 아니지! 나머지 것들은 드라마에서 찾아낸 공식의 일부일 뿐이야, 난 그걸 기록해두고 싶었고. 하지만 모르겠어······"

갑자기 피오나가 리스트를 모닥불 위로 가져갔다. "그냥 없애버리자, 완전히."

가슴에 있던 심장이 목구멍까지 튀어오르는 듯했다. 나는 소리를 낮춰 비명을 질렀다. "피오나! 안 돼!"

리스트가 불꽃 위에서 펄럭였고 피오나는 나를 똑바로 쳐다보았다. "왜? 다 끝냈잖아. 이게 왜 필요한데?"

대답하기 전에 몸이 먼저 움직였다. 나는 피오나를 밀쳐내고 그녀의 손에서 리스트를 낚아챘다. 그걸 가슴에 품자 안도감이 넘쳐흘렀다. 그런 다음 리스트를 지갑에 다시 집어넣고 피오나를 쏘아보았다. "뭐야, 파이! 이건 내 리스트야. 언제 버릴지는 내가 결정한다고."

그녀는 고개를 저으며 항복의 뜻으로 양손을 들어올렸다. "알았어, 알았다고. 넌 확실히 빌어먹을 그 리스트에 너무 집착해. 근데 나중에 내가 경고해주지 않았다고 딴소리하지 마라."

우리는 침묵 속에서 스모어를 완성한 뒤 친구들에게로 돌아갔다. 내가 스모어를 건네자 루카는 감탄하며 받아들었다. 피오나는 웨스 옆에 앉았다. 웨스는 핫도그를 게걸스럽게 먹었다. 리스트가 다시 안전하게 지갑에 돌아오니 나의 심장박동도 정상으로 되돌아왔다.

웨스는 입술을 핥아 약간 묻은 머스터드소스를 닦아냈다. "그럼 루카, 네가 자란 곳에서는 해변에서 최상급 고기를 구워 먹어?" 바이올렛이 키득거렸고 내 눈썹이 이마 끝까지 올라갔다. 나는 캐시디를 흘끗 보았다. 그녀는 〈세일러 문〉에 나오는 하트 눈을 하고 웨스를 쳐다보고 있었다. 맙소사.

내가 0.5초 만에 스모어를 꿀꺽 삼켜버리는 걸 알아챈 루카가 자기 것을 조심히 반으로 잘라 내게 건넸다. "아니, 안타깝지만. 우리는 전일주의적인 유르트*에서 식물성 고기를 먹어."

모두가 웃음을 터뜨렸고 나는 루카가 내 옆에서 편안해하는 걸 느낄 수 있었다. 그가 친구들을 둘러보았다. "너희는 데시를 얼마나 오래 알았어?"

"말하자면, 평생을 알았지." 피오나가 느릿느릿 말했다.

"아, 정말?" 루카가 끈기 있게 물어봤다.

"진짜야. 우린 초등학교 2학년 때부터 알았어."

웨스가 끼어들었다. "그리고 난 6학년 때부터 알았지. 청반바지를 입겠다며 고집 피울 때부터."

"하! 내가 이겼어! 난 유치원 때부터 알았거든."

모두가 바이올렛 쪽으로 고개를 홱 돌렸다.

"정말?" 웨스가 호기심에 찬 눈으로 그녀를 바라보며 물었다.

바이올렛이 능글맞은 시선으로 그를 쏘아봤다. "데시가 한국인 학교에 대해 얘기한 적 없어?"

"그게 뭐야, 김치 만드는 법 배우는 학교야?" 웨스는 자기 농담에 마구 웃어댔다.

나는 웨스를 향해 모래를 걷어찼다. "그래. 김치. 여러 통 만들었지. 유치원생 때."

바이올렛은 동요하지 않고 어깨를 으쓱했다. 그녀는 웨스를

---

*몽골, 시베리아 유목민이 쓰는 전통 텐트.

보았다. "한국어를 읽고, 쓰고, 제대로 말하는 법을 배웠어. 토요일마다. 아무튼, 음, 최근에야 그때부터 아는 사이였다는 걸 알았고." 그녀는 맥주를 들이켰고 나는 그녀에게 그 이야기의 더 드라마틱한 부분까지 말하지 않은 것에 대해 고맙다는 무언의 메시지를 보냈다.

루카는 날 위해 스쿼트*를 따주었다. 굳이 할 필요 없는 행동이었지만 내가 한껏 즐기고 있는 남자친구의 소소한 행동 중 하나였다. 학교에서 그는 내 교과서를 들어주겠다며 고집을 부리기도 했다. 비록 거대한 물리 교과서가 끼어 있을 때는 약간 후회하는 것 같긴 했지만.

피오나는 더러운 냅킨을 불속에 던졌다. "데시와 나는, 뭐랄까, 끔찍한 방식으로 만났어."

내가 신음했다. "으악, 파이, 하지 마아아아!"

루카는 우리를 번갈아 바라봤다. "뭔데? 말해줘!"

나는 도톰한 조끼를 입은 루카의 어깨에 얼굴을 파묻었다. "안돼애애애."

웨스가 싱긋 웃었다. "그럼 내가 말해줄게."

피오나가 목청을 가다듬었다. "아냐, 그 얘긴 내가 할게. 그날

---

* 미국의 탄산음료 상품명.

의 은인은 나니까." 그녀는 남자 노예들에 둘러싸인 이집트 여왕처럼 몸을 뒤로 젖히면서 편안하게 자세를 잡았다. "음, 초등학교 2학년 때였어. 어느 날 데시의 아빠가 쟤한테 주스팩 하나를 챙겨줬어. 그리고 점심시간이 막 끝나갈 때 쟤가 오 초 만에 주스팩 하나를 다 마신 거야. 마치 트롤처럼, 구석에서 구부리고 완전 게걸스럽게 그 작은 빨대를 쪽쪽 빨면서 말이야."

나는 웃음이 터졌다. "닥쳐, 파이!"

"아냐, 진짜야. 주스를 어찌나 게걸스럽게 먹던지 그 모습이 꽤 충격적이었어. 아무튼, 두 시간 뒤 교실에서 수업이 막 끝나갈 무렵에 쟤가 내 옆에서 계속 꼼지락거리는 거야. 그리고 너희도 알겠지만, 우린 아직 친구가 아니었어. 난 야외 놀이터에서 뛰어다니는 자신만만한 애들이랑 어울려다녔고 데시는 주방놀이 장난감 주변에 모인 애들 앞에서 대장 노릇 하기를 좋아했지."

나는 코를 찡긋했다. "그애들은 **엉망진창**이라 항상 물건을 제자리 아닌 데다 뒀거든."

피오나가 눈을 굴렸다. "봐, 내 말 맞지? 아무튼 쟤는 자리에 앉아 안절부절못하고 있었어. 평소에는 늘 말 잘 듣고 완벽한 애니까 금방 눈치챌 수 있었지. 그러다가 쟤가 완전히 꼼짝하지 않는다는 걸 알아차렸어. 그러더니 눈이 휘둥그레지는 거야. 그때…… 뚝뚝 떨어지는 뭔가를 봤어."

루카가 신음했다. "아, 안 돼."

"맞아. 바지에 오줌을 싸고 있었던 거야."

바이올렛, 캐시디 그리고 웨스는 웃음을 터뜨렸다. 나는 씩씩 댔다. "야 너희, 이거 그렇게 웃긴 얘기 아니거든!"

바이올렛은 거의 숨이 넘어갈 듯했다. "아니, 웃긴 얘기 맞거든."

캐시디가 뺨에 흐른 눈물을 닦아냈다. "미안, 데시―근데―"

"친구, 바지에 오줌을 싸다니!" 웨스가 소리쳤다. "그 정도면 웃어도 되겠다."

피오나가 모두를 쉿, 조용히 시켰다. "응, 쌌어―의자 아래에 웅덩이가 생길 만큼. 그러더니 말을 한마디도 안 했어. 나는 너무 역겨워서 손을 들고 선생님에게 말하려고 했어"―피오나의 커다란 미소가 나를 쳐다보더니 약간 흔들렸다―"그때 쟤 얼굴에서 엄청 큰 눈물방울이 뚝 떨어졌어. 난 쟤가 선생님이 모르기를 바란다는 걸 깨달았지. 하지만 그걸 어떻게 숨기겠어?"

그때 내가 끼어들었다. "그래서 만 일곱 살이었던 피오나는 오늘날 우리가 알고 사랑하는 그 피오나를 아주 잘 보여주는 일을 했어. 선생님이 비품 보관실에서 바쁜 틈을 타서 나를 의자에서 끌어내고, 자기 애너하임스 운동복 윗도리로 오줌을 닦아낸 다음, 나한테 젖은 옷을 갈아입으라고 자기 바지를 줬어―자기는 그냥 팬티만 입은 채 큰 곤란에 처하면서 말이야." 모두가 웃기 시작했다. 나는 활짝 웃었다. "더 큰 볼거리를 만들어서 사람들의 관심을 내 오줌 싼 바지에서 다른 데로 돌린 셈이었지."

바이올렛이 천천히 박수를 쳤다. "이야, 진정한 우정이네."

피오나가 어깨를 으쓱했다. "음, 우리 솔직해지자, 팬티만 입고 돌아다니는 게 별로 큰 희생은 아니었어."

나는 고개를 저었다. "아니지, 희생이야. 이제 와서 그렇게 겸손한 척하지 마." 내가 말했다. "그게 아름답고, 삐걱거리는 우정의 시작이었어." 나는 웃으며 루카를 보았고 그가 이 이야기를 재밌어하길 기대했지만, 그의 표정은 어딘가 묘했다.

"난 바다에 발 좀 담그러 갈게." 그가 일어서서 바지에 묻은 모래를 털어내며 말했다.

"지금?" 나는 그의 갑작스러운 기분 변화에 깜짝 놀라 물었다.

"응, 금방 돌아올게." 루카는 누가 따라나설세라 먼저 터벅터벅 가버렸다.

"음, 나도 다녀올게." 내가 말했다.

내가 해변에 있는 루카에게 다다랐을 때 그는 어두운 해변에 어두운 형체로, 그저 가만히 서 있었다. 출렁이는 파도가 발을 찰싹 때렸다. 아직 신발을 신은 채였다.

"무슨 문제 있어?" 내가 물었다. 가슴이 불안하게 떨리는 게 느껴졌다. 내가 뭘 잘못 말했거나 잘못 행동했나? 내가 너무 자신감에 차 있었다는 건 알겠다…… 너무 긴장을 풀고 있었다.

그가 곧바로 대답하지 않자 나는 초조하게 손을 운동복 상의 주머니에 밀어넣었다. "괜찮아?"

루카는 여전히 나에게 등을 보인 채, 고개를 떨구고 모래를 발로 찼다. "괜찮아. 미안, 난 그냥……" 그는 말끝을 흐리다 침묵에 빠졌다.

나는 그의 어깨에 살며시 손을 올렸다. 그는 손을 뻗어 내 손을 잡는 동시에 몸을 돌렸다. 그는 내 눈을 똑바로 바라보며 그저 이렇게 말했다. "그 이야기가 슬펐어."

나는 눈살을 찌푸리며 살짝 미소 지었다. "오줌 싼 얘기? 무슨 말이야? 부끄럽긴 해, 확실히 부끄럽지, 근데 웃기잖아!"

그가 고개를 저었다. "아니. 초등학교 2학년 때 일었던 일이잖아, 그치? 엄마가 돌아가시고 나서였어?"

나는 아직 혼란스러웠다. "음, 응, 그런 것 같네. 왜? 뭐 잘못된 거라도 있어?"

그가 머뭇거리다가 말했다. "미안해. 이걸 대단한 문제로 만들려던 건 아닌데. 네가 그 얘기를 할 때 어떤 느낌인지 알아. 그냥…… 슬퍼, 엄마가 돌아가시고 나서였잖아." 그는 내 손을 놓아주고 고개를 돌리더니 손바닥 가장자리로 눈가를 훔쳤다. "그

어린아이가 안돼서. 난 그애가 바지에 오줌 싼 게 웃기다고 생각하지 않아. 슬프다고 생각해."

나는 몹시 놀랐다.

마침내 루카의 진짜 모습을 보고 있었기 때문이다. 그에게 반한 모든 순간, 나의 집착, 계획 속에서…… 이런 사람이 내 앞에 내내 서 있었다는 걸 몰랐다. 쿨한 아티스트이자 반항아인 루카. 하지만 친절하고, 깊이 공감할 줄 아는 루카. 초등학교 2학년 여자애가 바지에 오줌 싼 이야기를 희극이 아니라 비극으로 보는 루카.

바로 그 순간 확실히 알았다. 이 사람이야말로 내가 **여자친구**가 되고 싶은 사람이라는 걸. 그리고 그 단어의 의미를 마침내 이해했다. 그건 들뜬 마음으로 손을 잡고 살며시 입을 맞추는 것 이상이었다. 스스로를 그럴 만한 가치가 있는 누군가와 공유하는 것이었다. 그 무게만으로도 나는 황홀해서 숨이 막힐 지경이었다.

곧바로 내가 좋아하는 K드라마 장면 중 하나가 떠올랐다. 〈힐러〉에서 영신은 미스터리한 힐러의 비밀 은신처를 발견하고 그가 몸은 물론 감정적으로도 고통스러운 상태라는 걸 알게 된다. 그가 영신을 밀어내자, 그녀는 그의 팔을 잡고 끌어안는다. 그리고 그는 무너져내린다.

그래서 두 팔로 그를 끌어안고 뺨을 그의 가슴에 갖다댔다. 한참을 그렇게 서 있으면서 서로의 숨과 생각이 뒤엉켰다. "네 말이 맞아. 슬픈 얘기야." 내가 그의 셔츠에 대고 말했다.

"엄마의 죽음이 슬프단 걸 인정해도 괜찮아, 알지?"

그 간단한 말이, 그 작은 약간의 허락이, 내 안의 무언가를 풀어놓았다. 누군가 그런 말을 해준 게 처음이었기 때문이다. 나는 목이 메어 대답을 할 수 없었다. 그래서 대신 그와 더 가까이 있기 위해 팔을 꽉 감으며 그를 더 세게 안았다.

"알았어." 내가 작은 목소리로 말했다.

"아빠에 대한 고마움을 잃지 않고도 엄마의 일에 대해 슬퍼할 수 있어."

나는 고개를 끄덕였고 시야가 흐려졌다.

그날 밤 집에 도착한 나는 아빠의 방을 살짝 들여다보았다. 복도의 빛 한줄기가 침대를 비추었다. 그냥 그대로 잠깐 서서 아빠가 자는 모습을 바라보았다―그는 혼자 잔 지 십 년이 지났지만 여전히 침대 저 한쪽 끝으로 밀려나 있었다. 갑자기 그의 한쪽 눈이 뜨였다. "어? 데시? 너니?"

"응, 깨워서 미안해." 나는 속삭였다. "다시 자!"

"별일 없지?

"응, 별일 없어." 나는 부드럽게 문을 닫았다. "언제나처럼."

방에 들어와 K드라마 사랑 공식 노트를 침대 옆 탁자에서 집어들었다. 그 무렵 노트는 일어났던 모든 일에 대한 메모로 빼곡했다. 나의 모든 계획과 그 결과가 충실하게 기록되어 있었다. 지갑에서 접어둔 리스트를 꺼내 구겨진 곳을 판판하게 폈다.

"음, 리스트야, 넌 내게 잘해줬어. 널 잊지 않을게, 하지만 이제 은퇴할 시간이구나." 그걸 버릴 준비가 되어 있지 않았지만 이제 떠나보내야 할 시간이었다. 나는 리스트를 다시 끼워넣고 노트를 결연히 덮어서 침대 옆 탁자에 올려두었다.

휘갈기듯 그려놓은 만화 스타일의 하트가 리스트에서 삐죽 튀어나와 손으로 그린 날개를 팔락이며 공중을 떠다녔고, 나는 가슴이 점차 가벼워지는 걸 느끼며 스르륵 잠에 빠졌다.

18단계:
그의 가족을 만나 마음을 얻어라
18장

밥 로스 영상을 눈에 피가 나도록 봤지만 내가 그린 플라타너스나무는 여전히 브로콜리처럼 보였다.

몇 시간 뒤면 캘리포니아주립공원 자선 전시회가 열린다. 미술 동아리 애들과 나는 이곳에서 드디어 작품을 선보이게 된다. 그리고 나는 아주 데시답지 않은 방식으로, 마지막 순간에야 작품을 마무리하는 중이었다. 나뭇가지 중 하나에 보라색 물감을 살짝 덧칠했다. 며칠 전 루카에게 그림을 보여줬을 때, 그는 우리 주변 세상을 개념적으로 인식하는 관점을 바꾸기만 한다면 모든 것에서 예상치 못했던 색채를 볼 수 있다고, 극도의 인내심을 가지고 설명해주었다. 안타깝게도 나는 사물을 개념적으로 바라보는 데 아주 익숙해져 있었다. 물리학의 중력 법칙은 나무

이파리 색이 변하듯 하루 시간대에 따라 변하는 것이 아니었다.

휴대폰 알람이 울리면서 화면에 **전시회!**라고 떴다. 나는 물감이 더 빨리 마르게 하려고 선풍기를 그림 쪽으로 돌린 다음 위층으로 올라가 직접 골라둔 복장을 초조하게 살폈다. 오늘밤에는 전시회만 있는 게 아니었다. 루카의 아버지와 양어머니도 만나기로 되어 있었다. 몇 주간의 데이트 뒤에 나는 그들을 만나겠다며 고집을 부렸다—그게 적절한 행동이기도 했거니와 정말로 만나고 싶었기 때문이다. 루카가 싫어하는 미스터리한 얼간이 아빠가 몹시 궁금했다.

우리 아빠는 전시회가 열릴 시간까지 근무중이라, 나는 루카가 데리러 오기를 기다리는 동안 집을 독차지했다. 비욘세의 노래를 빵빵 틀어놓고 삼십 분 동안 머리에 웨이브를 넣고 다리 제모까지 마친 뒤, 밖에서 그를 기다렸다. 루카 아버지의 BMW가 시야에 들어와서 손을 흔들었다. 한 손으로 입고 있던 검은색 꽃무늬 드레스를 매만지고(지나치게 격식을 차린 듯 보이지 않으려고 빨간색 케즈 스니커즈를 신고서) 다른 한 손으로는 그림을 들고 있었다.

"예쁘다." 내가 뒷좌석에 그림을 안전하게 내려놓자마자 루카가 말했다. 그는 몸을 기울여 내게 키스하고 곱슬거리는 머리카락 한 가닥을 옆으로 넘겨주었다.

아직도 남자친구의 후한 대접에 익숙하지 않았던 나는 볼이 붉어졌다. "고마워, 뭘 입어야 할지 확신이 없었어."

루카는 자기 자신을 가리켰다—그는 파란색 플란넬 셔츠와 검은색 진을 입었다. "드레스 코드가 화려함이잖아."

"확실히 그래 보이네." 나는 웃으며 그의 비니를 잡아당겼다. 그는 내 손으로 손을 뻗어 운전하는 내내 잡고 있었다. 전시장에 도착한 우리는 로소 선생님에게 그림을 맡긴 다음 루카 아버지의 집으로 향했다.

이윽고 우리가 탄 차는 첫 키스를 했던 해변 주차장을 지나갔다(그곳을 보니 손가락과 발가락이 저릿저릿했다). 그런 다음 언덕 위 모랫길을 지나 그의 집 진입로에 들어섰다.

"이야아아아." 집이 보이자 내가 나직이 말했다.

그 집은 기가 막힐 정도로 화려하면서도 아름다웠다. 스페인과 목장 주택의 건축양식이 모두 쓰인 듯했다. 거대한 창문, 복잡한 스테인드글라스, 어두운 나무 테두리에다 진분홍색 부겐빌레아가 온 벽을 가로지르며 수많은 발코니를 기어오르고 있었다. 나이 지긋한 떡갈나무와 어린 올리브나무가 사유지를 에워쌌고 다양한 다육식물과 사막식물이 정원 곳곳에 있어서, 참으로 옛날 캘리포니아스러운 분위기를 자아냈다. 1961년 개봉한 〈페어런트 트랩〉 속 아빠의 집이 떠올랐다. 그 영화를 본 이후로 불규칙하게 펼쳐진 목장 주택 스타일 집에서 살아보는 꿈을 꿔왔다. 모두 알다시피, 오래된 꿈.

"즐거운 우리집이라네." 루카는 한 떡갈나무 근처에 차를 아무렇게나 세워놓으며 중얼거렸다.

나는 그의 손을 꼭 쥐었다. "정말 아름답다." 거의 미안해하는 투로 말했다.

그가 어깨를 으쓱했다. "이 집에 반감은 없어. 그걸 소유한 사람이 문제지."

우리는 현관까지 걸어갔고 나는 허풍쟁이 얼간이, 아버지-드래코스를 만나기에 앞서 스스로 마음을 다잡았다. 그때 높다란 이중 나무문이 활짝 열렸다.

"데시! 드디어 만나게 돼서 정말 반갑구나, 얘야!"

내게 인사한 남자는 기대하던 이가 아니었다. 내가 마음속에 그린 분홍색 폴로 셔츠를 입은 기분 나쁜 인간이 아니라⋯⋯ 음, 약간 핫한 괴짜였다.

그는 키가 컸고, 심지어 루카보다도 컸으며, 짧고 숱 많은 갈색 머리는 아들과 마찬가지로 소년처럼 멋있게 헝클어져 있었다. 검은 뿔테 안경을 쓴 얼굴 골격은 환상적이었다―곧은 코, 강한 턱, 확연히 드러난 광대뼈. 장거리달리기 선수처럼 강단 있는 체구로 진짜 운동선수 같은 에너지를 뿜어내며 나를 따뜻한 포옹으로 감쌌고, 나는 그가 청바지 위에 입은 빳빳한 흰색 셔츠에서 머스크 향을 살짝 맡을 수 있었다.

내가 미처 정신을 차리기 전에 작은 체구의 여성이 왕왕 짖어대는 초콜릿색 래브라도 레트리버 두 마리를 붙들고 소리쳤다. "안녕, 데시!" 그 행복한 야수 두 마리를 제어하는 와중에도 찰랑찰랑한 금발 단발머리, 딱 붙는 검은색 바지, 회색 실크 캐미솔 차림의 그녀는 세련되어 보였다.

일단 개들이 진정되자 그녀는 문까지 바짝 다가왔다. "벌써부터 루카를 당황하게 만들지 말아요." 그녀는 아버지 드래코스를 향해 커다란 눈을 굴리며 말했다. 작은 체구의 여성이 내게 커다란 미소를 지어 보이고 완벽하게 손질된 손을 내밀자 두툼한 팔찌들이 서로 부딪히며 짤랑거렸다. "릴리언이라고 해. 드디어 만나서 정말 반갑구나! 여기 이 두 괴물은 헨젤과 그레텔이야." www.dailylillian.com의 릴리언—나는 루카가 비웃을 셈으로 보여줬던 패션 블로그 속 그녀를 단번에 알아보았었다.

"들어와! 여기서 얘기 좀 하면서 음료를 마신 다음에 같이 전시회에 가자." 아버지 드래코스가 말했다. "그리고 참, 부디 편하게 네드라고 불러주렴."

나는 이 모든 광경이 펼쳐지는 내내 그저 고개를 조용히 끄덕이고 있다가 마침내 정신이 들었다. "저도 만나뵙게 되어 반갑습니다! 불러주셔서 감사해요." 나는 그날 우리집 뒤뜰에서 잘라 온 작은 다육식물 화분을 내밀었다.

그들은 답례로 내게 따뜻하게 미소를 지어 보였고 네드가 식물을 받아들었다. "고마워, 데시! 우리의 작은 사막 정원에 아주 멋진 녀석이 추가됐구나! 이 녀석이 계속 잘 살아 있기를 바라자." 흠잡을 데 없는 정중함? 체크.

우리는 집안으로 들어갔다. 루카는 여전히 내 손을 잡고 있었는데 거의 알아차리기 힘들 정도로 점점 힘이 들어가는 것이 느껴졌다. 나는 이유를 알 수 없었다―그의 아버지가 지금껏 왜 이리 상냥하게 구는지. 우리는 내 침실보다 큰, 투박한 사슴뿔 장식 샹들리에가 달려 있고 타일이 깔린 거대한 로비를 지나갔다. 완전히 집안에 들어서자 나는 입이 떡 벌어졌다.

시골풍이면서도 궁전 같기도 했다―커다란 창문들과 프랑스식 문들이 바다와 저물어가는 태양을 내려다보고 있었다. 촛불이 곳곳에 밝혀져 있고 알록달록한 태피스트리들과 부드러운 모피로 만든 작은 양탄자들이 갈색 가죽을 씌운 가구들을 돋보이게 했다. 럭셔리하고 안락했으며, 영영 이곳에 눌러살고 싶었다.

"우와, 정말 멋진 집이에요!" 내가 외쳤다.

"고마워!" 릴리언도 마찬가지로 열정적으로 외쳤다. "우리가 결혼하기 전 이 집의 모습을 네가 봤어야 해―정말 독신남 집이었단다."

정말? 아니, 이렇게 아름다운 집이 어떻게 독신남 집의 분위기를 풍길 수 있지?

"당신이 이사오기 전을 뜻하는 거겠죠." 루카가 건조하게 말했다. "이미 이곳에 이사오고 이 년 정도 지나서 결혼했잖아요." 나는 그에게 날카로운 시선을 던졌지만 릴리언은 눈도 깜짝하지 않았고 네드는 그에게 경고의 시선을 던지면서 거실 바에서 가져온 음료를 조금 따라주었다.

"맞아, 내 말이 그거야." 릴리언이 순순히 대꾸했다.

나는 루카의 손을 부드럽게 잡으면서 무언의 소통을 시도했다. 긴장 풀어. 살짝 긴장을 푸는 것 같기도 했지만 돌같이 차가운 표정으로는 알 수 없었다.

네드는 나에게 밝은 빨간색 음료와 얼음을 가득 채운 잔을 건넸다. "셜리 템플*이야. 걱정 마." 그는 루카에게 루트 비어** 캔을 툭 던졌다. "네가 좋아하는 거, 맞지?" 그의 여자친구가 된 지 겨우 한 달이 된 나도 루카가 루트 비어를 좋아하지 않는다는 건 알았다. 나는 그가 심술궂은 말은 하지 않기를 바랐다. 대신 그

---

* 무알코올 칵테일의 일종.

** 나무뿌리로 만든 무알코올 탄산음료.

는 멍한 표정을 하고서 옆 탁자에 캔을 내려놓았다.

"루카가 도무지 입을 안 열길래 내가 구글로 너에 대해 찾아봤단다." 릴리언은 화이트와인 잔을 들고서 소파 위에서 몸을 둥글게 웅크리며 말했다. "아주 인상적이더라—부모님께서 정말 자랑스러워하시겠어."

흠, 부모님이라. 루카는 이분들에게 **정말로** 많은 얘기를 하지 않은 모양이었다. 나는 셜리 템플을 한 모금 마셨다. "감사합니다. 그런데 아빠와 저뿐이에요. 엄마는 돌아가셨고요."

릴리언과 네드는 크게 충격을 받은 듯 보였다. 입이 열렸다 닫히고 네드가 말했다. "정말 미안하구나, 데시. 우린 몰랐어……" 그는 말끝을 흐리며 루카에게 당황스러우면서도 실망스러운 시선을 보냈다. 하지만 나는 루카가 이 얘기를 하지 않았다는 게 놀랍지 않았다. 오히려 그들이 나의 존재를 아는 게 더 놀라웠다.

"감사합니다. 근데 괜찮아요, 어릴 때 돌아가셨거든요. 전 아빠랑 엄청 친해요. 아빠가 엄마 역할까지 아주 잘해주셨죠." 내가 말했다. 지금까지 내게 진정으로 마음을 열고 반겨준 릴리언과 네드에게 화답해야 할 것만 같았다.

"틀림없이 대단한 아버지이실 거야." 릴리언이 따뜻한 미소로 말했다.

"맞아요." 루카가 말했다. "아시겠지만 그분이 제 차를 수리하고 계세요. 정비공이시거든요."

"아, 정말? 그분 수리점이 어디니?" 네드가 물었다.

"베이커 로드에 있어요. 학교 근처예요." 내가 말했다. 그리고 우리는 음료를 마시며 우리 아빠, 학교, 그리고 다른 수많은 주제에 대해 수월하게 이야기를 이어나갔다. 릴리언과 네드는 모든 것을 궁금해했다―내가 하는 스포츠, 스탠퍼드에서 공부하고 싶어하는 것, 우리 부모님이 한국의 어느 지역에서 왔는지 등등.

"그럼 데시, 넌 왜 의사가 되고 싶어졌니?" 네드가 셜리 템플을 다시 채워주며 물었다.

"감사합니다." 내가 음료를 받으면서 말했다. "항상 의사가 되고 싶었어요. 엄마가 의사였거든요. 신경외과의사요."

"우와! 대단한 분이셨구나." 네드가 자신의 칵테일을 한 모금 마시며 말했다.

"네, 맞아요." 나는 웃으면서 말했다.

"데시는 의사가 되려면 공부해야 하는 징그러운 생물학까지 사랑해요. 그렇지, 데스?" 루카가 나를 쿡 찌르며 물었다.

나는 빨대로 잔 속의 얼음을 휘저었다. "알잖아."

"과학 얼간이를 넘어서지." 루카가 자랑스러운 미소를 띠며 말했다.

"아마 저는, 잘은 모르겠지만, **말 그대로** 생명을 구한다는 생각을 좋아하는 것 같아요." 나는 말했다. "이 말이 정말 간단하고, 마치 대본을 읽는 것처럼 들린다는 거 알아요. 하지만, 있잖아요, 저는 성급한 사람이거든요? 제가 하는 것들에서 **직접적인** 결과를 보는 걸 좋아해요—그리고 물론 인정받지 못한 영웅들을 존경하긴 하지만, 전, 음…… 그러니까, 긴 게임에 만족하지 못하거든요. 제 말 이해되시나요? 잘 설명하고 있는지 모르겠네요……"

내가 말하기 시작한 순간부터 네드는 고개를 끄덕이고 있었다. "데시, 네가 하는 말을 **완전히** 이해했어. 엔지니어링을 하던 내가 의료기기 분야에 뛰어든 것도 그 때문이란다. 변화를 이뤄나가는 젊은이의 성급함이지."

"정확해요! 루카가 아버지께서 특허를…… 음, 루카가 그 이름을 잘 기억하지 못했는데, CPR 기계인가요?"

"아, 아니—자동인공호흡기."

나는 손가락을 튕겼다. "알아요! 처음부터 그거라고 생각했죠! 맞지, 루카?"

루카는 마치 이 대화 전체가 존재하지 않는 듯 무시하려고 아주 열심히 노력하는 중이었다. 하지만 이미 존재하는걸. 그리고 나는 루카가 자기 아버지 얘기를 해줬다는 사실을 네드가 알길 바랐다. "아무튼, 네, 루카가 얘기해줘서 전 정말 들떴어요."

네드는 활짝 웃었고 루카는 몸을 꼼지락댔다. 나는 목청을 가다듬었다. "집을 구경해도 될까요?"

내가 남은 셜리 템플을 쪽쪽 빨며 마시는 동안 네드와 릴리언이 집을 구경시켜주었다. 그러고 나서 우리는 함께 차를 타고 전시회로 향했다. 전시회는 시내에 있는 고급 미술 전시장에서 열리고 있었다. 우리가 약간 빨리 도착하긴 했지만 이윽고 사람들이 하나둘씩 들어오고 피오나와 웨스도 왔다. 나는 모두를 소개했고, 모든 게 편안하고 수월했으며 조금 사랑스럽기까지 했다.

모두가 잡담을 나누고 있는데 루카가 나를 옆으로 불러냈다. "장학금 수혜자가 오늘밤 발표된다고 했던 거 기억해? 이메일로."

숨이 턱 막혔다. "세상에, 어떻게 이걸 잊을 수 있지?"

그가 눈썹을 씰룩였다. "내가 널 정신 없게 만들었잖아."

나는 웃었다. "그랬지. 근데 지금 몇 시야?"

"자정."

"세상에. 너무 드라마틱한데?" 나는 눈을 굴리며 말했다. 그러자 이런 생각이 떠올랐다. "어머니께서 오늘밤 전시회에 오실 수 있어?" 내가 물었다. 가볍게 던진 척하려 했지만 한편으로는 불안하기도 했다. 그의 어머니가 네드와 릴리언이 있는 곳에 나타난다는 생각에 초조해졌다.

루카는 고개를 저었다. "아니, 엄마는 출장중이야."

"아, 너무 안타깝다. 오늘 그분을 만나면 정말 좋을 텐데." 나는 지나치게 밝은 미소를 지으며 말했다.

바로 그때 웨스의 목소리가 언뜻 들렸다. 그는 큰 목소리로 질문하고 있었다. "어떻게 해서 패션 블로거가 되셨나요?"

나는 신음했다. "가서 구해드리자."

하지만 그전에 바이올렛이 자기 부모님인 듯한 두 사람과 함께 걸어들어왔다. 우리가 정말 친구인지는 확신할 수 없었지만, 우리 사이의 적대감이 누그러지긴 했다. 나는 바이올렛이 가끔 루카와 어울리는 걸 알았지만 신경쓰지 않으려 노력했다. 그와 썸을 타려 들지만 않는다면.

예기치 못하게 바이올렛의 부모님이 내게 곧장 다가오는 바람에 나는 두려움에 휩싸였다. 세상에, 한국인 부모라니. 그럼 완전히 한국인처럼 굴어야 하잖아.

"데시! 세상에나, 어머 얘 좀 봐! 많이 컸구나!" 바이올렛의 어머니가 어깨에 두른 아름다운 캐시미어 숄을 다잡으며 소리쳤다.

나는 어색하게 한국식 인사를 건네며―허리를 살짝 숙이면서―그들을 반겼다. "안녕하세요." 빠르게 웅얼거리는 말투였다.

바이올렛의 아버지가 한국 아빠 스타일로 내 팔을 어색하게 토닥였다. "와, 키도 크고 멋진걸."

나는 초조하게 웃었다. "바이올렛만큼 크진 않아요!"

그들은 고개를 뒤로 젖히며 내가 세상에서 가장 웃긴 농담이라도 한 것처럼 웃었다. 최고로 웃긴 농담을.

"얘는 너무 커." 그녀의 어머니가 혀를 차며 바이올렛을 못마땅한 시선으로 보았다. 바이올렛은 구부정하게 서서 거의 머리카락으로 얼굴을 가리다시피 하고 있었다. 아, 비난의 형식으로 자녀를 칭찬하는 한국인 특유의 기발한 왜곡법이다.

"바이올렛은 네가 스탠퍼드에 가서 의사가 될 거라던데!" 그녀의 아버지가 우렁차게 말했다.

나는 초조하게 웃으며 당황한 기색을 숨겼다. "음, 아직은 아니에요, 하-하. 제 말은, 일단은 대학에 합격해야 해요."

그녀의 어머니가 손사래를 쳤다. "어머, 넌 합격할 거야. 바이올렛이 항상 네가 얼마나 똑똑한지 자랑하는걸."

바이올렛은 머리카락과 함께 거의 녹아버린 듯했다. "엄마, 아니야, 안 그랬어." 그녀가 나를 노려보았다. "우리 노쇠한 부모님이 단 한순간도 사실을 말한다고 생각하지 마."

그녀의 어머니는 바이올렛의 팔을 쿡 찌르며 혀를 찼다.

나는 바이올렛이 어머니에게 꾸지람 듣는 것을 완전히 즐기면서 바라보고 있었다. 그리고 바로 그때 아빠를 보았다. 기름 묻은 티셔츠와 카키색 바지 위에 진녹색 스웨터를 허둥지둥 차려입은 모습으로 전시장에 들어오고 있었다. 딸을 위해 최선을 다

한 차림으로!

나는 양해를 구하고 얼른 아빠에게로 달려갔다. "안녕, 아빠!"

그가 활짝 웃었고 즉시 전시장을 훑어보았다. "안녕, 데시. 네 그림은 어디에 있어?"

"어두운 구석 어딘가 숨겨져 있어." 나는 전시장 끝을 가리켰다. 내 그림은 화장실로 연결되는 복도 바로 앞에 걸린 마지막 작품이었다. 잘 어울렸다.

"같이 가서 보자." 그가 나를 당기며 말했다.

"응, 근데 먼저 루카 아버지와 새어머니를 만나보는 건 어때?" 나는 약간 두려운 듯 물었다. 모두 함께 잘 어울릴 걸 알았지만 그 어떤 어색한 일도 일어나지 않길 바랐기 때문이다. 아주 살짝만 당겨도, 아주 작은 오작동만으로도 이 모든 것이 흐트러질지 모른다는 생각이 계속 떠올라 떨칠 수 없었다.

"여기 계시니?" 그가 주변을 둘러보며 물었다. 그러더니 루카를 발견하고는 팔을 들고 흔들었다―아주 높게, 그리고 아주 크게.

우리는 그들에게 다가갔다. 웨스와 피오나는 이미 자리를 뜨고 없었다. 나는 모두를 바라보며 미소 지었다. "네드 아저씨, 릴리언 아주머니, 저희 아빠예요."

"안녕하세요, 아빠! 아빠도 이름이 있으시죠?" 네드가 손을 뻗어 아빠와 악수를 나누며 진심어린 미소를 띠고 물었다.

아빠가 웃었다. "없어요. 데시한테 제 이름은 그냥 밥 주는 기계예요."

어른 모두가 떠들썩한 웃음을 터뜨렸다. TV-아빠의 이 해괴한 유머는 대체 어디서 온 걸까? 나는 아빠를 살짝 밀쳤다. "하. 하."

"제 이름은 재원입니다, 하지만 그냥 재, 라고 부르세요!" 아빠는 그의 이름을 발음하지 못하는 백인들을 만날 때마다 나오는 쾌활한 목소리로 말했다.

"반갑습니다, 재! 저희가 따님을 아주 좋아해요. 데시는 정말 최고예요!" 네드가 내게 윙크하며 말했다. "데시의 관심을 받다니 루카는 행운아네요!"

아빠들 사이에 정말 많은 농담이 오갔다. 나는 루카에게 얼굴을 찌푸려 보였고 그는 눈동자를 안쪽으로 굴리며 화답했다.

우리는 전시장을 둘러보며 그림들을 살폈다. 바이올렛의 그림을 비롯해 좋은 작품들도 있었다. 그녀의 작품은 어두운(놀랍고도 놀라웠다) 추상화로, 물감 방울들과 어슴푸레한 모양들이 가득했다. 그렇다, 나는 어떤 부유한 사람의 거실에 그 그림이 걸려 있는 걸 상상할 수 있었다.

그뒤에 내 그림이 나왔다.

"짜-잔!" 내가 외쳤다. "보세요, 기초 화법에 통달한 작품을!"

루카가 한숨을 내쉬었다. "여기서 또 자기비하적인 행동을 보네." 그는 부모님들을 둘러보았다. "데시도 잘해요! 연습만 더 하면 돼요."

나는 끄덕였다. "네, 정말로, 얼른 더 연습하고 싶어요. 루카한테 도움을 많이 받아서, 하느님께 감사드리죠. 루카의 도움이 없었다면 갈색 막대기에 아주 밝은 녹색 방울만 보게 됐을걸요."

아빠가 그림을 몹시 자세히 살펴보았다. "응, 꽤 괜찮은데, 데시! 네가 그림 그리는 걸 전에는 한 번도 못 봤는데, 정말 잘했어!"

그런 다음 우리는 루카의 작품으로 옮겨갔다. 전시장 안에 그의 작품만을 위한 작은 방이 마련되어 있었다. 어둠 속에 비치 보이스 노래가 쾅쾅 울리고 사방의 벽에 빔프로젝터로 이미지가 비춰지고 있었다. 루카가 덧입힌 그라피티를 찍은 사진들이었지만—실제로 이 벽에 직접 그린 것처럼 보였다. 배경에 꿈결 같은 음악이 흐르고, 박자에 맞춰 몇 초마다 이미지들이 바뀌었다. 입구 통로에는 그의 작품을 설명하는 작은 포스터가 붙어 있었다.

"우와." 릴리언이 천천히 사방을 둘러보며 감탄했다. "굉장한걸."

네드는 그것들을 지켜보며 침묵했다. 그러더니 루카를 쳐다보왔다. "그라피티를 하고 다녔던 거니?"

젠장.

루카가 어깨를 으쓱했다. "어느 정도는요. 전부 이미 있던 거였어요. 난 거기에 덧칠했을 뿐이고요."

네드가 턱을 굳게 다물었다. "처음에는 체포. 그다음에는 동물원 사건. 거기서도 보안 경비원이 아니라 경찰이 있었다면 체포됐겠지. 넌 아무것도 배운 게 없니? 보호관찰중이면서 어떻게 그렇게 개의치 않을 수가 있어?"

루카의 얼굴에서 무언가 탁 꺼지더니, 전학 초기 이후로는 한 번도 본 적 없는 무표정한 가면이 그 자리를 대신했다. 지루함과 자기보호를 나타내는 가면이었다.

내가 끼어들었다. "음, 네드 아저씨, 사실 그라피티를 한 게 아니에요. 루카가 말했듯이, 그라피티는 이미 거기 있었고, 이 작품의 취지는 반달리즘*을 예술로 탈바꿈했다는 거죠."

아빠는 내게 날카로운 시선을 던졌다. 마치 끼어들지 마라고 신호를 보내는 듯했다.

네드는 잠깐 침묵에 잠겼다가 얼굴의 긴장을 풀었다. "그래, 그 개념은 알 것 같구나." 절제된 표정에서 그가 화내지 않으려

---

* 문화유산, 예술작품, 공공기물 등을 파괴하는 행위, 또는 그런 경향.

고 정말로 열심히 노력하는 중임을 알 수 있었다. "그 지경이 된 네 모습까지 내 마음에 찰 필요는 없지……"

"당신은 의견 같은 걸 가질 필요가 없죠!" 루카가 폭발했다. 네드의 얼굴이 붉어졌고 나는 릴리언이 얼어붙는 걸 보았다. 그리고 알았다—루카의 역동적인 가정생활을. 둘 중 한 명이 폭발할 때까지 미스터 십대 짜증의 주변에서 살금살금 눈치보며 지내는 생활을 말이다. 그들의 사이가 나아졌다 하더라도 지난 과거는 수면 바로 아래에서 여전히 부글부글 끓으면서 그저 폭발할 계기를 찾고 있는 형국이었다.

"루카," 네드가 사납게 속삭였다. "지금은 때가 아니야."

"때는 따로 없어요, 아빠! 언제 얘기하고 싶은데요? 집에서? 빌어먹을, 우린 대화하지 않잖아요."

얼굴이 하얗게 질린 릴리언이 나를 슬쩍 바라보았고 나는 무기력한 시선을 던졌다.

"그게 내 잘못이기만 한 거냐? 내가 이혼에 대한 대가를 언제까지 치러야 하는 거야? 난 오 년 동안 노력했어, 루카!" 네드의 목소리가 벽에 부딪혀 울려퍼지면서 브라이언 윌슨이 "걱정하지 마, 베이비*"라고 노래하는 소리와 섞였다. 이 장면은 대단히 초

---

* 비치 보이스의 노래 〈Don't worry Baby〉의 가사.

현실적이었다.

"그게 문제예요. 당신은 모든 걸 돈으로 해결할 수 있다고 생각하잖아요! 우리한테 위자료나 던져주고, 자, 이제 됐다, 라고 생각하면서 말이죠." 루카는 그 말의 효과를 극대화하기 위해 바보같이 낮은 목소리를 냈다.

네드는 양팔을 공중으로 던지듯 들어올렸다. "장난하는 거니? 너를 이곳에 오도록 한 게 그냥 돈을 던져준 행동이라고? 내가 너를 멀리하게 만든 건 네 엄마였어!"

이럴 수가. 루카는 손가락으로 머리카락을 깊숙이 쓸어내리며 거칠게 웃었다. "그만하시죠. 이 모든 일이 엄마 잘못이라고 날 설득할 수는 없어요. 당신이 바람피우지 않았다고 하는 것도요."

젠장. 어둠 속에서도 릴리언의 얼굴이 붉어지는 것이 보였다. 아빠는 천천히 나에게 걸어왔다. "우리는 밖으로 나가야 할 것 같구나." 그가 나직한 음성으로 말했다. 하지만 나는 지금 떠날 수 없었다.

네드는 침묵했고 루카가 계속 말을 이었다. "나를 통제하고 싶어서 집으로 들인 거잖아요."

"아니, 아니야. 그건 네가 틀렸어." 네드의 목소리 크기가 평상시로 돌아왔다. "그래, 네가 체포됐을 때는, 너를 더 감독할 필요가 있을지도 모른다고 생각했어. 하지만, 그건…… 그냥 핑계

일 뿐이었지. 나는 너와 함께 살고 싶어서, 네 엄마를 설득할 기회를 계속 찾고 있었어. 그리고 결국은 체포 덕분에 그걸 이룬 거고."

루카가 무례한 소리를 냈다―콧방귀와 웃음 사이의 무언가.

네드는 그를 무시하고 말을 이었다. "너를 더 훈육해야 한다고 생각하느냐고? 그래. 너무 늦었나? 그럴지도 모르지. 하지만 네가 대학에 들어가기 전에, **노력해서** 너를 알아가고 싶었다. 그 시기가 지나면 어떤 식으로든 너를 만날 기회가 없으리라는 걸 알았거든."

모두가 침묵했고 아빠가 목청을 가다듬었다. 나는 팔꿈치로 그를 찔렀다.

루카는 여전히 바닥을 내려다보고 있었다. 양손은 주머니에 꽂은 채로. 내 마음은 이미 그에게 가 있었다. 그의 곁에 다가가고 싶었지만 애써 참았다.

"루카, 이 말은 하고 싶구나…… 네가 맞아." 네드는 주변을 에워싼 벽들을 향해 한 팔을 흔들어 보였다. "내가 이런 것들에 신경썼어야 했어. 왜냐하면 네가 관심을 가지는 것들이니까. 그리고 **대단해**, 정말 감동받았단다. 이 순간을 함께 나눌 기회를 갖게 돼서 너무 기쁘구나. 그래서 널 이곳에 오게 한 거야. 그럼 널 더 잘 알아갈 수 있으니까. 그리고 이 모든 건? 내가 너를 좀더 이해할 수 있게 해줬어. 그리고 자랑스럽다."

나는 숨을 죽이고 있었다. 루카는 계속 바닥을 응시했다.

"네가, 설사 법을 어겼더라도." 네드의 목소리에 깃든 장난기가 무언가를 무너뜨린 듯했다. 그리고 그때 루카가 마침내 고개를 들었다. 분명 웃고 있진 않았지만 더 화가 나 보이지도 않았다.

"고마워요."

그리고 때마침 스피커에서 굿 바이브레이션의 노래가 나왔고 떼 지어 몰려온 사람들이 감탄을 내뱉으며 큰 소리로 재잘거리기 시작했다. 아빠는 네드와 릴리언 쪽으로 걸어갔고 루카는 나에게 다가왔다.

나는 그를 어깨로 툭 쳤다. 그는 멋쩍게 나를 흘깃 보고는 화답하듯 내 어깨를 툭 쳤다.

"있잖아."

그가 미소 지었다. 구름 사이로 햇살 한줄기가 새어나왔다. "있잖아. 일이 이렇게 돼서 미안해."

나는 눈길을 돌려 아빠가 안 보고 있다는 걸 확인한 다음 루카의 뺨에 가볍게 입을 맞췄다. "미안해하지 마. 모두가 어색해서 죽을 것 같은 상태로 여기 서 있지 않아서 내가 미안하지."

그가 웃으며 내 머리카락 한 가닥을 잡아당겼다. "그래서? 넌 이 작품에 대해 어떻게 생각해?"

나는 심드렁한 표정으로 둘러보았다. "괜찮은 거 같기도 하고."

"아, 그래?"

"응. 잘은 모르겠지만, 보라색을…… 더 쓸 수 있지 않았을까."

"확실히 그렇네."

"응, 플라타너스나무가 아니네."

그가 내 귀에 키스했다. "맞아, 확실히 나무는 아니야."

나는 시계를 보았다.

데스, 루카의 미래에 네 불안을 투영하지 마.

똑딱똑딱. 나는 시계에서 눈을 떼고, 읽으려고 노력중인 너덜너덜한 『베오울프』*로 시선을 옮기려고 애썼다. 겹쳐놓은 베개 깊숙이 기대고 발가락을 침대보 아래로 파묻었다. 차분해지자. 그냥 읽어. 루카가 소식을 확인하자마자 문자메시지를 보낼 거야.

11 : 42.

11 : 43.

11 : 45.

_____

* 고대 영어로 쓰인 북유럽 영웅 서사시.

휴대폰이 진동했다. 따로 집어들 필요도 없었다. 그건 이미 책 뒤, 무릎 위에 놓여져 있었으니까. 나는 책을 침대 위에 던지고 루카의 문자메시지를 읽었다. **나 집 앞이야.**

나는 재빨리 창문으로 다가가서 커튼을 젖혔다. 루카가 우리 집 진입로 앞에 와 있었다. 그는 BMW 보닛 위에 앉아 있었다.

나는 이미 잠든 아빠의 방문 앞을 살금살금 지난 다음 계단을 달려내려가 소파에서 담요를 낚아채고 어깨에 휙 걸쳤다. 그리고 현관문을 살며시 닫고 잠옷 차림에 맨발로 걸어나왔다.

나는 K드라마의 귀여운 여주인공 체크 리스트를 쭉 훑었다. 머리는 동그랗게 말아올리기: 완벽하진 않지만 괜찮아. 메이크업은 거의 지우되 여드름 연고가 군데군데 묻어 있지 않은 얼굴: 체크. 양치를 해서 상쾌한 숨결을 완성할 것. 이것을 완성해줄 커다란 안경이 있다면 좋았을 텐데.

내가 다가갔을 때 루카는 휴대폰을 보고 있었다. "여기서 뭐 해?" 내가 속삭였다.

"너랑 같이 확인하고 싶어서." 그가 속삭이며 답했다. "잠깐, 우리 왜 속삭이는 거야?"

나는 보닛에 앉은 그의 옆으로 훌쩍 올라갔고 그는 옆으로 비켜서 자리를 만들어주었다. "몰라. 이 동네 사람들이 모든 걸 보고 듣는 것 같아서. 이 집들에는 눈이 달려 있어." 나는 불 꺼진 집들을 둘러보았다. 텅 빈 거리는 스산하니 조용했고 바다에서 밀려온 해무 사이로 드문드문 가로등 불빛이 비쳐들었다.

그는 담요 모서리를 잡고서 한쪽 끝을 자기 어깨로 당기고 나에게 더 가까이 붙어 앉았다. "음, 만약 장학금을 못 받게 되면 이 막다른 골목 한복판에서 몸에 불을 지를 테니까, 그때는 정말 동네 사람들이 수군거릴 일이 생길 거야."

"하-하. 그런 말은 농담으로도 하지 마. 부정 탄다."

"데시와 미신이라!"

나는 주변을 둘러보았다. "근데 두드릴 나무가 없어!*" 나는 손을 내려 엉덩이를 꼬집었다. 그리고 루카의 표정을 보았다. "왜? 주변에 나무가 없으면 엉덩이라도 꼬집어야 하잖아."

"어떤 변태 녀석이 너한테 그런 걸 가르쳐주던?" 그가 활짝 웃으며 물었고 눈가에 잔주름이 생겼다. 내 성격에서 새롭고 기이한 면을 발견하고 재밌어할 때마다 그랬던 것처럼.

나는 콧방귀를 뀌었다. "아니, 그 친구는 초등학교 6학년 때 친구 에이미 먼로였답니다. 대단히 고맙지."

"에이미 먼로가 너를 갖고 놀았던 것 같은데."

"음, 엉덩이를 꼬집고 나서 나쁜 일이 생긴 적은 없었어, 그러

---

* 나무를 가볍게 두드리면서 행운을 부르고 불운을 쫓아낸다.

니까……"

"분명 그랬겠지, 엄청 과학적이다." 그는 점잔을 빼며 고개를 내저었다. 나는 웃으며 무릎으로 그의 무릎을 쿡 찔렀다.

그런 다음 우리 둘은 잠시 조용히 있었다. 차가운 밤공기 속에 그저 우리의 숨만 뻐끔뻐끔 뿜어져나왔다. 둘 다 몇 분이 흘러가는 걸 온전히 느끼고 있었다.

그리고 그때. 그의 휴대폰에서 아주 작은 알람이 울리고 그다음엔 내 휴대폰에서 울렸다. 그는 나를 바라보았다. 나는 어깨를 으쓱했다. "나도 알람을 맞췄지."

그는 잠깐 미소 지은 후 휴대폰을 초조하게 내려다보았다. "흠."

나도 그의 휴대폰을 내려다보다가 고개를 들어 그를 바라보았다. "자? 루카! 이메일 확인해봐!"

그는 눈을 깜빡였다. 손은 휴대폰을 가볍게 쥔 채로 가만히 있었다. "우와, 모든 게 여기에 달려 있다니. 곧 있을 순간이 내 인생의 사 년을 결정하게 될 거야. 그렇게 생각하면 정말 미칠 것 같지 않아?"

미칠 것 같은 건 그가 그놈의 빌어먹을 이메일을 지금 당장 확인하지 않는 것이었다. 나는 참을성 있게 기다리자고 스스로를 다잡았다. "그래, 근데 내 말은, 우리 둘 다 그걸 기다리고 있잖아! 통지서, 장학금 수령자 선정 통지서 말이야. 모든 고등학생이 겪는 일이야, 루카. 어떤 결과가 나와도 괜찮을 거야."

루카가 고개를 끄덕였다. "그래. 맞아. 그러니까, 모든 게 여기에 달렸다는 건 분명히 알고 있었는데, 막상 그 순간이 코앞에 닥치니까, 기분이 정말 이상해. 현실 같지 않아."

나는 그의 손에서 휴대폰을 낚아채고 싶은 마음을 억눌렀다. "좋아, 최악의 시나리오는 네가 장학금을 못 받는 거야. 그래도 최후의 순간에 다른 장학금을 신청해도 되고, 아니면 아버지와 얘기해볼 수도 있잖아?"

"으악." 그가 얼굴을 찌푸렸다. "근데 그거 알아? 오늘밤 전시회 이후로 아빠가 예술학교 진학에 대한 생각을 바꿨을지도 몰라."

"우와, 정말?"

그가 어깨를 으쓱했다. "응, 그래도 난 이 장학금을 받고 싶어. 스스로에게 증명해 보이기 위해서. 정말 뜻깊은 일이 될 거야."

나는 고개를 끄덕였다. "이해한다, 친구." 그러고 나서 그의 휴대폰을 바라보았다. "좋아, 부탁인데 내가 바지에 오줌 싸기 전에 이메일을 확인해주면 좋겠어."

그가 내게서 몸을 떨어뜨렸고 나는 그의 팔을 찰싹 쳤다. 그는 숨을 깊게 들이쉬고 나를 바라보았다. 한껏 커진 두 눈에는 불확실성이 깃들어 있었다. 나는 그의 팔을 꼭 쥐고 미소 지으며 자신감을 내비치려 애썼다. 그리고 머릿속 깊숙한 곳에서는 원하는 결과가 나오게 해달라고 간절히 빌었다. **원하는 것에 집중하자.**

그가 화면을 밀자 휴대폰의 잠금이 해제되었고, 나는 화면 아래쪽 메일함 아이콘을 터치하는 손끝을 보았다. 메일함이 열렸고, 가장 상단에 캘리포니아미술장학금위원회에서 보낸 이메일이 있었다. 그는 나를 흘끗 보았고 우리는 잠깐 서로를 응시했다. 그리고 그가 이메일을 열었다.

바로 그 마지막 순간에, 나는 눈을 돌렸다. 내가 함께 있긴 했지만 이건 루카의 사적인 순간이었으니까. 게다가 정말 바지에 오줌을 쌀 것 같은 기분이 들었다. 거리 바깥쪽을 응시하면서 노란색과 하얀색 얼룩무늬 고양이가 덤불 사이로 쏜살같이 달려가는 걸 봤다. 세뇨르였다. 세뇨르는 밤마다 배회하다가 동네의 미국너구리들과 말썽을 일으키곤 했다. 한 가지 덧붙이자면, 이 동네의 미국너구리들은 포악하다. 세뇨르는 분명 닌자 고양이임이 틀림없고—

"데스."

고양이에 대한 나의 몽상은 증기처럼 머리 위로 흩어졌다. "응?"

그가 고개를 숙이고 있어서 얼굴은 보이지 않고 회색 비니 끄트머리만 보였다.

"나 됐어."

"잠깐. 뭐?" 그의 표정을 보지 않고는 상황 파악이 제대로 안
됐다.

그는 함박웃음을 지으며 나를 바라보았다. 그의 완벽한 얼굴
에서 본 것 중 가장 커다란 미소였다. "선정됐어."

나는 양손으로 입을 가리고 꺅하고 소리쳤고, 양다리를 공중
에 발길질해댔다. 그는 웃기 시작했고 나는 그를 끌어안았다. 우
리 어깨에 둘러져 있던 담요가 보닛 위로 떨어졌다.

"와아아아!" 나는 보닛에서 훌쩍 뛰어내려 팔짝팔짝 뛰기 시
작했다. "될 줄 알았어, 될 줄 알았다고!"

그는 계속 웃었고 나는 그의 손을 잡아당겨 내 팔짝팔짝 축하
세리머니에 동참시켰다. 루카도 그렇게 했다—우리 둘은 한밤
중에 진입로 한복판에서 서로의 손을 붙잡고 제자리에서 팔짝팔
짝 뛰었다.

그러다 갑자기 더이상 뛰지 않았다—그저 아주 오랫동안 키
스를 했다. 그는 나를 보닛 위로 들어올리고 양손을 내 머리카락
사이로 파묻었고 나는 양다리로 그의 허리를 감았다. BMW에
불이 붙을 것 같다는 생각이 들었을 때 그가 몸을 떼고 이마를
내 이마에 붙였다.

"우와." 그가 나직이 말했다.

"음-음." 나는 눈을 깜빡이며 루카의 머리 뒤쪽 가로등 불빛에 눈을 적응시키며 말했다. 그리고 깊게 숨을 들이쉬었다. "그럼……RISD. 로드아일랜드. 이스트코스트."

그가 끄덕였다. "으-응. 스탠퍼드. 웨스트코스트."

"우리, 어쩌면, 라이벌 래퍼가 될 수도 있겠어."

"응. 베레모와 비커처럼." 그가 자기 농담에 통쾌하게 웃으며 대답했다.

우리는 잠깐 침묵했다. 심장박동이 평상시 수준으로 돌아올 때까지. 그러고 나서 그가 나를 다시 자기 쪽으로 당겼고 우리는 이마를 맞댔다.

"좋은 건 우리가 언제든지 나체로 페이스타임을 할 수 있다는 거야."

"하-하. 네 꿈속에서나 하시지." 나는 그의 이마를 살짝 들이 받으면서 말했다. "음, 그냥 두 달에 한 번 정도 서로가 있는 곳으로 가는 것도 괜찮지 않아? 내 말은, 돈이 많이 들겠지만 나는 일을 할 계획이고 어쩌면 너희 아버지가 비행깃값을 대주실지도 몰라. 매일 밤 통화해도 되고, 하지만 확실히 해야 할 건 의무처럼 생각하진 말아야—"

루카가 손으로 나의 입을 막았다. "데시, 이건 아직 생각하지 말자."

내가 그의 손을 밀어냈다. "아직?! **그렇게** 이르지 않아, 이제 졸업할 때가 다 됐잖아!"

"데스, 아직 2월이야. 그 문제에 대해 생각해볼 시간은 **몇** 달이나 남았어."

나는 할말이, 계획하고 싶은 것이 정말 많았다. 하지만 지금은 루카의 행복한 순간이었고 그걸 망치고 싶진 않았다. 그의 비니를 살짝 잡아당겼다. "드디어 이 비니가 꼭 필요해지는 순간이 온 거야? 거긴 추우니까." 나는 손가락으로 그의 풍성한 머리카락을 쓸어넘겼다. 내가 이 머리카락에 대해 엄청난 소유욕을 품고 있다는 것에 놀라면서. 세상아, 이 머리카락은 내 **거야**, 라는 듯이.

그는 어깨를 으쓱했다. "너도 알겠지만, 장학금 받는 데만 정신이 온통 쏠려 있어서 정말이지 그게 어떤 의미인지 생각해볼 겨를이 없었어. 그러니까, 이 나라 반대편으로…… 눈 세상으로 가는 걸."

"전부 네가 기다려온 것들이잖아, 그치?" 나는 물었다. 내 기분에 비해 목소리는 한결 낙천적이고 활기찼다.

그는 담요를 집어들고 우리 어깨 위에 다시 둘렀다. "응, 내 말은…… 그래. 근데 이제는……" 그의 시선이 거리에서 내게로 옮겨왔다. 작은 미소가 입가에 걸린 채.

내 미소는 너무 많은 불확실성을 담고 있었고 슬펐다―익숙하지 않은 것이었다. "네가 무슨 말 하려는지 알아."

우리는 오랫동안 가만히 앉아 있었다. 보닛 위의 엉덩이는 점점 차가워졌고, 우리는 안개를 바라보았다. 거리에서 안개가 서서히 걷혀가는 모습을. 어쩔 수 없다는 듯 하늘로 올라가는 모습을.

19단계:
사랑을 증명하려면 최고의 희생이 필요하다
19장

일주일 뒤 나는 여전히 루카의 장학금 덕분에 들뜬 상태로, '총력 버전 데시 리'가 되어 스탠퍼드 입학 면접을 준비하고 있었다. 토요일 면접까지 며칠간 다음과 같은 일들을 완수해야 한다는 뜻이었다.

- 머리 자르기.
- (엄밀히 따지면 스탠퍼드는 아이비리그가 아니지만) www.ivyleagueorbust.com에 올라와 있는 '일반적인 면접 질문들' 암기하기.
- 스탠퍼드와 관련된 각종 고유명사의 발음 연습하기.
- 치아 미백.

- 매일 밤 플랭크를 해서 운동량 늘리기. 건강한 신체에 건강한 정신이 깃든다, 라고 나는 늘 얘기한다(그래, 정말 그렇진 않더라도 지금 상황에는 어울린다).
- 스탠퍼드 안내 책자와 홈페이지의 단어 하나하나 다시 읽기.
- 매일 밤 아빠와 드라마를 보면서 얼굴에 한국산 마스크팩 얹어놓기. 이 모습을 보면 아빠는 언제나 질겁했다.
- 내가 가진 모든 원피스를 드라이클리닝해놓기.
- 휴대폰에 명상 음악 다운로드해놓기. 이런 음악을 들으면 긴장이 풀린다고들 하니까. 나는 아직 들어보지 않았지만.

마침내 대망의 날, 피오나와 웨스가 내 옷차림을 점검해주고 막판 응원을 전하러 우리집으로 왔다. 아빠는 근무중이었지만 일찍 퇴근해서 나를 면접 장소까지 데려다줄 예정이었다.

나는 의류용 커버에 각각 담긴 옷 세 벌을 꺼냈다. 커버 지퍼를 내리면서 내가 말했다. "좋아, 자, 세 가지 스타일을 생각해뒀어. 하나는 군더더기 없는 바지 정장 스타일." 피오나가 어두운 슬랙스와 블레이저 재킷을 보고 구역질난다는 듯한 소리를 냈다. 나는 그걸 침대 위로 툭 던졌다.

"좋아. 두번째는 얌전해, 여자애들 스타일." 나는 둥근 플랫칼라 블라우스와 카디건, 치마를 들어올렸다. 피오나는 양팔로 X자를 만들었고 웨스는 고개를 끄덕이며 엄지를 들어올렸다. 나는 그걸 하나의 선택지로 걸어둔 다음 마지막 옷을 들어올렸다. "세 번째는 경쾌하고 쿨해, 이를테면 당신들에게 예의는 차리지만 깊은 인상을 심어주려고 안간힘을 쓰진 않겠다는 식이야." 나는 헐렁한 검은색 스웨터와 슬림핏에 발목이 살짝 드러나는 하운드 체크 패턴의 슬랙스를 든 채로 말했다.

피오나가 휘파람을 불었다. "딱 좋아, 데시."

웨스가 고개를 저었다. "아니야, 이건 너무…… 건방져. 쟤는 의사가 되려는 거잖아."

"의사는 뭐 1950년대 유치원 교사처럼만 입냐?" 피오나가 콧방귀를 뀌었다.

"네가 〈매드 맥스〉* 조연 배우처럼 입는다고 모든 여자가 그렇게 입어야 되는 건 아니잖아." 웨스가 피오나의 구멍이 숭숭 뚫린 흰색 티셔츠와 일부러 낡아 보이게 만든, 네온색 천 조각이 덕지덕지 붙은 군복 바지를 날카롭게 바라보며 말했다. "또, 데스, 왜 루카한테 면접 얘기를 안 하는 건지 다시 말해줄래?"

나는 서랍장에서 양말을 뒤적였다. "말했잖아―장학금에 쏠린 관심을 가로채고 싶지 않아."

---

* 포스트 아포칼립스물의 대표 격인 영화 시리즈.

나는 민트색 양말 두 짝을 들어올렸고 피오나가 고개를 저었다. "그 양말은 아니다, 그리고 그건 남자친구의 관심을 가로채는 게 아니야. 루카는 쿨하잖아. 걔는 그렇게 느끼지 않을 거야. 그냥 말해. 네가 면접을 숨기는 게 이상하지."

"숨기는 게 아니야! 그냥 많이 예민한 거지. 면접이 끝나고 나서 말하는 게 나아. 내가 더이상 스트레스 받지 않을 때." 면접은 다섯시, 근처 스탠퍼드 졸업생의 집에서 이루어질 예정이었고 나는 그 가족과 함께 식사하기로 되어 있었다. 그녀가 식사를 제안했을 때 나는 내심 혼자 하이파이브를 했다. 저녁식사 자리에서 내가 정말 끝내줄 거라는 사실을 알았으니까.

웨스와 피오나는 아직 의심스럽다는 듯한 눈빛이었고 나는 화제를 돌렸다. "파이, UC버클리 결과 기다리는 거 긴장되지 않아?" 그 질문과 함께 최종적으로 검은색 스웨터 의상을 입기로 결정했다. 나는 웨스를 뒤돌아 있게 한 다음 옷을 갈아입기 시작했다. UC버클리 입학 허가는 3월 초에 메일로 공지될 예정이었고 그곳은 피오나의 1지망 대학이었다—물론 전공은 미정. 나는 그녀의 합격을 의심치 않았다.

피오나가 어깨를 으쓱였다. "사실 긴장되진 않아, 장학금을 기대하고 있긴 하지만. 에세이가 꼭 그렇게 만들어주면 좋겠네."

나는 윙크했다. "네 커밍아웃 이야기를 최대한 활용해서 말이지." 피오나는 이 년 전 가족 앞에서 커밍아웃했던 일을 바탕으로 지원용 에세이를 썼다. 그녀의 할머니는 기절했고 아버지는 할머니를 붙들려고 허둥지둥 뛰어오다가 의자에 걸려 넘어져 다리를 다쳤다. 나는 정신적인 지지를 보내주러 갔다가 구급차를 기다리는 동안 다친 사람들을 돌보는 신세가 되었다. 다행히 모두, 비교적, 괜찮았다. 피오나의 가족은 결국 회복했다. 아직 그녀의 활발한 연애생활에 대해 전율하진 않았지만 말이다. 나는 그녀가 남자를 만났더라도 똑같은 상황이 벌어졌을 거라고 꽤나 확신한다.

"나 빼놓고 뭐해?" 아직까지 뒤돌아 있던 웨스가 벽에 대고 물었다. 그의 1지망은 프린스턴대학교였다―그 또한 자신이 되고 싶은 것이 차세대 마크 저커버그인지 차세대 스티븐 호킹인지 확신하지 못했으므로 전공은 '미정'으로 지원했다. 웨스다웠다. 피오나는 웨스를 끌어안고 드잡이를 했고 저항하는 그를 침대 쪽으로 밀며 머리카락을 헝클어뜨렸다.

"네가 캘리포니아 북부로 최대한 자주 오게 할 거야." 내가 말했다. 이런 생각을 하니 벌써 조금 슬퍼졌다. "캘리포니아 북부 사람이 된다니 믿기지가 않는다, 에휴."

"그래, 입에서 오지게hella*라는 말이 나오기만 해봐, 너희 엉덩이를 오지게 차줄 거야." 웨스가 말했다. 그는 계속 침대에 누운 채 머리를 침대 밖으로 내놓고 있었다. 침대 탁자 근처에 그의 머리가 있었다. 그는 쌓인 책들 아래에 깔려 있는 무언가를 보려고 목을 길게 뺐다. "야, 저게 K드라마 사랑 공식 노트야?" 그가 침대에서 굴러내려와 노트를 빼냈다.

나는 슬쩍 곁눈질했다. "아, 응—버리려고 했는데 조금 애착이 생겨서 말이야. 다시 읽어보면 재밌기도 하고, 약간 인류학 공부하는 기분도 들어."

웨스가 노트를 획획 넘겼다. "어떤 메모는 정말 세세하네." 그는 몇 장을 더 넘겼다. "나라면 태워버릴 거야." 그가 나를 올려다보며 말했다. 바로 그때 그의 휴대폰이 진동했다.

그가 휴대폰을 내려다보았다. "이런, 바이올렛이야—파이, 우리 늦었어."

"너희 어디 가는데?" 내가 불합격한 의상을 옷장에 넣으면서 물었다.

"〈스파이더맨〉 신작 보러." 피오나가 말했다. "난 보호자로 가는 거야." 그녀가 눈썹을 씰룩거렸다.

연애가 시작됐다. 바이올렛과 웨스는 모닥불 축제 이후로 자주 어울렸고 모두의 눈앞에서 사랑을 꽃피우고 있었다. 아니, 아

---

* 'hell of(매우, 엄청)'의 방언.

주 많은 스킨십을.

웨스가 끌어안는 바람에 나는 숨이 막힐 뻔했다. "행운을 빌어, 데스, 가서 **부숴버려**."

피오나도 다가와 나를 안더니 몸을 빼면서 내 뺨을 꼬집었다. "넌 할 수 있어, 데시!"

나는 그들이 페니를 타고 떠나는 걸 보았다. 그들은 작별인사로 경적을 두 번 빵빵 울렸다. 이제 면접이 몇 시간 남지 않았기에 나는 노트북을 열고 예상 질문을 모아놓은 문서 파일을 확인했다.

침대 위에 놓여 있던 휴대폰이 진동했다. 나는 휴대폰을 집어들고 루카에게서 온 문자메시지를 보았다. **어디야??**

나는 답장을 보냈다. **집!**

즉시 전화가 왔고 전화를 받자 그의 떨리는 목소리가 들려왔다―"데스, 나 미칠 것 같아―엄마가 LA 어떤 병원에 있다는데. 나랑 같이 가줄 수 있어?"

나는 당황스러움에 이맛살을 찌푸렸다. "세상에! 어머니는 괜찮으셔? 무슨 일이야?"

"나도 잘 모르겠어, 내가 아는 거라곤 이 일이 일어나기 전에 엄마가 친구들이랑 LA에 가 있었다는 거야. 병원에서 나한테 전화했는데 자세히는 얘길 해주지 않아―그냥 응급 상황이고 엄마가 나한테 전화해달라고 했다는 것밖에. 가서 무슨 일이 일어났는지 알아봐야겠어. 제발 나랑 같이 가줄 수 있어?"

세상에. 면접을 놓치는 건 있을 수 없는 일이었다.

"아버지랑 가는 건 어때?"

"아빠랑 릴리언은 외출중이야. 게다가 엄마는 아빠를 보고 싶어하지 않을 거야. 제발, 데스. 나 무서워. 네가 필요해." 그의 목소리는 몹시 작았다, 거의 소곤거리는 수준으로.

생각이 정리되기도 전에 내 입에서 대답이 튀어나왔다. "당연하지, 난 언제든 준비돼 있어." 그는 나를 바로 데리러 오겠다고 말했다.

나는 휴대폰으로 시간을 슬쩍 확인했다. 좋아, 나에겐 두 시간 반이 있었다. LA까지는 빨리 운전하면 사십오 분 정도 걸린다. 병원에 잠깐 들러서 별일이 없는지 확인한 다음 곧바로 택시를 타고 돌아오면 된다. 나는 해낼 수 있다. 노트북을 닫으며 손이 떨렸다. 면접 의상을 내려다보았다. 다행히 루카가 이상하다고 여길 정도로 차려입은 모습은 아니었다.

루카가 집 앞에 도착했고 나는 차에 올라탔다. 그는 즉시 나를 끌어안았다. 나는 그의 등을 쓰다듬었다. "괜찮아?"

"아니…… 안 괜찮아. 무슨 일인지 알아야겠어!" 목소리가 거칠었고 눈은 걱정으로 충혈되어 있었다.

"분명 괜찮으실 거야." 나는 아무것도 모르면서 차분하게 말했다. "내가 운전해줄까?" 그의 손이 나보다 더 떨리고 있었다. 어두운 눈은 더욱 짙어져 거의 검은색으로 보였다. 그는 초점 없는 눈으로 차 주변을 이리저리 둘러보았다.

그는 잠시 머뭇거리다 아주 미세하게 고개를 끄덕였다. 우리는 자리를 바꾸었고 루카는 고속도로로 향하는 길에 휴대폰 내비게이션을 켰다. 그는 손을 뻗어 내 잔머리를 귀 뒤로 넘겨주었다. "같이 가줘서 고마워, 데스. 아까는 정신이 나가는 줄 알았어……" 그의 목소리에 쑥스러움이 담겨 있었다.

나는 그의 손으로 손을 뻗었다. 그가 운전할 때마다 그랬듯이. "당연한 거지."

나는 루카의 불안을 받아들이는 동시에 대시보드 시계가 분 단위로 째깍째깍 넘어가는 걸 바라보았다. 좋아, 최악의 시나리오는 면접에 조금 늦는 것이다. 하지만 비상 상황이라면 그들도 분명 이해해주겠지. 게다가 루카가 이렇게 속상해하는 모습을 보는 게 마음이 더 불편했다.

병원으로 향하는 동안 우리는 말이 별로 없었다. 루카는 차창에 바짝 붙어 웅크린 채 조용히 밖을 응시했다. 음악조차 적절하지 못한 것 같아 그냥 꺼버렸다. 운전한 지 약 삼십 분이 지났을 때 재킷 주머니에서 휴대폰이 진동했다. 운전중이라 무시할 수밖에 없었지만 진동은 다섯 번이나 더 이어졌다.

루카가 나를 흘깃 보았다. "네 휴대폰이지?"

"음, 응, 근데 괜찮아."

"내가 대신 확인해줄까?" 그가 내 주머니로 손을 뻗으려 했다.

"안 돼! 정말 괜찮아, 아마 피오나가 스파이더맨과 메리 제인 이 얼마나 핫한지 얘기하는 걸 거야."

그 말에 루카는 미소를 지어 보였다. "재밌네." 나는 웃었고 그의 손을 생각보다 좀더 꽉 쥐었다. 그는 움찔하며 손을 뺐고 나는 그가 차창 밖을 내다보는 틈을 타 휴대폰을 빼내서 재빨리 확인했다.

아빠였다. 젠장.

"화장실에 들러야겠어. 잠시 차를 세워도 될까?" 이미 고속도 로를 빠져나와 주유소 쪽으로 향하며 내가 물었다.

"응, 그럼."

나는 차를 세워둔 다음 화장실로 달려가며 외쳤다. "금방 올 게!" 그리고 화장실에서 휴대폰을 꺼내 엄청나게 쌓인 문자메세 지를 확인했다. 어디에 있느냐고 묻는 아빠의 문자메시지였다. 나는 답장을 보냈다. **루카에게 급한 일이 생겼어. 루카 어머니가 병원 에 계셔서 내가 데려다줘야 해. 제시간에 돌아올게, 걱정하지 마!**

아빠에게서 즉시 전화가 왔다. 미치겠네.

"여보세요, 아빠."

"루카는 괜찮아? 무슨 일이 생긴 거니?"

"나도 몰라. LA에 있는 병원에서 전화가 왔는데 무슨 일인지 말을 안 해준대."

"LA? 하지만—루카 혼자서 갈 수 있지 않을까? 아니면 아버지랑 같이 가도 되고. 왜 오늘 면접이 잡혀 있는 너한테 전화를 해?" 아빠는 혼란스러운 듯했지만 화를 내진 않았다…… 아직까지는.

나는 머리를 지저분한 타일 벽에 기댔다. "루카는 오늘 면접이 있는지 몰랐어. 난 말하고 싶지 않았고. 루카는 아버지가 아니라 내가 같이 가주길 바랐어. 운전할 만한 상태도 아니었고. 내가 필요했어."

"데시."

"나도 알아, 제발 화내지 마. 제시간에 돌아갈 수 있을 거야." 이 말은 너무 나약하게 들렸다, 심지어 나에게도.

지금껏 단 한 번도 들어보지 못한 한숨이 전화 저편에서 들려왔다. 실망스러운 한숨이었다. "이건 큰 실수야, 데시. 루카가 알았다면 네가 이러는 걸 원치 않았을 거야. 면접에 늦어서 입학에 영향을 끼치면 어쩌려고?"

손바닥에 땀이 차올랐다. 아빠의 말이 맞다는 건 나도 알았다. "음, 지금은 너무 늦었어, 알지? 우린 병원에 거의 다 왔고 지금

난 루카 곁에 있어야 해." 내 목소리가 신경질적으로 날이 섰다.

아빠는 실망감에 아무 말도 하지 않았다. "정말이지…… 이건 아주, 아주 바보 같은 짓이야."

눈물이 솟구쳤다. 후회가 덮쳐오며 가슴속에 돌처럼 무겁고 세차게 내려앉았다. 아빠의 실망이 나를 으스러뜨렸다. 나는 평생 매일매일, 후회가 깃든 아빠의 목소리를 듣지 않으려고 정말 열심히 살아왔다. 그리고 자기혐오로 숨이 막힐 듯했다. 하지만 어쩌겠는가? 이미 벌어진 일이고, 루카는 제정신이 아닌 상태로 차에서 나를 기다리며 어머니를 걱정하고 있는데.

아빠는 잠시 침묵했다. 그러고 나서 수척한 목소리가 휴대폰 너머에서 들렸다. "가서 루카를 도와줘. 운전하는 동안에는 스탠퍼드 걱정은 하지 말고. 무슨 일인지 알게 되자마자 아빠한테 전화해. 알았지?"

나는 고개를 끄덕였다. 여전히 눈물이 그렁그렁한 상태였다. "고마워, 아빠."

"사랑한다."

"나도 사랑해."

아빠가 전화를 끊자마자 나는 숨을 깊게 몇 번 쉬고 세면대로 가서 얼굴에 물을 철퍽철퍽 끼얹었다. 젖은 얼굴을 닦으려고 페이퍼타월을 집었을 때, 나를 바라보는 거울 속 모습이 내가 느끼는 것만큼이나 회의적으로 보였다.

차가 막혔다. 5번 고속도로는 늘 막혔다. 나는 대체 무슨 생각이었던 걸까.

우리가 실제로 K드라마 속에 있었다면 좋았을 텐데, 그러면 나는 혼잡한 도로를 거칠게 헤쳐나가고 바퀴에서는 끼익 소리가 나고 미친듯이 차를 몰면서 뒤에서 줄줄이 교통사고가 나든 말든 신경도 안 썼을 것이다.

안타깝게도 이건 내가 아무리 K드라마 여주인공처럼 건방을 떤다 해도 어쩔 수 없는 일이었다.

드디어 병원에 도착했을 때는 네시 십오분이었다—사십오 분만에 몬테비스타까지 되돌아가야 하는 셈이었다. 결코 해낼 수 없는 일이었다—돌아가는 길에 내가 맞닥뜨려야 할 반대편 도로의 교통체증을 모두 지켜봤으니까. 그리고 차에서 내리자마자 루카가 내 손을 잡았을 때, 나는 이미 늦었다는 걸 알았다. 스탠퍼드는 내 뒤에 펼쳐진 교통체증 속에 끼인 채, 서서히 멀어져갔다.

우리는 손을 잡고 병원 복도를 뛰어갔고 내 머릿속으로 K드라마의 환영들이 지나갔다—이 세상에 병원 장면이 하나도 안 나오는 드라마는 없으니까. 접수대에 도착했을 무렵 우리는 숨을 헐떡이고 있었다.

"안녕하세요. 저희 엄마가 여기 환자입니다. 리베카 제닝스요. 엄마에게 무슨 일이 일어난 건지 말씀해주실 수 있나요?" 루카가 접수대 안쪽에 있는 젊은 간호사에게 물었다.

푸른 눈이 따뜻한 간호사가 우리에게 동정어린 미소를 보냈다. "죄송합니다. 환자 본인의 허락 없이는 알려드릴 수 없어요."

"뭐라고요! 엄마는 허락하셨어요." 루카가 쏘아붙였다.

그의 표정에서 폭발 직전이라는 사실을 알 수 있었다. 나는 그의 팔을 붙잡았다. 그리고 입을 떼기 전에 간호사의 이름표를 슬쩍 보았다. "안녕하세요, 벤저민. 실은, 병원의 누군가가 얘한테 전화를 걸었어요. 그러니까 환자가 허락해준 게 틀림없잖아요, 안 그랬으면 어떻게 얘한테 전화를 걸었겠어요?"

벤저민은 의심하는 듯했지만 키보드를 몇 번 두드리고 컴퓨터에서 무언가를 찾아보더니 말했다. "이름이 뭐죠?"

"루카 드래코스요."

"미안해요. 환자가 가장 가까운 친족 명단에 당신 이름을 올리고 정보를 공개하도록 허락하셨네요. 더 나이가 많은 분일 줄 알았어요." 그는 모니터에서 정보를 읽었다. "여하튼, 환자는 맹장이 파열되었지만 수술을 받았어요." 루카는 안도의 한숨을 내쉬었다. 벤저민이 말을 이었다. "네, 환자는 괜찮으실 겁니다. 의사와 얘기하고 싶으실 텐데요. 제가 호출해드리죠. 저기서 잠시만 기다리세요." 그는 대기실의 진녹색 의자를 가리켰다.

그제야 나는 깨달았다. 맹장 파열이라니. 세상에나, 그게 내가 면접을 놓친 이유라고? 대기실로 걸어가면서 나는 기절하지 않으려 애썼다.

루카가 얼굴을 벅벅 문질렀다. "맹장 파열. 큰일은 아니네, 그치?"

나는 곧장 말이 나오지 않아 고개만 끄덕였다. 몇 초 후 목청을 가다듬으며 말했다. "당연하지, 아주 흔한 질환이야. 여기서 아마 그런 수술은 수십억 번 했을 거야." 루카의 안도감이 몸으로 전해졌고 나는 그런 그가 부러웠다.

휴대폰이 다시 진동했다. 루카가 생각에 잠긴 틈을 타서 나는 휴대폰을 꺼냈다.

병원에 도착했어? 아빠였다.

응, 방금 도착했어. 루카 어머니는 맹장 파열이었는데 괜찮을 거래. 벌써 수술하고 나오셨어. 지금 의사를 기다리는 중이야.

문자메시지 말풍선에 말줄임표 부호가 한참 떠 있다가 마침내 답장이 왔다. **어머니께서 괜찮으시다니 다행이네. 그런데 네가 면접을 놓칠 것 같아. 지금 출발한다 해도 말이야.**

답장을 보내기 위해선 자리에 앉아야 했다. 완전히 주저앉아버릴 것 같아서. **알아. 면접관에게 전화해서 급한 사정이 있었다고 말할게.**

아빠가 답장을 보냈다. **아니야. 넌 지금 상황이 좋지 않잖아. 루카와 함께 있어. 내가 면접관에게 전화해서 일정을 다시 잡을 수 있는지 알아볼게.**

나는 아빠에게 면접관 연락처를 보냈다. **고마워, 아빠. 집에 갈 때 전화할게.**

루카에게 아빠도 염려한다고 전해줘. 안녕.

나는 휴대폰을 움켜잡았고 수술복을 입은 중년의 흑인 의사가 다가오는 걸 보았다. 루카는 초조하게 의자에서 일어섰고 나도 따라 일어서서 그의 손을 잡았다.

"제닝스 씨의 아들입니까?" 의사가 루카를 보며 물었다. 루카는 고개를 끄덕였다. 그의 심장이 빠르게 뛰는 게 손바닥으로 전해졌다.

의사는 손을 뻗어 루카와 악수했다. "저는 닥터 스위프트입니다. 어머니께서는 맹장을 제거하는 수술을 했고, 현재로서는 잘 회복되고 있어요. 아시겠죠?" 그는 루카에게 친절한 미소를 지어 보였고 루카는 눈에 띌 정도로 안심했다. "그래도 맹장이 파열되었으니 그리 간단한 문제는 아닙니다. 복강이 감염될 수 있거든요. 그래서 어머니에게 강한 항생제를 조금 투여했습니다."

나는 주의깊게 들으면서 고개를 끄덕였다. 의사가 말을 이었다. "내일이면 자리에서 일어나 움직일 수 있을 거예요. 며칠 뒤면 퇴원할 수 있고요."

루카가 나를 보았다. "잘됐다." 내가 또렷한 목소리로 말했다.

닥터 스위프트는 우리 둘을 보며 미소 지었다. "지금은 환자의 상태가 좋지 못하지만 의식이 있으니 들어가서 만나보세요. 1004호실입니다. 제가 나중에 더 자세히 설명드리죠."

루카는 고개를 끄덕이고 이렇게 대답했다. "정말 감사합니다. 스위프트 선생님."

의사는 답례로 고개를 끄덕이고 걸어갔다. 루카와 나는 서로를 쳐다보았다.

"고마워, 아가씨." 그가 미소 지으며 말했다.

나는 손을 뻗어 루카의 손을 잡았다. "뭘 이런 걸 가지고. 근데 아버지께 전화해서 무슨 일이 있었는지 말씀드려야 하지 않을까?"

그는 얼굴을 찌푸렸다. "왜? 우리가 왔잖아."

"글쎄, 너희 어머니잖아. 두 분은 한때 부부였고. 알고 싶지 않으시겠어?"

"신경도 안 쓸걸."

나는 고개를 저었다. "루카…… 당연히 신경쓰실 거야."

루카는 잠시 침묵했다. "좋아. 하지만 먼저 엄마부터 보러 가자."

"아, 우리 둘 다? 내—내 생각엔 난 그냥 여기 있는 게, 너랑 엄마에게 좀더 오붓한 시간이 될 것 같은데." 내가 말을 더듬었다. "난 어머니께서 몸을 좀 회복하시면 만나뵐게."

루카는 나를 꼭 끌어안으며 내 머리카락에 대고 말했다. "오붓한 시간은 필요 없어. 엄마가 널 만났으면 좋겠어. 네 덕에 살았어."

세상에. "알았어. 그럼. 음, 네가 먼저 어머니를 뵙고, 어머니가 날 만나고 싶으신지 여쭤봐. 나는 그동안 네 대신 아버지께 전화를 드릴게. 그리고 나중에 네가 들어오라고 하면, 들어갈게."

그가 내 이마에 입을 맞췄다. "알았어. 네 말이 맞아. 고마워."

"천만에." 나는 그의 목에 대고 말했다.

그 말과 함께 나는 다시 한번 그의 손을 꼭 쥐었다. 루카는 활짝 미소 지으며 깡충깡충 뛰듯이 걸어갔다.

그의 아버지에게 전화를 거는 내 손이 떨리기 시작했다.

20단계:
최후의 순간까지 행복해서는 안 된다
20장

루카의 어머니는 가장 손이 많이 가는 맹장 수술 환자였다.

"이쪽으로 오렴, 예쁜아, 그래야 내가 루카를 훔친 여자애를 볼 수 있지."

앗, 농담하는 건 아닌 듯했다. 나는 그녀가 요청한 핸드로션을 들고 병원 침대로 다가갔다. 차를 타고 약국을 세 곳이나 들러 찾아낸 것이었다.

"이런 상황에서 만나뵙게 되어서 아쉬워요." 내가 웃으며 말했다. "몸은 좀 어떠세요?"

그녀의 눈이 반짝였다. "수술한 것치곤 괜찮아." 그녀는 약하게 웃으며 말했다. 나는 파라벤 무첨가 백 퍼센트 천연 원료 로션을 침대 옆 탁자에 올려놓았다. 루카는 그녀의 손을 잡은 채 침대 발치에 앉아 있었다.

루카의 어머니는 아름다웠다. 그 점은 놀랍지 않았다. 어깨 위로 흘러내린 무성하고 어두운 머리카락, 꿰뚫어보는 듯한 푸른 눈, 그리고 줄리아 로버츠를 닮은 큼직한 입. 장기가 터져서 고생한 뒤임에도 예뻐 보였다.

또한 약간 성가신 타입이기도 했다. 그 이상한 로션 외에도 그녀는 루카에게 병실을 바꿔달라고 요구했다. 이곳의 풍수지리가 마음에 들지 않다면서. 그러고 나서는 병원 시트가 얼마나 말 그대로 끔찍한지에 대해 불평했다. 아마도 화학 물질이 잔뜩 묻어 있다는 이유로. (혹은 원단이 거칠어서.)

"아, 루카가 너에 대해서 전부 말해줬어, 데시. 어쩜 그리 완벽할 수 있니?"

이 여성의 입에서 나오는 말은 모두 비꼬는 칭찬이었다. 나는 루카를 슬쩍 보았지만 그는 웃고 있었고 전혀 감지하지 못했다. 그녀의 어투는 다정했으나 강철 같은 두 눈은 나를 이리저리 평가하고 있는 듯했다.

나는 어떻게 반응해야 할지 몰랐다. "아, 분명히 루카가 지나치게 과장했을 거예요."

루카가 눈을 굴렸다. "알았어, 데스. 엄마, 데스는 수석 졸업생이 될 거예요. 스탠퍼드에 갈 거고요." 나는 심장이 죄어들었다.

"내가 저런 너드한테 빠질 줄 누가 생각이나 했겠어요?"

어머니의 눈이 나를 더욱더 주의깊게 살폈다. "아버지께서 무슨 일을 하신다고 했더라? 배관공?" 나는 더이상 K드라마 사랑 공식을 따르고 있지 않았지만, 머릿속에 있는 K드라마 카탈로그에서 힘을 끌어모았다. 〈풀하우스〉의 지은이 떠올랐다. 그녀가 귀여운 노래 한 곡으로 영재의 기고만장한 가족이 풍기는 얼음장 같은 분위기를 깨고 자신을 사랑하도록 만든 것을 떠올렸다. 그냥 끝까지 겪어내자, 심기를 건드리지 마, 데스.

나는 미소 지었다. 명랑하고 한없이 상냥하게. "아뇨, 자동차 정비공이세요."

"좋구나." 전혀 그런 것 같지 않은 목소리였다. 그녀는 담요를 가지고 다시 법석을 떨었고 루카가 일어서서 담요를 바로잡아주었다. 천사 같은 K드라마 여주인공이고 나발이고, 나는 여전히 그녀의 얼굴에 펀치를 날리고 싶었다.

누군가 조용히 문을 두드렸고 나는 생각에서 깨어났다. 네드였다. 나는 안심하며 거의 달려가다시피했다. 그를 끌어안으며 속삭였다. "세상에, 와주셔서 감사합니다."

네드가 나직이 답했다. "이해해, 데시."

"네드?" 리베카의 목소리가 날카로웠다. "당신이 여기에 어떻게 온 거지?"

그는 그녀에게 다가가 진분홍색 모란꽃 한 다발을 침대 옆 탁자에 놓았다. "아직 당신 기세가 꺾이지 않은 걸 보니 기쁘네, 베카." 그가 심드렁하게 말했다.

리베카는 인상을 쓰고 루카를 쳐다보았다. "네가 전화했니?"

루카는 나를 초조하게 바라보았다. "응, 데시가 아빠한테 무슨 일이 일어났는지 알리는 게 좋을 것 같다고 했거든. 설마 올 줄은 몰랐지." 그는 아버지를 향해 웃어 보였다. 작은 미소였지만 나는 그걸 놓치지 않았고 네드도 그랬다.

리베카는 불평하기 시작했고 네드는 안경을 벗고서 눈을 비볐다.

당황한 나는 루카를 바라보았다. 그는 어머니를 보호하려는 듯 주위를 맴돌았다. 나는 그에게 무언의 신호를 보내려 노력했다. 여기에서 나가자. 그가 나의 신호를 알아차렸다.

"우리는 가서 먹을 것 좀 가져올게요. 두 분은 소리지르기든 뭐든 시작하시죠." 그가 나와 함께 문으로 걸어가며 말했다.

나는 루카에게 바짝 붙어 서둘러 병실을 나왔다. 우리의 말소리가 안 들릴 법한 곳에 이르자 루카는 계속 숨을 참고 있었던 것처럼 크게 한숨을 내쉬었다. "아빠가 와서 좋긴 한데…… 두 분은 같이 있으면 사람을 너무 짜증나게 해."

나는 서로를 저렇게 노골적으로 싫어하는 부모를 두었다는 게 어떤 건지 상상이 되지 않았다. "미안해, 나도 너희 아버지가 오실 줄은 몰랐어―스트레스가 산더미일 텐데 또다른 스트레스가 생긴 기분이겠네?"

그가 내 어깨에 팔을 둘렀다. "아냐, 아빠가 와서 좋아. 네가 여기에 있는 것도 좋고." 그가 말했다. 몇 초 뒤 또 덧붙였다. "병원은 최악이야."

"내가 맞춰보지. 여기 있는 사람들이 앓는 병이 뭐든 간에 너한테 옮을 수 있다고 생각하는 거지?" 내가 놀렸다. 루카를 알아갈수록 그의 예민한 신경증이 점점 정체를 드러냈다.

그의 코가 찡긋했다. "음, 응. 있잖아, 이거 발진 같지 않아?" 그는 진지하게 소매를 걷어올리고는 방금 긁은 듯한, 지극히 정상적인 피부의 일부를 보여주었다.

나는 그의 팔을 밀어냈다. "꺼져. 너야말로 모든 의사에게 최악의 환자니까."

"병원에 익숙해져야겠다. 여자친구가 언젠가 의사가 될 테니."

평소였다면 그런 말을 듣고 정말 신이 났을 것이다―그 문장이 암시하는 바를 미리 계획하면서 말이다. 그러나 지금은 목이 죄어들었다. 스탠퍼드가 계속 머릿속을 맴돌았고 흘러가는 일초 일 초마다 내가 저지른 일에 대한 중압감이 어깨에 더욱 무겁게 내려앉았다. 스탠퍼드 면접을 놓치게 될 수도 있었다. 쉼없이 열

심히 살았던 열여덟 해. 나뿐만 아니라 아빠도 그랬다. 내가 밤
샘 공부를 하면 자정에 간식을 가져다주고, SAT 수업마다 나를
데려다주고, 발가락 부분에 구멍이 난 축구화를 직접 고쳐주던
아빠도.

마음속에서 스탠퍼드를 떨쳐내야 했다. 그래서 더 까다로운
영역을 파고들었다. "그럼…… 어머니는……"

엘리베이터에 다다르자 루카는 나를 조심스레 쳐다보며 하강
버튼을 눌렀다. "알아. 엄마가 짜증나는 사람이라는 거."

나는 닫힌 엘리베이터 문으로 거의 넘어질 뻔했다. "야! 근데,
넌 엄마랑 사이가 엄청 좋잖아."

그는 어깨를 으쓱했다. "난 엄마가 완벽하다고 말한 적 없어.
그래도 우리 엄마인걸. 그리고 나는 엄마에게 충성해."

말하고 싶은 게 백만 가지쯤 됐다. 이를테면, 너희 어머니는 너
의 충성을 받을 자격이 없어! 나는 입을 다물었다. 모두에겐 저마다
의 역동적인 가족사가 있는 거니까. 내가 누굴 판단하겠는가?

병원 구내식당에 도착했을 때 휴대폰이 진동했다. 아빠가 보
낸 문자메시지였다. **면접관과 연락이 닿았어. 월요일 아침에 스탠퍼
드 입학처에 바로 전화하라고 하더라.**

월요일 아침 나는 꺅하고 소리를 지르며 잠에서 깼다—얼굴에서는 찬물이 뚝뚝 떨어지고 있었다.

"좋은 아침!"

"아빠!" 나는 이불로 얼굴에 묻은 물을 닦아내며 소리쳤다. 아빠가 식물에 물을 뿌릴 때 쓰는 분무기를 들고 침대 발치에 서 있었다.

"왜? 오전 일곱시가 다 됐어. 스탠퍼드 입학처가 여덟시 반에 문을 여니까 곧장 전화를 걸 준비를 해둬야지."

"한 시간 반이나 남았어, 아빠!"

"준비된 상태로 걸고 싶지 않아?"

투셰*, 아빠. 아빠의 말이 맞았지만 나는 그 말투가 마음에 들지 않았다.

토요일에 아빠가 면접관에게 전화를 걸었을 때 그녀는 내가 일정을 다시 잡을 수 있는지는 스탠퍼드측에 확인해야 한다고 말했다. 아빠가 그 말을 해준 뒤로 내 머릿속에는 내내 두려움이 맴돌았다. 하지만 나는 일이 다 잘 풀릴 거라고 낙관했다. 주의를 딴 데로 돌리려고 집안을 대청소하며 남은 주말을 보냈다. 지붕의 빗물받이는 폭우에 완벽하게 대비됐고 아빠의 연장들은 크

---

* 프랑스어로 '인정' '찌르기'라는 뜻.

기, 색깔, 용도 별로 정리된 상태였다.

"어떻게 되는지 알려줘." 아빠는 단호하게 말했다. 음, 미키마우스 티셔츠와 농구 반바지를 입고서 최대한 단호하게. 그는 그런 불길한 말을 남기고 내 방을 떠났다.

여덟시 반, 나는 1교시 미적분학 수업을 듣고 있었다. 휴대폰이 진동하자 나는 미적분을 가르치는 파하디 선생님을 향해 손을 들었다. "화장실 다녀와도 되나요?"

그는 고개를 끄덕였고 나는 휴대폰을 쥐고 서둘러 교실을 나서며 피오나에게 재빨리 눈길을 던졌다. 그녀가 의아하다는 듯 나를 쳐다보았다. 학교에는 루카가 태워다주었기에 피오나에게는 면접에 대해 아직 말하지 못했다.

나는 건물 밖으로 걸어갔다. 구름이 낀 쌀쌀한 날이었다. 휴대폰에 이미 저장된 입학처 전화번호를 터치하며 보라색과 녹색이 뒤섞인 잔디 사이의 자갈길을 걸었다. (그 잔디는 페스큐 종이었다—작년에 학교에서 조경을 재정비할 때 내 설득으로 심은, 가뭄에 잘 견디는 야생 잔디.)

통화 연결음이 이어지다 교환원이 응답했다. 그리고 몇 명의 사람을 거쳐 드디어 담당자와 연결됐다.

"안녕하세요? 리프먼 씨. 저는 데시 리라고 합니다. 토요일에 산드라 무뇨스 씨와 면접 일정이 잡혀 있었는데요. 제가 급한 사정이 생겨서 일정을 다시 잡아야 해요. 무뇨스 씨께서는 일정을 다시 잡으려면 당신에게 연락하라고 말씀하셨거든요?" 나는 활기찬 목소리를 유지하며 휴대폰을 얼굴과 어깨 사이에 끼우고 양손은 허리께에 걸친 채, 나 자신이 원더우먼처럼 느껴지는 자세를 취했다. 예전에 이런 걸 읽은 적이 있었다. 실제로 원더우먼이라고 불리는 그 자세는 자신감이 바닥인 순간에도 자신감이 가득해 보이게 만든다고 했다.

"네, 리 양. 일은 잘 해결되었나요? 무뇨스 씨가 당신에게 급한 일이 생겼다고 이메일을 보냈어요."

"네, 감사합니다. 남자친구 어머니가 응급 수술을 하게 돼서 제가 LA까지 데려다줘야 했어요." 이럴 수가. 남자친구라는 말이 나도 모르게 튀어나와버렸다─십대 여자애 입에서 나온 그 말은 정말이지 보잘것없고 부적절하게 들렸다. 한 차례 적막이 흘렀고 나는 급히 그 순간을 메웠다. "어머니는 이제 괜찮으세요. 저는 면접 일정을 다시 잡게 되어 기쁘고요."

또 한 차례 적막.

"이런 얘기를 하게 돼서 유감이에요, 리 양. 다시 일정을 잡아주는 건 불가능해요."

심장이 멎었다. 딱, 멎었다.

"아시다시피, 저희는 한 달에 걸쳐 면접을 실시합니다. 그리고

리 양의 면접은 그 기간 끄트머리에 잡혀 있었죠—사실상 가장 마지막 면접이었어요. 미안합니다."

나는 휴대폰을 귀에 찰싹 붙인 채로 고개를 저었다. "하지만 전 오늘이라도 면접을 볼 수 있어요! 저희 집에서 십오 분 거리 거든요, 제가 그분께 전화를 걸어서 확실히—"

"리 양—기한이 지났어요. 다시 한번 죄송하다는 말씀을 드립니다. 하지만 아시다시피 면접이 필수사항은 아니에요."

휴대폰에서 흘러나오는 말들이 더이상 이해되지 않았다. 원더우먼 자세가 녹아내리며 나는 자갈길에 미끄러지듯 주저앉았다.

"리 양?"

나는 힘겹게 입을 열었다. "음…… 이게 저의 지원 결과에 영향을 주나요?"

또다시 적막이 한 차례 흘렀다. "아, 그걸로 리 양이 **불합격** 처리되지는 않아요." 리프먼 씨는 낙관적인 말을 전했다.

나는 거칠고 으스스한 웃음소리를 냈다. "음, 참 다행이군요!" 나의 스탠퍼드 지원서에 감점이 내려졌다고 생각하니 최대한 지키려 애쓰던 예의가 사라졌다.

리프먼 씨의 목소리는 동정적으로 꾸며낸 말투에서 퉁명스러운 말투로 바뀌었다. "이 이상 제가 어떤 조언을 해줄 수 있을지 잘 모르겠군요."

"제가 리프먼 씨의 상사와 얘기할 수 있을까요?" 나는 목소리를 차분히 가라앉히려 애썼다.

"그런다고 바뀔 건 없을 텐데요." 그가 굳은 목소리로 말했다.

"제발 부탁드려요, 그분께 연결해주세요."

"알겠습니다." 딸깍하고 다른 전화로 연결되는 소리가 들렸다. 그 소리는 결국 멈췄고 음성메시지함으로 넘어갔다.

젠장. 나는 간단명료하면서도 다급한 메시지를 남기고 전화를 끊었다.

침묵에 잠긴 채 잔디밭을 바라보고 있는데 우르릉하고 천둥이 울렸다. 하늘을 올려다보자 얼굴에 빗방울이 떨어졌다. 그 습한 공기와 실망감이 무겁게 내려와 내 가슴속을 가득 메웠다.

3단계:
배반의 시간—두 사람 중 하나가
배반 아닌 배반을 하게 되리라
리장

온 미래가 몇 초 만에 지워지는 기분은 기이하다. 마치 우주 같다—엄청난 공허. 투지와 부정 이후에 남겨진 건…… 아무것도 없다. 그 모든 것의 끝에는 당신의 미래였던 블랙홀뿐이니까.

"네가 과민하게 반응한다고 생각하지 않아?" 며칠 뒤 피오나가 물었다. 내가 그녀의 차 안에서 수심에 잠겨 있던 등굣길이었다.

나는 거의 피오나의 시선에 맞먹는 험상궂은 얼굴로 쏘아보았다. "과민반응이라고? 스탠퍼드에 못 들어가면 난 정말, 팍삭 망하는 거야. 그것도 다 내 잘못 때문에."

"그래, 데시 리, 내가 말하는 과민반응이 그거야. 네가 대체 왜 망해? 넌 안정권에 있는 모든 학교에 합격할 거고, 어떻게든 의사가 될 거잖아."

"나한테는 언제나 스탠퍼드뿐이었으니까, 파이!"

피오나는 차를 한쪽으로 급히 틀더니 끼익하고 멈춰 세웠다. 그러고는 그녀답지 않은 심각한 표정을 하고서 나를 향해 몸을 돌렸다.

"데시. 바로 그거야. 스탠퍼드 가는 게 왜 그렇게 중요한데? 너희 어머니가 거기 다녔다는 건 아는데 그렇다고 꼭……" 피오나는 하고 싶은 말을 어떻게 풀어내야 할지 모르겠다는 듯 말끝을 흐렸다.

"뭐? 중요하진 않다고?" 나는 다그쳤다. "충분한 이유가 아니라고?"

피오나는 얼굴을 붉히며 어깨를 으쓱했다. "어, 내 말은, 이렇게 말하면 어떻게 들릴지 모르겠지만, 네가 스탠퍼드 간다고 어머니가 다시 돌아와?"

나는 움찔했다. 피오나 말이 맞았다. 스탠퍼드에 간다고 해서 엄마가 다시 돌아오는 건 아니었다. 나는 등을 기대고 머리 위를 응시했다. "응, 아니지. 근데 파이, 그게 중요한 게 아니야. 내가 엄마처럼 최고가 될 수 있다고 아빠가 생각하길 바라. 스탠퍼드는……"

피오나도 등을 기댔다. "상징적인 거네." 그녀가 나 대신 말을 끝냈다.

"응. 상징적인 거야."

"물론 아버지께서는 널 잘 키우셨지."

나는 끄덕였다.

"데시, 다들 알아. 아버지께서 널 훌륭하게 키워내신 걸. 그분도 그 사실을 알고." 피오나의 목소리가 누그러졌다.

베프의 동정이 내 안의 무언가를 무너뜨렸고 눈물이 솟구치는 게 느껴졌다. "난 그저―아빠가 항상 자랑스러워했으면 좋겠어. 절대 걱정 안 하고."

그녀가 다정하게 웃었다. "데스, 무슨 일이 일어나든 걱정하는 게 부모야. 네가 아무리 완벽하려고 노력해도 아버지에게 전혀 걱정을 끼치지 않을 순 없어."

나는 눈물을 훔쳐냈다. "나도 알아. 하지만 난 내가 할 수 있다고 항상 다짐했지."

"아버지의 반응은 어땠어? 내가 알기로 너희 아버지는, 네가 그분을 실망시켰다고 외출을 금지하거나 하지 않으셨잖아."

나는 애써 웃었다. "응, 물론 안 그랬지. 처음에는 아빠도 엄청 실망했는데 곧바로 격려해주려고 애쓰면서 큰일이 아니라고, 아직 좋은 기회가 남아 있다고 말하더라고. 그다음 우리는 드라마 시리즈 하나를 한꺼번에 다 봤어."

피오나는 차를 다시 도로로 몰았다. "거봐! 걱정할 필요 없다니까. 이제 아버지는 해결됐고, 루카에게는 언제쯤 말할 거야?"

루카. 나는 지난 며칠간 학생회 일이 너무 많다는 핑계로 그를 피해다녔다. 그렇게 실망한 모습을 보여주고 싶지 않았고 아직 스탠퍼드에 대해서도 말할 준비가 되지 않은 상태였다. 그는 분명 죄책감을 느낄 터였고 내 인생에 또다른 감정 회오리를 끌어오고 싶지 않았다. 내 바보 같은 결정 때문에 그가 죄책감을 느끼는 것도 원치 않았다.

"모르겠어. 곧 하긴 해야지."

피오나는 이해불가라는 시선으로 나를 바라보았고 우리는 학교 주차장에 도착했다. "반드시, 곧 해야지." 그녀는 단호하게 말했다. 내가 사물함에 도착하자 그곳에 그가 있었다. 사물함에 기댄 채, 마치 1950년대 스타일의 건장한 남자친구처럼.

"안녕, 낯선 사람." 그가 내게 미소 지으며 말했다.

나는 루카를 끌어안고 미안함을 담아 말했다. "알아, 요새 좀 정신이 없어. 미안."

내가 사물함을 열자 그가 뒤로 물러나며 어깨를 으쓱했다. "뭐, 괜찮아. 오늘밤에 시간 있어?"

본능적으로는 피하고 싶었지만 피오나의 말이 옳았다. 그에게 얼른 말해야 했다. "물론이지!" 교과서를 집어들고 사물함을 닫자 곧바로 종이 울렸다. "점심시간에는 프랑스어 동아리 모임, 방과후에는 축구 연습이 있어. 그러니까 우리 오늘밤에 다시 이야기하는 거 어때?"

그가 내 이마에 입을 맞췄다. "그러자고, 아가씨."

하지만 그날 저녁 루카에게서 문자메시지가 왔을 때 나는 축 처져 있었다. 아빠는 친구들과 저녁식사를 하러 나갔고 나는 혼자 집에서 〈킬미, 힐미〉를 보며 소파에 누워 있었다. 무엇이라도 하고자 하는 의욕이 모두 상실된 상태였다.

그에게서 문자메시지가 왔다. **보바 팰리스에서 만날까?**

나는 레깅스와 아빠의 오래된 NBA 농구복 상의를 입고 있었고 머리는 부스스한 털뭉치 같았다. 외출할 준비 따윈 되어 있지 않았다. 우리가 데이트를 시작한 뒤 처음으로 무언가를 열심히 잘해내고 싶다는 기분이 들지 않았다. 활짝 웃으며 받아주고 싶지도 않았고. 이 상황에 맞는 진부한 말이 무엇이든, 그저 이 무기력한 기분에 빠져 있고 싶었다.

그래서 나는 답장을 보냈다. **미안, 루카—오늘밤엔 내가 몬테비스타 학생들 절반이 모이는 곳에 나갈 만한 기력이 없어☹**

괜찮아?

죄책감이 나를 갉아먹었다. 솔직히 이런 기분에 빠진 건 정말 오랜만이었다…… 그냥 아무것도 하고 싶지 않은 기분. **난 괜찮아, 미안. 그냥 컨디션이 좋지 않아.** 그 문자메시지를 보내고 곧바로 후회했다. 이럴 수가. 어느 누가 데비 다우너*와 데이트하고 싶을까?

그가 답장을 보냈다. **아쉽다☹ 뭐 필요한 거 있어?**

루카가 집에 오면 나는 그 앞에서 우울한 기분을 감추지 못할 터였다. 그래서 내가 아는 선에서 그가 절대 우리집에 들르지 않을 만한 내용을 보냈다. **벌써 펩토******를 1톤이나 먹었어, 장염에 걸린 것 같아, 안 오는 게 좋을걸☹**

예상했던 대로 루카는 한참 동안 아무 말이 없었고 마침내 답장이 왔다. **우웩, 알았어. 얼른 나아, 데스. 보고 싶어, xoxo.**

마음이 놓이긴 했지만 스스로에게 실망스러웠다. 아아. 아직 그에게 말할 준비가 안 됐다. 얼마 지나지 않아 아빠에게서 조금 늦을 거라는 문자메시지가 왔다. 나는 온전히 이 기분에 젖어 밤새 뒹굴거릴 수 있게 되었다.

---

* 2004년 미국의 코미디 TV 프로그램 〈새터데이 나이트 라이브〉에 처음 등장한 가상의 인물로, 늘상 부정적이고 우울한 이야기만 해서 분위기를 가라앉히는 사람을 지칭하기도 한다.

** 지사제 상품명.

나는 방에서 스탠퍼드 맨투맨과 티셔츠를 애절하게 바라보다가 기부용 쓰레기봉투에 툭 던져넣었다. 스탠퍼드 안내책자는 모조리 재활용 휴지통으로 들어갔다.

그리고 피클 한 통을 모조리 해치웠다.

〈킬미, 힐미〉의 마지막 회가 절반쯤 재생되고 있을 때 초인종이 울렸다. 나는 깜짝 놀랐다. 대체 누구지? 나는 무시하기로 결정했다. 어쨌든 내 모습은 형편없었고 기분도 형편없었으니까.

하지만 또다시 초인종이 울렸고 잠시 후 머뭇거리는 노크 소리가 들렸다. 으악.

나는 소파에서 몸을 일으켜 현관 구멍을 들여다보았다. 앗!

루카였다! 안 돼애애애.

쟤가 왜 여기 있어? 옷을 갈아입기는커녕 머리, 얼굴…… 아무것도 매만질 틈이 없었다. 커다란 한숨과 함께 문을 열었다.

루카는 바나나 한 송이와 대용량 요구르트를 들어올렸다. "루카의 장염 치료제가 당신을 구조하러 왔습니다!"

짜증이 났지만 웃지 않을 수 없었다. "바나나와 요구르트?"

그는 눈썹을 치켜올렸다. "바나나는 그거 말이야, 그걸 멈춰줘. 그리고 구역질나는 구글 검색 결과 몇 개를 살펴보니까, 요구르트가 장내 박테리아를 재생하는 데 도움이 된다고 하더라고."

장내 박테리아.

그리고 그 순간 깨달았다. 루카와 함께라면 내가 나일 수 있다는 것을.

루카는, 내 기분이 엉망진창이고 함께 있어줄 누군가가 필요하다는 걸 알아챌 수 있는 사람. 루카는, 내가 아플 때 찾아와주는 사람. 루카는, 주변에 아픈 사람이 있는 걸 싫어하는 사람. 루카는, 나에게 마음을 쓰는 사람이었다.

몇 주, 몇 달 동안 이어진 불안감이 한 겹씩 녹아내렸다.

그는 진심으로 나를 좋아하고 있었다. 이제 정말 완성된 것이다.

날개 달린 열쇠로 내 가슴의 문을 열어젖힌 것처럼, 깨달음이 찾아왔다. 나는 거의 공중에 뜬 기분으로 그를 따라 주방으로 갔다. 그가 요구르트를 그릇에 담고 바나나를 얇게 써는 걸 바라보았다. 그는 돕겠다고 나서는 나를 만류하며 주방 조리대에 앉혔다. "집에 꿀 있어?" 그가 바나나를 요구르트 그릇에 담으며 물었다.

나는 엄청난 감정의 서사를 막 돌파해낸 사람처럼 보이지 않으려고, 평소처럼 보이려고 노력했다. "있어." 나는 일어나서 찬장에 있는 꿀을 꺼내려고 했다. 하지만 루카가 손을 들었다. "아니아니. 환자는 쉬어야지. 나한테 얘기만 해."

우스꽝스럽게 완전히 정지한 자세로, 나는 입술도 거의 움직이지 않고 말했다. "저 위쪽 찬장에서 오른쪽."

그가 곰 모양 플라스틱 병에 담긴 꿀을 꺼냈고 건강을 위해 소량만 짜넣었다. 나는 눈을 휘둥그렇게 떴다. "우와, 엄마야, 꿀이 너무 많아요, 드래코스 의사 선생님."

"나의 달콤이를 위해 달콤하게." 그가 황홀한 고음으로 말했다. 나는 웃으며 그가 과장된 동작으로 건네주는 그릇을 받았다. 그는 조리대 반대편에 앉았다. 나는 요구르트를 한 수저 떠서 그를 향해 들어올렸다. "옆에 앉아서 같이 먹지 않을래?" 내가 놀리듯 말했다.

그가 몸을 꼬았다. "음, 네가 내 여자친구인 건 맞지만 화장실에서 함께 밤을 보내는 게 얼마나 로맨틱할지는 모르겠다."

나는 고개를 저었다. "내가 저런 결벽증 환자랑 사귈 줄 누가 알았겠어?" 그는 대답 대신 몸을 뒤로 편안하게 젖히며 소리 없이 거만한 미소를 띠었다. 그가 이럴 때마다 항상 그랬듯이 나도 웃지 않을 수 없었다—그가 나를 그렇게 바라볼 때마다 내 몸이 보이는 반응이었다. 요구르트를 다 먹고 그에게 스탠퍼드 얘기를 할 생각이었다. 다시 안도감이 찾아왔고 일 분씩 흘러갈 때마다 점점 더 가벼운 기분이 들었다.

요구르트를 다 먹은 뒤(실제로는 대부분의 요구르트에 장내 박테리아를 재생시킬 만큼 박테리아군이 충분하지 않다는 얘기는 하지 않았다), 나는 조리대에서 나와 그릇을 닦기 시작했다.

루카가 서둘러 다가와 분리형 수전의 헤드를 뺏어갔다. "안 돼! 난 네게 필요한 모든 걸 돌봐주려고 왔다고, 아가씨."

일이 점점 이상하게 흘러갔다. 나는 심지어 아프지도 않은데! "루카, 이건 내가 하게 해줘. 지금까지 해준 것만으로도 넌 아주 다정하고 끝내주는 완벽한 남자친구야, 정말로."

루카가 크게 웃었다. "오오, 완벽한 남자친구."

나는 그에게서 수전 헤드를 뺏어가려고 실랑이를 벌였다. "그래, 명망 있는 타이틀이지! 이제 내가 하게—" 갑자기 수전 헤드가 내 손에서 뒤집히더니 루카를 향해 물이 뿜어져나왔다. 나는 헤드를 떨어뜨린 채 양손으로 입을 가리고 새어나오는 웃음을 틀어막았다.

루카는 서서히 고개를 들더니 물이 뚝뚝 떨어지는 젖은 머리카락 사이로 나를 쳐다봤다. "넌 이제 죽었어." 그는 수전 헤드를 확 잡아채더니 레버를 당겨 수압을 높여서 내게 뿌려댔다. 나는 꺅하고 소리치며 주방 맞은편으로 튀어갔다. "나 아프다고!"

순간의 망설임이 지나간 뒤 내 엉덩이로 물줄기가 내리꽂혔다.

"세상에!" 나는 소리를 지르며 그에게 똑같이 복수하기 위해 달려갔다. 그는 수전 헤드를 개수대에 탁 내려놓고 너무 웃기다는 듯이 깔깔대며 주방 밖으로 달아났다.

"아파도 너보단 빠르지!" 나는 소리치며 위층으로 달아나는 그를 쫓았다.

그는 내 방으로 도망치더니 문을 쾅 닫았다. 나는 문고리를 마구 비틀었지만 그가 이미 문을 잠가버린 뒤였다. "루카!"

그가 안쪽에서 내게 소리쳤다. "휴전을 선언하기 전에는 절대 못 들어와!"

"휴전이라니?! 난 어쩌다 한 번 뿌린 건데, 넌 세 번이나 뿌렸잖아! 네가 운동경기를 한 번이라도 뛰어봤다면 그게 얼마나 스포츠맨답지 않은 짓인지 알 거야."

조용했다. 나는 방문을 쾅쾅 두들겼다. "너 거기서 뭐해?"

그가 침대로 풀썩 주저앉는 소리가 또렷이 들렸다. "그냥 좀 편하게 있으려고!" 그가 소리쳤다.

내 침대는 정리가 안 되어 있고 침구도 당장 세탁이 필요한 상태일 텐데. 맙소사. "루카! 나 이제 들어가게 해줘."

"때가 되면, 여자친구." 그가 말했다. 그러고는 그가 방안을 걸어다니는 소리가 들렸다. "먼저, 네 속옷부터 살펴봐야지. 네가 내 앞에서 바지를 내린 그날부터 계속 궁금했거든."

"야! 그건 사고였어!"

"그으으으래." 안에서 바스락거리는 소리가 들렸다—종이나 책을 뒤적이는 듯했다. 으악, 나무 스크랩북을 발견한 게 아니기를. 그럼 평생 그 얘기를 듣게 될 것이다.

"나무 스크랩북을 보고 있는 거면, 그 말린 나뭇잎들이 안 떨어지게 조심해줘!" 건방진 반응이 돌아올 거라 예상했는데 아무 소리도 들리지 않았다. "루카?" 그 대신 종이 바스락거리는 소리가 계속 들렸다.

"K드라마가 뭐야?"

뭐? 내 몸 구석구석이 완전히 얼어붙었다—모든 머리카락, 모든 장기, 모든 피부 조각이. 나는 문고리를 다시 흔들었다. "루카, 나 들어가게 해줘!"

"잠깐, 이게 너희 아버지가 늘 보신다는 한국식 솝오페라야? 너도 이걸로 공부해왔어? 데스, 네 너드스러움은 끝이 없구나."

안 돼, 안 돼, **안 돼.** 그렇게 하면 문이 열리기라도 하듯 문고리를 계속 흔들었다. "농담하는 거 아니야, 루카, 부탁인데 들어가게 해줘. 그만 읽어, 그건 내 사생활이야!"

답이 없었다. 침묵이 일 초 일 초 길어질수록 나는 죽을 것 같았다. 그러다 갑자기 문이 휙 열렸고 내 몸이 앞으로 휘청거렸다.

고개를 들자 루카가 K드라마 사랑 공식 노트를 양손에 든 채, 숨이 턱 막히게 하는 표정으로 나를 쳐다보고 있었다.

나는 손을 뻗었지만 그가 내 손을 피해 노트를 빠르게 치웠다—그러고는 노트를 얼굴 앞에 바짝 들고 크게 읽었다. "웨스를 그웬 파커의 파티로 데려가서 원빈이 질투하게 만들어라……"

그는 8단계, **명백히 한쪽으로 쏠린 삼각관계에 빠져라**에 휘갈겨쓴 메모를 읽고 있었다. 계속 읽어내려가는 그의 목소리가 떨렸다. "원빈에게 집에 데려다달라고 부탁하고 경미한 차 사고를 일으켜라."

"루카……"

루카는 메모를 쳐다보면서, 영원처럼 느껴지는 시간 동안 가만히 서 있었다. "내가 맞혀보지, 내가 원빈이야."

난 숨을 꿀꺽 삼켰다. "아냐! 내 말은, 그래, 근데―"

루카는 방을 왔다갔다하며 계속 읽어내려갔다. 그의 말 한 마디 한 마디가 들려올 때마다 내 심장에 작은 단도가 하나씩 날아와 꽂히는 것 같았다. "네가 세상의 그 어떤 여자와도 다르다는 걸 증명해 보여라. 메모: 연애와 사랑에 모두 질려버렸다는 그의 생각이 틀렸음을 증명할 수 있는 사람은 네가 유일하다―순수한 마음과 영혼을 가진 너야말로, 여자는 모두 혐오스럽고 믿을 수 없는 생명체라는 규칙의 예외적인 존재이다." 루카는 조롱 섞인 코웃음을 치더니 계속 이리저리 걸어다니며 중얼중얼 읽어내려갔다. 노트를 덮은 뒤 그가 다시 눈을 들어 나를 바라보았다. "대체 넌 누구야?"

"루카, 제발 그만 읽어. 그건 바보 같은 거야, 더이상 중요하지 않은 거야……"

그는 발을 멈추고 노트를 격렬하게 흔들어댔다. "아니, 중요해. 아주 중요하지. 이걸 다 계획한 거잖아." 그의 목소리가 흔들렸다. 그가 털썩 주저앉았다. 평소의 건방진 모습은 모두 사라졌다. 너무도 좌절하고 무너진 모습에 나는 죄책감으로 괴로웠다.

나는 고개를 저었다. "아냐, 잠깐. 네가 몰라서 그래. 내가 너를 좋아했기 때문에……"

그리고, 모든 것이 바뀌었다. 그는 서성이다가 동요하다가 이내 꼼짝도 하지 않는 상태로 넘어갔다. "그러니까 너는 남자친구를 만들려고 이 단계들을 밟아나갔다는 거네? 진짜 네가 벌인 짓이야?"

나는 계속 고개를 저었다. 그것 외에 달리 내 몸으로 할 수 있는 일이 없었다. "아냐, 아냐. 남자친구가 아니야. 너야. 루카, 너를 얻으려고 그랬어."

그의 거칠고 비웃는 듯한 웃음소리가 내 얼굴을 찰싹 때렸다. 통쾌한 웃음소리가 아니었다. 그가 온몸으로 내던 소리, 내가 동네 스시 음식점에서 메뉴를 교정하고 교열할 때 내던 소리, 혹은 주정차 금지 구역 바로 앞에 주차하려는 그에게 내가 다른 곳에 주차하라고 했을 때 내던 소리가 아니었다. 이건 다른 웃음소리였다.

"이게 나를 위한 거였다고? 와, 이거 완전 빌어먹을 만큼 익숙한 말이네."

에밀리. 세상에, 그가 나를 에밀리와 비교하고 있었다. "아냐! 아니야, 루카, 제발, 내 말 들어봐. 이게 미친 짓처럼 보인다는 거 알아!"

루카가 손가락으로 나를 가리켰다. "미친 것처럼 보인다? 이건 미친 거야, 데시. 그 이상이라고. 너한테 지나친 면이 있다는 건 알았지만 늘 무해한 정도라고 생각했어. 심지어 사랑스럽기까지 했어. 남을 조종하는 건 아니니까, 책략 같은 걸 짜는 건 아니니까…… 에밀리처럼." 그의 두 눈이 활활 타올랐다. 그리고 무언가를 깨달은 듯 눈빛이 또렷해졌다.

"너도 걔랑 똑같아."

가슴이 아팠다. 얼굴이 아팠다. 모든 게 아팠다.

그는 몸을 곧게 펴고 감정을 애써 억눌렀다. 고함을 지르거나 비명을 지르는 것보다 그런 모습이 더 무섭게 느껴졌다. 다시 입을 열었을 때 루카의 목소리는 차분하고 신중해져 있었다. "사실, 하나가 다르네. 네가 걔랑 완전히 똑같진 않아, 그렇지? 네가 더 저질이거든." 내 눈 가득 눈물이 고였고 나는 복받치는 울음을 억지로 참았다.

그는 자신의 아버지와 이야기할 때 보여줬던 익숙한 무표정으로 내 눈에서 솟구치는 눈물을 바라보았다. 그런 다음 천천히 내

방 선반 쪽으로 돌아섰다. "네가 왜 더 저질인 줄 알아? 너한테
는 내가 저 선반에 놓인 또하나의 트로피에 불과하니까, 네 리스
트에서 체크된 또하나의 업적이겠지. **전부 거짓이었어.**"

나는 터져나오는 울음 사이사이에 간신히 말을 꺼내보려 했
다. "아냐, 루카. 내가 너에게 느꼈던 것, 내가 너에게 아직도 느
끼고 있는 건, 진짜야. 제발 믿어줘!"

"넌 거짓말쟁이야. 내 주변 모두가 거짓말쟁이야. 우리 아빠는
바람을 피웠고, 전 여자친구는 날 조종하려 했고, 그리고 너……
너도 똑같아." 그는 노트를 바닥에 떨어뜨렸다.

그때였다. 내가 모든 걸 설명해야 할 순간은.

하지만 못했다. 홀로 악몽에서 깨어나느라 무력해져 있었다.
모든 것이—루카, 스탠퍼드—눈앞에서 사라지고 있었다.

나는 그에게 다가가 소매를 움켜잡았다. "루카, 제발—"

그가 나를 뿌리쳤다. **뿌리쳤다.** "됐어."

그러고 나서 그는 문을 걸어나갔다. 계단 아래로. 그리고 집밖
으로.

나는 그저 가만히 서 있었다. 가슴이 반으로 쪼개지고 산산조
각난 채로 발치에 떨어졌다.

ㄹㄹ단계:
인생이 바닥을 찍으면
행복했던 시간들만 회상하게 되는 법
22장

그리하여 내 인생에서 다음 한 달은 실연 모드였다. 『데시 리 이야기』의 빈 페이지. 벨라 스완과 달리 나는 불행히도 몇 달 동안 마냥 의자에 앉아 창문만 바라보고 있을 수는 없었다. 학교에 가고 할일을 해야 했다. 아빠를 마주할 때는 여전히 확신에 찬 '평상시의 데시' 가면을 썼고, 학교에 도착하는 즉시 벗어던졌다.

2월의 마지막 며칠이 느릿느릿 지나갔다. 그 며칠은 울거나 루카의 용서를 바라며 착각에 빠지는 상태를 오가며 지나갔다. 그러다가 3월이 되고, 4월이 되고, 내 상태는 슬픔에서 분노로 넘어갔다. 모두가 싫었다. K드라마 시청도 거부했고 그 쾌활한 졸업 시즌의 야단법석도 내 어둠의 에너지가 드리운 영역은 그냥 비켜갔다. 웨스가 나를 데스 베이더*라고 부르던 시기였다. 하지만 그 분노도 결국 식어서 무감각으로 변해갔다―이로써 내게 허무주의적인 인생관이 생겨났고 나는 함께 놀기에 **진짜** 재미있는 사람이 되었다.

이런 유쾌한 기분을 이어가던 4월의 어느 날, 나는 점심시간에 학교 잔디밭을 걷고 있었다. 해는 몹시 밝았고 공기는 너무 차가웠다. 나는 선글라스를 쓰고 후드를 덮어썼다.

우리가 늘상 앉는 탁자에서 웨스와 피오나를 발견했지만 방향을 틀어 피자 가판대로 향했다. 그들도 나를 보긴 했다. 그들의 걱정스러운 얼굴에 나는 소리를 지르고 싶었다. 처음 이 주 동안 그들은 상황이 나아질 거라고, 루카가 나를 용서해줄 거라고 주장했다. 그리고 그가 나를 용서하지 않자, 피오나는 자신이 직접 그를 처단해주겠다고 말했다. 하지만 이제 그들도 이별이 기정사실임을 인정했다.

루카를 피해다니는 건 놀라우리만치 쉬웠다. 우리는 한 번도 마주치지 않았다. 내가 미술 동아리를 탈퇴하자마자(내 인생에서 **무언가를** 도중에 그만둔 건 처음이었다), 그와 우연히라도 마주칠 기회는 완전히 사라졌다. 내게 그는 죽은 사람이나 다름없

---

* 영화 〈스타워즈〉의 '다스 베이더'를 차용한 표현.

었다. 그냥 농담이다. (하지만 그렇게 느껴졌다.)

거대하고 기름진 피자 세 조각이 접시에 아슬아슬하게 쌓였다. 나는 그 위에 땅콩버터 쿠키 몇 개를 더 올렸다. 어떤 이들은 이별을 겪고 식욕이 떨어진다고 하던데? **음, 난 아니었다!** 나는 지금 칼로리에 몹시 굶주려 있었다―기름진 것일수록 더 좋았다. 오일과 버터 좀더 부탁해요. 설탕도 듬뿍 얹고요.

드디어 점심식사 탁자에 도착해보니 바이올렛과 레슬리도 함께 있었다. 웨스와 바이올렛은 공식적으로 사귀기 시작했다. 내가 홀로 제작한 〈레 미제라블〉 속에 살고 있던 와중에도 눈치챌수 있었다. 레슬리와 파이가 다시 사귀게 된 것도 별로 놀랍지 않았다. 주변이 온통 행복한 커플들이다. 야호!

모두 인사를 건넸지만 나는 친구들 사이에 감도는 걱정의 기색을 느낄 수 있었고 이런 상황이 너무 지겨웠다. 인사말을 웅얼거린 뒤 심장마비를 일으키고도 남을 점심 메뉴를 가지고 앉았다.

웨스가 어색한 침묵을 깼다. "자, 우리 졸업 학년의 마지막을 영광 속에서 불살라야 하지 않을까, 졸업파티에 허머 리무진을 빌리는 건 어때?"

"진심이야?" 피오나가 윗입술을 들썩이며 물었다. "그럴 바에 내가 거시기를 먹고 말지."

웃다가 사레가 들렸는지 바이올렛이 켁켁댔다.

졸업파티. 으악. 참담함에 빠져 지내느라 완전히 잊고 있었다. 얼마 전 우리는 함께 모여서 파티에 가기로 했다—물론 루카도 포함해서. 이제는 졸업파티에 갈 생각을 하니 속이 뒤틀렸다.

"음, 그래, 나는 빼줘." 나는 피자를 베어물며 웅얼댔다.

"에이, 데스, 너도 같이 가야지!" 웨스가 칭얼거리는 사이에 바이올렛이 내 접시를 흘깃 훔쳐보았다. 그녀가 보통 한 달 동안 섭취하는 칼로리가 몽땅 들어 있을 터였다.

피오나는 한쪽 다리를 가슴팍으로 끌어올리더니 턱을 무릎에 괴었다. "보통 난 반항적인 데시를 완전히 찬성하는 편이지만 파티에 네가 없으면 이상할 거야, 데스. 너는 우리 학년의 얼굴이 잖아. 그건 좀 아닌 것 같아."

나는 대답하지 않았다. 그저 음식에만 시선을 두었다. 웨스는 축구공을 공중에 툭 던졌다가 잡았다. 그리고 다시 위로 던졌다가 잡았다. 내 두 눈이 씰룩거렸다.

"아냐, 너희끼리 가서 즐겨." 나는 미소 지으려 애쓰며 말했다.

"너만 손해지." 웨스는 그렇게 말하며 축구공을 다시 툭 던졌다. 그는 버둥대며 공을 잡으려다 놓치고 말았고 공은 내 접시로 떨어졌다. 쿠키 몇 개가 탁자 밖으로 튕겨나가고 피자 한 조각이 잔디 위로 떨어졌다. 이내 모두가 조용해졌다.

웨스가 재빨리 떨어진 피자를 집어올렸다. "미안해, 데스." 그가 빠르게 말하며 잔디 범벅이 된 피자를 접시에 어색하게 올려놓았다.

나의 본능은 친절해지자, 짜증을 보이지 말자, 라고 외쳤다. 하지만 순간 K드라마 여주인공들이 떠올랐다. 그들이 시련의 고통을 겪어나가는 내내 불행의 먹구름이 드리워 있었던 것도 떠올랐다. 특히 사계 드라마*의 주인공 중 하나가 죽어가고 있을 때(그들은 항상 죽음의 순간을 앞둔다) 모두가 그랬듯이 말이다.

그래서 나는 그냥 담담하게 웨스를 향해 미소를 지어 보였다. "상관없어."

모두가 불편한 시선을 교환하는 게 느껴졌다. 나는 선글라스를 벗고 주변을 둘러보았다. "좋아, 너희를 사랑하지만 지금 당장은 그 불쌍해하는 얼굴들이 감당이 안 되네." 나는 일어서서 접시를 쓰레기통에 툭 던지고는 성큼성큼 걸어나갔다.

피오나가 외치는 게 들렸다. "데스!" 나는 계속 걸어나갔다.

그날 집에 도착한 나는 곧장 방으로 향했다. 가방을 바닥에 던지고 몸은 침대에 털썩 던졌다. 그 여파로 책상에 있던 무언가가

---

* 드라마 〈가을동화〉〈겨울연가〉〈여름향기〉〈봄의 왈츠〉.

덜컹거렸고 고개를 들어보니 가족사진이 책상 위에 엎어진 게 보였다. 어찌나 시의적절하던지. 사진은 졸업생 대표 연설문 초안 위로 엎어졌다. 연설문 초안은 루카/스탠퍼드 폭발 이후로 내내 그 자리에 놓인 채 먼지가 쌓여가고 있었다.

스탠퍼드. 이 주 뒤면 합격자를 발표할 것이다. 나는 초조했다, 그랬다. 하지만 지난 한 달 동안 흥미로운 일이 일어났다. 내가 그 일에 신경을 쓰긴 해도 예전만큼은 아니라는 것이다. 그 이유 중 일부는 현재의 무감각한 상태인 것이 분명했다―그것 또한 내 인생의 한 조각이겠지, 더 큰 그림의 일부 말이다. 그리고 나는 보스턴대학교와 코넬대학교로부터 이미 합격 통지를 받았다. 덧붙이자면, 두 대학의 의대가 스탠퍼드 의대보다 서열이 높았다. 이렇게 신경이 쓰이지 않는 게 두렵고 낯설긴 했다. 하지만 한편으로는 해방된 기분이기도 했다.

나는 연설문 초안을 흘깃 보고 약 0.5초가량 죄책감을 느낀 뒤에 낮잠을 위해 눈을 붙였다.

내가 침대 위에 제대로 자리잡기도 전에 방문이 활짝 열리더니 아빠가 쿵쿵거리며 들어왔다.

"아빠!" 나는 톡 쏘아붙였다. "뭐야, 이제 노크도 안 해?"

"아빠는 노크 따윈 하지 않아!" 사실이었다.

그가 다가오더니 내 팔을 잡고 침대 밖으로 끌어냈다. 나는 몸부림치며 그를 찰싹 때렸다. "뭐하는 거야?" 나는 꽥 소리를 질렀다.

"아빠는 이제 네가 아무것도 안 하는 거에 질렸어. 일어나서 아빠 도와줘."

내가 그르렁거렸다. "그러기 싫은데."

그는 멈춰서 나를 쏘아보았다. "뭐?"

나는 곧바로 자세를 바로잡았다. 아빠를 밀어내기에는 힘이 너무 달렸다. "됐어." 나는 중얼거리며 그를 따라 방을 나섰다. 차고 문이 열려 있고 그 안에는 차 한 대가 잭* 위에 올려져 있었다. 그리고 그것은 그냥 차가 아니라, 루카의 차였다. 젠장. 나는 아빠를 쏘아보았다. 그가 어깨를 으쓱했다. "아직 수리가 덜 끝나서 집에서 하려고 했지."

아빠는 자동차 아래로 들어갈 때 쓰는 바퀴 달린 받침인 크리퍼에 타고, 시빅 아래로 미끄러지듯 들어갔다. "좋아, 너도 크리퍼를 타고, 헤드랜턴을 착용하고, 공구 상자를 근처에 둬." 나는 무겁게 한숨을 내쉬고 거대한 공구 상자를 끌고 자동차로 다가갔다. 그리고 크리퍼에 누운 뒤 맨발로 바닥을 밀어 차 아래로 들어갔다.

---

* 타이어를 교체하기 위해 자동차를 들어올릴 때 쓰는 기중기의 일종.

나는 헤드랜턴을 켜고 혼다의 아랫배를 살펴보았다. 아빠가 손짓과 함께 상황을 설명했다. "엔진오일과 연료 필터, 점화 플러그가 오래되어서 완전히 못쓰게 됐어. 교체해야 돼, 안 그러면 매연 검사를 통과하지 못할 거야. 네가 필터 교체를 도와주렴, 알았지?"

나는 그 일에 어떤 작업이 필요한지 알기에 소켓 렌치로 방열판을 분해하기 시작했다. 그동안 아빠는 예리한 눈으로 지켜보았다. 몇 초 뒤 그가 물었다. "어, 아빠는 항상 궁금했어, 점화 플러그의 작동 원리가 뭐야? 그건 금속으로 만들었잖아!"

나는 뭐든 터지지 않도록 조심하며 눈을 가늘게 뜨고 필터에 몰두했다. "음, 플러그 끝에 불꽃을 일게 하는 전기가 있고, 그게 휘발유를 점화시켜서 연소를 일으키는 것 같아."

아빠는 생각에 잠긴 듯한 소리를 냈다. "오오오오, 그렇구나. 그거 말 되네." 내가 끊임없이 지껄이는 말을 이해하지 못할 때면 아빠가 내보이는 점잖은 반응이었다. "더 큰 소켓 렌치 좀 가져다줘." 나는 차 아래에서 굴러나와 공구 상자를 뒤져 그걸 찾아냈다. 앉은 자세로 연장을 건네자 아빠가 받아들었다.

"근데 너 루카는 어떻게 할 거야?"

나는 흠칫 놀랐다. "무슨 말이야? 우리 헤어졌어." 아빠 곁에서는 슬픈 기색을 최소한으로 보이려 노력했지만 루카가 더이상 찾아오지 않는 이유에 대해서는 별달리 둘러댈 말이 없었다. 그러니 우리의 이별을 아빠에게 털어놓을 수밖에.

아빠가 푸념했다. "네가 언제 중도 하차자가 됐지?"

"때로는 인생이 던져준 고난을 받아들여야 하잖아." 내가 말했다. 누구에게 말하고 있는지 깨닫기도 전에 입에서 자기연민적인 말들이 튀어나와버렸다.

"그래, 알지. 아주 잘 알고말고, 그렇지?" 그는 바퀴를 굴려 차 아래에서 나와 크리퍼에 올려두었던 천으로 양손을 닦았다.

"아빠가 안다는 거 나도 알아." 내가 작은 목소리로 말했다.

그는 똑바로 앉아서 물을 병째 꿀꺽꿀꺽 들이켠 다음에 나를 보았다. "무슨 일이 있었는지 이제 말해줄래?"

나는 아빠와 그 얘기를 나누는 걸 피해왔다. 그 모든 경험이 너무 창피했다. 하지만 이제 준비가 됐고 아빠에게 전부 털어놓았다.

그후로 그는 잠깐 침묵했다. "그래서…… 네가 드라마를 그렇게 많이 봤던 거구나."

나는 몇 주 만에 처음으로 간신히 웃었다. "응, 근데 이제는 그 드라마들이 좋아졌어."

"알겠지만, 루카는 네가 아주 미쳤다고 생각할 거야."

"응, 알아."

"그건 아주 미친 짓이니까, 어느 정도는."

어느 정도 아주 미쳤지. 언제나처럼 아빠가 완벽하게 요약해주었다. "응."

"근데 왜 그런 짓을 했어? 평범한 방식으로 루카가 널 좋아하게 만들 수는 없었던 거야?"

우리는 크리퍼에 나란히 앉아 잠시 침묵의 시간을 가졌다. 아빠는 아주 참을성 있게 기다려주었고 나는 무슨 말을 어디서부터 해야 할지 고민했다―인생에서 이런 일 하나 통제하지 못한다는 기분에서 비롯된 실패감과 불안감을 기워 만든 조각보에 대해.

그럼에도 불구하고, 내 평생 모든 세세한 문제에 있어서 아빠를 신뢰하며 살아왔다 하더라도, 이 얘기는 할 수 없었다. 아빠의 모든 노고와 사랑과 보살핌에도 불구하고 계획 없이 행동하는 것이 끔찍하리만치 불안했다고는 말할 수 없었다.

"알잖아. 난 계획을 따라야 마음이 편해, 아빠."

"하. 딱 네 엄마 같아."

그래. 으음. 엄마는 리스트가 절대 필요 없었을 거야.

아빠는 목청을 가다듬었다. "그거 알아? 아빠 아니었으면 넌 태어나지도 않았을 거야."

나는 움츠러들었다. 수년 전 우리가 섹스에 대해 얘기했던 기억이……

"왜냐하면 네 엄마는, 툭하면 헤어지자고 했거든. 네 엄마가 깃발을 들지 못하게 하느라 얼마나 싸웠던지."

"백기를 드는 거겠지."

"응, 내 말이. 어쨌든, 엄마는 몇 번이나 포기하려고 했어. 고등학교 때는 엄마의 부모님이 나를 탐탁지 않아하니 마음을 접자고 했어." 아빠의 단어 선택에 나도 모르게 미소가 떠올랐다. "엄마가 미국에 가야 한다는 걸 알게 됐을 때도 이만 헤어지자고 말할 태세였어. 나는 잘 헤쳐나갈 수 있다는 걸 증명해야 했지. 아빠는 미국에 오긴 왔는데 영어는 전혀 할 줄 몰랐고, 우리는 몹시 가난했지. 그래서 엄마는 울면서 이건 좋은 생각이 아니었다고 수도 없이 말했단다. 그래도 난 절대 포기하지 않았어."

그는 내게 가까이 다가와 앉더니 양손으로 내 얼굴을 부드럽게 감쌌다. "네가 누굴 사랑하는 것까지 통제할 순 없어, 데시. 하지만 얼마나 열심히 싸워나갈지는 언제나 통제할 수 있어, 알았지?" 그가 미소 짓자 눈가에 잔주름이 생겼다. "그래, 넌 나쁜 짓을 했어, 하지만 네가 설명했을 때 루카가 용서할 수 없을 정도로 나쁜 짓은 아니야."

나는 운동복 소매로 눈가를 훔쳤다. "아빠, 날 믿어. 나도 자존심이란 게 있어, 알지? 루카는 내 문자메시지에 답장도 안 할 거야―설명할 방법조차 없어!"

"그럼 네 말을 듣게 할 방법을 찾아야지."

몇 시간 뒤 침대에 대자로 누워 『사계절의 사나이』*를 묵묵히 읽으려 할 때 아빠의 말이 머릿속에 울려퍼졌다.

어떻게 내 얘기를 듣게 하지?

책을 침대 근처 물건 더미로 툭 던지다가 K드라마 사랑 공식 노트가 눈에 들어왔다. 으악, 난 저걸 왜 아직도 안 버린 거야? 의례적인 방식에 따라 태워버려야겠다는 생각으로 그걸 집어들었다. 그러다가 공식 중 하나가 떠올랐다. 나는 노트를 넘겨 리스트를 찾아냈고 훑어내려가다 23번에서 멈췄다.

23. 해피엔딩을 위해서는 극단적인 조치가 필요하다.
두 사람이 재회하기 위해서는 지금 당장, 드라마틱한 서사가 필요하다. 두 사람은 상황을 헤쳐나가려 노력하다가, 모든 역경에도 불구하고 그들이 함께해야 한다는 사실을 깨닫게 될 것이다. 두 사람은 '그렇게 될 운명'이다. 그걸 증명하라. 다시 한번, 생명을 위협하는 사건이 언제나 최고다. 어쩌면 산사태에서 탈출하는 일 같은.

---

* 영국의 극작가 로버트 볼트의 희곡.

극단적인 조치.

빨간색 레이스 드레스를 입은 채 처음으로 그의 손을 잡고 뛰던 일이 떠올랐다. 내게 비니를 씌워주던 루카. 자동차 사고가 나는 순간에 나를 거칠게 밀어젖히던 팔. 첫 키스의 순간에 내 목을 감싸던 따뜻한 손. 나 때문에 슬퍼하며 바다를 응시하던 굽은 등.

내겐 말 그대로 K드라마에 나올 법한 로맨틱한 순간들이 있었다. 그 순간 익숙한 광기가 나를 휘어잡았다―삶의 모든 것을 직접 이뤄낼 수 있도록 해준 투지, 내 입에서 아니, 라는 대답은 결코 나오지 않게 해주었던 그것이.

그것은 루카로 인해 훨씬 더 강렬해졌다. 루카의 손, 나를 흘깃 바라보며 짓던 미소, 그가 비니를 당겨 쓰던 방식. 필요한 순간에 언제나 달려와주던 모습.

내 미래에 스탠퍼드가 있을지 없을지는 확신할 수 없었지만, 루카에 대해서는 무언가 할 수 있었다. 모든 걸 잃은 건 아니었다. K드라마 사랑 공식은 내게 루카를 이미 한 번 안겨주었다. 이제 마지막으로 시도해봐야 한다.

나는 쌓인 물건들 사이에서 영어 노트를 찾아냈다. 그리고 손가락으로 우리가 처음 만났던 날 끼적여놓은 그림을 훑었다. 그림 속 검은색 드레스 차림의 나를. 나는 휴대폰을 집어들고 루카의 새어머니에게 문자메시지를 보냈다. **안녕하세요, 릴리언 아주머니, 제가 졸업파티 드레스를 이 주 내로 구해야 하는데 가능할까요?**

즉각 답장이 왔다. **어머나, 물론이지, 데시.**

23단계:
해피엔딩을 위해서는
극단적인 조치가 필요하다

"루카가 네 뜻대로 따라오지 않는다면, 네 남자친구 후보로 언제나 신입생 맥스가 있어." 바이올렛 맞은편에서 웨스가 희망찬 말을 건넸다. 나는 앓는 소리와 함께 리무진의 가죽시트에 다시 등을 기댔다.

피오나는 데이트 상대인 레슬리로부터 슬며시 떨어지더니 하이힐을 신은 발로 절뚝거리며 다가와 내 앞에 웅크리고 앉았다. "야, 그냥 솔직하게 해, 알았지? 널 용서해줄 거야." 나는 그녀의 양손을 꼭 쥐고 그 손을 초조하게 바라보았다. 그녀의 손톱에는 핫핑크색으로 **피오나와 레슬리**라고 쓰여 있었다.

"으악…… 다들 사랑에 빠졌군." 나는 또 앓는 소리를 냈다. 피오나가 어깨를 으쓱했다.

"어휴, 누가 사랑에 빠졌다는 거야?" 바이올렛이 웨스에게 떨어지면서 말했다. 웨스가 그녀를 번개처럼 빠르게 붙들더니 무릎 위로 끌어당겼다. 바이올렛은 그의 손길을 찰싹 쳐내긴 했지만 누가 봐도 진심이 아님을 알 수 있었다.

"바이올렛, 루카가 파티에 오는 거 확실해?" 나는 십억번째 묻고 있었다.

바이올렛이 눈을 굴렸다. "몇 번이나 묻는 거야, 혜진. 캐시디가 약속했어." 우리는 루카를 졸업파티에 데려와달라고 캐시디를 설득해놓은 터였다. 비록 그녀가 영 불안해하긴 했지만 말이다. 루카가 다른 사람과 졸업파티에 오는 걸 볼 생각을 하니 눈알을 뽑아내고 싶은 심정이었지만, 나는 캐시디를 믿었고 그 도움에 감사했다. 비록 그녀가 그 일을 조금은 즐기고 있는 것 같다는 게 의심스럽긴 했지만.

드디어 졸업파티가 열리고 있는 호텔 앞에 도착했다―성채를 닮은 건물이 언덕 꼭대기에서 바다를 내려다보고 있었고, 모든 게 요정 불빛으로 빛났다. 우리는 우르르 리무진에서 내렸고 건물로 들어서기 전에 음악소리를 들었다. 무도회는 호텔 정원에서 열렸다. 아름답게 가꾸어진 그곳에는 정자 여러 개와 거대한 수영장이 갖춰져 있었다.

로비로 막 들어가려던 차에 내가 멈춰 섰다. "기다려!" 나는 공황 상태에 빠진 채 소리쳤다. 모두가 돌아서 나를 쳐다보았다. "나 어떻게…… 어떻게 보여?" 내 목소리에 묻어나는 간절함은 전혀 매력적이지 않았다.

잠시 동안 모두가 나를 잠깐 평가하듯 훑어보았고, 나는 가슴이 철렁 떨어지는 기분이었다. 그리고.

"핫해." 웨스.

"너치고는 꽤 괜찮네." 바이올렛.

"충분히 사랑스러워." 피오나.

나는 웃었고 서서히 올라오는 홍조를 숨기기 위해 얼굴을 가렸다.

로비 거울에 비친 내 모습을 슬쩍 보고는 친구들이 그저 듣기 좋은 말을 한 게 아니길 바랐다.

드레스는 완벽했다. 릴리언은 밀레니엄시대의 요정 할머니였다—그녀는 패션계 인맥을 이용해 최단 시간에 드레스를 만들어냈다. 드레스는 내 몸에 잘 맞았다. 검은색 레이스 드레스는 어깨끈이 없고 앞은 짧지만, 뒤는 깃털로 덮이고 안에는 풍성한 속치마가 덧대진 채 길게 늘어져 있었다. 슈퍼모델처럼 비상식적으로 부풀어진 머리는(농담이 아니라 머리숱이 너무너무 많아서 피오나는 내 머리를 드라이해준 뒤 마사지를 받아야 했다) 한쪽으로 넘겨져 있었고, 드러난 한쪽 귀에는 어깨까지 내려오는 귀걸이들이 걸려 있었다(어떤 건 클립형 귀걸이였다. 아무리 루카가 걸린 문제라도 귀를 더 뚫고 싶진 않았다.) 마지막 터치는? 검은색 레이스 장갑과 스트랩 장식이 달린 검은색 킬힐.

루카의 그림이 현실이 된 것이다.

현실세계에서는 완전히 정신 나간 차림이었다.

나는 그가 알아채주길 바랐고, 기도했다. 그게 1단계였다. 그가 내 모습을 알아보고 마음이 누그러져 대화를 나눌 기회를 주는 것. 그가 내게 얼마나 소중한 사람인지 **행동**으로 보여주기. 이것마저 효과가 없으면…… 음, 일단 두고 보자.

레슬리는 치어리더 무리에 휩쓸려 자리를 떴고 피오나는 인상을 찌푸리며 내 팔꿈치를 잡았다. "뭐 좀 먹자, 나 무지 배고파." 그녀는 나를 뷔페 테이블로 데려갔다.

나는 루카를 찾으며 주변을 훑었지만 그의 흔적은 전혀 보이지 않았다. 파이가 내 팔을 꼭 붙들었다. "루카는 올 거야."

나는 긴장을 풀고 그녀를 쳐다보며 그날 밤 나의 베프가 얼마나 아름다운지 깨달았다. 그녀의 머리카락은 옴브레 스타일로 염색되어 있었다. 본래 검은색이었던 머리가 뿌리에서부터 어두운 파란색, 남색, 청록색, 에메랄드색으로 자연스럽게 이어졌다. 웨이브진 머리카락이 얼굴을 감싸고 등뒤로 떨어졌다. 드레스—온몸의 끝내주는 곡선을 감싸는, 어깨가 드러난 담청색 드레스—와 어울리는 헤어스타일이었다.

"최근에 내가 너 사랑한다고 말한 적 있었나?" 내가 그녀를 끌어안으며 말했다.

그녀는 날카로운 눈빛을 보내면서도 나를 끌어안았다. "알았다, 너무 분위기에 휩쓸리진 말자."

"셀카!" 바이올렛과 함께 별안간 나타난 웨스가 이렇게 소리치며 휴대폰으로 셀카를 찍었다. 나는 손가락으로 V자를 만들어 보였다.

밤은 즐겁게 시작됐다—모두가 그렇게 행복하고 신이 나 있는 걸 보니 좋았다. 이곳의 사람들, 이곳에 있는 대부분의 사람들과 인생의 십삼 년을 알고 지냈는데 이 모두와 곧 흩어지게 된다는 게 믿어지지 않았다. 다들 각자의 여정을 떠나게 될 것이다. 그리고 나의 여정이 무엇이 되든, 스탠퍼드든 아니든, 나는 행복할 수 있으리라는 걸 알았다. 그러니까, 내가 미해결 상태로 남은 루카와의 일을 잘 매듭짓는다면 말이다.

모두가 감상과 추억에 잠기는 분위기였다. 사람들은 나에게 다가와 가슴이 사무칠 만큼의 칭찬을 건넸고 약간 과하다는 생각이 들기도 했지만 내가 감동받았다는 사실은 부인할 수 없다. 심지어 축구팀 주장이자 내가 항상 '표정이 하나인 그녀'라고 불렀던 헬렌 카터조차 모두 함께 리아나의 노래에 맞춰 춤을 출 때 눈물이 맺혔다.

너무도 즐거운 저녁이었기에 나는 루카를 거의 잊고 있었다. 거의.

그러다 루카가 무도회장을 지나가는 게 보였다. 그는 미술 동아리 남자애의 말에 웃고 있었다. 캐시디가 그의 옆에 서 있었고 나를 본 그녀의 눈이 커졌다. 그녀는 입 모양으로 우와, 라고 말하더니 나를 위아래로 쳐다보았다. 나는 미소 지으며 그녀에게 엄지를 들어 보였다.

그런 다음…… 루카가 고개를 살짝 돌렸고 나와 눈이 마주쳤다. 슬림한 남색 정장에 빳빳한 흰색 셔츠, 넥타이는 매지 않은 모습이 충격적일 만큼 멋있어서 하마터면 그에게 달려갈 뻔했다. 여기에 가만히 서 있는 게 세상에서 가장 부자연스러운 일처럼 느껴졌다.

하지만 나는 꼼짝도 하지 않았다. 그의 표정에서 내 모습을 알아챘다는 게 드러났기 때문에. 그의 두 눈이 나를 훑었다—발끝부터 머리끝까지. 입술은 꽉 다물어져 있었고 눈에 어떤 감정이 번뜩이듯 스쳐지나갔지만 곧 멍해졌다. 나는 숨을 참고 기다렸다.

그러고 나서 그는 돌아서서 걸어가버렸다.

다리가 무너져내릴 것 같았다. 캐시디는 내게 무력한 시선을 보낸 다음 그를 쫓아갔다. 웨스가 즉시 무도회장을 가로질러 다가왔다. "괜찮아?"

나는 고개를 가로저었다. "아니."

"고집불통 존 스타모스 같으니." 웨스가 중얼거렸다.

웨스 바로 뒤에 서 있던 피오나는 단호해 보였다. "걱정하지마, 데스. 루카에게 시간을 좀 줘. 걔가 그 드레스랑, 드레스를 입은 네가 얼마나 매력적인지 깨달아야 해. 그런 다음에는―"

"괜찮아, 얘들아." 나는 숨을 깊게 들이쉬었다. "대안이 있거든."

그들은 눈빛을 주고받았다. "무슨 말이야?" 피오나가 약간 긴장된 목소리로 물었다.

내 계획은 K드라마의 대담한 여주인공을 전혀 다른 종류로 탈바꿈하는 것이었다. 곤경에 처한 무력한 아가씨로. 그 유명한 사기꾼 잔디가 〈꽃보다 남자〉 마지막 회의 파티에서 보여준 필사적인 최후의 행보를 좇아서 말이다.

"곧 알게 될 거야." 나는 무도회장을 훑다가 루카가 캐시디와 함께 테이블에 앉아 있는 걸 발견했다. 그녀는 미친듯이 팔을 움직이며 그에게 얘기하고 있었고 그는 화가 난 것처럼 보였다.

루카는 그리 멀리 있지 않았다. 적어도 물리적으로는. 나는 저 멀리 수영장 끄트머리로 다가가 물속을 들여다보았다. 때가 왔다. 나는 불안정하게 발뒤꿈치로 서서 작은 비명을 질렀다.

살짝 미끄러지고 어설프게 고꾸라지며 어마어마하게 첨벙—
꽤 간단해 보였다.

물속에서 검은색 드레스의 레이스 주름이 활짝 펼쳐졌고 초밥
무늬 팬티가 슬쩍 보였다. 젠장, 준비하면서 이걸 고려하지 못했
다. 뭐, 항상 섹시할 순 없으니까.

나는 조금 기다렸다. 더 정확히 말하자면 물속에서 뒤로 공중
제비를 돈 다음 수영해서 수면을 향해 올라가기 시작했다. 수면
에 가까워질수록 내 동작이 점점 이상해졌다. 물을 차는 다리는
부들부들 떨렸고 양팔을 사방으로 흔들어 내 위로 정신없는 파
동이 일었다.

수면을 뚫고 나오자 사람들의 웃음과 댄스음악 선율이 섞인
소리가 밤공기를 뚫고 들려왔다. 눈을 뜨니 그 위로 물이 뚝뚝
흘렀고 몇몇 사람들이 나를 손으로 가리키는 게 보였다—그가
나를 봤을까? 나는 테이블 쪽을 쳐다보았다. 루카가 있었다. 내
쪽을 보면서. 하지만 자신이 무얼 보고 있는지 아직 모르는 것
같았다.

지금이 아니면 절대 기회는 없어. 절대, 절대, 영영 없을지도 몰라.
나는 양팔을 공중으로 휘두르며 비명을 질렀다. "도와줘!" 적막
이 한 박자 흘렀다. 적막도 미심쩍게 들릴 수 있다면 말이지만,

세상에서 가장 미심쩍은 적막이었다. 나는 잠시 고개를 물밑으로 숙여 염소로 소독된 물을 벌컥 한 번 들이켠 다음 다시 고개를 불쑥 내밀고 물을 켁켁 내뱉으며 소리쳤다. "**도와줘! 제발!**" 그리고 물속에서 허우적거리다 그를 발견했다.

그가 군중을 뚫고 나오고 있었다. 달리면서.

나는 미소를 숨기려고 수면 아래로 머리를 처박고, 그가 영웅처럼 물속으로 뛰어들어오기를 기다렸다. 하지만 그는 수영장 옆의 벽을 향해 달려가 기다란 손잡이가 달린 나뭇잎 뜰채를 고리에서 잡아챘다.

뭐지?

루카는 뜰채를 손에 쥐고 수영장 옆으로 달려와 무릎을 꿇고 나를 향해 휙 던졌다. "잡아!" 그가 소리쳤다. 뜰채 손잡이 끄트머리가 몇 미터 앞에 떨어져 있었다.

환장하겠네.

이번에는 반쯤 건성으로 몇 번 더 첨벙거리고 뜰채로 손을 뻗었다. 뜰채를 잡은 순간 조금 더 허우적거리기로 마음먹었다— 몸을 뒤쪽으로 훅 날려서 머리가 다시 수면 아래로 들어가도록. 하지만 몸을 날리다 뜰채를 더 세게 잡아당기고 말았고, 그때 커다란 풍덩 소리가 들렸다.

어머나.

나는 물속에서 눈을 떴고 루카의 몸이 가라앉는 걸 보았다. 그래, 정확히 내가 그렸던 상황은 아니지만 잘됐어, 이제 그가 정말로 나를 구해줄 수 있게 됐군.

그러다 나는 알아차렸다. 뭔가 이상했다. 뭔가 잘못됐다.

이런. 젠장. **망했다.**

루카는 수영을 할 줄 몰랐다.

24단계:
해피엔딩을 맞아라

대체 어떻게 수영하는 법을 모를 수가 있지? 아버지한테 보트가 있는데, 맙소사!

나는 수영장 바닥으로 빠르게 가라앉는 그에게로 헤엄쳐갔다. 익숙하게 양팔로 물살을 가르며, 엉겨붙는 무거운 드레스에도 불구하고 양다리를 완벽하게 쭉쭉 뻗어가면서.

몸부림치는 그에게 다가갔지만 내가 잡으려고 하자 그는 내 몸을 아래로 끌어내렸다. 휘둥그레진 눈을 보아하니 공황에 빠져 엄청난 양의 물을 들이켜고 있는 모양이었다.

젠장, 젠장, **젠장**. 공기가 필요했다. 그래서 수면 위까지 헤엄쳐 올라가 숨을 한 번 크게 들이마셨다. 아주 짧은 순간 사람들의 비명소리가 들렸고 두 명이—내 생각에 그중 한 명은 웨스였다―물속으로 뛰어들었다. 나는 다시 물속으로 들어가 루카의 양팔을 잡았다가 그가 더이상 움직이지 않는 걸 깨닫고 깜짝 놀랐다. 그의 두 눈이 감겨 있었다. 안 돼.

그가 몸부림치지 않은 덕에 나는 그의 몸을 수심이 얕은 쪽으로 끌어당기고, 함께 수면으로 올라올 수 있었다. 주변을 에워싼 사람들이 즉시 손을 내밀어 내 팔에 안긴 루카를 물 밖으로 끌어냈다. 웨스와 피오나가 첨벙거리며 다가왔다.

"괜찮아?" 얼굴에서는 물이 뚝뚝 떨어지고 입에서는 물을 튀기며 피오나가 말했다.

"괜찮아! 루카를 도와야 해!" 내가 수영장에서 빠져나오려고 아등거리는데 드레스가 철 갑옷처럼 나를 아래로 끌어내렸다. 웨스와 피오나가 힘껏 밀어준 덕에 쉽게 빠져나오긴 했지만 드레스가 몸에 딱 달라붙었다. 바이올렛과 캐시디는 수영장 가장자리에서 나를 잡아주려고 기다리고 있었다.

"루카는 저기 있어!" 바이올렛이 수영장 옆의 무성한 잔디를 가리켰다. 사람들 몇몇이 루카의 몸 위를 맴돌고 있었다. 나는 그들을 제치고 그의 옆에 털썩 주저앉았다.

"루카!" 내가 그의 맥박을 짚으며 외쳤다. 손가락 아래로 약한 맥박이 느껴졌고 나는 얼굴을 찌푸렸다.

바이올렛이 달려와 우리 옆에 섰다. "심폐소생술 할 줄 알아?

그녀가 두 손을 비벼대며 물었다.

그거야 유치원 때부터 알았지. 나는 왼손 아래쪽을 그의 가슴 정중앙에 얹은 다음 정확한 위치를 잡았다. 그러고 나서 가슴을 곧장 누르기를 몇 초 간격으로 반복했다. 그럼에도 루카는 여전히 깨어나지 않았고 나는 겁에 질리기 시작했다. 이럴 수가, 내가 그를 죽였다. 내가 전 남자친구를 죽였다.

머리를 뒤로 젖혀 인공호흡을 막 실시하려던 차에 그가 파르르 떨며 눈을 떴고 콜록거리며 물을 조금 뱉어냈다.

몰려든 사람들 사이에서 환호성이 터졌고 곧바로 그가 몸을 굴려 잔디에 물을 토해냈다. 환호성이 약간 주춤했다. "우웩." 누군가 웅얼댔다.

"괜찮아?" 나는 그가 나머지 물을 뱉어내는 동안 등을 부드럽게 토닥였다.

콜록거리던 그가 고개를 들어 나를 보았다. "무슨…… 무슨 일이 있었던 거지?"

"너 물에 빠져 죽을 뻔했어!" 누군가 소리쳤다.

그는 수영장을 흘깃 쳐다보았고 상황을 이해한 듯했다. 그러고는 몸을 재빠르게 돌려 내 두 팔을 덥석 잡더니 얼굴을 훑었다. "괜찮아? 다른 사람이 널 구해준 거야?"

모두가 상황을 이해하기 시작하면서 어색한 침묵이 흘렀다.

나는 고개를 끄덕였다. 이미 눈물이 차오르기 시작했다. "난 괜찮아, 너 괜찮아?"

"난 괜찮아…… 내가 생각한 건……" 그는 여전히 상황을 파악하려 애쓰고 있었다.

"데시가 널 구했어." 누군가 소리쳤다. "무슨 전문 인명구조원 같더라."

이런—! 피오나가 뒤에서 낮게 탄식하는 소리가 들렸다.

"뭐라고?" 그가 나를 보았다. 머리카락은 딱 달라붙었고 눈 위로 물이 흘러내렸다.

나는 잠자코 있었다. 그의 혼란은 완전한 분노로 바뀌었다.

"장난해? 네가 꾸며낸 거야?"

가슴속 텅 빈 공간이 조여오는 듯했다. "나—난 네가 수영을 못하는지 몰랐어!"

사람들이 웅성거렸다. 루카는 일어서서 극심한 고통에 빠진 셰익스피어 극의 인물처럼 양손으로 머리카락을 움켜쥐었다. "장난해?" 그가 다시 소리쳤다. "빌어먹을 네가 꾸며낸 일이구나!" 그리고 올 것이 왔다. 분노가. 그 모든 찬란함으로.

나도 벌떡 일어섰고 지난 몇 주 동안 끓던 감정이 안에서 불끈 치밀었다. "수영할 줄 모르는 사람이 대체 어디 있어? 넌 캘리포니아에서 자랐잖아!"

"난 물 싫어해!"

"너희 아버지한테는 보트가 있고—"

"내가 물 근처에 있는 거 본 적 있어? 그 바보 같은 카르페 디엠을 내가 왜 그렇게 싫어한다고 생각해?"

"난 그냥 아버지 때문인 줄 알았지!"

그가 손가락으로 나를 가리켰다. "쉿! 조용히 해, 너! 대체 얼마나 망가진 인간이기에 이런 짓을 하지? 아무것도 깨달은 게 없어? 넌 뭐가 잘못된 거야?"

숨이 턱 막혔고 순간 두 형체가 나를 지키듯 옆으로 다가와 서는 것을 느꼈다. 루카가 그들을 쏘아보았다. "조력자구나. 뭐, 너희가 도와주기라도 한 거야?"

웨스가 목청을 가다듬었다. "음, 사실 우리는 얘가 이런 짓을 벌이는지 몰랐어. 우리가 알았다면—"

피오나가 끼어들었다. "우리가 알았다면, 도와줬겠지, 이 배은망덕한 놈아."

그뒤에 나는 진정한 상실감을 느꼈다. 친구들조차 채워줄 수 없는 공허감이었다. 나는 좌절한 채 힘없이 말했다. "고마워, 그런데—얘들아, 난 괜찮아. 전부 내가 벌인 일이잖아—처음부터 끝까지 다 내가."

잠잠해진 루카는 나를 가만히 쳐다보았다. 눈이 이글거렸다.

"그럼, 다시 말하지. 어떤 미친 협잡꾼이 이런 짓을 꾸며댈까? 대체 왜?"

"왜냐하면, 이 바보 멍청아! 나는 시험에서 1등 하는 건 눈 감고도 할 수 있지만, 어떤 남자애한테는 말도 걸 수 없거든, 내 바지가 벗겨지지 않는 한!"

주변의 몇몇 아이들이 키득거렸다. 나는 그 모두를 쏘아보았다. "하, 입다물어. 너희는 뭐 그렇게 완벽하다고." 나는 루카를 다시 바라보았다. "내가 그 단계들을 따르지 않았다면, 오늘처럼 이상한 짓을 벌이지 않았다면, 네가 날 좋아하지 않았을 거라는 걸 모르겠니? 그냥…… 네가 날 좋아하게 만들 **방법**만 통제할 수 있다면 일을 망치지 않을 줄 알았어!"

그는 나를 쳐다보았다. 못 믿겠다는 표정이었다. "진심이야? 내가 널 좋아하는 게 그 빌어먹을 **자동차 사고** 때문이라고 생각한다고?"

바로 그때 우리를 에워싼 모오오오든 사람들이 점점 예민하게 의식되기 시작했다. 세상에. 나는 루카한테만 내 속을 불쑥 내보인 게 아니었다. 빌어먹을 몬테비스타고등학교 졸업생 전원에게 내보인 셈이었다. 흠뻑 젖었음에도 귀부터 발끝까지 빨개졌다. 갑자기 마법과 같은 까만 드레스가 싸구려 마녀 의상처럼 느껴졌다. 축축한 옷. 이 마지막 엽기적인 미친 짓은 나를 무섭게 내리쳤고 나는 웅덩이로 녹아들어가 죽고 싶은 심정이었다.

그때 마침, 정말이지 세상 최악의 DJ 타이밍으로, 배경음악이 댄스곡에서 발라드곡으로 바뀌었다. 루카와 나에 대한 흥미가 떨어진 사람들이 흩어져 무도회장으로 서서히 발걸음을 돌리고 있었다. 그리고 우리, 루카와 나는, 그 자리에서 서로를 쳐다보며, 아델의 잔잔하고 슬픈 사랑 노래와 춤추는 커플들에게 에워싸였다.

두 눈이 마지막으로 배신감과 상처로 번쩍이더니 그는 뒤돌아 뛰어가기 시작했다.

"루카!"

그는 멈춰 서지 않았고 저멀리 쏜살같이 뛰어가는 뒷모습만 남긴 채 사라졌다. 루카, 절대 뛰지 않는 그가.

나는 천천히 잔디 위에 주저앉았다. 드레스가 새까만 액체처럼 주위에 흘러내렸다. 친구들의 목소리가 주변에서 윙윙거렸다. 알아들을 수 없게.

내가 무슨 짓을 한 거지.

나는 눈을 감고 이 모든 것의 최후를 느끼기 시작했다. 뼈마디 하나하나가 피곤했다. 나는 진심으로 포기할 준비가 되어 있었다.

그러다 평생 나를 도왔던 목소리를 들었다. 네가 얼마나 열심히 싸워나갈지는 언제나 통제할 수 있단다.

나는 눈을 떴다. 그리고 벌떡 일어나 젖은 드레스 뒷자락을 움켜쥐고는, 뛰었다. 피오나와 웨스가 따라오려 했지만 나는 소리쳤다. "내가 알아서 할게!" 멈춰 선 둘을 뒤로하고 나는 깔끔하게 정돈된 잔디 언덕을 달려올라갔다. 반짝이는 밤바다가 시야에 들어왔다. 그리고 웨스가 소리치는 게 들렸다. "화이-팅!"

나는 쉬지 않고 달리다가 바다를 마주보는 울퉁불퉁한 검은색 바위에 앉아 있는 루카를 발견했다. 숨을 돌리며 천천히 그에게 걸어갔다.

"너 폐렴구균성 폐렴 앓고 싶어?"

깜짝 놀란 그가 몸을 돌렸다. "데시?"

심장이 쿵쾅거리는 소리가 바다의 포효에 묻혀 사라졌다. "내가 한 말 들었잖아, 미스터 약골."

그는 일어서서 젖은 머리카락을 손으로 깊게 빗어넘겼다. "여긴 왜 왔어?"

나는 양손을 허리께에 올렸다. 원더우먼 포즈였다. "왜냐하면 마지막으로 한 번만 더 나를 변명하려고. 청중이 없는 자리에서 말이야."

그의 분노는 피로로 바뀌었다. 그때 루카는 정말로 피곤해 보였다. "네 말은 아무것도 믿을 수 없을 것 같아, 데시."

다리가 떨렸지만 나는 포즈를 유지했다. "알아. 그리고 이해해. 오늘밤에 널 거의 죽일 뻔했던 건 정말 미안해. 진심으로. 그런데 말이야. 내가 여기 있는 건 남자친구를 사귀는 게 나에 대한 무언가를 입증해줘서도 아니고, 완벽해지기 위해 갖춰야 할 리스트를 체크하기 위해서도 아니야."

그의 표정은 읽기 어려웠지만 나는 끝까지 밀어붙였다. "그건…… 널 좋아해서야. 그 마음이 지금 나라는 존재의 일부야, 내 통제를 넘어서버린. 난 네가 날 거절할 수 있으리란 걸, 내 가슴이 다시 무너질 수 있으리라는 걸 알면서도 그렇게 하기로 선택했어. 그건 내가—내가 통제할 수 없으니까. 그래서 내려놓으려고 해. 기꺼이."

루카의 표정에 무언가 변화가 생겼다—그 순간 부드러움이 그를 에워쌌다. "왜?"

나는 좌절감으로 양손을 공중에 내던지고, 원더우면 포즈도 바다에 내던져졌다. "왜냐하면 너를 사랑하니까!"

나는 그 말을 우리 사이에 띄워두었다—지난 몇 달간 나를 미친 상태로 몰고 갔던 바로 그것.

나를 처다보던 루카는 그저 얼굴에 흐르는 물을 황급히 닦아낼 뿐이었다. 우리의 시선은 영원히 엉겨 있을 것만 같았다. 다리가 너무 후들거려 얼마나 더 버틸 수 있을까 싶었다.

그리고 그때.

그가 성큼성큼 걸어와, 나를 품속으로 당기고는, 키스했다. 부드럽고 달콤한 키스가 아니라—절박한 키스였다. 나는 그에게 안긴 채 두 손으로 그의 젖은 머리카락을 헝클어뜨리며 키스에 응했다. 후회와 더 잘하겠다는 약속을 온전히 담아서.

마침내 우리가 몸을 뗐을 때 내 심장은 다시 제자리로 돌아와 있었다—격렬하게 뛰면서.

그가 양손으로 내 얼굴을 감쌌다. "나도 사랑해."

형편없는 이별의 구름이 갈라지며 나는 몇 주 만에 처음으로 따스함을 느꼈다. "정말?"

"그 말을 믿기가 그렇게 어려워? 내가 널 좋아하는 이유가 정말로 그 K드라마 조작 사건 때문이라고 생각해?"

나는 끄덕였다. 그가 고개를 저었다. "솔직히, 나는 그 사건들이 빌어먹을, 정말 이상했어. 네가 그저 **엄청나게** 운이 없다고 생각했어."

훌쩍임 사이에 웃음이 비져나왔다. "운이 없었어. 아무튼 남자애들하고는 그랬어. 그러다 네가 나타났고 더이상 운 없는 사람이고 싶지 않았어." 나는 고개를 저었다. "그 모든 게 제대로 미친 짓이었다는 건 이제 충분히 알겠어. 정말, **정말** 미안해. 특히 네 목숨을 위태롭게 한 건." 나는 말을 멈췄다. "세 번이나." 그는 내가 너무도 사랑하는, 그 당황스러울 만큼 통쾌한 웃음소리를 들려주었다.

"하지만 루카, 있잖아, 나는 그 계획이 얼마나 정신 나간 짓이든 꼭 실현시키고 싶었어. 네가 이 드레스를 그려준 순간부터 말이야."

그는 눈썹을 치켜올렸다. "이 드레스부터 시작하진 마."

"알겠지만, 릴리언이 날 도와줬어."

그가 한숨을 쉬었다. "놀랍지도 않아." 그러고는 사뭇 진지하게 말을 이었다. "K드라마 때문이 아니었어. 너 때문이었어. 그걸 왜 몰라? 너의 매력적인 두뇌. 모든 것에 최선을 다하는 모습. 너만의 특이한 코웃음. 네가 아빠와 지내는 모습…… 어쨌거나 내가 우리 아빠를 좋아하게 만들어주기도 했고."

그는 내 머리카락 한 가닥을 옆으로 넘겨주었다. 나는 아무 반응도 할 수 없었다. 그의 입에서 나오는 모든 말이 내 모든 곳을 달구었다. "너는 아빠를 위해서라면 슬픔도 참아낼 만큼 아주 강하고 단호하잖아. 아빠한테 상처 주지 않으려고. 그건…… 대단해. 특별해. 너한테 스탠퍼드가 필요한 게 아니야, 데스. 그들에게 네가 필요하지. 넌 아주 드문 인재야."

눈썹부터 발톱까지 전신이 짜릿짜릿했다. 그리고 나는 씁쓸하게 미소 지었다. "다음주에 스탠퍼드 지원 결과가 나와."

그는 고개를 저었다. "스탠퍼드 말인데. 면접 놓친 거 왜 말 안

했어? 왜 그날 나에게 말하지 않은 거야?"

나는 깜짝 놀랐다. "뭐? 누가 말해줬어?"

"너희 아빠가. 오늘 아침에 차를 가지러 갔었거든."

세상에, 뭐라고! 아빠는 한마디도 안 했는데. 하지만 지나치게 감상적인 그의 로맨틱한 마음을 알기에 놀라진 않았다. 나는 시선을 떨구었다. "너한테 부담 주기 싫어서. 그건 내 결정이었으니까."

"알았다면 절대 못 오게 했을 거야."

"알아. 하지만 나는 가고 싶었어."

그의 얼굴에 드러난 감탄이 내 안에 남아 있던 불안을 모두 녹여냈고, 깨끗하게 정화된 기분이 들었다. 다시 태어난 것 같았다. 그가 너무 꼭 끌어안는 바람에 숨이 막혔다. "가자." 그가 속삭였다.

나는 그의 목에 대고 미소를 지었다. "좋아."

그는 내 손을 꼭 잡았고 우리는 호텔을 향해 다시 걸어가기 시작했다. 하지만 이내 내가 멈춰 서자 그가 돌아보았다.

"루카. 나 지금은 사람들이랑 못 마주치겠어."

그가 고개를 끄덕였다. "알았어. 차를 가져올까?"

나는 고개를 끄덕였고 우리는 마지막 순간까지 손을 잡고 있었다. 서로의 손끝이 떨어지는 게 너무도 싫었다. 나는 그가 호텔로 다시 걸어가는 걸 바라보며 한숨을 내쉬고 가슴을 쓸었다. 그때 어깨끈 없는 브라에 달라붙은 무언가를 느꼈다.

아, 맞다. 나는 K드라마 사랑 공식 리스트를 꺼냈다. 이미 젖어 있었다. 흠뻑 젖어 잉크가 뚝뚝 떨어졌다.

나는 그것을 잘게 찢어버리고 싶었다. 가능하다면 입안에 집어넣고 삼켜버리고 싶었다. 하지만 그 어이없는 규칙과 단계가 적힌 리스트를 바라보면 바라볼수록, 내가 왜 그토록 그 드라마들을 사랑하게 되었는지가 더욱 와닿았다. 도움이 되거나 목표 달성에 유용한 도구라서가 아니었다.

변명이 필요 없는 사랑 이야기이기 때문이었다.

그렇다, 터무니없는 사건은 재밌었고, 상투적인 사건은 사람들의 진을 빼놓았으며, 드라마틱한 사건은 드라마틱했다. 하지만 결국 그것은 좋을 때나 나쁠 때나, 일이 잘 풀릴지 안 풀릴지 모를 때도 언제나 꼭 붙어 떨어지지 않는 사람들에 관한 이야기였다. 진실한 사랑. 그것은 위험에 관한, 신뢰를 갖는 것에 관한 문제였다. 아무것도 보장된 건 없었다.

루카의 차가 내 옆에 멈춰 섰고 혼다 시빅을 보니 마음이 따뜻해졌다. 우리 아빠가 고쳐낸 이 사랑스러운 차는 제2의 생명을 얻었다. 나는 리스트를 공처럼 뭉쳐서 드레스 속에 다시 넣었다.

그런 다음 훌쩍 차에 올라타 남자친구를 바라보았다. "자, 우리 어디로 가지?"

루카가 어깨를 으쓱했다. "모르겠어."

그리고 난생처음으로, 나는 그게 괜찮았다.

에필로그

"네 커다란 머리 좀 치워봐."

"뭐라고?"

아빠는 피클을 오도독 씹은 다음 대답했다. "내 말 들었잖아. TV가 안 보여."

"내 머리가 크다고?!" 나는 바닥에 앉은 채 뒤돌아 아빠를 쏘아보며 빽 소리쳤다. "내 머리 크기는 완벽하게 정상이야. 엄마를 닮았거든, 아빠가 아니라." 그러면서도 나는 커피테이블에 기댄 베개의 높이를 조정해 몸을 조금 내리고 턱을 가슴에 묻었다.

"루카, 네가 말해줘. 진실을 알잖아." 뒤편의 리클라이너에 앉아 있던 아빠가 다리 한쪽을 쭉 뻗어 흰 양말을 신은 발로 루카의 등을 쿡 찔렀다.

내 옆에 있던 루카가 조용히 웃음을 터뜨렸고 그의 어깨가 들썩였다. 나는 찡그린 채 그를 쳐다보았다. "대답하지 마." 내가 경고했다.

"데시가 이래라저래라 하게 내버려두지 마!" 아빠가 말했다.

"내가 이래라저래라 한다고 나한테 이래라저래라 하지 마!" 내가 되받아 소리쳤다.

루카는 손을 뻗어 K드라마 스타일로 내 이마에 딱밤을 때렸다. "아빠한테 소리치지 마."

나는 이마를 부여잡았고 아빠는 뒤에서 박장대소했다. 그의 웃음소리 뒤로 작게 낑낑거리는 소리가 들려왔다. 나는 뒤돌아 아빠의 무릎 위에 앉아 있는 갈색 털복숭이를 가리켰다. "넌 여기서 빠져, 팝콘!" 강아지는 대답 대신 하품을 하면서 아빠가 자신의 배를 문지를 수 있도록 굴러서 등을 대고 누웠다.

"이젠 둘 다 그만 귀찮게 해라. 이제 이거나 볼까?" 나는 소리치며 리모컨의 재생 버튼을 눌렀고 〈태양의 후예〉 오프닝이 시작됐다.

루카는 내게 몸을 바싹 붙였고 나는 그의 어깨에 기댔다. 무언가 등을 쿡 찌르는 게 느껴졌다. "아빠!"

아빠의 발이 나를 쿡 찔렀다. "야. 아빠 앞에서 뭐하니?"

루카가 즉시 내게서 떨어지며 일어나 앉았다. 하지만 함께 덮고 있는 담요 아래 빈 공간에서 손을 뻗어 내 손을 잡아 손깍지를 꼈다.

그가 속삭였다. "유대위가 이번 회에서 고백할까? 아니면 또 다른 자연재해가 가로막을까? 이번 회에서도 두 사람이 키스를 안 하면 내가 누굴 죽이고 말 거라고 신께 맹세하지."

나는 애처롭게 고개를 흔들었다. "유대위가 벌써 마음을 고백할 거라 생각해? 꿈 깨시게, 친구. 우린 아직 제대로 고문당하지 않았어."

루카는 비니를 눈까지 당겨 쓰고 고개를 뒤로 젖혔다. "아, 세상에. 저들이 키스를 나누는 게 아니라 고아의 목숨을 구하는 걸 또 봐야 된다면—"

"조용히 하자!" 아빠가 고함쳤다.

"그냥 오프닝이잖아!" 내가 톡 쏘았다.

아빠는 피클을 하나 더 꺼내 물었다. "그래서 뭐! 그리고, 이젠 대답하지 마, 데시. 스탠퍼드 불합격에 대한 벌이야."

으악. 불합격 통지서는 졸업파티 이틀 뒤에 도착했고, 엄청난 타격이긴 했지만 나는 어느 정도 마음의 준비가 된 상태였다. 그리고 졸업식이 끝나고 석 달이 지난 지금, 그 상처는 이미 희미해져 있었다.

졸업식 연단에 서서 졸업생 대표 연설을 막 시작하려던 순간이었다. 나는 술 달린 모자와 싸구려 폴리에스테르 졸업가운 차림의 졸업생들을 바라보았고, 잠시 햇빛에 눈이 부셨다. 그때 바닷바람이 무대 위로 불어오는 바람에 나는 손을 들어올려 모자를 꼭 잡았다.

"예상치 못한 일들은 일어나기 마련입니다." 나는 마이크에 대고 말했다. "하지만 우리가 그 일들 앞에서 어떻게 대응하고 무엇을 배우고 어떻게 발전해가느냐가 현재의 우리를 만들어왔습니다."

내 연설이 끝나자 학생들은 졸업 모자를 던지며 환호성을 내질렀다. 그리고 나는 액자에 끼워진 스탠퍼드대학교 통지서가 불합격 사실을 매일 상기시키며 책상에 놓여 있다는 걸 알면서도, 함박웃음을 지으며 졸업생 친구들과 마주했다. 웨스가 뉴저지로 떠나기 전에 만화책을 몽땅 상자에 담는 걸 도우면서 눈물을 삼키며 떠올린 장면, 피오나가 구석구석까지 상자로 가득 채운 페니를 몰고 버클리로 떠나갈 때 옆을 뛰어가면서 떠올린 장면이 바로 그것이었다. 보스턴대학교 기숙사에 자리를 잡던 며칠 동안 떠올린 장면도.

그리고 내가 루카, 아빠와 여름의 마지막 며칠을 보내며 생각했던 장면이기도 했다. 아빠를 떠난다는 생각을 할 때마다 찾아오는 사무치는 슬픔은 루카와는 기차로 한 시간 거리라는 사실에 이내 누그러들었다. (나는 우리가 적어도 한 달에 두 번은 볼 수 있도록 1학년 전체 시간표를 짰다.) 아빠를 홀로 남겨두고 떠나는 문제는—음, 팝콘의 배변 훈련 거부 때문에 아빠는 한동안 꽤나 바쁠 터였다. 게다가 내가 아빠를 위해 준비해둔 온라인 데이트 사이트 프로필도 있었다(소름 돋아).

드라마가 시작됐다. 소년 같은 유대위와 인형 같은 미모의 닥터 강이 단둘이 주방에서 술에 취해 있다. 사랑 노래가 무르익고 둘은 서로를 바라보다 점점 가까이 다가간다. 조금씩, 조금씩. 그리고 키스한다! 그러고 나서…… 그녀는 도망가버린다.

루카가 함께 덮고 있던 담요를 걷어차며 소리쳤다. "지금 나 놀리는 거지?"

아빠와 나는 키득거렸다. 우리는 루카를 K드라마로 고문하는 게 너무 좋았다. 이번 여름에 그와 함께 보는 세번째 드라마였다.

"걱정하지 마, 둘 중 한 명이 곧 심하게 다치고, 그런 다음 두 사람은 서로를 좋아한다는 걸 받아들일 거야. 또 지뢰가 나오면 좋겠네!" 나는 신나게 말했다.

"멋진데, 이 군 기지에는 곳곳에 지뢰가 숨겨져 있군. 아주 닥치는 대로구나. 게다가 지중해에 남한군이 주둔할 필요가 있는지도 몰랐는걸." 루카가 비아냥거렸다.

나는 그의 눈가에 내려온 머리카락을 넘겨준 뒤 비니를 정돈

해주었다. "불신의 길로 빠져들기 시작하면 영영 헤어나올 수 없 단다, 남자친구야." 내가 말했다. "그냥 앉아서 믿어. 그게 훨씬 재밌으니까."

데시와 드라마빈*이 전하는 최고의 K드라마 입문 가이드!

K드라마를 어디에서부터 시작해야 할지 전혀 모르는 입문자라면, 더이상 걱정하지 마시라! 드라마 세상에는 각자에게 맞는 K드라마가 있다. 이 특별한 가이드의 한 가지 조건은 당신이 로맨스를 좋아해야 한다는 것이다.

자, 그럼 시작해보자! 첫 질문. 보고 싶은 드라마가 **로맨스**인가 **로맨틱코미디**인가?

로맨스

---

* 해외의 한국 드라마 팬들이 모인 웹사이트.

알겠다, **역사물 혹은 현대물?**

역사물!

그렇다면 〈공주의 남자〉를 추천한다. **혹시 성별이 뒤바뀌는 사극이 있나? 물론이다**―〈성균관 스캔들〉이 답이다.

판타지 요소가 가미된 사극은? 〈해를 품은 달〉이 있다. **시간 여행을 소재로 한 역사물은?** 〈신의〉를 보면 된다.

현대물!

아, 어디서부터 시작해야 할지……

액션이 가미된 것은? 그런 작품은 정말 많다―영웅·첩보물을 좋아한다면 〈시티 헌터〉 혹은 〈힐러〉를 봐라. **액션은 물론 총과 탱크가 나오는 현대물은?** 〈태양의 후예〉를 택하면 되겠다. **하지만 가상현실물이 보고 싶다면?** 〈더킹 투하츠〉를 보면 딱이다.

하이틴물로 돌아가보자. 세상에, 왜? 하지만 꼭 봐야겠다면 〈상속자들〉을 봐라. **캠퍼스물은?** 클래식한 〈느낌〉을 고려해봐라.

성인 주인공이 나오는 정치물은?

단 하나의 명작이 있다. 위대한 〈모래시계〉.

신데렐라 스토리는 어떨까? 이 분야의 최고 걸작은 〈별은 내 가슴에〉다.

친구에서 연인이 되는 스토리는? 〈프로포즈〉와 〈프로듀사〉를 봐라.

음, 서로 몸이 바뀌는 스토리는? 그렇다, 〈시크릿 가든〉이 있다.

로맨스 중에서도 가장 로맨틱한, 불치병에 걸리는 멜로드라마는? 눈물 쏙 뽑아내는 사계 시리즈 〈가을동화〉〈겨울연가〉〈여름향기〉〈봄의 왈츠〉가 딱이다.

로맨틱코미디!

정말 강력 추천하는 작품은 〈로맨스가 필요해〉. **좋아, 근데 나는 K팝도 정말 좋아하는데,** 라고 한다면 〈미남이시네요〉와 〈드림하이 1〉을 고려해봐라. **하이틴물로 말하자면……** 가장 환상적인 작품은 〈꽃보다 남자〉이지만 하이틴물 스펙트럼의 또다른 한쪽에는, **실제 삶의 단상**을 잘 보여주는 〈응답하라 1997〉과 후속작 〈응답하라 1994〉 〈응답하라 1988〉이 있다.

판타지물로 돌아가자. 〈너의 목소리가 들려〉 〈내 여자친구는 구미호〉, 그리고 〈별에서 온 그대〉를 소개할 수 있게 되어 정말 기쁘다. 그중에서 **몸에 다른 영혼이 씌는 스토리가 있나?** 물론이다. 〈오 나의 귀신님〉을 보라.

다른 영혼이 씌는 것보다는 조금 약하지만, 남장이나 여장을 소재로 한 작품은? 〈커피프린스 1호점〉에 푹 빠질 준비를 하시라.

요즘 유행하는 스타일의 로맨틱코미디물로는 무엇이 있을까? 물론 K드라마 중에도 있다. 그리고 그것의 원조는 〈질투〉다.

다중인격을 소재로 한 드라마는 못 찾을 거라고 장담한다! 하하, 믿음이 적은 자여. 〈킬미, 힐미〉를 살펴보라.

진부하게 자주 쓰인 요소, 계약 연애를 소재로 한 작품은? 〈풀하우스〉와 〈내 이름은 김삼순〉에서 진부했던 계약 연애 스토리가 신선하게 새 생명을 얻는다.

이제, 드라마를 보러 가보자! 그리고 이것으로도 충분한 정보가 되지 않았다면, dramabeans.com을 꼭 확인해보라. ☺

xo

데시, 자바빈스, 그리고 걸프라이데이로부터

감사의 말

이 책의 여정은 적당히 길고 극적이었습니다(아아, 아쉽게도 손목 잡아채기와 자동차 추격전은 없었지만요). 그리고 여러 사람의 수많은 시간이 이 재미있는 책을 위해 바쳐졌습니다.

먼저, 모든 이 중에서도 가장 터프하고 압도적으로 최고였던 주디 핸슨에게 감사드립니다.

지혜와 인내, 그리고 제가 더더욱 열심히 생각할 수 있게 도와준 사랑스러운 편집자, 마거릿 퍼거슨에게 감사드립니다. 아빠에게 반려견을 선물해야겠다고 일깨워준 것도요! K드라마에 관한 전문적인 내용과 세심한 정보를 주신 재스민 예도 고맙습니다. 또한 엘리자베스 클라크(그 스커트!), 멜리사 위튼, 챈드라 월러버, 그리고 앤드리아 넬킨에게도 정말 감사합니다.

우리 아빠의 말처럼 "믿거나 말거나……" 저는 이 책을 위해 주변 조사를 많이 했습니다. 도움 주신 분들께 큰 감사의 마음을 전합니다. (결국 소설에서는 빠졌지만) 테니스 이야기에 도움을 준 크리스 밴. 데시를 똑부러진 자동차 너드로 만들어주신 토비 챙. 미술 수업에 관련된 모든 것에 대해 조언해준 에마 구. 경찰과 관련된 이야기에 조언해준 샤런 킴. 할머니 이야기와 음식에 대해 답해주고 주인공 이름을 제공해준 데시 스튜어트. 보트에 대해 알려준 데이비드 존. RISD의 좋은 친구들—로버트 브링커호프, 루시 킹, 보니 보지크—을 소개해주신 수지 개르마니도 고맙습니다.

카페인과 분위기 좋은 공간을 제공해주신 파운드, 다이너소어, 그리고 세미-트로픽에도 감사드립니다.

전 세계에 있는 최고의 로맨스 작가님들, K드라마 작가님들 '고맙습니다'. 〈힐러〉의 OST와 주인공 힐러에게도요. ♥

언니eonnie들도 고맙습니다. 구글 채팅으로 제가 온전한 정신을 지킬 수 있게 도와주고 의사 선생님처럼 친절하게 상담해준 리디아 캉, 변함없는 응원과 WNDB*와 관련된 모든 것을 도와

---

* 청소년에게 나양한 책을 추천하고 제공하는 미국의 비영리단체 'We Need Diverse Books'.

주신 엘런 오에게 감사의 마음을 전합니다.

응원을 아끼지 않았던, 이 책의 환상적인 초기 독자들, 내털리 아프샤, 앨리슨 체리, 마야 엘슨, 신디 후, 니콜 매키니스, 카라 토머스, 에이미 틴테라에게 감사합니다. 이 글의 시작부터 함께 해준 럭키13 멤버들도 고맙습니다. 보그 ☾ 에게도요. 글이 매끄럽게 이어지도록 도와준 설레스트 퓨터와 카일라 웨이브라이트도 고맙습니다.

K드라마에 대해 가장 전문적인 조언을 제공해준 드라마빈스의 세라 청(자바빈스)와 제니퍼 청(걸프라이데이)에게 무한한 감사의 마음을 전합니다. 엄청나게 멋진 K드라마 사이트와 커뮤니티를 만들어주신 것도 감사합니다.

카페인보다도 중요했던 LA 여성 작가 친구들, 로빈 벤웨이, 브랜디 콜버트, 크리스틴 키처, 에이미 스폴딩, 엘리사 서스먼도 고맙습니다. 우리는 정말 많은 글을 함께 쓰고, 문자로 무수히 많은 반려동물 사진을 주고받고, 정말 많은 와인을 마셨습니다. 여러분 더없이 ♥해요, 감사합니다. 나의 영원한 첫번째 독자인 에이미 킴 키부시, 필요할 때 LA로 와준 글쓰기 메이트, 세라 에니와 커스틴 허버드도 고맙습니다. ♥

올리버―당신은 최고의 글쓰기 메이트였습니다. 기묘한 분위기를 유지시켜준 포피도 고맙습니다.

저의 두번째 가족이 되어주고 이 도시 여자를 나무와 사랑에 빠진 사람으로 바꿔주신 애플한스, 애플워츠, 피터한스 가족도 감사합니다. 한국인으로서 항상 진실하게 대해준 한국인들 구-이-전 씨 가족, 그리고 최-홍-한-서-김 씨 가족 모두에게 감사드립니다.

제가 훌륭한 예의범절과 깨끗한 손톱을 지닌 독립적인 여성이 되도록 가르쳐주신 할머니, 당신이 진심으로 그립습니다.

자매끼리 하는 모든 것(판다익스프레스에서의 데이트와 스트레스 해소용 온라인 쇼핑)을 함께 해준 나의 자매, 크리스틴도 고마워. 모든 것, 특히나 아주 오래전에 K드라마를 내게 소개해준 부모님—비디오가게를 그토록 지겹게 드나들었던 것이 이런 성과를 낼 줄 누가 알았을까요? 끊이지 않는 나의 해설에 항상 웃어줘서 고맙습니다.

그리고 마지막으로, 남편 크리스 애플한스. 새로운 아이디어를 낼 수 있도록 수없이 많은 밤을 함께 지새워주었죠. 진정한 사랑 이야기의 중요성을 일깨워주고, 항상 나를 더 나은 사람으로 밀어붙여주고, 내가 최고라고 믿어준 것, 정말 고마워, 귀여운 원조 아티스트 소년.

옮긴이 **이윤실**

이화여자대학교에서 사회학과 여성학을 공부하고 동대학 통번역대학원에서 번역학
으로 석사학위를 받았다. 현재 전문번역가로 활동중이며 옮긴 책으로 『안에 있는 모든
것』이 있다.

문학동네 세계문학
난 사랑이란 걸 믿어

초판 인쇄 2022년 5월 2일 | 초판 발행 2022년 5월 13일

지은이 머린 구 | 옮긴이 이윤실
기획·책임편집 정혜림 | 편집 김정희 양수현
디자인 강혜림 최미영 | 저작권 박지영 형소진 이영은 김하림
마케팅 정민호 이숙재 한민아 김혜연 이가을 박지영 안남영 김수현 정경주
브랜딩 함유지 함근아 김희숙 정승민
제작 강신은 김동욱 임현식 | 제작처 한영문화사

펴낸곳 (주)문학동네 | 펴낸이 김소영
출판등록 1993년 10월 22일 제2003-000045호
주소 10881 경기도 파주시 회동길 210
전자우편 editor@munhak.com | 대표전화 031) 955-8888 | 팩스 031) 955-8855
문의전화 031) 955-3578(마케팅) 031) 955-8861(편집)
문학동네카페 http://cafe.naver.com/mhdn | 트위터 @munhakdongne
북클럽문학동네 http://bookclubmunhak.com

ISBN 978-89-546-8667-9 03840

www.munhak.com